Ann H. Gabhart
EIN SOMMER DES GLÜCKS

W0249832

Ann H. Gabhart

Ein Sommer des Glücks

francke

Über die Autorin:
Ann H. Gabhart hat bereits mit zehn Jahren ihre Liebe zum Schreiben entdeckt. Sie ist verheiratet, Mutter von drei Kindern und lebt auf einer Farm in Kentucky.

Bibliografische Information Der Deutschen Nationalbibliothek
Die Deutsche Nationalbibliothek verzeichnet diese Publikation in der Deutschen Nationalbibliografie; detaillierte bibliografische Daten sind im Internet über http://dnb.ddb.de abrufbar.

ISBN 978-3-86827-668-8
Alle Rechte vorbehalten
Copyright © 2008 by Ann H. Gabhart
Originally published in English under the title
Summer of Joy
by Revell, a division of Baker Publishing Group,
Grand Rapids, Michigan, 49516, USA.
All rights reserved.
German edition © 2017 by Verlag der Francke-Buchhandlung GmbH
35037 Marburg an der Lahn
Deutsch von Dorothee Dziewas
Umschlagbild: © shutterstock.com / Oksana Alekseeva
Umschlaggestaltung: Verlag der Francke-Buchhandlung GmbH / Christian Heinritz
Satz: Verlag der Francke-Buchhandlung GmbH
Printed in Czech Republic

www.francke-buch.de

1

Der Diamant war klein. Noch kleiner sogar, als er ihn in Erinnerung hatte. David Brooke saß an seinem Schreibtisch im hinteren Büro des *Hollyhill Banner* und starrte auf den Ring seiner Mutter. Im Vorzimmer hieb Zella auf ihre Schreibmaschine ein und hinter ihm spuckte die Druckerpresse die ersten Anzeigenseiten der nächsten Zeitungsausgabe aus.

Das Poltern der Presse war ein gutes Geräusch. Es bedeutete, dass nichts kaputt war. Gott sei Dank, dass Wes wieder arbeiten und das launische Ding am Laufen halten konnte. Jocie versuchte, den Lärm zu übertönen, als sie Wes etwas zurief, dann lachte sie. David konnte nicht verstehen, was sie sagte, aber auch das war ein gutes Geräusch. Dass Jocie lachte, glücklich war und ganz sie selbst.

Sie würde ihn auslachen, wenn sie sähe, wie er den Diamanten anstarrte und sich wünschte, der Stein wäre größer. Eigentlich sollte er an seinem Editorial arbeiten. Das hatte er als Grund dafür angegeben, dass er die Tür zum Büro geschlossen hatte. Aber über seinen Herausgebertext machte er sich eigentlich gar keine Gedanken. Er könnte mit Leichtigkeit ein paar Absätze über den neuen Weihnachtsschmuck zusammenschreiben, den der Stadtrat endlich genehmigt hatte und der gerade an den Straßenlaternen der Main Street aufgehängt worden war. Grüne Plastikkränze mit roten Beeren. Nachts im Schein der Laternen sahen sie beinahe hübsch aus. Und wenn er dann noch nicht genügend Wörter zusammenhätte, könnte er immer noch etwas über den Weihnachtsumzug hinzufügen, der am Samstag stattfinden würde.

Mit dem Umzug sollte in Hollyhill die weihnachtliche Einkaufssaison 1964 eingeläutet werden. Die Geschäfte in der Main Street lockten mit Sonderangeboten und verteilten Pfefferminzstangen und Zuckerplätzchen, um die Einwohner der Stadt dazu zu bewegen, bei ihnen zu kaufen, anstatt nach Grundy oder Lexington zu fahren, um ihre Einkäufe dort in den großen Kaufhäusern zu tätigen. Wenigstens hatte die Stadt mit der Werbeaktion zum Geschenkekaufen bis nach Thanksgiving gewartet.

Nicht alle hatten so lange gewartet. Zella hatte ihm letzte Woche berichtet, sie habe ihre Geschenke schon vor Wochen gekauft. Wochen! Dann hatte sie ihm diesen prüfenden Blick zugeworfen, unter dem er sich immer wie ein verlegener Zehnjähriger fühlte, und gefragt: „Und was schenkst du Leigh?"

Als er etwas davon gestammelt hatte, dass ja noch genug Zeit zum Einkaufen sei, hatte sie die Augen noch etwas mehr zusammengekniffen und gesagt: „Also wirklich, David. Manchmal glaube ich, du bist ein hoffnungsloser Fall. Du kannst nicht an Heiligabend losziehen und Leigh eine Schachtel dieser schrecklichen Pralinen kaufen, in die man den Finger stecken muss, um zu sehen, ob sie überhaupt essbar sind, und erwarten, dass sie sich freut. Immerhin geht ihr seit Monaten miteinander aus. Wenn gemeinsame Gemeindeveranstaltungen und Besuche im Grover's Grill als Ausgehen gelten können."

„Wir haben ein Picknick gemacht." David war wichtig gewesen, dass Zella den einzigen Versuch eines romantischen Rendezvous nicht vergaß.

„Klar." Zella hatte die Augen verdreht. „Auf der Kuhwiese hinter eurem Haus. Das war für das arme Mädchen bestimmt der Höhepunkt des Jahres."

„Tabithas Baby konnte jeden Augenblick kommen. Wir mussten doch in der Nähe bleiben."

„Und wie alt ist Tabithas Baby jetzt?"

„In der nächsten Woche wird es drei Monate."

„Genau." Zella hatte ihn angefunkelt.

„Leigh hat sich nicht beschwert. Sie sagt immer, sie mag unsere Runden im Park und die Basketballspiele der Hollyhill Tigers."

„Und mit Jocelyn einzukaufen oder auf Stephen Lee aufzupassen. Natürlich beklagt sie sich nicht. Dafür ist sie zu nett. Vielleicht netter, als ihr guttut. Aber ich sage dir, David, sie ist ein Schatz. Und es wird Zeit, dass du die Augen aufmachst und das erkennst. Sie hat etwas besonders Schönes zu Weihnachten verdient." Zella hatte ihm den Zeigefinger in die Brust gebohrt. „Von dir."

„Du hast ja recht." Zella zuzustimmen, war manchmal die schnellste Methode, um sie von ihrem Kriegspfad abzubringen. „Ich gehe nächste Woche einkaufen."

„Aber kein Strickset mit Mütze und Handschuhen oder so etwas. Etwas Romantisches." Zellas Miene hatte sich von streng zu verträumt gewandelt, so als würde sie im Geiste den letzten Liebesroman, den sie gelesen hatte, nach Ideen durchforsten. „Ein Parfüm. Nicht das billige Zeug, sondern etwas, das in der Drogerie hinter der Theke steht. Chanel Nummer 5 vielleicht. Oder ein goldenes Medaillon. Ja, das wäre noch besser. Echtes Gold natürlich."

„Wie wäre es mit goldfarbenen Hausschuhen? Leigh hat neulich gesagt, der Boden in ihrer Wohnung sei immer so kalt", hatte David versucht, einen Scherz zu machen.

Zella war nicht zu Scherzen aufgelegt gewesen. Sie hatte ihn entsetzt angeschaut. „Du bist wirklich ein hoffnungsloser Fall. Ich weiß nicht, was Leigh an dir findet."

„Ich auch nicht", hatte David zugegeben.

Aber Leigh fand etwas an ihm und darüber war er froh. Er wollte, dass sie weiterhin etwas an ihm fand, auch wenn er eigentlich zu alt für sie war und keine Ahnung von Romantik hatte. Das war der Grund, warum er jetzt auf den Ring starrte, den er zwischen Daumen und Zeigefinger hielt. Er wischte den Diamanten mit dem Ärmel seines Pullovers ab. Dadurch glänzte er ein bisschen mehr, aber größer wurde der Stein davon auch nicht.

Als David den Ring vor sechs Jahren zum letzten Mal am Finger seiner Mutter gesehen hatte, war ihm der Stein nicht so klein vorgekommen. Er hatte gedacht, der Ring würde mit ihr begraben, aber nach der Trauerfeier hatte Gordon Hazelton ihm die Ringe seiner Mutter und ihre Uhr in einem kleinen braunen Umschlag übergeben und ihm gesagt, er solle sich erst nächste Woche Gedanken über die Bezahlung der Beerdigung machen. Als ob eine Woche etwas daran geändert hätte, wie viel Geld David auf dem Konto hatte.

Geld. In der Bibel stand, dass Menschen sich keine Sorgen um Geld machen sollten. David hatte Predigten darüber gehalten, dass Christen dem Herrn vertrauen sollten, was ihre Bedürfnisse betraf. Und hatte Paulus nicht an Timotheus geschrieben, dass die Liebe zum Geld die Wurzel allen Übels sei? Nicht das Geld selbst, sondern die Liebe zum Geld. Genug Geld, um einen Mann und seine Familie vor dem Armenhaus zu bewahren, war gut. Ein Segen sogar.

David warf einen Blick auf den Stapel Rechnungen, der auf der

Ecke seines Schreibtischs lag. Krankenhaus- und Arztrechnungen. Es war erstaunlich, wie viel es gekostet hatte, Stephen Lee auf die Welt zu holen. Eine Rechnung von Garys Werkstatt, weil die Bremsen von Davids Wagen hatten repariert werden müssen. Und dann waren sie letzte Woche aufgestanden und hatten gesehen, dass der Kühlschrank in einer Pfütze stand. Wilson vom Haushaltswarengeschäft am Ende der Straße hatte gesagt, eine Reparatur lohne sich nicht und sei nicht für dreißig Dollar zu machen. In einem kurzen Gespräch hatte David sich von Wilson überreden lassen, einen neuen doppeltürigen Kühlschrank zu kaufen, anstatt zu warten, bis er einen gebrauchten fand. Schließlich mussten sie Stephen Lees Milch kühlen. Aber nun musste er irgendwo das Geld finden, um diesen Kühlschrank zu bezahlen.

Tante Love hatte zu David gesagt, er solle sich keine Sorgen wegen Weihnachten machen, ein neuer Kühlschrank sei für sie alle genug Geschenk. Aber natürlich wollte Tabitha ihrem Baby etwas kaufen und Jocie glaubte mit ihren vierzehn Jahren zwar nicht mehr an den Weihnachtsmann, aber zu alt für Weihnachtsgeschenke unterm Tannenbaum war sie noch nicht. Er bezweifelte, dass selbst Leigh zu alt dafür war. Wenn er sie fragte, würde sie vielleicht so tun. Oder sie würde sagen, die schrecklichen Pralinen oder die goldenen Hausschuhe wären genau das Richtige. So war sie eben.

Deshalb wollte David sie mit einem Ring überraschen. Wahrscheinlich würde er alle damit überraschen. Niemand glaubte, dass er schon für eine Verlobung bereit war. Er war sich ja selbst nicht sicher, ob er schon so weit war. Schließlich waren sie erst seit ein paar Monaten zusammen. Leigh behauptete zwar, sie hätte schon länger ein Auge auf ihn geworfen, aber David hatte das nicht bemerkt. Er hatte sich damit abgefunden gehabt, allein zu bleiben, nachdem Adrienne ihn vor Jahren verlassen hatte. Im Grunde genommen war er schon allein gewesen, bevor sie gegangen war. Sie hatten auf seelischer oder geistiger Ebene nie eine richtige Ehe geführt.

Wenn Gott David jetzt tatsächlich eine zweite Chance im Hinblick auf die Liebe und das Eheglück gab, wollte er nicht zögerlich sein und sich Leigh durch die Lappen gehen lassen. Seit Wochen betete er jeden Tag bei seinen morgendlichen Gebetsspaziergängen ganz speziell auch darüber. War es in Ordnung, dass ein Mann über vierzig mit zwei Töchtern, einem neugeborenen Enkel und einer älteren, leicht senilen Tante eine junge Frau wie Leigh darum bat, ihr Leben mit ihm zu teilen und all diese Verpflichtungen auf sich zu nehmen?

Gott hatte es David nicht leicht gemacht und gesagt: Ja, ist in Ordnung, oder Nein, ist es nicht. Aber vielleicht hatte David ja auch einfach Angst, genau hinzuhören, für den Fall, dass er eine Antwort bekam, die ihm nicht gefiel. Er wollte die Treppe zu Leighs Wohnung hinaufsteigen, wo sie die Tür aufriss und ihn mit diesem Lächeln ansah, das ihm das Gefühl gab, wieder ein Teenager zu sein. Er wollte den frischen Apfelduft ihres Shampoos riechen, wenn sie den Kopf an seine Schulter lehnte, während sie sich irgendeine alberne Sendung im Fernsehen anschauten. Er wollte, dass sie den Rest seines Lebens an seiner Seite war. Er liebte sie. Das hatte er ihr noch nicht gesagt, aber das würde er, sobald er sich überlegt hatte, wie und wann.

Also war er nach Grundy gefahren, um dort zu einem Juwelier zu gehen. Er konnte schließlich nicht einfach in das Schmuckgeschäft in der Main Street marschieren und Rollin Caruthers nach Verlobungsringen fragen. Es würde keine Stunde dauern, bis die Nachricht im ganzen Bezirk Holly County die Runde gemacht hätte. Und er wollte, dass Leigh es von ihm erfuhr, nicht von irgendeinem Kerl, der sich in dem Amt, in dem sie arbeitete, über den Tresen lehnte.

Es war lange her, dass David bei einem Juwelier gewesen war, um etwas zu kaufen. Rollin hatte zwar vor einer Weile seine Uhr repariert, aber da hatte er sich keine Preise angesehen. Ringe waren teurer geworden, seit er nach seiner Rückkehr aus dem Krieg für Adrienne den Ring gekauft hatte, den sie sich ausgesucht hatte. Damals hatte er mehr Geld gehabt. Er hatte seinen Soldatensold gespart und Adrienne und Tabitha hatten kostenlos bei seiner Mutter gewohnt. David hatte gehofft, der Ring würde Adrienne glücklich machen, aber nichts, was er jemals getan hatte, war dazu in der Lage gewesen.

Der Diamant damals war doppelt so groß gewesen wie der am Ring seiner Mutter, vielleicht sogar dreimal so groß. Adrienne hatte ihn nach zwei Jahren nicht einmal mehr getragen. Sie hatte gesagt, er passe nicht richtig und sie würde ihn irgendwann ändern lassen. Das war nie geschehen, aber als sie Hollyhill und ihn verlassen hatte, hatte sie den Ring mitgenommen. Wahrscheinlich hatte sie ihn gleich versetzt. Tabitha wusste das vielleicht, aber was spielte das schon für eine Rolle? Der Ring hatte niemals etwas bedeutet.

David war wichtig gewesen, dass der Ring, den er jetzt kaufte, etwas bedeutete, aber der Verkäufer in dem Geschäft in Grundy hatte ihn mit einem Blick eingeschätzt. Ein Mann mittleren Alters ohne viel Geld in der Tasche. „Wir haben Ratenpläne", hatte der Verkäufer vorgeschlagen, als David ihn nach dem Preis eines Ringes gefragt hatte. „Dafür müssen Sie natürlich kreditwürdig sein."

„Ich habe nicht nach einem Kredit gefragt. Ich möchte wissen, was dieser Ring kostet." David hatte dem Mann direkt in die Augen gesehen, bis dieser sein süffisantes Grinsen abstellen und David einige Preise hatte nennen müssen. Alle völlig außerhalb von Davids Möglichkeiten.

„Und ist dieser Ring für Ihre Verlobte gedacht?", hatte der Verkäufer gefragt, als könnte er kaum glauben, dass irgendeine Frau ein Interesse daran haben könnte, David zu heiraten.

„Normalerweise kauft ein Mann einen Verlobungsring für seine eigene Verlobte", hatte David erwidert.

„Das ist durchaus üblich." Der Mann hatte die Vitrine abgeschlossen und den Schlüssel in seine Tasche gesteckt, als wollte er auf jeden Fall verhindern, dass David ihn nach einem weiteren Preis fragte. „Vielleicht darf ich etwas vorschlagen: Viele unserer älteren Paare kommen gemeinsam und erlauben der Dame, ihren Ring selbst auszusuchen." Wieder waren die Mundwinkel des Mannes zu einem aufgesetzten Lächeln nach oben gekräuselt gewesen, als er David angesehen und weitergesprochen hatte: „Schließlich sind wir ja keine Teenager mehr, nicht wahr? Wir müssen uns nicht von einem Augenblick hinreißen lassen."

David hatte noch einmal kurz die Ringe in der Vitrine betrachtet und dann gesagt: „Vielleicht haben Sie recht." Er hatte den Mann nicht nach seinem Namen gefragt. Er hatte den Namen gar nicht wissen wollen. Während er nach Hollyhill zurückgefahren war, hatte er überlegt, ob er Rollin Caruthers bitten sollte, ihm in seinem

Hinterzimmer einige Ringe zu zeigen, wo niemand David beim Ringkauf beobachten konnte.

Aber das würde nicht sein Geldproblem lösen. Er könnte natürlich warten und versuchen, bis zum Valentinstag genug Geld zu sparen, aber er wollte nicht warten. Seine Mutter hätte sich mit Sicherheit darüber gefreut, dass er den Ring aus dem Umschlag holte und Gebrauch davon machte. Sie hätte Leigh gemocht. Der Diamant war nicht groß, aber er war ein Diamant. Und er war für seine Eltern das Symbol einer guten Ehe gewesen. Er könnte den Stein neu einfassen lassen. Nicht in dem Laden in Grundy – der eingebildete Verkäufer dort würde wahrscheinlich eine Lupe herausholen, um den Diamanten zu suchen. Nein, er würde Rollin zum Stillschweigen verpflichten.

Jocie klopfte an seine Bürotür und rief: „Hey, Dad. Hast du das Editorial fertig?"

David fuhr zusammen, als hätte ihn jemand bei einem Nickerchen ertappt. Er versuchte, den Ring in seine Hemdtasche zu schieben, verfehlte diese aber. Stattdessen fiel der Ring auf den Boden und sprang ein Stück weiter. David tauchte unter den Schreibtisch, um den Ring wiederzuholen, als Jocie die Tür öffnete. Sein Stuhl krachte gegen die Wand und er stieß mit der Schulter an die Seite des Schreibtisches. Eine dicke Mappe mit Zeitungsausschnitten rutschte zu Boden, sodass sich die Zettel überall verteilten. Dann verhedderte sein Fuß sich irgendwie im Telefonkabel und beim Herunterfallen stieß das Telefon den Kaffeebecher um, sodass der Kaffee auf sein Bein tropfte. Wenigstens war er nicht mehr besonders heiß.

„Ach, du liebe Güte!", sagte Jocie. „Ist das ein Erdbeben?"

2

Jocie hatte noch nie ein Erdbeben erlebt. Ein Tornado hatte um sie herum getobt und sie war mitten in einem Haus gewesen, das bis aufs Fundament niedergebrannt war, aber mit Erdbeben hatte sie keinerlei Erfahrung. Jedenfalls noch nicht. So wie das Jahr bisher für sie lief, war aber alles möglich.

Sie fasste an den Türrahmen. Das Gebäude schien nicht zu wackeln. Aber warum sonst versteckte ihr Vater sich unter dem Schreibtisch, während die Dinge, die darauf standen, alle zu Boden fielen?

„Sei nicht albern!" Die Stimme ihres Vaters, die unter dem Tisch hervordrang, klang gereizt. Er kroch rückwärts unter dem Schreibtisch heraus und sah sie über die Tischkante hinweg an. Seine Haare waren zerzaust und seine Wangen gerötet. Er griff nach dem umgekippten Kaffeebecher und stellte ihn wieder hin, aber der Kaffee war schon verschüttet und lief über den Schreibtisch auf einige Briefe zu. „Die Erde bebt nicht. Ich habe nur etwas fallen lassen."

Zella trat hinter Jocie. „Das muss die Untertreibung des Jahres sein. Was in aller Welt machst du da, David?"

„Ich habe nur ein paar Dinge umgeworfen. Kein Grund, in Panik zu verfallen." Noch immer auf den Knien, versuchte Jocies Vater, den Kaffee mit den Händen aufzuhalten. „Es wäre hilfreich, wenn ihr ein paar Papiertücher holen könntet."

Jocie hielt sich die Hand vor den Mund, um nicht laut zu kichern. Ihr Vater sah wirklich komisch aus, wie er versuchte, die Flüssigkeit mit den Händen in Schach zu halten. Aber er lächelte nicht. Nicht einmal annähernd. Jocie beschloss, die Papiertücher zu holen und Zella die Frage zu überlassen, was passiert war.

Offensichtlich war ihr Vater jedoch nicht in Frage-und-Antwort-Laune. Als Jocie mit den Tüchern zurückkam, scheuchte er gerade Zella aus seinem Büro, bevor sie auch nur eins der Blätter aufheben konnte, die auf dem Boden verstreut waren. „Ich habe das Chaos angerichtet, ich räume es auch wieder auf." Er riss Jocie die Papiertücher aus der Hand.

„Gut, wie du meinst. Ich habe mehr als genug zu tun, ohne hinter dir herzuräumen." Zella rückte ihre dunkel gerandete Brille zurecht und stapfte zu ihrem Schreibtisch zurück.

„Alles in Ordnung, Dad?", fragte Jocie, während sie zusah, wie er den Kaffee aufwischte. Während Jocie und Wes sich manchmal einen Spaß daraus machten, Zella auf die Palme zu bringen, tat ihr Vater das nie. Er sagte, er schulde ihr zu viel, weil sie ihm geholfen hatte, die Zeitung aus den roten Zahlen zu bringen, als er den *Hollyhill Banner* einst als Herausgeber übernommen hatte.

„Hier ist alles in Ordnung. Ich war nur etwas ungeschickt." Er blickte zu Jocie auf. „Und jetzt verschwinde und lass mich aufräumen."

„Du willst keine Hilfe?"

„Nein."

„Was ist mit dem Editorial?"

„Ich bringe es euch, wenn ich damit fertig bin."

„Okay, Dad. Wie du meinst." Jocie ging rückwärts auf die Tür zu.

„Pass auf, wo du hintrittst!"

„Aye, Sir." Vorsichtig bahnte Jocie sich einen Weg zwischen den Unterlagen auf dem Fußboden hindurch.

„Und mach die Tür hinter dir zu, wenn du gehst."

Nachdem Jocie die Tür hinter sich zugezogen hatte, blickte Zella von ihrer Schreibmaschine auf und sagte: „Hat der aber eine Laune!" Sie schniefte ein wenig, riss ein rosafarbenes Kosmetiktuch aus der Schachtel, die auf ihrem Schreibtisch stand, und betupfte damit ihre Nase. Dann berührte sie die schwarzen Ringellocken auf ihrem Kopf, um sich zu vergewissern, dass sie alle wie üblich in Reih und Glied lagen.

„Das kann man wohl sagen. Meinst du, Leigh und er haben sich gestritten?"

„Nein, das hätte Leigh mir erzählt", erwiderte Zella, aber sie wirkte besorgt. Sie schrieb es beinahe gänzlich sich selbst zu, dass Jocies Vater Leigh Jacobson endlich wahrgenommen hatte. Im Gegenzug erwartete sie, dass Leigh sie über alles, was zwischen den beiden passierte, auf dem Laufenden hielt. Zella hatte immer noch nicht verwunden, dass Wes das Paar bei einem Kuss ertappt hatte, bevor sie wusste, dass die Romanze schon so weit fortgeschritten war. Der erste richtige Streit war etwas, wovon sie eindeutig wissen sollte. Sie griff zum Telefon.

Die arme Leigh. Wenn es eine Meinungsverschiedenheit gegeben hatte, würde Zella jedes noch so kleine Detail aus ihr herausquetschen. Jocie wandte sich zur Tür, um schnell zum Gericht zu laufen und Leigh zu warnen, aber bis sie dort wäre, hätte Zella Leigh bestimmt schon am Telefon erwischt.

Außerdem konnte Leigh mit neugierigen Leuten umgehen, auch wenn sie ganz eindeutig leicht in Verlegenheit zu bringen war. In Mt. Pleasant hatte sie schließlich jede Menge Gelegenheit zu üben. Die Mitglieder der Kirchengemeinde waren der Meinung, was immer ihr Pastor oder seine Familie taten, ginge sie etwas an, und sie hatten keine Skrupel, seine neue Freundin über alles und jeden auszufragen. Leigh verbrachte einen Großteil ihrer Sonntage damit zu erröten, aber Jocie war aufgefallen, dass Leigh keine Fragen beantwortete, die sie nicht beantworten wollte. Vermutlich konnte sie daher auch mit Zellas Verhören fertig werden. Anstatt zum Gericht ging Jocie also durch die Hintertür in die Druckerei.

Wes, der gerade einen Stapel Zeitungen aus der Druckerpresse nahm, blickte auf. Sein weißes Haar stand wie üblich in alle Himmelsrichtungen ab und neben seiner Nase war etwas Druckerschwärze verschmiert. Jedes Mal, wenn Jocie ihn in der Druckerei sah, stieg ein Dankgebet in ihr auf. Noch Wochen, nachdem er sie im letzten Sommer mit seinem eigenen Körper vor dem Tornado beschützt hatte, wobei ein Baum auf seinem Bein gelandet war und es zertrümmert hatte, war sie sich nicht sicher gewesen, ob es jemals wieder so sein würde wie früher: dass er bei der Zeitung half, mit seinem Motorrad durch die Gegend fuhr und verrückte Jupitergeschichten erzählte. Aber letzte Woche war endlich der Gips abgenommen worden. Wes hinkte noch, aber er konnte laufen. Er konnte auf sein Motorrad steigen. Er konnte fahren. Er konnte die Druckerpresse zum Laufen bringen und Jocie zum Lachen.

„Was ist denn da vorne los?", fragte Wes. „Sind die Marsmenschen gelandet?"

„Marsmenschen? Wie kommst du denn jetzt auf die? Deine Jupiterianer waren doch hinter dir her, aber wir haben dafür gesorgt, dass sie dich nicht mitnehmen."

„Sie hätten mich sowieso nicht mitgenommen", sagte Wes mit einem traurigen Kopfschütteln. „Sie hätten nur einen Blick auf mich werfen müssen, dann hätten sie gesehen, dass ich zu geerdet bin."

„Geerdet?"

„Genau. Das ist die größte Gefahr für Weltraumreisende, vor allem für uns Leute vom Jupiter. Der alte Mr Jupiter will alles über die Erde wissen und darüber, was die Schwerkraft hier derart stark macht, dass die Erdenbewohner so gut am Boden festkleben. Also lässt er manche von uns hierherkommen, damit wir solche Sachen herausfinden und Bericht erstatten. Doch manchmal schnappt die Schwerkraft zu und hält uns fest. Dann sind wir geerdet. Am Boden festgeklebt. Dann kann Mr Jupiter uns nicht mehr raufbeamen."

„Gut", sagte Jocie. „Ich will auch nicht, dass du irgendwohin gebeamt wirst."

„Da mach dir mal keine Sorgen." Wes beugte sich vor und klopfte auf sein Schienbein. „Diese Stange in meinem Bein würde sofort einen Beam-Alarm auslösen. Irdische Metalle bringen die Jupitermagnete durcheinander, die das Raumschiff zusammenhalten. Einmal, als ein Typ versucht hat, einen Penny von der Erde als Souvenir mit nach Hause zu nehmen, sind wir beinahe vom Himmel gefallen, bis er es zugegeben und den Penny aus dem Fenster geschmissen hat. Es kann natürlich sein, dass sie in all den Jahren, seit ich aus dem Raumschiff gefallen bin, bessere Magnete entwickelt haben. Vielleicht könnten sie mich inzwischen samt Bein hochbeamen. Wenn ich nicht geerdet wäre."

„Werden Erdenbewohner auch gejupitert?", fragte Jocie.

„Na klar", nickte Wes. „Das ist mit den Leuten aus eurem Raumfahrtzentrum passiert. Die versuchen herauszufinden, wie man zum Mond kommt und so. Natürlich wird es noch lange dauern, bis sie das rausfinden, deshalb glaube ich nicht, dass Mr Jupiter sich in nächster Zeit Sorgen machen muss. Und der Mann im Mond auch nicht."

Wes erzählte Jocie Jupitergeschichten, seit er in Hollyhill gelandet war. Damals war Jocie drei Jahre alt gewesen. Früher hatte sie die Geschichten geglaubt. Jetzt genoss sie es einfach, Wes zuzuhören, wenn er erzählte. Irgendwann wollte sie die Geschichten in einem ihrer Notizbücher aufschreiben.

„Aber wo ist das Editorial von deinem Daddy?“, wollte Wes wissen. „Haben die Jupiterianer es für ihre Seite mit Nachrichten von der Erde gestohlen?“

„Ich glaube, er hat es noch gar nicht geschrieben. Er benimmt sich wirklich seltsam.“ Jocie blickte über ihre Schulter in Richtung Büro, bevor sie sich wieder Wes zuwandte. „Als ich gerade an seine Tür geklopft habe, hat er beinahe den Schreibtisch umgeworfen, weil er daruntergekrabbelt ist. Er sagte, er hätte was fallen lassen.“

„In letzter Zeit ist er ziemlich schreckhaft, das stimmt“, pflichtete Wes ihr bei. „Ach, was ein Mann für die Liebe nicht alles macht.“

„Meinst du, er ist wirklich in Leigh verliebt? Ich meine, so *richtig*?“

„Könnte sein. Aber vielleicht solltest du *ihn* das fragen und nicht mich.“ Wes setzte sich, legte den Fuß auf eine Kiste und sah Jocie an. „Wäre das ein Problem für dich?“

„Ich glaube nicht.“ Jocie runzelte ein wenig die Stirn, während sie über seine Frage nachdachte. „Tabitha hat neulich gesagt, dass Dad eigentlich gar nicht so alt ist, auch wenn er jetzt Großvater ist. Sie findet, er sollte noch mal heiraten. Sie meinte, sie selbst würde auch gerne heiraten, aber dass das hier in Hollyhill passiert, sei eher unwahrscheinlich. Wegen Stephen Lee und so.“

„Hat sie vor zu gehen?“, fragte Wes.

„Mensch, ich hoffe nicht! Es würde Tante Love umbringen, wenn Tabitha mit dem Kleinen woanders hingehen würde. Du hast doch gesehen, wie Tante Love mit ihm ist. Sie singt ihm Verse aus den Psalmen vor, wenn sie ihn in den Schlaf wiegt. Ich glaube, mich hat sie nie so geliebt.“

„Du warst auch nicht ganz so liebenswert wie der kleine Stephen Lee, als sie auf der Bildfläche erschien. Schließlich warst du wie alt? Vielleicht acht. Zwischen einem süßen Baby und einer vorlauten Achtjährigen besteht ein ziemlicher Unterschied. Und seitdem ist eine Menge passiert.“

„Das kannst du laut sagen.“

„Und seitdem ist eine Menge passiert“, wiederholte Wes mit lauter Stimme. Dann lächelte er.

„Bist du deshalb geerdet? Wegen all der Dinge, die in letzter Zeit passiert sind?" Jetzt war es an Jocie, Wes anzuschauen und auf eine Antwort zu warten.

„Genau darüber habe ich viel nachgedacht, seit die Ärzte den letzten Gipsanker von meinem Bein gesägt haben." Wes starrte auf seinen Fuß hinunter und bewegte ihn hin und her. „Man merkt erst, wie schön ein Schuh am Fuß aussieht, wenn man länger keinen getragen hat."

Jocie setzte sich auf den Hocker vor dem Setztisch. Sie mussten noch mehr Seiten drucken, aber sie hatten genug Zeit. Die Zeitung wurde am Mittwoch ausgeliefert und heute war erst Montag. Ihre Hausaufgaben hatte sie vorhin schon gemacht, damit sie sich darüber keine Gedanken mehr machen musste. Vielleicht hatte sie sogar noch Zeit, um sich etwas Neues für das Weihnachtsprogramm in der Kirche zu überlegen. Wahrscheinlich hatten sie dasselbe Krippenspiel jedes Jahr aufgeführt, seit Mt. Pleasant achtzehnhundertirgendwas gegründet worden war. Das waren eine Menge Hirten in Bademänteln und Engel in Bettlaken mit Heiligenscheinen aus Girlanden.

Es müsste etwas Einfaches sein. Am Sonntagnachmittag sollte die erste Probe stattfinden. Normalerweise hatte Miss Sally das Stück zu diesem Zeitpunkt im Jahr schon gut auf den Weg gebracht, aber dies war für sie ein schwieriges Jahr gewesen. Immerhin war ihr Haus abgebrannt und Mr Harvey hatte einen Herzinfarkt gehabt. Miss Sally hatte versucht, jemand anders zu finden, der das Weihnachtsprogramm übernahm, aber alle hatten darauf bestanden, dass sie es wieder machen sollte, so wie immer. Jocies Dad hatte gesagt, es sei wichtig für Miss Sally, weiter mit den Kindern der Gemeinde zu arbeiten, damit sie einen Grund habe zu lächeln, denn Mt. Pleasant brauche Miss Sally und ihr Lächeln.

Jocie blickte zu Wes hinüber und fragte: „Willst du bei dem Weihnachtsstück in der Kirche mitspielen?"

„Und welche Rolle würde ich übernehmen?"

„Ich weiß nicht. Wie wäre es mit einem der drei Weisen? Es wäre doch mal was, wenn die Erwachsenen in diesem Jahr das Krippenspiel machen und nicht die Kinder."

Wes runzelte die Stirn. „Ich finde, du solltest dir besser einen weiseren Mann als mich für die Rolle suchen. Ich bin noch nicht einmal offiziell untergetaucht worden." Wes war im September Mitglied ihrer Gemeinde geworden, aber sie hatten die Taufe verschoben, bis sein Gips abkam.

„Die Weisen waren doch auf der Suche nach Erkenntnis. Das klingt nach dir. Du liest immer, weil du es magst, etwas Neues herauszufinden. Und du siehst aus wie jemand, der auf einem Kamel durch die Wüste reiten würde." Jocie beugte sich vor und betrachtete Wes, als wolle sie für das Kostüm eines Weisen aus dem Morgenland Maß nehmen.

„Ich weiß nicht, Jo", sagte Wes mit einem halbherzigen Kopfschütteln. „Ich glaube, ich bleibe bei Motorrädern. Außerdem bezweifle ich, dass die Leute in der Gemeinde etwas für einen jupiterianischen Weisen übrighätten. Nach allem, was ich gesehen habe, sind die meisten Kirchgänger nicht begeistert, wenn man etwas an ihren Weihnachtstraditionen ändert."

„Ich bin auch eine Kirchgängerin und ich möchte etwas Neues machen." Jocie lehnte sich zurück und schnitt eine Grimasse. „Etwas anderes. Irgendetwas anderes."

„Man könnte sagen, dass Mt. Pleasant schon genug anderes erlebt, mit deinem Daddy als Prediger und dir als Tochter vom Prediger und Tabitha und dem kleinen Stevie und mir, die alles noch spannender machen."

„Alle freuen sich darüber, dass Tabitha und du jetzt zum Gottesdienst kommen, und ich habe nicht gehört, dass irgendjemand etwas über Stephen Lee gesagt hat."

„Sie haben Angst, dass Lovella es mitbekommen könnte. Sie würde ihnen sofort einen Bibelvers um die Ohren hauen über Zungen, die Schaden anrichten. Deine Tante Love wird nicht zulassen, dass jemand schlecht über den kleine Stevie redet."

„Das würde keiner von uns zulassen. Es ist schließlich nicht seine Schuld, dass sein Vater keine Familie haben und kein Daddy sein wollte." Jocies Hände ballten sich zu Fäusten. Sie wusste, wie es war, ein Elternteil zu haben, dem es egal war, ob man existierte oder nicht. Sie würde verhindern, dass Stephen ungerecht behandelt wurde. „Und was macht es schon, dass sein Vater schwarz ist? Er ist süßer als die meisten anderen Babys. Tabitha sagt, in Kalifornien legen die Leute längst nicht so viel Gewicht auf die Hautfarbe wie hier."

„Hollyhill ist aber ziemlich weit von Kalifornien entfernt“, gab Wes zu bedenken.

„Das kannst du laut sagen.“ Jocie sah ihn an und hob die Hand. „Brauchst du aber nicht.“

„Entscheide dich. Kann ich es laut sagen oder nicht?“

„Was kannst du laut sagen?“, fragte Jocies Dad, der gerade in die Druckerei trat.

„Dass Hollyhill weit von Kalifornien entfernt ist.“ Wes grinste Jocie an.

„Und ich hoffe, das bleibt auch so.“ Jocies Vater reichte Wes sein Editorial. „Klingt so, als würde die Druckerpresse heute reibungslos laufen.“

„Betsy Lou geht es bestens.“ Wes stand auf und tätschelte die Maschine. „Wir haben ihr gerade nur eine kleine Pause gegönnt. Aber es klang, als würde vorne im Büro nicht alles so reibungslos laufen.“

Jocies Vater wirkte verlegen. „Das könnte man wahrscheinlich sagen, aber jetzt ist alles wieder unter Kontrolle.“

„Gut. Ich will schließlich nicht, dass du dir vor Sonntag ein Bein brichst und einen Gips bekommst. Schließlich musst du auch ins Wasser, um mich unterzutauchen.“

„Keine Sorge. Das passiert diesen Sonntag auf jeden Fall, so Gott will und der Fluss nicht anschwillt. Obwohl es vielleicht ganz gut wäre, wenn er etwas mehr Wasser führen würde. Das macht die Sache einfacher. Du hast dir das mit dem Fluss nicht anders überlegt, oder? Am Sonntag soll es ziemlich kalt werden. Bestimmt können wir immer noch das Taufbecken in der First Baptist Church benutzen.“

„Du glaubst doch nicht, dass das Eis auf dem Fluss so dick sein wird, dass wir es nicht kaputt kriegen, oder?“

Jocies Vater lachte. „Ich glaube nicht, dass es Eis gibt. Nur jede Menge kaltes Wasser.“

„Dann gehen wir zum Fluss“, sagte Wes. „So haben sie es in der Bibel auch gemacht.“

3

Wes sah die Menschentraube, die sich am Flussufer versammelt hatte, und staunte. Eigentlich hatte er jeden Sonntag gestaunt, seit er die Mitglieder von Mt. Pleasant gebeten hatte, ihn in ihre Familie der Gläubigen aufzunehmen. Sie hatten es nicht widerwillig getan, weil es nicht christlich gewesen wäre, jemandem den Zugang zum Reich Gottes zu verwehren, sondern sie hatten ihn gleich in ihre Herzen eingeladen. Auch wenn einige von ihnen wahrscheinlich wirklich glaubten, er wäre vom Jupiter oder zumindest aus einem Irrenhaus entflohen, bevor er den Weg nach Hollyhill gefunden hatte. Als Wes David erzählt hatte, wie sehr es ihn überraschte, dass er von der Gemeinde so herzlich aufgenommen worden war, hatte David gelacht und gesagt, jede Familie, selbst eine Gemeindefamilie, brauche einen oder zwei komische Onkel.

Diese Rolle zu übernehmen, war für Wes kein Problem. Er förderte seine Verrücktheit, ja, er feierte sie geradezu. Er konnte sich vorstellen, dass Gott das auch tat. Immerhin gab es in der Bibel jede Menge verrückter Typen. Zum Beispiel den alten Elia, der von einem Tornado in den Feuerwagen gehoben worden und in den Himmel aufgefahren war. Oder Johannes den Täufer, der Heuschrecken gegessen hatte. Das war schließlich alles andere als normal. Und je besser Wes die Leute in der Gemeinde von Mt. Pleasant kennenlernte, desto mehr fiel ihm auf, dass viele von ihnen auch ihre besonderen Macken hatten.

Und jetzt waren ihm fünfundzwanzig oder dreißig treue Seelen zum Fluss gefolgt, um in der kalten Dezemberluft zu stehen und zuzusehen, wie ihr komischer Onkel getauft wurde. Als er sah, wie Tabitha versuchte, die Ärmchen des kleinen Stevie unter der Patchworkdecke zu halten, die sie um ihn geschlagen hatte, und wie Lovella ihren Hut festhalten musste, damit er nicht in den Fluss geweht wurde, bekam Wes ein schlechtes Gewissen, weil er den warmen Raum der Baptistenkirche in Hollyhill ausgeschlagen hatte. Aber daran konnte er jetzt nichts mehr ändern. Sie waren am Fluss. Und gleich war es so weit, dass er in das kalte Wasser steigen würde.

Die Gemeindediakone und ihre Familien waren vollzählig erschienen. Wahrscheinlich ihre Christenpflicht, vermutete Wes. Die McDermotts, die Jacksons, sogar die Martins – obwohl Ogden Martins Gesicht das übliche Stirnrunzeln trug.

Manchmal wäre Wes am liebsten neben den Diakon getreten und hätte gesagt: „Lächeln Sie doch, Bruder. Freuen Sie sich am Herrn." Vielleicht stand es nicht genau so in der Bibel, aber so ähnlich. Ein Mann sollte in der Kirche fröhlich sein. Aber Wes biss sich auf die Lippen und schwieg. David und Ogden Martin hatten mithilfe von Gebeten Frieden geschlossen und Wes würde nichts tun, um David diesen Frieden zu verderben.

Natürlich war auch Sally McMurtry da. Wie gewohnt scharten sich die Hearndon-Kinder um sie. Sally hielt das kleine Zwillingsmädchen, während Noah den Jungen fest im Griff hatte. Die kleine Cassidy stand dicht an Sally gedrängt, so wie sie es immer tat, seit sie Sally als ihre Großmutter adoptiert hatte. Alex Hearndon hatte sich hinter Sally aufgebaut, um sie und seine Kinder mit seinem breiten Körper vor dem Wind abzuschirmen. Sallys Gesicht war ein weißes lächelndes Rund zwischen all diesen dunkelhäutigen Gesichtern.

Es war schon komisch, wie Gott einem eine Familie schenkte, wenn man ihn ließ. So wie er Wes Jo geschenkt hatte. Wes sah zu ihr hinüber. Normalerweise hätte sie eines der Babys auf dem Arm gehabt, entweder die kleine Elise Hearndon oder Murray McDermott, aber heute stand sie direkt am Fluss und konnte sich ganz darauf konzentrieren, dabei zuzusehen, wie Wes unter Wasser getaucht wurde. Sie hatte die Kamera in der Hand, bereit, den Augenblick einzufangen. Er hoffte nur, dass sie das Bild nicht im *Banner* veröffentlichen wollte.

Jo wurde allmählich ein hübsches kleines Ding. Sie wusste das nicht. Vielleicht würde sie es nie wissen, aber etwas leuchtete aus ihr, das ihre Gesichtsform und ihre Augenfarbe belanglos werden ließ. Wes hatte dieses Leuchten schon bei ihrer ersten Begegnung gesehen, und da war sie gerade mal drei Jahre alt gewesen. Sein Herz, das von Jahren der Trauer ganz verschrumpelt gewesen war, war in der Wärme dieses Leuchtens wieder zum Leben erwacht. Sie war seine Familie geworden. Und sie hatte nie ihr Ziel aufgegeben, ihn auch zu einem Mitglied in Gottes Familie zu machen.

Bestimmt hatte sie ihn im Laufe der Jahre fünfzig Millionen Mal eingeladen, mit zum Gottesdienst zu kommen, aber er hatte immer eine Ausrede gehabt. Zu kalt, zu warm. Zu müde, zu faul. Zu böse, zu verrückt. Zu viel Angst. Diesen letzten Grund hatte er nie laut ausgesprochen, aber er war der ehrlichste von allen. Er hatte zu viel Angst gehabt, sich Gott zuzuwenden. Er hatte Angst gehabt, Dinge über sich selbst zu erfahren, die er nicht sehen wollte. Sich an Dinge zu erinnern, an die er nicht denken wollte.

Als könnte er jemals vergessen, wie Rosa und Lydia im Auto eingeschlafen waren und darauf vertraut hatten, dass sie bei ihm in Sicherheit waren. Mit manchen Dingen konnte ein Mann nicht leben. Vor manchen Dingen musste er fliehen. Es war einfacher, den Blick abzuwenden und jemand anders zu werden. Jemand vom Jupiter, ohne Vergangenheit und ohne Hoffnung auf eine Zukunft.

Aber trotz all seiner Ausreden hatte Jo ihn immer weitergeliebt. Gott hatte ihn immer weitergeliebt. Er hatte dafür gesorgt, dass Wes in Hollyhill gestrandet war, ohne Benzin und ohne Geld. Gott hatte dafür gesorgt, dass ein kleines Kind ihn bei der Hand genommen und ihn bedingungslos geliebt hatte. Er hatte einen Baum auf sein Bein fallen lassen, damit er im Krankenhauszimmer die Gideonbibel aufschlagen musste, um nicht wahnsinnig zu werden. *Der Gottlose … bekehre sich zum Herrn, so wird er sich seiner erbarmen, und zu unserm Gott, denn bei ihm ist viel Vergebung.* Wes hatte im Buch Jesaja viel über Vergebung gefunden. In der ganzen Bibel. Eine erstaunliche Gnade. Wie süß dieser Klang.

Myra Hearndon hatte dieses Lied am Morgen im Gottesdienst gesungen: „Amazing Grace“. Sie hatte eine so wunderbare Stimme, dass manchmal die ganze Gemeinde verstummte, um ihr zuzuhören. So war es auch an diesem Morgen gewesen. Myra hatte so gesungen, wie sie alle irgendwann singen würden, wenn sie im Himmel waren.

Jetzt leitete sie die kleine Gruppe fröstelnder Christen beim Gesang des Liedes „Sammeln wir am Strom uns alle“. Keine Kirche konnte eine Taufe feiern, ohne diesen Klassiker zu singen. Schon gar nicht, wenn die Taufe tatsächlich in einem Fluss stattfand, auch wenn es bei dem Lied eher um die Überquerung des Jordans ging als darum, für Jesus untergetaucht zu werden. Aber andererseits war die Taufe ja auch ein Symbol für den Tod. Man starb dem alten Leben und stand als neuer Mensch aus dem Wasser auf.

Wes war sich nicht ganz sicher, wie das mit dem neuen Menschen funktionierte. Aber er hatte das Bedürfnis gehabt, nach vorne zu gehen und sein Leben Gott zu übergeben. Und jetzt wollte er tun, was immer der Herr mit ihm vorhatte. Der Herr sagte, man solle sich taufen lassen, also würde er genau das tun, obwohl er als Kind schon einmal getauft worden war. Seine Mutter hatte sich sehr darüber gefreut, ihren Jüngsten getauft zu sehen. Sie war damals schon krank gewesen und es war das Mindeste gewesen, was er für seine sterbende Mutter hatte tun können.

In seinem alten Leben hatte das mit dem Glauben auch durchaus funktioniert, aber er hatte ihn nicht mitgenommen, als er sich nach Rosas und Lydias Tod auf den Weg gemacht hatte. Also war es nur richtig, dass dieser neue Mensch, der er geworden war, einen Neuanfang mit Gott machte. Vielleicht war das genug. Vielleicht würde sein altes Leben ihn nicht länger verfolgen.

Myra sang die letzten Töne des Liedes und David, der neben Wes stand, schlug die Bibel auf. Der Wind fuhr in die Seiten und David hatte Mühe, mit seinen vor Kälte zitternden Händen die betreffende Seite aufgeschlagen zu lassen. Wes warf einen Blick auf den graugrünen Fluss hinter ihnen. Es war kein Eis auf dem fließenden Gewässer, aber er konnte die ersten eisigen Kristalle am gefrorenen Schlamm des Ufers sehen. Sie würden beide schockgefrostet. Daran bestand kein Zweifel. Vielleicht würde Gott so gut sein, sie vor einer Lungenentzündung zu bewahren.

Falls sein Mund dann nicht zugefroren war, würde er Jo nach der Taufe sagen müssen, dass sie ein Keine-Lungenentzündung-Gebet sprechen solle. Das Mädchen schien manchmal einen direkten Draht zum Himmel zu haben, so wie ihr Hunde-Gebet und ihr Schwester-Gebet und ihr Wes-soll-wieder-so-gesund-werden-dass-er-Motorrad-fahren-kann-Gebet erhört worden waren, um nur einige wenige zu nennen. Wer weiß? Sie hatte es nie gesagt, aber wahrscheinlich hatte sie auch ein Rette-Wes-Gebet gebetet.

Oben an der Straße oberhalb des Flusses schlug eine Wagentür zu und Zella kam den Hügel hinuntergeeilt. „Wartet! Wartet!“, rief sie ihnen zu. „Fangt nicht ohne mich an.“

Dass Zella hier auftauchte, war eine echte Überraschung. Sie hatte Wes unmissverständlich gesagt, dass ein Mensch verrückt sein müsse, um sich im Fluss taufen zu lassen, und erst recht mitten im Winter. Vor allem, wenn dieser Mensch auch in ihre Kirche gehen und das Ganze richtig, mit weißem Gewand und allen Annehmlichkeiten, erledigen könnte. Außerdem hatte sie dafür gesorgt, dass man ihm die Kosten für die Beheizung des Wassers nicht in Rechnung gestellt hätte. Sie hatte verlegen in der Tür zur Druckerei gestanden, als sie ihm dieses Angebot unterbreitet hatte.

„Das ist wirklich nett von dir", hatte Wes zu ihr gesagt. „Aber ich habe mir vorgenommen, es genau so zu machen wie in der Bibel. So wie Jesus. Im Fluss."

„Aber das war damals. Wenn der Herr heute hier wäre und getauft würde, wäre er so vernünftig, in unsere Baptistengemeinde zu kommen", hatte sie erwidert. Da David in diesem Moment durch die Hintertür hereingekommen war, hatte sie versucht, ihn in das Gespräch hineinzuziehen. „Oder etwa nicht, David?"

„Könnte sein, Zella", hatte David gesagt. „Auf jeden Fall würde er zur Taufe kommen, egal, wo wir sie feiern. Und der Ort spielt eigentlich auch keine so große Rolle, sondern was die Taufe dem Täufling bedeutet. Wenn das Herz stimmt, ist jeder Ort gut."

„Auch wenn das Herz am richtigen Fleck sitzt, werden eure Füße eiskalt werden", hatte Zella beleidigt erwidert. „Wahrscheinlich bekommt ihr beide eine Lungenentzündung oder irgendwas anderes von dem dreckigen Wasser. Dann braucht ihr aber nicht zu glauben, dass ich Mitleid mit euch habe, und jammert dann bloß nicht, dass wir jemanden einstellen müssen, um eure Arbeit zu machen. Dazu ist kein Geld da."

„Noah würde uns bestimmt wieder aushelfen", hatte David gesagt.

„Hast du deine Ohren ausgestellt, bevor ich das mit dem Geld gesagt habe?" Zella hatte ausgesehen, als hätte sie David selbige Ohren am liebsten lang gezogen, damit er ihr zuhörte. „Außerdem hat Jocelyn erzählt, dass Noah in der Basketballmannschaft spielt. Er hat erst im März wieder Zeit, hier zu helfen."

„Dann müssen wir Gott wohl bitten, dass er uns nicht krank werden lässt", hatte David erwidert.

„Er hat uns einen Verstand gegeben, damit wir ihn benutzen, weißt du“, hatte Zella gefaucht, bevor sie die Tür zugeknallt hatte und zu ihrem Schreibtisch zurückgestapft war.

Mit Zella hatte Wes an diesem Morgen am Fluss also überhaupt nicht gerechnet. Aber es war eindeutig so, dass Zella sich in letzter Zeit noch merkwürdiger verhielt als sonst. Manchmal bekam sie fast einen Herzinfarkt, wenn er ihr auch nur einen Blick zuwarf, ein anderes Mal fragte sie ihn nach seiner Gesundheit, so als interessiere es sie wirklich. Wes verstand nicht, was mit ihr los war.

Andererseits war Zella einfach Zella. Manchmal machte sie ihre eigenen Pläne für andere Leute, so wie sie David dazu gebracht hatte, Leigh Jacobson zu bemerken. Auch wenn er zugeben musste, dass das ziemlich gut funktioniert hatte, wollte Wes nicht, dass Zella irgendwelche Pläne für ihn machte. Schon gar nicht von der romantischen Sorte.

Als er Zella jetzt in ihren Sonntagsschuhen, ihrem Sonntagsmantel und dem Nerzkragen die Böschung hinunterlaufen sah, ohne dass sie die Schlammspritzer auch nur bemerkte, bekam Wes eine Gänsehaut. Dabei war er noch gar nicht in das kalte Wasser gestiegen. Irgendetwas ging hier vor sich. Und er war sich nicht sicher, ob er herausfinden wollte, was es war.

Leigh ging Zella entgegen und zog sie nach vorne zu Jocie und Lovella. Zur Familie.

Wes zwang sich, nicht länger darüber nachzudenken, was mit Zella los war, und konzentrierte sich wieder darauf, warum er überhaupt hier am Flussufer stand. David las aus der Apostelgeschichte vor. *„Die nun sein Wort annahmen, ließen sich taufen.“*

David reichte Matt McDermott seine Bibel und stieg ins Wasser. Er schnappte nach Luft, ging aber weiter. Wes folgte ihm. Das kalte Wasser lief in seine Schuhe, aber Wes achtete kaum darauf. Nachdem er sich darüber klargeworden war, was Gott von ihm wollte, würde er sich nicht von etwas kaltem Wasser davon abhalten lassen.

David hatte ganz blaue Lippen, als er die Hand hob und sagte: „Ich taufe dich, Wesley Green, auf den Namen des Vaters, des Sohnes und des Heiligen Geistes.“

Wes hielt sich an Davids Arm fest und ließ sich von ihm in das eisige Wasser senken, aber er spürte die Kälte gar nicht. Der Herr erwärmte ihn ganz und gar, und während er unter Wasser war, sah er Rosa. Sie lächelte ihn so an, wie sie an dem Tag gelächelt hatte, als sie geheiratet hatten.

4

Als David Wes aus dem kalten Flusswasser zog, fingen die Menschen am Ufer an zu klatschen, als hätten sie gerade den Siegtreffer bei einem Basketballspiel der Highschoolmannschaft von Hollyhill mit angesehen. Man hörte den Applaus kaum, weil beinahe alle Handschuhe trugen, aber es war trotzdem ein fröhliches Geräusch. David konnte sich nicht erinnern, jemals so stolz auf seine Schäfchen gewesen zu sein wie in diesem Augenblick. Selbst Ogden Martin lächelte fast. Fast.

Daran, dass Jocie lächelte, bestand kein Zweifel. Seine Tochter sah aus, als würde sie gleich vor Freude explodieren. Sie hatte auf dem kalten Boden am Ufer gekniet, um ein Foto zu machen, wenn Wes aus dem Wasser kam. Es würde bestimmt Preise gewinnen. Jocie hatte ein Händchen dafür, genau im richtigen Moment auf den Auslöser zu drücken. David wünschte, er hätte eine Kamera, um ein Foto von ihr zu machen, aber da er keine hatte, hielt er dieses Bild der Freude einfach in Gedanken fest. Die Haare wehten ihr ins Gesicht, ihre Nase war vor Kälte ganz rot und ihr Sonntagskleid war mit Schlammflecken übersät, zumindest in den Bereichen, in denen sie auf dem Boden gekniet hatte. Dafür würde sie mit Tante Love Ärger bekommen. Aber das war ihr in diesem Augenblick völlig gleichgültig. Sie war zu sehr damit beschäftigt sich mit Wes zu freuen.

Der Tag, an dem Jocie zur Welt gekommen war, war für David einer seiner segensreichsten Tage gewesen. Und jetzt stand sie umgeben von anderen Menschen, die ein Segen für ihn waren, am Flussufer und alle sahen ihm zu. Aber er konnte all diesen Segen jetzt nicht richtig würdigen. Er war sich nicht einmal sicher, ob er überhaupt noch Füße auf dem Grund des Gewässers hatte, und seine fast erfrorenen Finger schmerzten. Wes sah aus, als friere er noch mehr. Wasser tropfte aus seinen grauen Haaren und Augenbrauen. Wenn sie nicht schnell ins Warme gingen, würde der arme Kerl bald Eiszapfen an Nase und Ohren haben. Der nächste Täufling würde bis zum Frühjahr warten müssen.

Matt McDermott und Whit Jackson warteten am Ufer mit Decken, die sie um David und Wes schlangen, sobald sie aus dem Wasser gestiegen waren. Die Decken halfen zwar gegen den Wind, aber trotzdem zitterten sie beide, da ihre nasse Kleidung darunter an ihnen klebte wie eine zweite Haut und eine eisige Kälte von ihr ausging. David hatte nicht mehr so gefroren, seit er im Zweiten Weltkrieg in dem U-Boot im Pazifik gewesen war und sie nur noch ein Notstromaggregat gehabt hatten.

„Alles in Ordnung, David?“, fragte Wes mit klappernden Zähnen.

„Ich weiß nicht. Das sage ich dir, wenn ich aufgetaut bin“, erwiderte David. „Und bei dir?“

„Ich bin mir sicher, mir war schon mal kälter, aber mein Gehirn ist zu sehr eingefroren, um sich daran zu erinnern“, sagte Wes. „Aber es war richtig so. Ich bin dir was schuldig, weil du mit mir in den Fluss gestiegen bist.“

Als Jocie angelaufen kam, um Wes zu umarmen, streckte er die Hand aus, um sie zurückzuhalten. „Es bringt nichts, wenn du auch noch nass wirst und dich in einen Eiswürfel verwandelst, Jo. Die Jupiter-Umarmungsparty machen wir später.“

Alle lächelten, aber niemand unterhielt sich, während sie die Böschung hinauf zur Straße und zu ihren Autos und Heizungen kletterten. Dass sie sich beeilten, lag nicht nur daran, dass der Wind eisig war, sondern sie waren gleich nach dem Sonntagsgottesdienst für die Taufe zum Redbone River gekommen, sodass jetzt ihr Sonntagsessen auf sie wartete.

Matt McDermott folgte David zu seinem Wagen. „Du weißt noch, dass ihr zum Essen zu uns eingeladen seid, nicht wahr?“

„Ich komme, sobald ich mich in der Kirche umgezogen habe“, erwiderte David.

Matt sah zu Wes hinüber. „Dorothy hat genug gekocht, Wesley, also komm doch mit Bruder David zusammen rüber.“

„Zu einem guten Essen sage ich nicht Nein“, sagte Wes. „Vor allem heute, wenn es etwas Warmes ist.“

„Keine Sorge. Es wird heiß sein und ich werfe noch ein Holzscheit aufs Feuer, während Dorothy ein zusätzliches Gedeck auflegt.“ Matt wandte sich wieder David zu. „Und mit Leigh rechnen wir natürlich auch.“

„Sie hat mir schon gesagt, dass sie sich darauf freut. Dorothy hat sie bereits letzte Woche eingeladen.“ David sah an Matt vorbei zu Leigh, die Zella den Hügel hinaufhalf. Sie musste seinen Blick gespürt haben, denn sie sah auf, die Arme um sich geschlungen, und fröstelte übertrieben, bevor sie ihn anlächelte. David vergaß seine erfrorenen Zehen und seine nassen Socken, aus denen bei jedem Schritt Wasser heraustriefte. Ihm war schon viel wärmer, obwohl er noch gar nicht in den Wagen gestiegen war und die Heizung aufgedreht hatte.

Der Diamantring seiner Mutter steckte noch immer in dem zusammengefalteten Umschlag und dieser befand sich in seiner Brieftasche in der Kirche. Nächste Woche musste er ihn unbedingt zum Juwelier bringen, wenn er wollte, dass der Diamant bis Weihnachten neu eingefasst war. Er würde seine Uhr mitnehmen, damit sie gereinigt wurde, und Rollin Caruthers das Versprechen abnehmen, kein Wort zu verraten, bevor er den Ring herauszog. Danach musste er sich nur noch einen besonderen Zeitpunkt und Ort überlegen, an dem er Leigh einen Antrag machen konnte.

Jocie stieg hinter David und Wes auf den Rücksitz. Normalerweise wäre sie mit Leigh schon zu den McDermotts vorgefahren, um mit dem kleinen Matt, mit Molly und Baby Murray zu spielen, aber heute blieb sie in Wes' Nähe. Sie rutschte auf ihrem Sitz nach vorne und legte die Hände auf seine Ohren. „Ich glaube, Zella hatte vielleicht recht und wir hätten in ihre Kirche gehen sollen.“

„Warum das?“, fragte Wes.

„Deine Ohren sind lila.“

„Das passiert, wenn Jupiterianer den Kopf in eiskaltes Wasser tauchen. Dann kommt die wahre Farbe durch“, sagte Wes. „Pass nur auf, dass du sie nicht abbrichst.“

„Du hast doch gesagt, du seist geerdet“, wandte Jocie ein.

„Das ändert aber nichts daran, welche Farbe die Ohren bekommen, wenn sie kalt werden. Oder daran, wie lange es dauert, bis diese Ohren auftauen. Aber ich kann dir versichern, dass mein Herz ganz warm und geerdet ist“, sagte Wes. „Schick du auf jeden Fall ein Keine-Lungenentzündung-Gebet für mich und deinen Daddy nach oben, dann sind wir am Montag wieder die Alten. So lange dauert es bestimmt, bis uns wieder warm wird.“

„Das Gebet habe ich längst gebetet“, sagte Jocie. „Und dass euch von den Erfrierungen nicht die Finger und Zehen abfallen. Kannst du fassen, dass Zella gekommen ist?“

„Zella ist in letzter Zeit ein bisschen unberechenbar“, sagte Wes und warf David einen fragenden Blick zu. „Hast du eine Ahnung, was mit ihr los ist, Boss?“

„Vielleicht muss sie anfangen, andere Liebesromane zu lesen“, schlug David vor.

„Nein, ich glaube, daran liegt es nicht.“ Wes schüttelte ein wenig den Kopf. „Ihre Eheanbahnungspläne laufen gut. Mehr als gut. Du und Leigh, ihr braucht ihre Kuppelversuche doch inzwischen kaum noch.“

„Dann ist das vielleicht das Problem. Sie braucht eine neue Herausforderung. Vielleicht hat sie beschlossen, als Nächstes dir eine Frau zu suchen, Wes.“ David grinste Wes an.

„Vielleicht hat sie auch beschlossen, dass sie diese Frau ist“, fügte Jocie hinzu.

Wes legte eine Hand auf sein Herz. „Ihr beide versucht das zu erreichen, was das kalte Wasser nicht geschafft hat. Dass ich einen Herzinfarkt bekomme. Vielleicht solltest du dein Keine-Lungenentzündung-Gebet für mich vergessen, Jo, damit ich einen Grund habe, mich eine Weile in meiner Wohnung zu verstecken.“

„Ich glaube nicht, dass du dir darüber Sorgen machen musst“, sagte David lachend. „Zella liest vielleicht bevorzugt Liebesgeschichten und sie plant liebend gern die Liebesgeschichten anderer Leute, aber sie wird die Liebe nicht an ihren eigenen Frühstückstisch einladen.“

„Ich hoffe, du hast recht, denn das habe ich auch nicht vor“, sagte Wes, den ein neuerlicher Schauer durchlief. „Ich genieße meinen Kaffee und meine Cornflakes mit nichts außer einem guten Buch als Gesellschaft.“

David konnte sich nicht daran erinnern, wann er das letzte Mal allein gefrühstückt hatte. Nicht, dass ihm das lieber gewesen wäre. Er aß gerne Tante Loves Brötchen und hörte sich an, was Jocie an diesem Tag in der Highschool erwartete. Selbst Tabitha, die so früh morgens noch kein Essen sehen konnte, war jetzt manchmal in der Küche und machte die Flasche für Stephen Lee fertig. Wenn David morgens seine Ruhe haben wollte, machte er einen Gebetsspaziergang auf Herman Crutchers alter Kuhweide hinter dem Haus, während die Sonne aufging.

Am Mittagstisch der McDermotts herrschte eindeutig keine Ruhe, als sich schließlich alle zum Essen setzten. Dorothy McDermott schien der Lärm nichts auszumachen. Sie hatte an einem Ende ihrer großen Küche einen Klapptisch für ihre Kinder und Jocie aufgestellt, während alle anderen an dem großen Eichenholztisch Platz nahmen. Dorothy achtete darauf, dass Leigh neben David saß.

Die Frauen von Mt. Pleasant hatten die Tatsache, dass Leigh und ihr Pastor ein Paar waren, akzeptiert, nachdem sie sich ausführlich darüber ausgetauscht hatten, wie viel älter David war als Leigh. David hatte einige der Diskussionen zufällig mit angehört und war außerdem von einigen darüber unterrichtet worden, die meinten, er sollte es wissen. Leigh und er hatten darüber gelacht, wie einfallsreich die Damen gewesen waren, um herauszufinden, wie alt sie war, ohne sie geradeheraus zu fragen. Und die ganze Zeit war Leigh taktvoll, geduldig und freundlich gewesen. Etwas, das Adrienne in den Jahren, in denen sie mit ihm verheiratet gewesen war, nie hinbekommen hatte. Sie hatte sogar gezielt überlegt, wie sie seine Gemeindemitglieder beleidigen konnte, einfach, weil es ihr Spaß machte und ihm wehtat.

Inzwischen dachte David kaum noch an Adrienne. Jahrelang hatte er wegen ihrer gescheiterten Ehe mit Schuldgefühlen gelebt. Vielleicht hätte er dies tun oder jenes sagen sollen … Noch immer war er der Meinung, dass es ihm hätte gelingen müssen, Adriennes Herz zu berühren, bevor sie ihn und ihr Leben in Hollyhill verlassen hatte. Aber er hatte sich endlich vergeben, dass er als Ehemann versagt hatte, und seinen Groll auf Adriennes Versagen als Ehefrau losgelassen.

Als Tabitha nach Hause gekommen war, hatte er sich wieder mit diesem Thema auseinandersetzen müssen. Jetzt beobachtete David Tabitha über den Tisch hinweg dabei, wie sie sich eine Haarsträhne hinters Ohr strich und über etwas lachte, das Matt McDermott gesagt hatte. Sie war so hübsch, genau wie Adrienne, doch in anderer Hinsicht ähnelte sie ihrer Mutter kein bisschen. Nase, Mund und Augen mochten die gleiche Form und Farbe haben, aber sie waren nicht gleich. Tabitha lächelte ganz offen, vor allem jetzt, als sie ihr Baby ansah.

Aber Tabitha widmete nicht all ihr Lächeln und ihre Liebe Stephen Lee. Sie wollte, dass andere sie mochten. Es war ihr wichtig, dass die Menschen um sie herum glücklich waren. Und das war etwas, das sie ganz sicher nicht von der Adrienne gelernt hatte, an die David sich erinnerte.

Davids Blick fiel auf die winzige Rose auf Tabithas Wange. Bevor sie den Bus quer durchs Land zurück nach Hollyhill genommen hatte, war sie in Kalifornien in der Hippiebewegung gewesen. Aber was machten eine winzige Tätowierung und lange Haare schon aus? Wichtig war, wie es im Innern aussah, und seine schöne Tochter, die mitten in der Nacht mit ihrer Mutter verschwunden war, als sie dreizehn Jahre alt gewesen war, hatte nicht vergessen, wie man lacht und liebt. David konnte sich nicht erinnern, dass er Adrienne jemals so glücklich gesehen hatte. Aber vielleicht hatte sie Gründe gefunden, zu lachen und zu lächeln, nachdem sie Hollyhill verlassen hatte. Er hoffte es.

Er selbst hatte jede Menge Gründe zu lächeln. David lehnte sich auf seinem Stuhl ein wenig zur Seite, bis seine Schulter die von Leigh berührte und er den frischen Duft ihrer blonden Haare einatmen konnte, die sich um ihre Schultern lockten. Ihnen gegenüber saß Tante Love und hielt ihren gesunden Enkel auf dem Arm. Wes, sein bester Freund, war jetzt ein Mitglied in Gottes Familie und konnte auch in der Ewigkeit sein bester Freund sein. Am Kindertisch fütterte Jocie Murray mit Kartoffelbrei, während Matt und Mollie um ihre Aufmerksamkeit buhlten. David spürte allmählich wieder, dass er Zehen hatte, und Dorothy reichte ihm einen Teller mit heißen Brötchen frisch aus dem Ofen. Das Leben war gut.

Und er musste sich nicht einmal Sorgen um das Krippenspiel an Weihnachten machen. Miss Sally hatte ihm an diesem Morgen erklärt, sie habe alles im Griff.

5

Tabitha saß in der hintersten Bank und fütterte Stephen Lee, während der freche Martin-Junge ein paar kleine Mädchen den Mittelgang hinaufjagte. Miss Sally sollte ihm beim Krippenspiel die Rolle des Esels geben, da er sich ohnehin so benahm. Aber nein, Miss Sally packte ihn und umarmte ihn und sagte ihm dann, er solle neben ihr in der ersten Reihe sitzen, während sie überlegten, wer welchen Part spielen würde.

Eigentlich hatte Tabitha nicht zu den Proben für das Krippenspiel kommen wollen. Sie wäre lieber bei den McDermotts geblieben, um die Babysachen zusammenzulegen, die Mrs McDermott ihr gegeben hatte. Kleidung, aus der Murray herausgewachsen war. Es waren winzige Jeans-Overalls und Cordhosen und rot-blau karierte Hemden mit Druckknöpfen an den Schultern. Außerdem hatte Mrs McDermott ihr bestimmt zwölf Paar Socken gegeben und ein Paar weißer Tennisschuhe mit roten Streifen.

Als ob Stephen Lee schon Schuhe bräuchte. Aber sie waren wirklich süß. Tabitha hatte ihrem Sohn sofort den Strampler ausgezogen und ihm die Hose und ein Hemd übergestreift, damit er die Schuhe tragen konnte. Mrs McDermott hatte ihre Kamera geholt und ein paar Bilder gemacht. Sie hatte versprochen, Abzüge für Tabitha zu bestellen, wenn sie den Film zur Entwicklung weggab.

Jocie hatte mit der Kamera des *Banner* auch Fotos gemacht, aber sie hatte immer einen Schwarz-Weiß-Film in der Kamera. Tabitha wollte farbige Bilder. Sie wünschte sich eine eigene Kamera zu Weihnachten, die sie immer zur Hand haben konnte, um Stephen Lee beim Lächeln oder Gähnen oder irgendetwas anderem, was süß war, ablichten zu können. Aber Kameras kosteten Geld und Filme und Blitzlichter kosteten Geld und die Entwicklung der Bilder kostete Geld, und Geld war etwas, das sie nicht hatte.

Ihr Vater würde ihr geben, was sie sich wünschte, wenn sie ihn darum bäte, aber sie hatte das Gefühl, dass es nicht recht wäre, ihn um noch mehr zu bitten. Er hatte schon so viel für sie getan, ohne irgendein Anzeichen von Widerwillen oder Reue. Er hatte sie zu

Hause willkommen geheißen und sie weitergeliebt, auch nachdem er erfahren hatte, dass sie ein Baby bekam. Und vor allem liebte er Stephen Lee bedingungslos und kümmerte sich gar nicht um die selbstgerechten Einwohner von Hollyhill.

Er hatte ihr nicht von dem Schwall Kündigungen von *Banner*-Abonnenten erzählt, die nach Stephen Lees Geburt eingegangen waren. Das hatte Zella getan. Nicht aus Bosheit. Zella hatte etwas größere Augen bekommen als sonst, als sie Stephen Lee das erste Mal gesehen hatte, und sich die Nase mit einem ihrer stets gegenwärtigen Taschentücher geschnäuzt, bevor sie gestottert hatte, wie gesund der Kleine aussehe. Aber ehrlich gesagt glaubte Tabitha, dass Zella mehr Probleme gehabt hatte, sich an die tätowierte Rose auf Tabithas Wange zu gewöhnen als an Stephen Lees Hautfarbe.

Deshalb glaubte Tabitha nicht, dass Zella hatte gemein sein wollen, als sie ihr von den Problemen beim *Banner* berichtet hatte. Sie hatte Tabitha lediglich darauf aufmerksam machen wollen, welche Opfer ihr Vater für sie bringen musste. Als hätte Tabitha die Augen schließen, die Uhr ein Jahr zurückdrehen und bessere Entscheidungen treffen können. Nicht, dass sie das überhaupt wollte.

Ihre Arme zogen Stephen Lee ein wenig fester an sich. Auch wenn sie sich absolut sicher gewesen war, dass sie ein Mädchen bekommen würde, und ihr ungeborenes Kind wochenlang Stephanie Grace genannt hatte, bevor die Wehen eingesetzt hatten, konnte sie sich nicht mehr vorstellen, Stephen Lee nicht zu haben. Auf gar keinen Fall würde sie den Augenblick bereuen, der zu seiner Geburt geführt hatte, egal, wie richtig oder falsch ihr Verhalten gewesen war oder welche Schwierigkeiten sie oder irgendjemand anders jetzt deswegen hatte.

Stephen Lee war zu kostbar, zu vollkommen, um sich irgendetwas anderes zu wünschen. Tabitha sah zu, wie der Kleine die Hand um ihren Finger schloss, und zog spielerisch daran, während Miss Sally vorne in der Kirche anfing, Engel für das Krippenspiel auszuwählen.

Außerdem hatte ihr Vater sich mit keinem Wort über die Schwierigkeiten beklagt, mit denen er durch Stephen Lees Geburt konfrontiert worden war. Zum Glück hatte die Gemeinde von Mt. Pleasant ihn nicht rausgeworfen, nachdem sie einen Blick auf Stephen Lee geworfen hatte. Es hatte natürlich geholfen, dass Myra Hearndon die Gemeinde bereits gezwungen hatte, ihre Rassenschranken einzureißen, und noch mehr half es, dass die meisten Gemeindemitglieder ihren Vater so wunderbar fanden, dass sie die Sünden seiner Tochter nicht gegen ihn verwendeten. Oder gegen Stephen Lee. Jeden Sonntag streckten sich eifrige Arme aus, um ihn zu halten.

Das alles brachte aber kein Geld ein und half auch nicht, die Arztrechnungen für Stephen Lees Geburt zu bezahlen. Tabitha starrte in die braunen Augen ihres Babys. Sie musste Entscheidungen fällen. Sie war kein Kind mehr. Vielmehr hatte sie jetzt selbst ein Kind. Jemanden, für dessen Leben sie verantwortlich war. Sie wollte ihn nicht enttäuschen.

Leigh hatte ihr von einer Teilzeitstelle beim Gericht erzählt. Zu den Tätigkeiten gehörten überwiegend Ablage und ein bisschen Maschineschreiben, aber Tabitha hatte in der Highschool kaufmännische Kurse belegt. Sie könnte die Arbeit machen. Aber was sollte sie derweil mit Stephen Lee machen? Tante Love hätte liebend gerne auf ihn aufgepasst, aber was war, wenn sie sich hinsetzte und ein Nickerchen machte und ihn vergaß? Tabitha glaubte zwar nicht, dass das passieren würde, da Tante Love Stephen Lee über alles liebte, aber sie vergaß ständig Dinge. Tabitha ging regelmäßig in die Küche, um sich davon zu überzeugen, dass Tante Love nicht etwas gekocht und die Herdplatte angelassen hatte. Und manchmal erzählte Tante Love dieselbe Geschichte drei oder vier Mal am Tag.

Tabitha sah zu Tante Love hinüber, die geduldig in einer Bank saß und in der Bibel las, ohne sich um die Unruhe vorne im Kirchenschiff zu kümmern, wo Miss Sally und einige der Mütter versuchten, die Kinder dazu zu bringen, dass sie still saßen und zuhörten. Sie konnte Tante Loves Gefühle nicht verletzen, indem sie Stephen Lee zu einem anderen Babysitter brachte. Außerdem wollte Tabitha selbst für ihn sorgen. Wäre da nur nicht das Geldproblem!

Tabitha konnte sich kaum an eine Zeit erinnern, in der sie keine Geldsorgen gehabt hatte. Ihre Mutter und sie hatten nie genug Geld gehabt, nachdem sie aus Hollyhill weggegangen waren. Oft hatten sie mitten in der Nacht ihre Sachen gepackt und die Stadt verlassen, weil sie nicht genug Geld gehabt hatten, um die ausstehende Miete zu bezahlen. DeeDee hatte dann immer gesagt, es sei gut, gelegentlich neu anzufangen, weil ein Ort nach einer Weile langweilig werde.

Sie waren eigentlich nirgendwo lange geblieben, bis sie nach Kalifornien gekommen waren. Dort war DeeDee sesshaft geworden. Sie war glücklich gewesen und hatte sich in Eddie verliebt, obwohl Eddie vor allem deshalb bei ihnen wohnte, weil er jemanden brauchte, der seine Miete bezahlte, während er mit seiner Band durchstartete.

Manchmal dachte Tabitha an DeeDee. Sie hatte ihrer Mutter ein paarmal geschrieben, seit Stephen Lee geboren war, hatte aber bislang keine Antwort erhalten. DeeDee hatte keine Großmutter sein wollen. Aber ob sie wollte oder nicht, sie war es jetzt. Wenn Mrs McDermott ihr diese Fotos gab, würde Tabitha eins davon ihrer Mutter schicken, zusammen mit einer Weihnachtskarte.

Vorne in der Kirche hörte Tabitha, wie Jocie Stephen Lees Namen sagte. „Er könnte das Christuskind sein", sagte sie.

Einen Moment lang herrschte Totenstille, so als hätten selbst die raufllustigen Kinder in den vorderen Reihen begriffen, dass Jocie etwas Eigenartiges gesagt hatte. Lela Martin machte den Mund auf, sah dann Miss Sally an und machte ihn wieder zu. Hinter ihr lächelte Myra Hearndon und Leigh blickte besorgt drein, während ihre Wangen sich röteten. Miss Sally neigte den Kopf ein wenig zur Seite, als dächte sie über Jocies Vorschlag nach, bevor sie sagte: „Wir nehmen immer eine Babypuppe als Christuskind. Ich glaube, das ist das Beste."

Tante Love ließ alle aufatmen, als sie von ihrer Bibel aufblickte und sagte: „Natürlich ist es das. Alle Kirchen nehmen eine Puppe als Christuskind. Niemand kann die Rolle des Herrn übernehmen, nicht einmal ein unschuldiges kleines Baby. Außerdem ist Stephen Lee zu groß. Mach keine Schwierigkeiten, Jocelyn."

„Das will ich ja gar nicht." Jocie starrte Tante Love an. „Ich verstehe nur nicht, warum wir alles so machen müssen, wie es immer gemacht wurde. Vielleicht kann man es ja besser machen."

„Die Bibel kann man nicht verbessern", sagte Tante Love. „Zu einem Krippenspiel gehören Hirten und Engel und die Weisen aus dem Morgenland. Man muss die Weihnachtsgeschichte so erzählen, wie sie geschehen ist." Sie sah wieder auf ihre Bibel hinunter, als wäre die Diskussion damit beendet.

Jocie seufzte. „Wir könnten die Geschichte doch so erzählen, wie sie in der Bibel steht, und trotzdem irgendetwas anders machen. Zum Beispiel könnten die Erwachsenen die Hirten und die Weisen spielen."

„Das klingt nach einer interessanten Idee. Wenn wir genügend Erwachsene finden, die mitmachen. Vielleicht probieren wir das im nächsten Jahr aus." Miss Sally streckte die Hand aus und tätschelte Jocies Arm. „Und wir wollen, dass du dein Gedicht fertig schreibst, damit du es uns an Weihnachten vorlesen kannst."

„Ja, natürlich. Ich arbeite dran." Jocie nahm ihr Notizbuch und kam nach hinten, wo sie sich neben Tabitha in die Bank schob.

„Das ist schon in Ordnung, Jocie. Stephen Lee ist vielleicht eh noch nicht so weit, ein Star zu werden. Wahrscheinlich würde er alles vermasseln, indem er wie am Spieß schreit, wenn du ihn in eine Krippe voller Heu legst", flüsterte Tabitha ihr zu. „Und Tante Love hat recht. Er ist für ein Neugeborenes wirklich zu groß."

„Maria hätte ihn auf dem Arm halten können und Dad sagt, die Weisen aus dem Morgenland seien sowieso erst zwei Jahre später aufgetaucht."

„Aber ich weiß, dass Stephen Lee niemals so lange still in der Krippe gelegen hätte." Tabitha lachte ein wenig und drückte Jocies Hand. „Du kannst nicht einfach die Traditionen über den Haufen werfen, Kleines. Das Christuskind ist eine Puppe, war immer eine Puppe und wird auch dieses Jahr eine Puppe sein. Ich meine, die armen Gottesdienstbesucher haben schon genug damit zu tun, sich an Cassidy als Engel zu gewöhnen."

„Glaubst du nicht, dass es im Himmel schwarze Engel gibt?"

„Ich weiß nicht. Steht das in der Bibel?"

„Ich bin mir nicht sicher. Da muss ich Dad fragen. Ich erinnere mich nur an eine Stelle, wo es heißt, dass sie leuchtende Gesichter hatten, und im Alten Testament sahen sie manchmal aus wie normale Leute, bis Gott beschloss, den Leuten zu zeigen, dass sie es mit Engeln zu tun hatten. Glaubst du, du hast schon mal mit einem Engel gesprochen?"

„Ich hoffe nicht."

„Warum? Ist das nicht etwas, das wir uns wünschen sollten?" Jocie sah sie fragend an.

„Ich nicht. Das würde mir eine Riesenangst einjagen! Normalerweise erscheinen Engel nicht einfach für ein bisschen Small Talk. Sie kommen immer und verkünden irgendwas Wichtiges, zum Beispiel, dass man ein Baby bekommt. Ich habe schon ein Baby." Tabitha strich mit dem Finger über Stephen Lees Wange. Er lächelte sie an. „Und ich habe nicht vor, in nächster Zeit noch eins zu bekommen."

„Aber vielleicht kommen sie ja auch mit einer anderen Botschaft. Einer, die nicht so dramatisch ist. Zum Beispiel mit der Botschaft, dass es in Ordnung ist, in der Kirche auch mal etwas anders zu machen." Jocie ließ sich gegen die Rückenlehne der Bank fallen und starrte nach vorne, wo drei kleine Mädchen Schlange standen, um ihren Heiligenschein ausmessen zu lassen.

Tabitha lachte. „Wenn dieser Engel ab und zu vorbeikommt und ihnen das sagt, hast du vielleicht eine Chance. Ansonsten vergiss es. Die Tradition wird siegen. Sie machen es seit hundert Jahren so und werden es auch die nächsten hundert Jahre so machen, plus minus ein zwei Jahre vielleicht."

6

Zella kratzte mit einem alten Küchenmesser, das sie ganz hinten in ihrer Kramschublade gefunden hatte, einen Lehmklumpen von der Sohle ihrer guten Schuhe. Wenn sie sich nicht beeilte, würde sie zu spät zur Chorprobe kommen. Sie kam nie zu spät. Bruder Charles, der den Chor leitete, würde glauben, sie sei krank oder so, und jemanden schicken, der nach ihr sah.

Immerhin lebte sie allein und war nicht mehr so jung wie früher, obwohl sie nicht annähernd so alt war, wie manche der jungen Leute in der Kirche dachten. Die Leute hatten keine Relativität. Nein, das war nicht das Wort, das sie suchte. Relation. Reaktion. Zella schüttelte den Kopf und betrachtete stirnrunzelnd den Schuh, den sie in der Hand hielt, während sie versuchte, sich an das richtige Wort zu erinnern, aber irgendwie entfleuchte es ihr.

Sie wischte mit einem Stück Zeitungspapier den Lehm von ihrem Messer, während ihre Verärgerung zunahm. Offenbar hatte sie nicht nur ihre Schuhe schmutzig gemacht, sondern auch ihre Gedanken nicht sauber geordnet, sodass ihr nicht einmal das richtige Wort einfiel. Sie hatte nie Schwierigkeiten, die richtigen Worte zu finden. Es war Jahre her, dass sie beim Kreuzworträtsel in der Sonntagszeitung mehr als zwei oder drei Lösungen hatte nachschlagen müssen.

Jedenfalls – wie auch immer das Wort lautete – schienen die Leute nicht klar zu denken, wenn sie überlegten, wie alt jemand war. Nur weil man sich jenseits der Sechzig befand, bedeutete das nicht, dass jederzeit die Gefahr bestand, dass man sich in einen Sessel setzte und starb. Nicht, wenn man rüstig und gesund war und montags bis freitags arbeiten ging und jeden Sonntag zweimal zum Gottesdienst erschien, so wie sie es seit Jahren jede Woche tat.

Wenigstens behandelte David sie nicht so, als stünde sie schon mit einem Bein im Grab und wäre vom Alter ganz tüttelig. Er hörte auf sie, wenn sie ihm sagte, was sie beim *Banner* machen sollten, und das sollte er auch. Immerhin hatte sie viele Jahre mehr Erfahrung als er. Als sie alle. Auch als Wesley, obwohl er älter war als Zella.

Sie wusste nicht, was in aller Welt sie dazu gebracht hatte, an diesem Morgen zum Fluss hinunterzugehen. Eigentlich hatte sie es nicht vorgehabt. Es gab überhaupt keinen Grund, warum Wesley da draußen in dem dreckigen alten Redbone River getauft werden sollte anstatt in der First Baptist Church. Es geschähe ihm ganz recht, wenn er sich den Tod geholt hatte.

Zella feuchtete einen alten Lappen an und versuchte das Leder ihrer Schuhe zu reinigen. Dann warf sie einen Blick auf die Uhr. Vielleicht sollte sie ein anderes Paar Schuhe suchen. Aber dies waren die Schuhe, die sie im Winter immer zur Kirche anzog. Sie waren warm und robust und bequem. Zella war nicht so modeversessen, dass sie spitze Schuhe oder hohe Absätze trug. Und sie hatte noch nie eingesehen, warum sie zwei Paar Sonntagsschuhe haben sollte, wenn auch eines reichte. Aber bis heute hatte sie es auch noch nie für nötig gehalten, eine aufgeweichte Böschung hinunterzulaufen, um dabei zuzusehen, wie jemand getauft wurde.

Natürlich war das etwas, das nicht oft geschah. Und bei Wesley hatte sie, ehrlich gesagt, nicht geglaubt, dass es jemals geschehen würde. Sie war sich immer noch nicht sicher, dass er nicht auf der Flucht vor dem Gesetz war, auch wenn sie keine Beweise hatte, abgesehen davon, dass der Mann sich offensichtlich seit Jahren in Hollyhill versteckte.

Hollyhill war ein gutes Versteck. Randy Simmons, der Polizeichef, hatte keinerlei misstrauische Ader. Hollyhill könnte voller Flüchtiger sein; solange sie Münzen in die Parkuhren warfen und den Mann nicht bei seinem morgendlichen Kaffee im Grover's Grill störten, war ihm alles egal.

Zella stellte einen Schuh zum Trocknen auf ein Stück Zeitung und nahm den anderen zur Hand. Sie fragte sich, ob all die Mitglieder von Mt. Pleasant auch gerade ihre Schuhe sauber machten. Vermutlich eher nicht. Diese Leute waren vom Land. Sie machten sich wahrscheinlich gar keine Gedanken darüber, den Matsch von ihren Schuhen zu kratzen, damit sie keine Lehmklumpen auf dem Kirchenfußboden hinterließen.

Aber es war schön gewesen, wie die Leute von Mt. Pleasant Wesley in ihre Gemeinde aufgenommen hatten. Zella war nicht sicher, ob er in ihrer Baptistengemeinde auf die gleiche Begrüßung gestoßen wäre. Natürlich hätte sie ihn in der Kirche willkommen geheißen. Sie glaubte, dass jeder in die Kirche gehen sollte, egal, wie merkwürdig er war. Daran ließ die Bibel gar keinen Zweifel. Niemand sollte ausgeschlossen werden. „Liebe deinen Nächsten" bezog sich nicht nur auf die Menschen, die zufällig nebenan wohnten. Sonst könnte man ja einfach in ein anderes, angenehmeres Viertel ziehen, wenn einem die Nachbarn auf die Nerven gingen.

Sie vermutete, dass sie deshalb zum Fluss gegangen war. Um sich selbst und Wesley genau das zu beweisen. Immerhin waren sie alle Mitglieder derselben Familie Gottes, auch wenn sie nicht in denselben Bänken unter demselben Dach saßen.

Mit dem Brief, der am Freitag mit der Post gekommen war, hatte es überhaupt nichts zu tun. Sie hatte die Handschrift auf dem Umschlag sofort erkannt, auch wenn es Monate her war, dass sie den ersten Brief erhalten hatte. So lange her, dass sie sich sicher gewesen war, die Greens in Pelphrey, Ohio, hätten es ganz vergessen. Sie hatte gedacht, sie bräuchte sich keine Gedanken mehr darüber zu machen, wie sie Wesley sagen sollte, dass sie seine Wohnung durchsucht hatte, während sein Bein eingegipst gewesen war, weil sie hatte herausfinden wollen, woher er in Wirklichkeit kam.

Jedenfalls nicht vom Planeten Jupiter, wie er es Jocelyn immer erzählte. Das dumme Mädchen hatte Wesleys absurde Geschichten jahrelang geglaubt. Irgendwann würde sie den Kopf aus den Wolken ziehen und erwachsen werden müssen. Genau das hatte Zella David neulich erst gesagt und er hatte sie angesehen, als hätte sie ihn mit einer zusammengerollten Zeitung gehauen.

„Ich hoffe, das dauert noch ein paar Jahre", hatte er gesagt. „Ich mag Jocie genau so, wie sie ist."

„Ein bisschen respektvoller und verantwortungsbewusster könnte sie sein", hatte Zella gesagt. Gerade hatte einer von Jocelyns Lehrern angerufen gehabt, weil sie vorlaut gewesen war und dem Lehrer widersprochen hatte.

„Na gut, Takt ist vielleicht nicht ihre Stärke, aber wie viel mehr Verantwortungsbewusstsein kann eine Vierzehnjährige schon haben? Sie hilft jeden Tag uns hier oder zu Hause Tante Love. Manchmal wünschte ich, sie wäre weniger verantwortungsbewusst. Ich fürchte, ich habe sie um ihre Zeit als kleines Mädchen gebracht, weil sie so viel hier beim *Banner* arbeitet", hatte David gesagt. „Außerdem hatte sie recht und Mr Hammond nicht. ‚Hilf dir selbst, dann hilft dir Gott' steht nicht in der Bibel. Es war Benjamin Franklin, der so etwas Ähnliches geschrieben hat. Ein Lehrer sollte doch für die Wahrheit offen sein, meinst du nicht?"

Die Wahrheit. Das war etwas, das David nie zu genau hatte untersuchen wollen, wenn es um Jocelyn ging. Manche Wahrheiten waren einfach zu unangenehm, um sich ihnen zu stellen. Oder sie anderen zu sagen.

Zella stellte ihren anderen Schuh ab und warf erneut einen Blick auf die Uhr am Herd. Sie hatte noch Zeit, die Schuhe ein paar Minuten trocknen zu lassen, bevor sie sie anziehen musste, um zur Kirche zu gehen. Wahrscheinlich sollte sie mit dem Wagen fahren, aber ihr war nach Laufen zumute. Sie musste darüber nachdenken, was sie mit dem Brief machen sollte.

Kopfschüttelnd durchquerte sie den Raum und nahm das in der Mitte gefaltete Blatt Notizpapier vom Tisch.

Sehr geehrte Mrs Curtsinger. Er sprach sie wieder mit „Mrs" an, als wäre jede volljährige Frau automatisch mit jemandem verheiratet. Natürlich hatte sie seinen ersten Brief nicht beantwortet, deshalb konnte er nicht wissen, dass er sie falsch angeredet hatte. Sie würde ihm zurückschreiben. Irgendwann. Wenn der richtige Zeitpunkt gekommen war. Jetzt war er es noch nicht.

Offenbar war es dem Jungen, der den Brief geschrieben hatte, jedoch gleichgültig, ob der richtige Zeitpunkt gekommen war oder nicht. Zella hielt den Brief hoch und las ihn bestimmt zum fünfzigsten Mal. Die Worte waren zwar längst in ihr Gehirn eingebrannt, aber sie las sie trotzdem noch einmal.

Sehr geehrte Mrs Curtsinger,
es ist nun schon eine Weile her, dass ich auf Ihre Frage bezüglich meines Großvaters, Wesley Green, der seit mehr als zwanzig Jahren vermisst wird, geantwortet habe. In Ihrem Brief an uns schrieben Sie, dass Sie meinten, einen Mann zu kennen, der mein Großvater sein könnte. Ich habe gespannt auf eine Antwort von Ihnen gewartet, die uns bezüglich des Aufenthaltsortes meines Großvaters möglicherweise erhellen könnte, aber bis-

lang habe ich keinerlei Erwiderung von Ihnen oder dem Wesley Green, den Sie kennen, erhalten.
In Ihrem ersten Brief schrieben Sie, dass er schwer verletzt wurde. Ich hoffe, dass er wieder genesen und nicht verstorben ist. Der Gedanke, ich könnte so kurz davor gestanden haben, meinen Großvater kennenzulernen, nur um dann herauszufinden, dass er inzwischen gestorben ist, wäre zu traurig.

Zella blickte auf und sah zum Fenster hinaus auf ihren Rosengarten. Einige Blätter hingen noch an den Ranken, aber sie waren vertrocknet und braun. Nach dem schrecklichen Sommer, in dem praktisch die ganze Stadt vertrocknet und weggeweht worden war, hatten die Rosen in diesem Herbst nicht wie sonst reich geblüht. Zella hatte Angst, dass sie den Winter vielleicht nicht überstehen würden. Ihre Mutter hatte die meisten dieser Rosenstöcke gepflanzt und Zella betrachtete es als ihre Pflicht, sie am Leben und bei guter Gesundheit zu erhalten.

So wie es ihre Pflicht gewesen war, die Wahrheit über Wesley herauszufinden, als es aussah, als würde er in die Ewigkeit eingehen. Dann hätte seine Familie es wissen müssen. Seine wahre Familie und nicht nur David und Jocelyn, die behaupteten, Wesley gehöre zu ihrer Familie. Aber jetzt, wo es nicht danach aussah, als stünde er in der unmittelbaren Gefahr zu sterben – es sei denn, er hatte sich den Tod geholt, weil er so unvernünftig gewesen war, sich im Fluss taufen zu lassen anstatt in der beheizten Kirche –, war Zella sich nicht sicher, was sie tun sollte. Sie las weiter.

Ich hoffe, dass ich nach Hollyhill kommen kann, sobald ich Semesterferien habe. Könnten Sie mir bitte eine Wegbeschreibung zu Ihrem Haus schicken, damit ich mit Ihnen über den Wesley Green sprechen kann, den Sie kennen? Ich möchte nicht ohne Vorwarnung vor seiner Tür stehen, sodass er vielleicht vor Überraschung einen gesundheitlichen Rückfall erleidet. Soweit ich weiß, ist ihm nicht bewusst, dass es mich gibt.
Ich glaube, dieser Mann könnte wirklich mein Großvater sein. Ich weiß nicht, warum. Sicherlich gibt es viele Wesley Greens auf der Erde, aber ich habe so ein Gefühl, was den Wesley Green in

Ihrer Stadt betrifft. Es ist mir sehr wichtig herauszufinden, ob dieses Gefühl sich bewahrheitet. Bitte antworten Sie mir doch so bald wie möglich auf meinen Brief.

Hochachtungsvoll,
Ihr
Robert Wesley Green II.

Zella faltete den Brief zusammen und schob ihn in den Umschlag zurück. Der Junge hatte sogar einen frankierten Rückumschlag beigelegt. Als würde sie nicht antworten, wenn sie selbst eine Briefmarke kaufen müsste. Sie wusste nicht, wie er auf diesen Gedanken kam. Sie hatte schließlich auch die erste Briefmarke gekauft, die sie überhaupt erst in diese Zwickmühle gebracht hatte.

Zella schlüpfte in ihre noch ein wenig feuchten Schuhe und holte ihren Mantel aus dem Schrank. Über eine Antwort auf den Brief könnte sie immer noch weiter nachdenken, wenn sie von der Kirche nach Hause kam. Sie könnte ihm schreiben, er solle noch ein paar Monate warten, während sie sich überlegte, wie sie Wesley von ihm erzählen sollte. Sie könnte schreiben, der Schock sei vielleicht zu viel für Wesley, wenn sie keine Zeit hätte, ihn richtig darauf vorzubereiten, und sie könnte einen schrecklichen Fehler gemacht haben und dieser Wesley Green sei vielleicht gar nicht sein Großvater.

Aber das wäre nicht die Wahrheit. Der Junge hatte ein Schulfoto mitgeschickt. Es bestand kein Zweifel. Wesleys Augen starrten sie aus der Fotografie an. Jüngere, glücklichere Augen, aber nichtsdestotrotz Wesleys Augen.

Als Zella zur Tür hinausging, war sie froh, dass sie dabeigewesen war, als David Wesley getauft hatte, auch wenn es vermutlich bedeutete, dass sie sich einige Monate früher neue Schuhe würde kaufen müssen, als sie es sonst getan hätte. Wesley war jetzt Christ. Sie hatte es mit eigenen Augen gesehen. Und Christen mussten einander vergeben.

Nicht, dass sie etwas getan hätte, das besonders viel Vergebung erforderte. Sie hatte nur getan, was getan werden musste. Was Wesley selbst schon vor Jahren hätte tun sollen. Und das würde sie ihm auch sagen, sobald sie eine Idee hatte, wie.

7

„Aber warum muss alles immer genauso sein wie im letzten Jahr?“, fragte Jocie Wes am Montagnachmittag, während sie die Anzeigen für die nächste Ausgabe des *Banner* setzten. „Sogar diese Anzeigen. Jede Woche die gleichen. Wozu das Ganze, wenn doch sowieso alles gleich bleibt? Alle wissen doch längst, dass ein Laib Brot neunundzwanzig Cent kostet.“

Wes blickte von seinem Setztisch auf. „Aber diese Woche kostet er nicht neunundzwanzig Cent. Diesmal gibt es vier Laibe für einen Dollar.“

„Vier Cent gespart. Wow!“

„Wer den Pfennig nicht ehrt, ist des Talers nicht wert“, sagte Wes.

„Du klingst wie Tante Love.“

„Das steht aber nicht in der Bibel, oder?“ Wes sah sie stirnrunzelnd an. „Ich dachte, der alte Abe Lincoln hätte das gesagt oder vielleicht Ben Franklin.“

„Ich habe nicht gesagt, dass es in der Bibel steht. Tante Love zitiert auch manchmal etwas anderes als die Bibel. Seit unser Kühlschrank den Geist aufgegeben hat und die Verkaufszahlen des *Banner* zurückgegangen sind, redet sie ständig vom Geld. Glaubst du wirklich, das liegt an Stephen Lee, wie Zella behauptet? Nicht der Kühlschrank, sondern dass die Leute ihr Abo kündigen.“

Wes machte ein schnalzendes Geräusch mit der Zunge und sagte dann: „Es ist kaum zu glauben, das stimmt, aber andererseits hat die alte Zella normalerweise den Finger am Puls dessen, was in Hollyhill los ist.“

„Aber das ist doch völlig albern.“ Jocie trat einen Schritt vom Setztisch zurück und warf frustriert die Arme in die Luft. „Daddy hatte schließlich gar nichts damit zu tun, dass Tabitha sich in Kalifornien in diesen Typen verliebt hat oder zumindest gedacht hat, sie würde ihn lieben. Jetzt sagt sie, wahrscheinlich habe sie gar nicht gewusst, was wahre Liebe ist, und jetzt werde sie es bestimmt nie mehr erfahren.“

„Warum denn nicht?“ Wes drehte sich um und sah sie fragend an.

Er lehnte sich mit dem Rücken an den Tisch und wartete auf ihre Antwort.

„Wegen Stephen Lee, sagt sie."

„Der arme Wurm. Ihm wird ja eine Menge in die Schuhe geschoben, und das, obwohl er noch so klein ist. Wie alt ist er jetzt?"

„An diesem Wochenende wird er drei Monate alt. Er versucht mittlerweile, sich umzudrehen, deshalb können wir ihn nicht mehr aufs Sofa legen. Wenn niemand da ist, der ihn festhält, könnte er runterkullern." Jocie lächelte beinahe, als sie an Stephen Lee dachte.

„Sieh mal einer an. Es dauert nicht mehr lange, dann krabbelt er." Wes lächelte richtig und schüttelte ein wenig den Kopf. „Jedes Mal, wenn ich ihn sehe, scheint er ein zufriedener kleiner Bursche zu sein. Lutscht an seinen Fingern und sabbert sich voll. Wahrscheinlich weiß er gar nicht, dass er überall Probleme verursacht."

„Er ist doch noch ein Baby. Die anderen Leute haben die Probleme." Jocie runzelte die Stirn und setzte sich auf einen Stapel Zeitungspapier. „Ich meine, auch wenn in der Gemeinde alle so tun, als fänden sie ihn ganz wunderbar, schienen doch ein paar von ihnen fast in Ohnmacht zu fallen, als ich vorschlug, er könnte beim Krippenspiel das Christuskind sein. Nur weil sie noch nie ein echtes Baby hatten, heißt das doch nicht, dass wir dieses Jahr keins haben können. Die Puppe, die sie immer nehmen, sieht noch nicht mal echt aus."

„Vielleicht fanden sie, ein Baby sei zu echt. Bestimmt haben sie Angst, dass er zum falschen Zeitpunkt Lungenübungen machen würde."

„Na ja, jedenfalls finde ich es trotzdem eine gute Idee, auch wenn Tante Love sagt, niemand könne Jesus spielen, nicht einmal ein unschuldiges kleines Baby. Wir könnten doch mal etwas anders machen. Irgendetwas anders."

„Du hast nicht aufgepasst, wenn du meinst, es hätte sich in der Gemeinde nichts verändert, Jo. Dein Daddy predigt jeden Sonntag. Ich sitze in einer der Kirchenbänke. Myra Hearndon leitet den Gesang. Diese Gemeinde ist seit Monaten im Wandel."

„Kann sein." Jocie stützte die Ellbogen auf die Knie und starrte auf den Boden. „Vielleicht liegt es ja an mir, Wes. Vielleicht stimmt mit mir etwas nicht. Manchmal fühle ich mich, als würde eine ganze Horde Spinnen in mir drin mich ganz nervös und komisch machen."

„Spinnen, hm?" Wes trat zu ihr.

„Spinnen. Oder vielleicht Kolibris, die mit den Flügeln schlagen."

„Das klingt besser als Spinnen, die zwischen deinen Rippen Spinnennetze weben. Mal abgesehen von den spitzen Schnäbeln."

„Kann sein." Jocie lächelte nicht.

Wes legte ihr einen Moment lang die Hand auf den Kopf. „Das ist ein Altersproblem, Jo, nichts weiter. All die Krabbelbeine und das Flügelschlagen bedeuten nur, dass du erwachsen wirst."

„Aber es gefällt mir nicht. Bald ist Weihnachten. An Weihnachten bin ich immer glücklich."

„Du bist nicht glücklich?", fragte Wes. „Davon habe ich gestern aber gar nichts gemerkt."

„Gestern war ich ja auch glücklich."

„Und du hast offensichtlich das Keine-Lungenentzündung-Gebet gebetet und Gott muss dich erhört haben, denn ich bin hier und habe nicht mal einen Schnupfen und dein Daddy schien auch fit zu sein, als er vorhin losgezogen ist, um seine Uhr reinigen zu lassen." Wes setzte sich auf seinen Stuhl und legte den Fuß auf eine Kiste.

„Klar, das ist gut", gab Jocie zu.

„Natürlich ist das gut. Wenn die Uhr deines Daddys nicht funktioniert, müssen wir uns vielleicht auf mein jupiterianisches Zeitgefühl verlassen und kriegen die Zeitung nie rechtzeitig fertig."

Jocie wusste, dass Wes eine Reaktion auf die Jupiter-Anspielung erwartete und wahrscheinlich eine wilde Geschichte auf Lager hatte, dass die Tage auf dem Jupiter ein ganzes Jahr dauerten oder etwas in der Art. Aber stattdessen seufzte sie nur und wünschte, sie könnte den Mund richtig weit aufreißen und diese Kolibris aus ihrem Bauch flattern lassen, damit sie wieder die ganze Zeit glücklich war. Aber das war zuletzt vor diesem Jahr der Fall gewesen. Bevor sie in die Highschool gewechselt war. Bevor einige ihrer Klassenkameraden angefangen hatten zu sticheln, weil sie mit Charissa und Noah befreundet war. Bevor sie Mr Hammond als Englischlehrer bekommen hatte. Bevor Charissa sie launisch genannt hatte.

Charissa sollte sie doch eigentlich verstehen. Charissa war auch

Pastorentochter. Aber Charissa machte sich nichts daraus, wenn jemand gemein zu ihr war. Sie sah die Person, die sie auf dem Kieker hatte, einfach mit ihren dunkelbraunen Augen an und starrte so lange, bis ihrem Gegenüber plötzlich einfiel, dass es zu spät zum Unterricht kam oder was auch immer. Jocie hatte das auch mal versucht und diesen kalten Blick sogar zu Hause vor dem Spiegel geübt, aber bei ihr funktionierte er nie.

Ihr Vater hatte gesagt, sie solle deswegen beten. Jeden Morgen, bevor sie in die Schule ging, und das hatte sie auch getan. Kurz und auf den Punkt. *Also gut, Herr, ich gehe jetzt in die Schule. Wenn Sammy Sparrow auf dem Gang ist, mach doch bitte, dass er über seine Schnürsenkel stolpert, bevor er etwas Gemeines zu mir sagen kann.*

Aber bis jetzt war Sammy Sparrow noch nicht ein einziges Mal über seine Schnürsenkel gestolpert, obwohl er sie nie zuband. Eigentlich machte sie sich gar nicht allzu viel aus Sammy Sparrow und dem, was er sagte. Natürlich wäre es toll, wenn er auf die Nase fiele, weil dann alle ausnahmsweise mal ihn auslachen könnten. Aber andererseits konnte sie Sammy Sparrow und seinen blöden Sprüchen auch einfach aus dem Weg gehen.

Dem Englischunterricht konnte sie allerdings nicht aus dem Weg gehen. Sie musste jeden Tag eine ganze Stunde in Mr Hammonds Unterricht sitzen. Bislang hatte sie noch nie einen Lehrer gehabt, der sie nicht mochte. Sie hatte welche gehabt, die gesagt hatten, sie rede zu viel und sie solle besser aufpassen. Aber sie hatten nie ihren Namen auf die Liste der Störenfriede geschrieben und dort stehen lassen, so wie Mr Hammond es tat. Jocie betete nicht nur, bevor sie in den Englischunterricht ging, sondern ließ die ganze Zeit über ein kleines Gebet als Dauerschleife laufen. *Lieber Gott, bitte mach mich heute unsichtbar.*

Es gehörte nicht zu den Gebeten, die Gott beschlossen hatte zu beantworten. Jedenfalls nicht mit einem Ja. Ihr Vater sagte, Nein sei auch eine Antwort, oder Noch nicht, und sie müssten Gott vertrauen, dass er für jedes ihrer Gebete die richtige Antwort aussuchte, auch wenn es nicht die Antwort war, die sie sich wünschten.

Jocie beklagte sich nicht darüber. Wahrscheinlich war ihr Kontingent an erhörten Gebeten für dieses Jahr sowieso schon erfüllt, nachdem sie Zeb im Wald gefunden hatte, als Antwort auf ihr

Hunde-Gebet, und Tabitha von Kalifornien nach Hause gekommen war, als Antwort auf ihr Schwester-Gebet, und Wes seine Krücken in die Ecke gestellt hatte, als Antwort auf ihr Mach-dass-Wes-wieder-laufen-kann-Gebet. Und das waren nur ein paar von den Gebeten, die erhört worden waren.

Wenn sie darüber nachdachte, hatte sie Gott ganz schön auf Trab gehalten, weil er ihr ständig aus irgendeiner Patsche hatte helfen müssen. Wenn Gott also beschloss, dass sie ihre eigene Lösung finden musste, was den Englischunterricht betraf, dann hatte sie wirklich nicht das Recht zu jammern. Nicht, nachdem er sie vor dem Tornado bewahrt und ihr geholfen hatte, den Weg aus Miss Sallys brennendem Haus zu finden.

Der Englischunterricht würde sie nicht umbringen. Er machte sie vielleicht unglücklich. Obwohl man das „vielleicht" auch streichen konnte. Englisch *machte* sie unglücklich. Aber Tante Love sagte ihr immer, niemand müsse immerzu glücklich sein. Und für jeden regne es gelegentlich. Irgendetwas in der Art stand auch in der Bibel. Natürlich hatten gegen Ende des vergangenen Sommers alle gebetet, dass es in Hollyhill regnen möge. Alles war staubtrocken gewesen.

Aber dabei war es um guten Regen gegangen. Der Regen, von dem Tante Love gesprochen hatte, stand für Schwierigkeiten, und Schwierigkeiten gab es in der Bibel jede Menge. Jeder hatte Probleme. Sogar König David. Jocies Vater hatte gerade erst vor ein paar Wochen darüber gepredigt. Und König David war ein Mann nach Gottes Herzen gewesen. Wenn Gott zuließ, dass selbst David Probleme hatte, konnte Jocie wohl kaum erwarten, dass bei ihr nicht auch ab und zu etwas schieflief. Oder auch an jedem Schultag, wie in letzter Zeit.

Neben ihr war Wes so still, dass Jocie dachte, er wäre vielleicht auf seinem Stuhl eingenickt, aber als sie ihm einen Blick zuwarf, saß er nur da und wartete darauf, dass sie weiterreden wollte. „Glaubst du, Dad würde mir erlauben, nicht in die Schule zu gehen? Ich meine, nicht für immer. Nur für ein paar Wochen?", fragte sie.

„Eher unwahrscheinlich", sagte Wes. „Willst du darüber reden? Erzähl mir, was der Lehrer vom Neptun heute getan hat, dass du so niedergeschlagen bist."

Wes wusste es bereits. Zwischen ihnen gab es irgendeine unsichtbare Verbindung. Das war auch der Grund dafür, dass sie mit Wes über fast alles reden konnte.

„Wahrscheinlich war es gar nicht so schlimm. Er hat mich nur nach vorne zitiert und ich musste zehn Mal sagen, dass ich aufhören werde zu träumen und stattdessen aufpassen werde." Jocies Gesicht fühlte sich schon bei dem Gedanken daran ganz heiß an. „Dabei habe ich nicht geträumt. Ich habe jedes Wort gehört, das er gesagt hat. Ich habe ihn nur nicht angesehen."

„Aber er hat *dich* trotzdem gesehen."

„Stimmt." Jocie blickte auf ihre Hände hinunter. „Alle haben mich ausgelacht. Sogar Charissa." Nach dem Unterricht hatte Charissa sich bei Jocie entschuldigt, aber es sei so lustig gewesen, dass sie einfach nicht anders gekonnt habe. In der Situation hatte Jocie nicht geweint. Dazu war sie viel zu wütend gewesen. Aber jetzt quollen ein paar Tränen aus ihren Augenwinkeln.

„Soll ich morgen mit dir zur Schule gehen und ihm einen Jupiter-Nasenstüber verpassen?", fragte Wes.

„Ja. Nein. Vielleicht." Jocie stellte sich vor, wie Wes in die Schule kam, Mr Hammond in seinem Klassenzimmer zur Rede stellte und ihm einen auf die Nase gab. „Er trägt eine Brille."

„Dann sag ich ihm vorher, dass er sie abnehmen soll."

„Er ist größer als du."

„Das spielt für mich keine Rolle. Kein Neptunianer hat jemals gegen einen Jupiterianer gewonnen."

Jetzt musste Jocie doch lächeln. „Aber du hast vergessen, dass du inzwischen geerdet bist, weißt du noch? Und nicht nur das. Du bist jetzt ein Mitglied der Gemeinde. Ein Christ mit allem Drum und Dran. Jetzt musst du die andere Wange hinhalten."

„Meine Wange. Nicht deine."

Jocie stand auf und umarmte Wes. „Danke, Wes. Ich kann von Glück sagen, dass ich so einen Opa wie dich habe."

„Ja. Und der auch noch kämpfen kann." Wes stand auf und ging schattenboxend zur Druckerpresse. Dabei stolperte er über einen Stapel Zeitungen und wäre beinahe gestürzt.

Jocie lachte und streckte den Arm aus, um ihn zu stützen. „Vielleicht solltest du dir gut überlegen, mit wem du dich anlegst."

„Okay. Also, Betsy Lou hat diese Runde gewonnen." Wes tätschelte die Maschine. „Aber die nächste Runde geht an mich."

„Pst!" Jocie hob den Zeigefinger an ihre Lippen. „Sie könnte dich hören und absichtlich ein Zahnrad blockieren und dann wird die Zeitung nicht rechtzeitig fertig."

8

Es gelang Wes immer, Jocie aufzumuntern. Er sagte ihr nicht, was sie tun sollte. Wie sie sich fühlen sollte. Er sagte nicht, dass Edwin Hammond recht hatte, weil er der Lehrer war. So dachten die Erwachsenen. Wenn es zwischen Lehrer und Schüler ein Problem gab, dann musste das Kind schuld sein. Niemand glaubte jemals, dass der Lehrer vielleicht etwas tun könnte, was nicht richtig war. Zum Beispiel, wenn er zu unterrichten versuchte, obwohl er es offensichtlich nicht konnte.

Als sie versucht hatte, das ihrem Vater zu sagen, hatte er sie streng angesehen und gesagt, sie solle sich weniger Gedanken darüber machen, ob Mr Hammond etwas Falsches tat, und mehr darüber, ob sie vielleicht etwas Falsches tat. Das war nach Mr Hammonds Beschwerdeanruf darüber gewesen, dass sie ihn korrigiert hatte, was das „Hilf dir selbst, dann hilft dir Gott"-Zitat betraf. Man sollte meinen, ein Lehrer wäre froh zu wissen, wie etwas wirklich war, anstatt es falsch zu unterrichten.

Obwohl es eigentlich nicht so wichtig war, woher dieser Ausspruch über Gottes Hilfe stammte. Gott half. Und zwar oft, egal, ob man sich selbst half oder nicht. Und vielleicht hatte ihr Vater ja recht. Vielleicht sollte sie daran denken, was sie Falsches getan hatte, dass Mr Hammond sie nicht mochte.

Sie war keine Musterschülerin. Sie redete, wenn sie nicht gefragt wurde. Manchmal vergaß sie, ihr Gähnen hinter der Hand zu verstecken, wenn ein Lehrer endlos über irgendetwas redete, das sie schon seit der zweiten Klasse wusste. Wenn einer der Jungs in der Klasse Unsinn machte, musste sie einfach kichern. Aber sie war nicht ungehorsam. Sie tat, was man ihr sagte. Sie benahm sich anständig. Mr Hammond war allerdings anderer Meinung.

Während Jocie Wes und ihrem Vater half, die Anzeigenseiten zu drucken, versuchte sie sich an das erste Mal zu erinnern, als Mr Hammond sie so böse angesehen hatte. Das war vor der „Hilf dir selbst"-Sache gewesen. Aber es war auch nicht ganz zu Anfang gewesen, als er nach Hollyhill gekommen war, um für Mrs Wickers einzuspringen, die das Schuljahr nicht zu Ende hatte unterrichten können, weil sie ein Baby bekam. Das war im Oktober gewesen.

Damals hatte es so gewirkt, als sei er nett. Und es war eine aufregende Abwechslung gewesen. Paulette sagte immer, er sei ein Traummann, und einige der Mädchen blickten ihm sehnsüchtig hinterher und fielen beinahe in Ohnmacht, wenn er im Flur an ihnen vorbeiging. Er sah wirklich aus wie jemand aus einem Buch. Geheimnisvoll. Exotisch. Überhaupt nicht wie die anderen Lehrer. Er war immer schwarz gekleidet, selbst an warmen Tagen, und trug nie eine Krawatte. Die anderen Lehrer taten das. Aber Mr Hammond trug T-Shirts unter seinen Anzugjacken.

In dem Interview für den *Banner*, das Jocie in seiner zweiten Woche an der Hollyhill High mit ihm geführt hatte, hatte sie ihn danach gefragt. Er hatte gesagt, eine Krawatte sei eine Schlinge, die irgendein verkommener Kerl erfunden habe, um die Männer daran zu hindern, frei zu sein und ihr Potenzial zu erfüllen. Sie hatte die ganze idiotische Antwort Wort für Wort aufgeschrieben. Vielleicht hatte sie da einen Fehler gemacht. Vielleicht hätte sie keinen Artikel über ihn als neuen Lehrer schreiben dürfen. Wenn sie darüber nachdachte, war es nach dem Artikel gewesen, dass er angefangen hatte, ihre Klassenarbeiten schlechter zu bewerten und Dinge zu erfinden, die sie angeblich falsch gemacht hatte.

Später, zu Hause, nachdem sie Tante Love geholfen hatte, das Geschirr vom Abendessen abzuwaschen, kramte Jocie in den alten Zeitungsstapeln auf der Veranda und fand die Ausgabe mit dem Artikel über Mr Hammond. Ihr Vater hatte den Bericht auf der unteren Hälfte der ersten Seite veröffentlicht. Das Foto, das sie von dem Mann gemacht hatte, war nicht schlecht. Er sah aus wie ein junger Sherlock Holmes ohne Pfeife und Hut. Es war das schmeichelhafteste der vier Bilder, die sie gemacht hatte. Das wusste sie noch.

Jocie überflog den Text unter dem Bild. Er hatte im Jahr zuvor in Cincinnati unterrichtet. Davor war er in New York City gewesen. Irgendwann wollte er Romane schreiben. Er war sich sicher, zu der Gemeinschaft einer Kleinstadt wie Hollyhill zu gehören, würde seinen Horizont erweitern. Wollte bald heiraten und Kinder haben. Seine Mutter war Mitglied des Friedenskorps. Die Sache mit der

Krawatte hatte Jocie weggelassen. Sie hatte eine Menge weggelassen. Sie hatte nichts geschrieben, worüber jemand sich aufregen könnte.

Natürlich hatte Mr Hammond ihre Fragen eigentlich gar nicht beantworten wollen. Als sie ihn gefragt hatte, ob sie ein Interview mit ihm machen könne, hatte er müde geseufzt und gesagt: „Ein notwendiges Übel, nehme ich an. Ich werde dir heute nach der Schule eine Viertelstunde Zeit geben, also bereite deine Fragen vor. Ich könnte die Antworten wahrscheinlich aufschreiben und dir geben, ohne die Fragen gehört zu haben, aber machen wir die ganze Farce halt mit."

Jocie hatte ihre Fragen in der Geschichtsstunde aufgeschrieben. Es waren die üblichen Fragen gewesen, aber das wollten die Leute nun mal wissen. Woher er kam. Warum er die Stelle an der Hollyhill High angenommen hatte. Und so weiter.

Nachdem die Schulglocke nach der letzten Stunde ertönt war und die anderen Schüler alle hinausgestürmt waren, war Jocie schnell zu Mr Hammonds Klassenzimmer gelaufen. Die Gänge hatten ohne all die Jugendlichen, die zu ihren Klassen liefen, doppelt so breit und irgendwie unheimlich gewirkt. Zuvor an ihrem Schließfach hatte sie die gedämpften Geräusche aufsetzender Basketbälle und die Trillerpfeife des Trainers aus der Turnhalle gehört, in der die Jungs Sportunterricht hatten, aber selbst diese Geräusche waren verklungen, als sie an all den geschlossenen Türen vorbeigegangen war. Ihre Schritte hatten auf dem gekachelten Boden widergehallt. Sie hätte Charissa bitten sollen, dazubleiben und ihr Gesellschaft zu leisten, während sie mit Mr Hammond sprach.

Er hatte von seinem Schreibtisch aufgeblickt, als sie an seine offene Tür geklopft hatte, und sie mit einem langen, schmalen Finger hereingewinkt. „Ich habe die Fragen vorbereitet", hatte sie gesagt und ihr Notizbuch hochgehalten. „Aber wenn Sie nichts dagegen haben, würde ich zuerst die Bilder machen."

„Ist mir egal." Er hatte völlig gelangweilt gewirkt, aber still gesessen, während sie vier Fotos gemacht hatte.

„Super", hatte Jocie gesagt, während sie die Kamera gesenkt und an dem Schülertisch gleich vor seinem Schreibtisch Platz genommen hatte. Sie hatte nicht gewusst, warum sie so nervös war. In diesem Jahr hatte sie schon ein halbes Dutzend Lehrkräfte aus diesem oder jenem Anlass für den *Banner* interviewt. Interviews waren nicht schwierig. Sie stellte nur die Fragen und schrieb die Antworten auf.

„Ich wusste gar nicht, dass es hier eine Schülerzeitung gibt“, hatte Mr Hammond gesagt.

„Die gibt es auch nicht. Das hier ist für die Lokalzeitung. Den *Hollyhill Banner.*“ Jocie hatte ihr Notizbuch aufgeschlagen und einen Bleistift aus ihrer Tasche gezogen.

Mr Hammond hatte die Stirn gerunzelt. „Du arbeitest für die Lokalzeitung?“

„Richtig angestellt bin ich dort nicht. Ich helfe nur aus. Mein Vater ist der Herausgeber und er lässt mich die Schulnachrichten schreiben.“ Sie hatte Mr Hammond ein – wie sie hoffte – strahlendes Lächeln geschenkt.

Er hatte das Lächeln nicht erwidert. „Ich dachte, du hättest gesagt, dein Vater sei Prediger.“

„Stimmt. Das auch.“ Ihre erste Hausaufgabe von Mr Hammond war ein Aufsatz über die eigene Person gewesen. Sie hatte geschrieben, dass ihr Vater Prediger war und auch Zeitungsherausgeber, aber ein Lehrer konnte sich ja nicht jedes Wort merken, das seine Schüler schrieben.

„Interessant.“ Mr Hammond hatte sich auf seinem Stuhl zurückgelehnt und die Spitzen seiner langen Zeigefinge aneinandergelegt, während er Jocie musterte. „Bist du dir sicher, dass du in der Lage bist, ein richtiges Interview zu führen?“

„Ich habe schon viele Interviews geführt.“ Jocie hatte ihr Lächeln verebben lassen und ihre ernsthafteste Miene aufgesetzt, während sie den Bleistift so fest umklammert hatte, dass ihre Finger wehtaten. Der Blick des Mannes hatte sie durchbohrt, als glaubte er kein Wort von dem, was sie sagte. „Wenn Sie wollen, können Sie die Endfassung lesen, bevor sie im *Banner* erscheint.“

„Na ja, ist ja auch nicht so wichtig. Euer Wochenblättchen ist schließlich kaum die *New York Times.*“ Er hatte eine wegwerfende Handbewegung gemacht, bevor er einen Stift zur Hand genommen und angefangen hatte, ihn zwischen den Fingern hin und her zu drehen. „Also los. Frag mich.“

Als ihre erste Frage gewesen war, woher er stammte, hatte er sie unterbrochen. „Warte mal. Lass uns das bitte abkürzen. Ich gebe dir die wichtigsten Infos. Ich bin in Pittsburgh, Pennsylvania, geboren. Meine Mutter hat Mathematik in der achten Klasse unterrichtet. Mein Vater war Polizist. Er wurde im Dienst getötet, als ich fünfzehn Jahre alt war. Meine Mutter ist letztes Jahr dem Friedenskorps beigetreten und ist irgendwo in Südamerika, wo sie den armen Leuten hilft, addieren und subtrahieren zu lernen, vermute ich. Keine Brüder oder Schwestern."

Er hatte innegehalten, um Luft zu holen, und Jocie hatte gesagt: „Tut mir leid." Als er sie angesehen hatte, als wüsste er nicht, wovon sie redete, hatte sie hinzugefügt: „Dass Ihr Vater gestorben ist."

„Warum? Niemandem sonst hat es leidgetan. Mir jedenfalls nicht. Er war kein netter Mensch." Die ganze Zeit hatte er den Stift weiter hin und her gedreht.

„Oh." Jocie hatte noch einmal sagen wollen, dass es ihr leidtat – diesmal, dass sein Vater nicht nett gewesen war –, aber dann hatte sie sich dagegen entschieden. Stattdessen hatte sie sich darauf konzentriert, aufzuschreiben, was er gesagt hatte, während die Stille im Raum immer bedrückender geworden war. Schließlich hatte sie aufgeblickt und gesagt: „Und Sie sagten, dass Ihre Mutter beim Friedenskorps ist."

„Oh ja. Inspiriert durch die leidenschaftliche Rede unseres verstorbenen Präsidenten, in der er gesagt hat, wir sollten danach fragen, was wir für unser Land tun können. Für Gott und Vaterland. Ich höre praktisch die Nationalhymne erklingen, du nicht auch? Meine liebe Mutter hat sich immer einer guten Sache verschrieben. Darüber, was die gute Sache für ihre nächsten Mitmenschen bedeutet, hat sie sich nie viele Gedanken gemacht."

„Oh", hatte Jocie gesagt, weil sie sich nicht sicher gewesen war, was für eine Reaktion er von ihr erwartete. „Aber es ist doch bestimmt ziemlich cool, eine Mutter beim Friedenskorps zu haben, oder?"

„Cool. So kann man es auch nennen." Mr Hammond hatte gelangweilt ausgesehen, als er weitergesprochen hatte: „Und was willst du noch wissen? Warte mal: Normalerweise wollen die Leute wissen, wo ich vorher unterrichtet habe, so als hätte letztes Jahr irgendwas mit diesem Jahr zu tun. Verschiedene Schulen. Verschiedene widerwillige Gehirne, die es zu öffnen gilt. Die gleichen Reden, die man reinfüllt." Er hatte theatralisch geseufzt. „Jedenfalls habe ich letztes Jahr in Cincinnati unterrichtet. Meine erste Stelle war in New York. Ich bleibe nicht gerne lange an einem Ort."

„Warum?"

„Warum was?" Er hatte aufgehört, mit dem Stift zu spielen, und sie angestarrt.

„Warum bleiben Sie nicht gerne lange an einem Ort?"

„Ich bin Schriftsteller. Ein Schriftsteller muss neue Dinge erleben, seinen Verstand mit Charakteren in allen möglichen Situationen füllen, um seine Geschichten zu bevölkern. Zweifellos wird Hollyhill mir helfen, mein Reservoir an verschrobenen Charakteren bis zum Rand zu füllen."

„Sind Sie deshalb Englischlehrer? Weil Sie gerne schreiben?" Jocie hatte von ihren Notizen zu ihm aufgeblickt. Er hatte sie angesehen, als hätte sie gerade die idiotischste Frage gestellt, die er je gehört hatte.

„Ich schreibe nicht *gerne*. Ich *schreibe*." Er hatte beleidigt geklungen und sie mit halb zusammengekniffenen Augen angesehen.

„Oh, okay. Tut mir leid." Jocies Blick war zurück zu ihrem Notizbuch gewandert, aber sie hatte gespürt, dass er sie immer noch mit gerunzelter Stirn ansah. „Was schreiben Sie denn?"

„Was immer meine Muse mir eingibt. Aber wahrscheinlich weißt du gar nicht, was eine Muse ist."

„Ihre Inspiration zum Schreiben?", hatte Jocie gesagt.

„Sehr gut." Sein Stirnrunzeln war einem amüsierten Blick gewichen. „Ich wette, du träumst selbst davon, irgendwann einmal Schriftstellerin zu sein. Ach ja, es gibt viele ‚Irgendwanns' im Leben."

Jocie hatte gespürt, wie ihre Wangen warm geworden waren. Sie hatte den Kopf gesenkt und weitergeschrieben, während sie antwortete. „Ich schreibe ja schon für die Zeitung." Sie hatte ihm nicht von ihren Tagebüchern erzählen wollen und davon, wie gerne sie die Geschichten anderer Menschen aufschrieb. Er hätte sie nur ausgelacht.

„Das stimmt. Gibt dein Vater dir auch eine Verfasserzeile?"

„Bei dieser Geschichte wahrscheinlich schon", hatte Jocie gesagt.

„Erstaunlich. Ich bin also der Grund dafür, dass ein Kind von … was, dreizehn, vierzehn Jahren … eine Verfasserzeile bekommt."

„Vierzehn." Jocie hatte in ihren Notizen nach einer Frage gesucht, mit der sie das Interview wieder auf die Arbeit zurücklenken konnte. Seine Arbeit. Sie hatte sich geräuspert und gefragt: „Und sind Sie inspiriert, Geschichten zu schreiben? Oder vielleicht Gedichte?"

„Literatur. Ich schreibe Literatur." Er hatte sich auf seinem Stuhl vorgebeugt und seinen Stift auf einen Stapel Papier auf seinem Schreibtisch niedersausen lassen. Jocie war unwillkürlich zusammengezuckt. „Shakespeare. Hemingway. Fitzgerald. Poe. Sie haben bestimmt nicht so angefangen – indem sie Klassenarbeiten benotet haben. In welche Tiefen ein Mann hinabsteigen muss, bevor er sein Schicksal erreicht!"

Einen Augenblick lang hatte Jocie gedacht, er würde aufspringen und Shakespeare oder so rezitieren. Sie war auf ihrem Platz immer kleiner geworden. Der Mann war merkwürdig. Ganz einfach. Oder nicht so einfach. Nervös hatte sie lediglich hervorgebracht: „Gut." Ihr Blick war zur Tür gewandert.

„Gut?", hatte er zurückgeschossen. „Was weißt du über das Schicksal?"

„Ich würde sagen, jeder hat eins", hatte Jocie vorgeschlagen.

„Und schon wieder hast du eine Antwort parat." Mr Hammond hatte mit seinem Stift auf sie gezeigt. „Aber hast du über dein Schicksal nachgedacht? Ob du zu Großem berufen oder dazu verdammt bist, dein Leben hier in diesem Dorf zu fristen und nie etwas Bedeutendes zu vollbringen? Ich glaube, Menschen können ihr Schicksal selbst in die Hand nehmen. Ihr Leben gestalten. Nicht, dass es nicht manchmal Umwege gäbe. So wie dieses Jahr in Hollyhill. Aber vielleicht wartet sogar hier das Schicksal. Vielleicht finde ich die Liebe meines Lebens oder schreibe mein erstes literarisches Meisterwerk. Hältst du das für möglich?"

„Kann sein." Jocie hatte versuchen wollen, wieder zu ihrem Interview zurückzukehren. „Sie sind also nicht verheiratet?"

„Das wusstest du doch schon." Bei diesen Worten hatte er so selbstgefällig ausgesehen, als hätte er sie bei einem Fehler ertappt und als würde ihm das gefallen. „Jedes Mädchen in der Schule wusste nach meinem ersten Tag hier, dass ich nicht verheiratet bin.

Alleinstehend und noch zu haben. Schreib das auf jeden Fall in deinen Artikel. Wer weiß? Vielleicht hat die Liebe meines Lebens eure Zeitung abonniert. Und es könnte durchaus sein, dass ich heiraten will."

„Warum?" Sobald das Wort über ihre Lippen gekommen war, hatte Jocie es bereut. Sie hätte nur „gut" murmeln, sich bedanken und die Flucht ergreifen sollen. So hatte sich das Ganze zunehmend angefühlt. Als müsste sie fliehen.

„Vietnam." Einen Moment lang hatte Mr Hammond verärgert gewirkt. Dann hatte er tief Luft geholt und wieder angefangen, den Stift zwischen den Fingern zu drehen, während er sagte: „Unser edler Präsident lässt zu, dass unser Land in diesen Konflikt am anderen Ende der Erde hineingezogen wird. Im Namen der Freiheit, sagt er. Aber für Männer im wehrfähigen Alter gibt es nur wenig Freiheit. Wenn Onkel Sam sagt, du gehst, dann musst du gehen. Aber von verheirateten Männern mit Kindern verlangt Onkel Sam nicht so viel."

„Ich verstehe."

„Wirklich?"

„Vielleicht. In gewisser Weise." Jocie hatte zu der Uhr über der Tafel hinaufgeblickt. Ihre fünfzehn Minuten waren um und mehr als diese. Sie hatte genug, um ihren Artikel zu schreiben. Bestimmt wartete Leigh draußen schon auf sie. Leigh hatte früher Feierabend machen wollen, damit sie Weihnachtsplätzchen für die Kirche backen konnten.

„Hast du es eilig?", hatte Mr Hammond gefragt, jetzt wieder mit belustigter Miene.

„Sie haben gesagt, ich hätte nur eine Viertelstunde. Ich versuche nur, mich an den Zeitplan zu halten."

„Aber du hast mir deine Fragen noch nicht gestellt."

„Einige davon haben Sie schon beantwortet." Jocie hatte auf ihre Liste hinuntergeblickt.

„Aber du hast doch sicher noch persönliche Fragen. Vielleicht, wer mein Lieblingsschriftsteller ist. Oder über meine Kleidung."

„Also, wer ist Ihr Lieblingsschriftsteller?"

„Hemingway, sowohl auf dem Papier als auch jenseits seiner Bücher. Er wusste, wie man lebt. Und wie man stirbt."

Jocie hatte mit fragendem Blick zu ihm aufgesehen. „Haben Sie uns nicht erzählt, er hätte sich umgebracht?"

„Das hat er auch. Er hatte sein Schicksal bis zum Ende unter Kontrolle." Mr Hammond hatte aus Daumen und Zeigefinger eine Pistole gebildet und so getan, als würde er sich damit in den Kopf schießen. „Bewundernswert."

„Oh." Jocie hatte auf ihre Notizen gestarrt, bevor sie mit der Zunge über ihre Lippen gefahren war und sich gezwungen hatte, eine letzte Frage zu stellen. „Und wie kommt es, dass Sie keine Krawatte tragen?"

Daraufhin hatte er ihr seine lächerliche „Eine Krawatte ist eine Schlinge"-Antwort gegeben. Das war ihr wie ein guter Zeitpunkt erschienen, ihr Notizbuch zu schließen und ihm dafür zu danken, dass er ihre Fragen beantwortet hatte. Währenddessen hatte sie sich rückwärts in Richtung Tür geschoben. Sie war überhaupt nicht begeistert gewesen, als er aufgestanden und ihr auf den Gang gefolgt war. Keiner von ihnen hatte auch nur ein Wort gesagt, während sie zur Eingangstür gegangen waren. Jocie hatte sich nur mit Mühe davon abhalten können zu rennen. Draußen auf der Treppe hatte sie erleichtert festgestellt, dass Leigh am Straßenrand parkte und auf sie wartete. Leigh war ausgestiegen und hatte gewinkt.

„Ist das deine Mutter?", hatte Mr Hammond gefragt.

„Nein. Die Freundin meines Vaters." Jocie war auf Distanz zu ihm gegangen, während sie die Treppe hinunterstieg.

„Freundin. Interessant. Wo ist deine Mutter?"

„In Kalifornien, soweit ich weiß", hatte Jocie gesagt.

„So so." Mr Hammond hatte Leigh angestarrt. „Die Freundin deines Vaters ist sehr attraktiv. Vielleicht könntest du mich ihr vorstellen."

„Das würde ich ja gerne, aber wir haben es sehr eilig. Vielleicht beim nächsten Mal", hatte Jocie gesagt, bevor sie den Bürgersteig hinunter zu Leighs Wagen gerannt war. Sie hatte gehofft, dass Mr Hammond ihr nicht nachlaufen würde.

„Danke, dass du mich abholst", hatte sie zu Leigh gesagt, bevor sie eingestiegen war und die Tür zugeknallt hatte. „Fahren wir."

Leigh war ebenfalls eingestiegen und hatte den Motor angelassen. „Wieso die Eile?", hatte sie gefragt. „Dein Lehrer sah aus, als hätte er sich gerne ein bisschen unterhalten."

„Ich habe mich heute schon genug mit ihm unterhalten. Er ist kein normaler Hollyhill-Englischlehrer, das kannst du mir glauben."

„Dann ist das Interview nicht gut gelaufen?" Leigh war losgefahren.

„Ich bin heil entkommen." Jocie hatte sich umgesehen und festgestellt, dass Mr Hammond immer noch auf dem Gehweg stand und ihnen nachblickte.

„Entkommen?" Leigh hatte sie mit einem mitfühlenden Lächeln bedacht. „So schlimm?"

„Ja. Ich weiß nicht. Irgendwie komisch." Jocie war mit dem Finger über die Spiralbindung ihres Notizbuchs gefahren.

„Er ist für Mrs Wickers eingesprungen, nicht wahr?" Leigh hatte Jocies Antwort nicht abgewartet. „Ich habe gehört, wie einige Leute über ihn gesprochen haben. Sie sagten, er habe eine Zeit lang in New York City gelebt. Er sei dort Schriftsteller gewesen, bevor er mit dem Unterrichten angefangen habe."

„Das hat er auch gesagt." Jocie hatte versucht das Thema zu wechseln. „Was für Plätzchen backen wir denn?"

Leigh hatte gelacht. „Ich glaube, du willst nicht über deinen neuen Lehrer reden. Dann muss ich wohl warten, bis ich im *Banner* mehr über ihn zu lesen bekomme."

Der *Banner*-Artikel war in der Woche darauf erschienen. Jocie wusste nicht, ob Mr Hammond ihn gelesen hatte oder nicht. Er hatte nie ein Wort darüber verloren.

Jocie sah das Bild ihres Lehrers noch einmal an, bevor sie die Zeitung zusammenfaltete und wieder auf den Stapel mit den alten Ausgaben legte. Das war eindeutig der Zeitpunkt gewesen, ab dem es für sie im Englischunterricht bergab gegangen war. Aber sie hatte immer noch keine Ahnung, wie sie die Situation verbessern konnte. Überhaupt keine Ahnung. Sie konnte sich nur auf die Weihnachtsferien freuen, in denen sie das Gesicht dieses Mannes zwei wunderbare Wochen lang nicht würde sehen müssen.

9

Leigh konnte sich nicht erinnern, dass sie sich jemals so auf Weihnachten gefreut hatte wie in diesem Jahr. Höchstens damals, als sie noch ein kleines Mädchen gewesen war und sich gefragt hatte, wie der Weihnachtsmann ihr überhaupt etwas bringen konnte, wo ihr Haus doch keinen Schornstein hatte. Und vielleicht hatte sie sich nicht einmal damals so sehr gefreut, denn der Weihnachtsmann hatte am Ende immer etwas unter den Baum gelegt, was sie brauchte, und nicht etwas, das sie sich wünschte.

Aber in diesem Jahr würde sie selbst den Weihnachtsmann spielen. Für Stephen Lee hatte sie bereits einen Strampler mit Lokomotiven darauf, eine total süße Jeans und eine Packung leuchtend bunter Holzklötze gekauft. Nicht, dass er sich dafür interessieren würde, was er dieses Jahr zu Weihnachten bekam, aber es machte Spaß, ein Baby zu beschenken. Und nicht nur das Baby, sondern auch Jocie! Auch wenn Jocie schon seit einigen Jahren zu alt für den Weihnachtsmann war, freute sie sich doch mit Sicherheit über Geschenke.

Leigh spürte in diesem Jahr besonders intensiv, welche einzigartige Atmosphäre der Weihnachtszeit innewohnte. Dieses Gefühl der Liebe überall, während die Welt das beste Geschenk feierte, das jemals gemacht worden war, in der Gestalt eines winzigen Babys. Die Menschen lächelten mehr. Sogar die Leute, die auf dem Amt erschienen, um ihren Kraftfahrzeugzulassungsschein zu kaufen, beklagten sich nicht ganz so mürrisch darüber, dass sie ihr Geld der Regierung überlassen mussten, damit sie mit ihrem Auto fahren durften.

Und an diesem Morgen im Park, als ein paar Schneeflocken heruntergeschwebt waren, hatte die Luft fast gefunkelt. „Sieh mal", hatte sie zu David gesagt, der am Park auf sie gewartet hatte, um mit ihr ein paar Runden zu drehen, so wie er es jetzt jeden Samstagmorgen tat. Inzwischen fragte sie sich kaum noch, ob er da sein würde. Sie erwartete ihn einfach. „Das ist Glitzerschnee. Er funkelt richtig."

Sie hatte die Hand ausgestreckt, um eine Schneeflocke aufzufangen und sie David zu zeigen, aber anstatt die Schneeflocke auf ihrem Handschuh anzusehen, hatte er ihr ins Gesicht geschaut und gesagt: „Du bist es, die funkelt. Du bist heute Morgen wunderschön."

Ihr Herz war schneller geschmolzen als die winzige Schneeflocke auf ihrer Handfläche und sie hatte das Gefühl gehabt, als würde um sie herum alles glitzern, so wie bei Aschenbrödel, nachdem die Fee sie mit ihrem Zauberstab berührt hatte. Selbst in ihren schönsten Tagträumen hätte sie sich nicht träumen lassen, dass es sich so gut anfühlte, verliebt zu sein. Jahrelang hatte sie Angst gehabt, es könnte ein Gefühl sein, das sie nie kennenlernen würde, aber jetzt wusste sie, wie es sich anfühlte – egal, was noch geschah.

Obwohl keiner von ihnen beiden dem anderen mit Worten seine Liebe gestanden hatte, hoffte Leigh – nein, sie tat mehr als das, sie betete –, dass David ebenso empfand wie sie. Er war gerne mit ihr zusammen. Sonst wäre er nicht jeden Samstagmorgen Stunden früher aufgestanden, um mit ihr während des Sonnenaufgangs um das Baseballfeld im Park zu laufen.

Am liebsten hätte Leigh den ganzen Tag lang mit David dort im Park gestanden, aber das hatte sie natürlich nicht getan. Nachdem sie ihre üblichen Runden gedreht hatten, waren sie getrennte Wege gegangen. David hatte sich ins Büro der Zeitung zurückgezogen, um ein paar Stunden ungestört an der nächsten Ausgabe zu arbeiten, bevor er sich zu Hause in die Vorbereitung seiner Sonntagspredigt stürzte, und sie war nach Hause zurückgekehrt, um zu duschen und sich fertig zu machen, damit sie nach Grundy fahren und mit ihrer Mutter Weihnachtseinkäufe machen konnte.

Es war eine Tradition. Seit Leigh zwölf Jahre alt war, war sie an jedem ersten Samstag im Dezember mit ihrer Mutter losgezogen, um Weihnachtsgeschenke zu kaufen. Im ersten Jahr hatte Leigh sich nach der Bescherung in ihrem Zimmer verkrochen und geweint, weil kein einziges Überraschungsgeschenk dabei gewesen war. Sie hatte gedacht, dass ihre Mutter noch einmal ohne sie losgehen und ihr wenigstens eine Sache kaufen würde, von der sie nicht schon wusste, dass sie sie bekam. Irgendeine Kleinigkeit, damit das Geschenkeauspacken Spaß machte. Aber nein, damals und in all den Jahren seither hatte es keine Überraschungen gegeben.

Aber in diesem Jahr erschien Leigh schon das Aufstehen jeden Morgen voller Verheißungen. Voller funkelnder Überraschungen. Als sie nach ihren Runden um das Baseballfeld duschte, sang sie mit aller Kraft „Freue dich, Welt“ und machte sich keine Sorgen wegen der mürrischen alten Mrs Simpson, die unter ihr wohnte. Sie hatte vor, in diesem Jahr alle Vorsicht in den Wind zu schlagen und drei Rollen von dem teuren, glänzenden Folienpapier sowie jede Menge Kräuselband zu kaufen, bevor sie ihre Geschenke einpackte.

Ein ganzer Stapel Schachteln türmte sich schon am Ende ihres Küchentischs und sie musste noch mehr kaufen. Für David hatte sie eine Krawatte mit roten Streifen gekauft, aber sie wollte noch etwas Besseres finden. Etwas Besonderes, auch wenn sie keine Ahnung hatte, was das sein könnte. Seit Tagen zermarterte sie sich den Kopf, um das perfekte Geschenk zu finden. Während ihrer Fahrt nach Grundy grübelte sie weiter.

Sie hatte über eine neue Uhr nachgedacht, aber seine schien völlig in Ordnung zu sein. Oder ein Transistorradio, mit dem er Musik hören konnte, wenn er unterwegs war, um Besuche zu machen. In Davids Auto gab es kein Radio. Aber er hatte mal gesagt, er nutze diese Zeit immer, um zu beten. Vielleicht ein Buch mit Predigten, aber dann dachte er womöglich, sie hielte seine Predigten für nicht gut genug. Eine neue Bibel, aber das war wohl eher ein Geschenk, das eine Großmutter machen würde. Und sie wollte auf keinen Fall, dass er sie gedanklich mit einer Großmutter in Verbindung brachte. Ein neues Hemd, das zu der Krawatte passte, aber es schickte sich nicht, einem Mann, mit dem man nicht verheiratet war, ein anderes Kleidungsstück als eine Krawatte oder Handschuhe zu schenken. Wenn sie verlobt wären, wäre das vielleicht etwas anderes.

Wenn sie verlobt wären, wäre *alles* anders. Und wunderbar. Leigh betrachtete ihre linke Hand am Lenkrad und stellte sich vor, wie ein Ring daran aussehen würde. Dann lachte sie sich selbst aus, zügelte ihre Fantasie und ermahnte sich, auf den Verkehr zu achten, anstatt so übermütig zu werden.

David und sie waren ein paarmal verabredet gewesen. Er kam samstagmorgens in den Park, um mit ihr ihre Runden zu laufen. Sie ging jeden Sonntagmorgen in seine Kirche und fühlte sich dort mehr als zu Hause. Aber all das war noch weit von einer Verlobung entfernt. Sehr weit. Und deshalb musste ihr ein Geschenk einfallen, das schicklich und trotzdem perfekt war.

Was er brauchte, waren neue Schuhe. Der arme Mann hatte schon Löcher in seine Sohlen gelaufen, aber Schuhe konnte sie ihm nicht kaufen. Selbst dann nicht, wenn sie seine Schuhgröße in Erfahrung bringen würde. Außerdem wäre das viel zu vernünftig und praktisch. Sie war es leid, ständig vernünftig und praktisch zu sein, vor allem an Weihnachten.

Jedes Jahr schenkte sie ihren Eltern etwas Vernünftiges und Praktisches zu Weihnachten wie Hausschuhe oder Bademäntel, Rasierwasser und Handcreme. Und jedes Jahr saß sie am Weihnachtsmorgen auf demselben Sessel im Wohnzimmer ihrer Eltern und packte ähnlich praktische Geschenke von ihnen aus. Dabei fanden ihre Eltern jedes Mal irgendeinen Grund, aneinander herumzunörgeln, noch bevor Leigh das ganze Geschenkpapier eingesammelt hatte.

Irgendetwas gab es immer zu meckern. Die Donuts, die ihr Vater zum Frühstück geholt hatte, waren nicht frisch genug. Die Orangen waren nicht saftig genug. Der Thermostat war zu hoch oder zu niedrig eingestellt. Ihr Vater wollte zum Abendessen nicht zu der Schwester ihrer Mutter gehen. Jedes Jahr die gleichen Geschenke. Jedes Jahr die gleichen Streitereien.

Aber dieses Jahr würde es anders. In diesem Jahr würde Leigh die Weihnachtsfreude wiederbeleben. Geschenke waren nicht wichtig. Altbackene Donuts waren nicht wichtig. Wann sie feierten, war nicht wichtig. Leigh hatte sich noch nicht genau überlegt, wie sie diesen letzten Punkt ihrer Mutter beibringen sollte, aber sie wusste, wenn sie auch nur den Hauch einer Einladung bekäme, wollte sie den Weihnachtsmorgen mit David und seiner Familie verbringen.

Und sie würde darauf bestehen, dass ihre Eltern David kennenlernten. Ständig erfand ihre Mutter Ausreden. Es ging ihr nicht gut. Das Haus war nicht sauber genug. Und auf keinen Fall konnte sie auswärts essen gehen. Sie sagte, David sei zu alt für Leigh, aber in Wahrheit wollte sie, dass Leigh wieder nach Hause zog. Und sie wusste, das würde niemals geschehen, wenn Leigh einen Mann fand, den sie liebte. Einen Mann, der sie liebte.

Konnte es wirklich wahr sein, fragte Leigh sich, als sie in die Straße einbog, in der das Haus ihrer Eltern stand. Hatte sie einen Mann gefunden, der sie liebte? Zweifellos hatte sie einen Mann gefunden, den *sie* liebte. Sie spürte, wie das Lied „Freue dich, Welt“ wieder in ihr aufstieg. Sie liebte Weihnachten. An Weihnachten war alles möglich. Eine Jungfrau bekam ein Baby. Engel sangen für die Hirten. Weise Männer folgten einem Stern nach Bethlehem. Die Welt freute sich, weil ihr Retter geboren wurde.

Alles war möglich. Sie konnte zu Weihnachten etwas anderes kaufen als eine beigefarbene Strickjacke. Sie konnte all den Süßigkeiten widerstehen, die andere ihr unter die Nase hielten. Sie konnte verhindern, dass sie die Kilos, die sie abgenommen hatte, wieder zunahm. Ein guter Mann wie David konnte sich in sie verlieben. Ihre Mutter konnte lächeln und sich für sie freuen …

Sobald ihre Mutter ihr an der Tür entgegenkam, den Mantel bereits angezogen und ihre große schwarze Handtasche über dem Arm, wusste Leigh, dass es ihrer Mutter an diesem Tag nicht möglich sein würde, sich für sie zu freuen.

„Du bist zu spät“, sagte ihre Mutter anstelle einer Begrüßung.

„Nur ein bisschen“, erwiderte Leigh, während sie ihrer Mutter einen kleinen Kuss auf die Wange gab. „Bist du bereit für die Weihnachtseinkäufe?“

„Nur eine Woche zu spät“, sagte ihre Mutter. „Wir gehen immer am ersten Samstag im Dezember einkaufen. Nicht am zweiten Samstag.“

„Letzte Woche hatte ich keine Zeit, das habe ich dir doch erklärt. Da hat in Hollyhill der Weihnachtsumzug stattgefunden.“

„Das hast du erzählt. Und dass du mit der Tochter dieses Predigers und ihrem Baby zu dem Umzug gehen musstest. Er hätte ja auch selbst mit ihr hingehen können.“ Ihre Mutter trat aus dem Haus und zog die Tür hinter sich zu.

„Er hat Bilder für die Zeitung gemacht. Und ich musste nicht – ich wollte! Umzüge machen Spaß. Weißt du nicht mehr, wie wir früher zu dem Weihnachtsumzug hier in der Stadt gegangen sind?“

„Ich kann mir heutzutage überhaupt nicht mehr vorstellen, am Straßenrand zu stehen und einem Umzug zuzusehen. Nicht mit meinen Beinen. Ich weiß nicht, wie ich das mit dem Einkaufen heute überhaupt schaffen soll.“

Leigh blickte auf die Füße ihrer Mutter hinunter. Sie waren geschwollen, sahen aber nicht besonders schlimm aus. Ihre Mutter wog zu viel. Sie hatte immer zu viel gewogen, seit Leigh denken konnte. All die Jahre hatte sie Leigh erzählt, das liege in der Familie und Leigh solle sich keine Gedanken darüber machen, dass sie selbst so viel wiege. Gegen die Gene könne sie ohnehin nichts machen.

Aber das stimmte natürlich nicht und Leigh hatte endlich etwas gegen ihr Übergewicht unternommen. Sie hatte aufgehört, alles zu essen, was ihr vor die Nase kam, und angefangen, jeden Tag zu laufen. Und wenn sie im Lebensmittelladen an den Kartoffelchips vorbeikam, sah sie neuerdings einfach weg. Auch wenn sie nicht dünn war und es wahrscheinlich nie sein würde, war sie dem „hübsch" in hübsch rundlich schon deutlich näher gekommen. Sie sah nicht schlecht aus. Immer wieder war sie überrascht, wenn sie in einem Fenster ihr Spiegelbild sah.

„Hast du denn die Füße hochgelegt, wie der Arzt es dir geraten hat?", fragte Leigh ihre Mutter, während sie ihr in den Wagen half.

„Wie soll man denn kurz vor Weihnachten herumsitzen und die Füße hochlegen, wenn noch so viel zu tun ist? Es ist ja noch kein einziges Geschenk eingekauft!"

„Die Einkäufe erledigen wir heute", sagte Leigh. „Eine Woche spielt doch keine so große Rolle."

„Nicht, wenn es dir egal ist, dass die besten Angebote schon weg sind", sagte ihre Mutter düster und legte die Hände auf ihre Handtasche, die sie auf dem Schoß hielt. Leigh schloss die Beifahrertür und ging zur Fahrerseite.

„Vielleicht setzen sie ja noch mehr Dinge herunter", sagte sie und nahm hinter dem Lenkrad Platz. Dann ließ sie den Motor an. Sie war fest entschlossen, sich die gute Laune nicht verderben zu lassen und an ihrer Freude festzuhalten, egal, was ihre Mutter sagte.

„Das bezweifle ich. Je näher Weihnachten rückt, desto teurer wird alles. Sie wissen, dass man dann irgendwas kaufen muss. Egal, was."

Leigh holte tief Luft und atmete langsam wieder aus. Sie liebte ihre Mutter. Das tat sie wirklich, aber sie zu lieben und die Zeit mit ihr zu genießen, waren zwei verschiedene Paar Schuhe. Es war, als grollte ihre Mutter der ganzen Welt, und diesen Groll hegte und pflegte sie wie ein Lieblingskind.

„Tut mir leid, Mutter“, sagte Leigh, und das war ehrlich gemeint. Es tat ihr vielleicht nicht leid, dass sie eine Woche später als sonst mit ihrer Mutter einkaufen fuhr, aber es tat ihr leid, dass ihre Mutter aufgebracht war. Es tat ihr leid, dass es ihrer Mutter nicht gut ging. Schon auf den paar Metern bis zum Auto war sie außer Atem geraten und bestimmt schmerzten ihre Füße. „Vielleicht wäre es besser, wenn du mir deine Liste gibst und mich die Einkäufe für dich erledigen lässt.“

„Glaubst du, ich könnte nicht selbst einkaufen?“ Ihre Mutter klang beleidigt.

„Das habe ich nicht gesagt. Ich habe nur an das gedacht, was du über deine schmerzenden Füße gesagt hast.“

„Natürlich tun mir die Füße weh. Sie tun mir seit Jahren weh“, sagte ihre Mutter. „Aber darüber hast du dir ja keine Gedanken gemacht, als du beschlossen hast, nach Hollyhill zu ziehen, obwohl du hier in Grundy eine gute Arbeitsstelle hattest und zu Hause hättest wohnen können und nicht das ganze Geld für eine Wohnung hättest ausgeben müssen.“

„Du wolltest doch nicht, dass ich mein Leben lang ein Kind bleibe, oder?“, fragte Leigh leise.

„Du bist und bleibst mein Kind.“

„Dein Kind, ja, aber nicht *ein* Kind. Ich bin erwachsen, Mutter. Ich muss auf eigenen Füßen stehen, so wie du es getan hast, als du zu Hause ausgezogen bist und geheiratet hast.“

„Geheiratet?“ Ihre Mutter verschluckte sich beinahe an dem Wort. Dann zog sie ein Taschentuch aus ihrer Handtasche und fächelte sich damit Luft zu. „Du hast doch wohl nicht vor, diesen Prediger zu heiraten, oder? Dein Vater und ich haben ihn noch nicht einmal kennengelernt und du redest vom Heiraten!“

„Ich rede nicht vom Heiraten“, sagte Leigh. Aber das hätte sie gerne. Ihr fiel nichts ein, wovon sie lieber geredet hätte. „Und ich möchte, dass ihr David kennenlernt. Ihr werdet ihn mögen. Das weiß ich.“

„Will er uns denn kennenlernen? Das ist die Frage.“

„Ich habe euch doch schon gesagt, dass er das will. Weihnachten fällt dieses Jahr auf einen Freitag. Ich verabrede mit David, dass er an dem Wochenende mit herkommt.“

„Aber du wirst doch schon am Weihnachtstag hier sein und du bleibst immer über Nacht, wenn wir bei Stella waren."

Leigh öffnete den Mund. Sie wollte ihrer Mutter sagen, dass das dieses Jahr vielleicht anders sein würde, aber dann sagte sie doch nichts. Zwar kam sie sich wie ein Feigling vor, weil sie ihrer Mutter gestattete, ihr Schweigen als Zustimmung zu werten, aber sie mussten noch den ganzen Tag überstehen. Außerdem wusste Leigh ja noch gar nicht genau, was sie an Weihnachten tun würde. Sie hatte nur Hoffnungen, keine Pläne. Aber was für Hoffnungen!

10

Die Kirche war beinahe voll. Ein Krippenspiel zog immer viele Leute an. Mütter und Väter, Großeltern, Tanten und Onkel drängten sich in den Bänken, um den Auftritt ihres kleinen Hirten, Engels oder Weisen zu sehen. Die einzige andere Gelegenheit, bei der die Kirchenbänke so gut gefüllt waren, war Ostern, aber David hielt nichts davon, die Menschen dafür zu tadeln, dass sie nicht öfter kamen, wenn sie schon mal in der Kirche erschienen. Vielmehr war das die Gelegenheit, sie willkommen zu heißen und aufzunehmen. Ihnen Gottes Liebe zu zeigen. Er hatte in der Bibel noch nie etwas darüber gefunden, dass nur die treuen Gemeindemitglieder geliebt wurden, die jeden Sonntag in die Kirche gingen. Gott nahm alle an, die zu ihm kamen.

Vorne scheuchten Miss Sally und Lela Martin drei Hirten in Bademänteln hinter den weißen Laken hervor, die als Bühnenvorhang dienten. Die kleinen Jungs lugten unter ihren Handtuchturbanen hervor und begaben sich zu den Flammen aus rotem Tonpapier, die vor dem Podest aus einem Haufen Zweige ragten. Die Kanzel war beiseitegerückt worden, um Platz für die Hügel zu machen, in denen die Hirten ihre Herde hüteten.

Auf der anderen Seite der Bühne schoben Dorothy McDermott und Myra Hearndon vier kleine Schafe ins Rampenlicht. Sie krabbelten langsam zu den Hirten, damit sie ihre Felle und Ohren aus Wattebäuschchen nicht verloren. Zwei der Schafe – die Hearndon-Zwillinge mit ihren zweieinhalb Jahren – hatten bei den Proben die Tendenz gezeigt, sich von der Herde zu entfernen. Myra hatte versucht, Miss Sally auszureden, dass ihre beiden Jüngsten bei dem Krippenspiel mitmachten, aber Miss Sally hatte darauf bestanden, dass jedes Kind eine Rolle bekam.

Myra hatte sich nicht mit Miss Sally streiten wollen. Das wollte niemand in der Gemeinde. Nicht in diesem Jahr, nachdem sie bei dem Brand im September ihren Bruder und ihr Haus verloren hatte. Nicht, dass irgendwer sich sonst jemals mit Miss Sally hätte streiten wollen. Sie stand bei dem Krippenspiel vielleicht nicht auf der Bühne, sondern blieb hinter den Kulissen, aber ihre Rolle beim Weihnachtsfest, ihre Rolle in der Gemeinde war es, Christus mit seinen ausgebreiteten Armen zu repräsentieren. Sie spielte ihre Rolle gut, aber das lag daran, dass es bei Miss Sally keine Schauspielerei war. Ihr ganzes Wesen verkörperte die Liebe Gottes.

Als Myra sich Sorgen gemacht hatte, ihre Zwillinge könnten durch die Gänge laufen oder unter die Bänke oder sonst wohin kriechen, hatte Sally gesagt, dafür gebe es ja schließlich die Hirten. Damit die Schafe nicht davonliefen. Und weil diese Hirten in dieser Nacht auf dem Hügel gewesen seien, ihre Arbeit gemacht und sich um ihre Schafe gekümmert hätten, seien sie gesegnet worden. David überlegte, ob er diesen Gedanken am nächsten Sonntag in seine Predigt einbauen sollte.

Natürlich waren die kleinen Hirten, die über ihre Bademäntel stolperten und mit ihren Holzstöcken auf das Feuer zustapften, kaum älter als die kleinen Lämmer. Zwei der Hirten gingen zum Feuer und setzten sich, ohne auch nur einen Blick auf die Schafe zu werfen, die sich um sie scharten. Der dritte kleine Hirte, Jeremy Sanderson, schob das Handtuch hoch, das ihm in die Augen gerutscht war, und fiel über Eli Hearndon, der sich im Mittelgang mit lautstarkem Blöken in einer Art Schafspirouette drehte. Jeremy fiel ins Lagerfeuer. Sofort sprang er auf, als wäre das Feuer echt, und das Handtuch fiel ihm vom Kopf. Die anderen beiden Hirten wollten ihm helfen, den Turban wieder aufzusetzen. Schließlich war es eine bekannte Tatsache, dass man unmöglich ein Hirte sein konnte, wenn man kein Handtuch auf dem Kopf hatte.

In der Zwischenzeit waren die Schafe, die ihre Chance witterten, krabbelnd in den Mittelgang entschwunden. Einer der kleinen Hirten sah sich nach den fliehenden Schafen um, stemmte die Hände in die Hüfte und verkündete: „Ich habe zu Miss Sally gesagt, wir hätten Kühe nehmen sollen anstatt Schafe."

Die Gemeinde lachte laut auf und Miss Sally, die hinter dem Vorhang hervorgekommen war, um nachzusehen, ob Jeremy sich verletzt hatte, lachte selbst so sehr, dass sie sich in die erste Reihe setzen und die Augen wischen musste. Die kleinen Schafe hätten es womöglich bis zur Tür geschafft, wenn Jocie nicht ihre Kamera weggelegt und sie eingefangen hätte. Sie lenkte die Schafe zurück nach vorne und wies ihnen ihre Plätze zu, während Miss Sally dafür sorgte, dass die Hirten sich um das Feuer setzten. Die restliche Gemeinde, die immer noch lächelte, hielt die Luft an und wartete darauf, dass die Engel erschienen.

Leigh lehnte sich zu David herüber und flüsterte ihm ins Ohr: „Ich weiß nicht, wie der Rest des Krippenspiels diesen Anfang schlagen soll."

„Bei Kindern weiß man nie", flüsterte David zurück. Leighs Haare streiften seine Wange und er war froh, dass er zwei Reihen weiter hinten als sonst Platz genommen hatte, neben ihr, Tabitha und Tante Love, die Stephen Lee auf dem Schoß hielt. Das Baby war bei dem Gelächter aufgeschreckt, beruhigte sich aber wieder, als Tante Love ihm sanft den Po tätschelte.

David streckte den Arm aus und ergriff Leighs Hand, während er darüber nachdachte, wie der Ring, den er am Tag zuvor bei Rollin Caruthers abgeholt hatte, an ihrem Finger aussehen würde. Er war beeindruckender geworden, als David erwartet hatte. Der Diamant war natürlich immer noch klein, aber die Fassung ließ ihn größer wirken. Rollin hatte genau gewusst, wem er den Ring zum Ändern schicken musste, und er hatte dafür gesorgt, dass der Auftrag schnell erledigt wurde.

„Für dich, Bruder David, wir machen es möglich. Wir wollen ja nicht, dass Miss Leigh an Weihnachten enttäuscht ist, nicht wahr?", hatte er gesagt und David angegrinst. Aber er hatte Davids Geheimnis nicht verraten. Er hatte sogar versprochen, nicht einmal seiner Frau etwas davon zu erzählen, obwohl er sich sicher war, dass er Ärger bekommen würde, wenn sie schließlich davon erfuhr.

Rollin war auch sehr verständnisvoll gewesen, als David ihm gebeichtet hatte, dass er ihm den vollen Betrag erst im neuen Jahr würde bezahlen können. „Das ist schon in Ordnung, mein Junge. Ich weiß, dass du momentan knapp bei Kasse bist. Du solltest deiner Gemeinde sagen, dass du eine Gehaltserhöhung brauchst. Ich wette, sie zahlen dir nicht halb so viel, wie du wert bist. Wenn sie so sind wie die meisten Kirchen, dann denken sie, du als Prediger hättest nicht die gleichen Rechnungen zu begleichen wie normale Menschen."

„Die Leute von Mt. Pleasant sind sehr gut zu mir gewesen", hatte

David seine Gemeinde verteidigt. „Sie geben mir immer alle möglichen Dinge."

„Da bin ich mir sicher. Kohlköpfe und grüne Bohnen und bestimmt auch Rübengemüse. Sie müssten dich mal mit was anderem Grünen beschenken." Rollin hatte Finger und Daumen aneinandergerieben, als würde er Dollarscheine befühlen. „Aber mach dir mal keine Sorgen. Bezahl mich einfach, wenn du das Geld bekommst."

David hatte nicht gerne Schulden. Paulus sprach sich im Römerbrief dagegen aus. *Seid niemandem etwas schuldig, außer dass ihr euch untereinander liebt.* Andererseits, waren sie nicht alle Schuldner, was die Liebe zu Gott und zueinander betraf? David schuldete seiner Gemeinde, seiner Familie und seiner Stadt eine Menge. Und Gott würde dafür sorgen, dass David und seine Familie alles hatten, was sie brauchten. Aber war sich zu verloben etwas, das David Gottes Meinung nach brauchte? Brauchte er es, verlobt zu sein? Und noch einmal zu heiraten?

Er hatte diesbezüglich schon so viel gebetet, weil er sich nach der Gewissheit sehnte, dass er Leighs Leben nicht ruinieren würde, indem er sie bat, seine Frau zu werden. Als er Adrienne geheiratet hatte, war er einem Impuls gefolgt. Das hatte sich als Fehler erwiesen. David rutschte unruhig auf seinem Platz hin und her, während die größeren Kinder eine Strophe aus „Kommet, ihr Hirten" sangen. Dabei berührte er Leighs Schulter und sie wandte sich ihm lächelnd zu.

Und plötzlich hallte ein Vers aus den Psalmen durch seinen Kopf, so lautstark, als könnte er hören, wie Tante Love ihn für Jocie zitierte: *Habe deine Lust am Herrn; der wird dir geben, was dein Herz wünscht.* Psalm 37,4.

War diese schöne Frau, die jetzt neben ihm saß, ein Geschenk Gottes? Sie wurde ganz eindeutig immer mehr zu einem Herzenswunsch von ihm. Wenn er nur wüsste, wie er ihr das sagen sollte. David fragte sich, was geschehen würde, wenn er den Ring einfach in diesem Moment aus der Tasche zog und ihn ihr gab. Aber nein, Leigh hatte mehr verdient als das. Sie hatte etwas Besseres verdient als alles, was er ihr jemals geben könnte.

„Jetzt kommen die Engel", flüsterte sie, nachdem die Sänger das Lied beendet hatten.

Cassidy Hearndon, Sandy Wilson und Mollie McDermott traten hinter dem Vorhang hervor und begaben sich zu den Hirten. Mollie fing an, die Gute Nachricht zu verkünden. „Fürchtet euch nicht: Siehe, ich verkündige euch große Freude, die allem Volk widerfahren wird." Sie hielt inne und schluckte und einen Augenblick lang sah es aus, als hätte sie die frohe Botschaft vergessen.

Cassidy lehnte sich zu Mollie hinüber und flüsterte laut: „Jesus. Erzähl ihnen davon, dass das Jesuskind geboren worden ist."

Mollie setzte ihre Engelsnachricht fort: „Denn euch ist heute der Heiland geboren, welcher ist Christus, der Herr, in der Stadt Davids. Und das habt zum Zeichen: Ihr werdet finden das Kind in Windeln gewickelt und in einer Krippe liegen."

Dann sagten die himmlischen Heerscharen, die aus den drei Engeln, den Sängern in der ersten Reihe und den Müttern hinter dem Vorhang bestanden: „Ehre sei Gott in der Höhe und Friede auf Erden bei den Menschen seines Wohlgefallens." Einen Moment lang hielten selbst die Schafe still, als die Engel die Arme ausstreckten, um Segen auf die Hirten regnen zu lassen, bevor sie wieder hinter dem Vorhang verschwanden.

Chad Everts, der Hirte, der sich vorhin Kühe gewünscht hatte, stand auf und sagte: „Wow! Das müssen wir sehen. Das hat Gott uns gesagt." Er drehte sich zu den Schafen um. „Kommt mit, Schafe. Ihr könnt nicht alleine hierbleiben. Ihr müsst mitkommen."

Nicht ganz so, wie es geschrieben stand oder wie sie es geprobt hatten, aber Chad hatte ein Publikum und genoss diese Tatsache. Dorothy McDermott und Lela Martin zogen die Laken zu, um hinter dem Vorhang die Krippenszene aufzubauen, während die älteren Kinder „Oh Bethlehem, du kleine Stadt" sangen.

Improvisieren. Vielleicht musste David das tun, während er sich darüber klarzuwerden versuchte, wann und wo er Leigh den Antrag machen sollte. Im Park am Baseballfeld, wo sie sich zum ersten Mal geküsst hatten? Bei einem neuerlichen Picknick auf Herman Crutchers Kuhweide? Wenigstens würde es im Dezember dort keine Mücken geben. Schnee vielleicht, aber keine Mücken. Nach einer Mahlzeit im Grover's Grill? Im Büro des *Banner* nach dem Falten der Zeitungen am Dienstagabend? Nichts davon klang besonders romantisch.

Vielleicht sollte er heimlich einen Blick in Zellas Liebesromane werfen, um sich eine romantische Szene daraus abzugucken. Zella würde ihm ein Dinner für zwei bei Kerzenschein vorschlagen, mit gebratener Ente und Männern mit Geigen, die neben dem Tisch spielten. Die Geigen waren vielleicht ein bisschen viel verlangt, aber David war sich sicher, dass es in Grundy Restaurants mit Kerzen auf den Tischen gab. Allerdings wusste er nicht, wo sie waren. Außerdem brachte ihn das wieder auf seine Geldnot zurück.

Vielleicht würde er den Ring einfach in einen großen Schuhkarton verpacken und unter den Weihnachtsbaum legen und Leigh zum Geschenkeauspacken zu sich einladen. Nicht sehr intim, aber vielleicht hatte er auch Angst davor, dass es zu intim werden könnte.

Chad, der Hirte, versuchte nicht, noch mehr Szenen an sich zu reißen, sondern kniete sich mit seinen Kollegen und den beiden Schafen, die mitgekommen waren, an der Krippe hin, um das Jesuskind anzubeten. Die beiden Babyschafe, Eli und Elise Hearndon, waren zu ihrem Vater geschickt worden. Die Weisen aus dem Morgenland brachten ihre Geschenke und legten sie vor dem Baby in der Krippe ab.

Hinter dem Vorhang fing Myra Hearndon an zu singen: „Welch Kind ist dies?“ Ihre Stimme war so rein und schön, dass David ein Schauer über den Rücken lief. Was für ein Segen sie und ihre Familie für die Gemeinde waren. Ein Beweis dafür, dass der Herr Gebete erhörte, von denen seine Kinder nicht einmal wussten.

Segen brachte allerdings manchmal auch Herausforderungen mit sich. Die Gemeinde hatte Drohbriefe erhalten und viele Mitglieder fürchteten sich vor einem weiteren Brand. In jeder Gebetsversammlung stand jemand auf und bat Gott, das Kirchengebäude zu beschützen. Außerdem ließen die Gemeindemitglieder ihren Gebeten Taten folgen. Die Diakone und einige der anderen Männer fuhren im Wechsel mehrmals in der Nacht an der Kirche vorbei.

Wie Ogden Martin letzte Woche zu David gesagt hatte: „Wir sind wirklich froh, dass Myra und ihre Familie hier in der Gemeinde sind. Sie hat eine schöne Stimme und Alex ist ein feiner Kerl. Die schwarze Hautfarbe ändert nichts daran, wie der Herr einen Menschen begabt, aber der Herr hat uns nicht gesagt, dass wir den Kopf in den Sand stecken sollen. Dass sie zur Gemeinde gehören, könnte uns noch Probleme bereiten, weil manche Leute einfach nicht akzeptieren können, dass Schwarze und Weiße gemeinsam Gottesdienst feiern."

„Gott sei dafür gelobt, dass wir hier in Mt. Pleasant das können", hatte David geantwortet. Er betete jeden Tag darum, dass das die Wahrheit war.

Es schien wahr zu sein, als Myra nach ihrem Solo vor den Vorhang trat, um mit der Gemeinde „Stille Nacht, heilige Nacht" zu singen.

So viele Gebete. So viele Gebetserhörungen. Das Privileg, der Pastor dieser Gemeinde sein zu dürfen. Leigh an seiner Seite. Der kleine Stephen Lee in Tante Loves Armen. Jocie, die Fotos machte und vor Freude strahlte. Wes, der gehen konnte. Dieses Krippenspiel und das Kind in der Krippe. Mit einem Mal schämte David sich dafür, dass er so viel Zeit damit zugebracht hatte, sich Sorgen um Geld zu machen. Hatte der Herr nicht immer für ihn gesorgt? War er nicht in guten wie in schlechten Tagen stets bei ihm gewesen?

Als die letzte Liedzeile erklang, ging David nach vorne, um mit der Gemeinde ein Gebet zu sprechen. Dann gingen sie alle in den Keller, wo einer der Männer sich als Weihnachtsmann verkleidet hatte und an die Kinder Beutel mit Süßigkeiten verteilte. Vielleicht sollte David den Ring in eine Tüte mit Bonbons stecken und dem Weihnachtsmann geben, damit er ihn Leigh überreichte.

11

„Mrs Brooke." Die Krankenschwester trat in die Tür des Wartezimmers und ging offensichtlich davon aus, dass Adrienne aufstehen und wie ein gehorsamer Hund zu ihr kommen würde.

Stattdessen sah Adrienne sich um, als hoffte sie, eine andere Frau könnte von den zerfledderten, sechs Monate alten Zeitschriften aufblicken, um zu reagieren. Immerhin war sie seit Jahren nicht mehr Mrs Brooke. Sie hatte allen, die sie kennenlernte, gesagt, sie heiße Adrienne Mason, so als sei sie niemals verheiratet gewesen, aber sie hatte die Namensänderung nie offiziell eintragen lassen.

Auf ihrem Sozialversicherungsausweis stand Adrienne Mason Brooke und so war dieser Name genommen worden, als sie im Restaurant die Leitung übertragen bekommen und damit einen Anspruch auf Krankenversicherung erhalten hatte. Adrienne war noch niemals zuvor krankenversichert gewesen. Seit sie Hollyhill verlassen hatte, war sie kaum mehr als fünf Mal beim Arzt gewesen. Kellnerinnen bekamen keine Sozialleistungen. Sie schufteten sich nur dumm und dämlich und lächelten und taten so, als würden sie keine Idioten bedienen. Und wenn sie Glück hatten und die Idioten in Spendierlaune waren, bekamen sie vielleicht genügend Trinkgelder, um die Miete zu bezahlen.

Jetzt leitete sie das Restaurant. Jetzt hatte sie eine Versicherung. Und die Götter mussten beschlossen haben, sie dafür zu bestrafen, dass sie so spießig geworden war. Natürlich hatte Francine, die einzige Person, der sie überhaupt erzählt hatte, dass sie zum Arzt ging, ihr gesagt, sie könne sich glücklich schätzen, dass sie in die Krankenversicherung aufgenommen worden war, bevor sie den Knoten entdeckt hatte. Als wären „glücklich" und „Krebs" Wörter, die in demselben Satz vorkommen konnten.

Francine hatte es sorgfältig vermieden, das K-Wort laut auszusprechen. Das hatte noch niemand getan. Und deshalb wollte Adrienne auf dem Plastikstuhl im Wartezimmer sitzen bleiben, obwohl die kalifornische Sonne ihr so stark auf den Rücken schien, dass ihr viel zu heiß war. Auf ihrer Stirn standen Schweißperlen, doch ihre

Hände, die sie auf dem Schoß gefaltet hatte, fühlten sich kalt und klamm an.

Die Frau in dem Krankenschwesternkittel gab jedoch nicht auf. Sie blieb in der Tür stehen, blickte Adrienne quer durch den Raum an und wiederholte: „Adrienne Brooke.“ Beinahe so, als wollte sie sagen, wenn Adrienne sich verstecken wolle, müsse sie es schon geschickter anstellen. Die Frau lächelte, als wollte sie Adrienne einen Preis überreichen, den sie mit einem Schritt durch die Tür in Empfang nehmen konnte. Hier kommt die glückliche Gewinnerin!

Da war es wieder, das Wort. Glücklich. Adrienne war sich ihrer linken Brust mit einem Mal so stark bewusst, als wäre der Knoten darin größer geworden und könnte jeden Moment bersten und ihre Brust zerfetzen.

Sie stand auf. Die Blicke der beiden Männer, die ihre Frauen zu deren Arztterminen begleiteten, folgten ihr, als sie den Raum durchquerte. Sie hatte immer noch das gewisse Etwas, auch wenn sie fast vierzig war. Alle schätzten sie näher an die dreißig. Manchmal gab sie sich auch für jünger aus.

Genau genommen sah sie jetzt besser aus als mit dreißig Jahren. Mit dreißig hatte sie noch in Hollyhill festgesessen, als Pastorengattin. Aber das hatte sie geändert. Alles hatte sie geändert. Sie hatte sich neu erfunden, so wie sie es mit achtzehn hätte tun sollen. So wie sie es hatte tun wollen, indem sie David Brooke aufgelauert hatte, als dieser zur Beerdigung seines Vaters auf Heimaturlaub gewesen war. Sie war sich so sicher gewesen, dass sie David nach dem Krieg dazu würde bringen können, Hollyhill zu verlassen. Sie hatte gedacht, wenn er erst einmal die große weite Welt gesehen hatte, würde er dort sein wollen, wo viele Menschen waren. Wo man nicht nur vor sich hinvegetierte wie in Hollyhill.

Aber nein, er war als Mann Gottes aus dem Krieg zurückgekehrt. Als Prediger. Was hätte sie dagegen schon ausrichten können? Selbst wenn sie ihn geliebt hätte. Er hatte immerzu für sie gebetet. Dass sie sich ändern möge. Ganze Gemeinden hatten für sie gebetet – als hätte sie eine schreckliche Krankheit gehabt, die nur durch ein Wunder geheilt werden konnte. Sie hatte ihre eigene Kur gefunden. Unterwegs. Jenseits von Hollyhill.

Adrienne sah zu, wie die Hüften der rundlichen Schwester auf und ab hüpften, als sie ihr den Flur hinunter zum Behandlungsraum folgte. Nachdem sie dazu aufgefordert worden war, setzte sie sich auf den Patientenstuhl und ließ sich von der Frau den Blutdruck messen. Bestens, wie immer. Sie war bester Gesundheit. In bester Form.

„Der Doktor kommt in ein paar Minuten." Jetzt, wo ihr Publikum nur noch aus einer Person bestand, lächelte die Frau nicht mehr. Krankenschwestern waren nicht auf Trinkgelder angewiesen, um ihre Miete zu bezahlen.

Die Schwester watschelte aus dem Zimmer und schloss die Tür hinter sich. Adrienne fröstelte in der kalten Luft, die aus einer Lüftungsöffnung in der Decke herunterwehte. Sie fühlte sich, als hätte man sie in einen Kühlschrank gesperrt. Alles war weiß oder aus Edelstahl. In ihrer roten, figurbetonten Bluse mit dem runden Ausschnitt, der ihr Dekolleté zeigte, war sie der einzige Farbtupfer im Zimmer. Eine Ketchupflasche, die jemand in der sterilen Kälte vergessen hatte.

Nein, ihre Bluse war nicht ketchuprot. Das Rot, das Adrienne trug, glich eher dem von frischen Rispentomaten. Sie trug gerne Rot. Es war ein Statement. Die Blondine in dem roten Kleid. Eine Woche, nachdem sie die Grenze des Bundesstaats Kalifornien überschritten und gewusst hatte, dass sie endlich an dem Ort angekommen war, den sie bei ihrem Weggang aus Hollyhill gesucht hatte, war sie auf kalifornisches Blond umgeschwenkt.

Hollyhill. Adrienne schüttelte den Kopf. Warum kam ihr Hollyhill heute immer wieder in den Sinn? Sie hatte nie an Hollyhill gedacht. Oder an das, was sie dort zurückgelassen hatte. Sie war froh gewesen, es los zu sein. Jocie hatte sie bereits direkt nach der Geburt weggegeben – oder eigentlich schon vorher. Sie hätte das Kind niemals ausgetragen, wenn David sie nicht so gut wie zu Hause eingesperrt hätte, damit sie keine Dummheiten machte. Tabitha war einfach mit ihr gegangen, als sie Hollyhill schließlich verlassen hatte. Adrienne hatte sie nicht mitnehmen wollen. Aber das Mädchen hatte sie dabei ertappt, wie sie sich mitten in der Nacht davonstehlen wollte, und sich geweigert, aus dem Wagen auszusteigen.

Adrienne hatte Tabitha nicht dabeihaben wollen. Sie hatte sich von allem freimachen wollen, das mit Hollyhill und dem Leben als Predigerfrau zusammenhing. Aber als sie erst einmal in Chicago gewesen waren und Tabitha sie DeeDee genannt hatte anstatt Mutter, war es eigentlich ganz nett gewesen, sie dabeizuhaben. Tabitha hatte Adrienne nie irgendwelche Schwierigkeiten gemacht. Jedenfalls nicht, bis sie nach Kalifornien gezogen waren und das Mädchen sich in den Schlagzeuger von Eddies Band verliebt hatte. Sie war schwanger geworden und hatte sich geweigert, sich des Problems zu entledigen, obwohl das in Kalifornien gar nicht so schwierig war. Nicht wie in Hollyhill.

In Hollyhill konnte eine Frau höchstens eine Stunde lang auf einem Bein hüpfen und beten, dass sie dabei das Baby verlor. Adrienne wusste nicht mehr, wer ihr das erzählt hatte. Wahrscheinlich ihre Mutter. Ihre Mutter hatte immer ganz merkwürdige Dinge erzählt. Das tat sie immer noch bei den seltenen Gelegenheiten, wenn sie aus ihrem Rentnerdorf irgendwo in Florida anrief. Sie hatte Hollyhill noch vor Adrienne verlassen.

Es hatte sowieso nicht funktioniert. Man hatte anschließend nur Muskelkater. Und das Beten hatte auch nichts genützt. Babys konnte man nicht so einfach verlieren. Aber Tabitha hatte ihres gar nicht verlieren wollen. Und jetzt, wo der Kleine geboren war, schien sie völlig verliebt in ihn zu sein, obwohl er die braune Haut seines Vaters hatte. Das hatte die Leute von Hollyhill bestimmt erschüttert.

Letzte Woche hatte Tabitha ihr ein Foto geschickt. Adrienne hatte in dem Umschlag einen kurzen Blick darauf geworfen, es aber nicht herausgezogen. Sie verstand nicht, was Tabitha von ihr wollte. Sie hatte ihrer Tochter gleich gesagt, dass sie keine Großmutter sein konnte.

Und sie konnte auch keinen Krebs haben. Keinen Brustkrebs. Frauen, die Brustkrebs hatten, mussten sich die Brüste amputieren lassen. Adrienne blickte auf die beiden perfekt gleichförmigen Rundungen hinunter, über denen sich der Stoff ihres roten Oberteils spannte. Vielleicht dachte sie deshalb ständig an Hollyhill und all die Gemeinden, die für sie gebetet hatten, als sie es nicht gebraucht hatte. Vielleicht brauchte sie es ja jetzt.

Der Arzt betrat das Behandlungszimmer und setzte sich auf den Edelstahlhocker mit Rollen. Nachdem er sie begrüßt hatte, schlug er die Mappe auf, die er mitgebracht hatte, und musterte die Unterlagen darin. Er war jung und sah gut aus. Ganz anders, als Adrienne erwartet hatte, als sie den ersten Termin vereinbart hatte. Sie hatte es beinahe genossen, von ihm untersucht zu werden. Nicht, dass er unprofessionell gewesen wäre. Er war ganz Arzt gewesen. Sie hatte sich nur gewünscht, er wäre es nicht. Dass sie sich woanders getroffen hätten als in einem sterilen Kühlschrank.

Sein Blick fiel auf ihre Brüste, bevor er ihr in die Augen sah. „Ich fürchte, ich habe keine guten Nachrichten für Sie. Als Sie sich für die Biopsie entschieden haben anstatt für eine Operation, habe ich Ihnen ja bereits gesagt, dass Sie Ihre Behandlung damit nur hinauszögern, falls der Knoten bösartig ist, und je schneller man diesen Tumoren zu Leibe rückt, desto besser."

„Und der Knoten war bösartig?" Adriennes Worte klangen wie eine Frage, aber eigentlich war es keine. Vom ersten Augenblick an, als sie den kieselsteingroßen Knoten in ihrer Brust entdeckt hatte, hatte sie gewusst, dass er nicht gutartig sein würde.

„Ich fürchte, ja." Der Arzt sah wirklich so aus, als täte es ihm leid, als sein Blick wieder über ihre Brust wanderte. „Und nicht nur das, sondern es handelt sich auch um eine aggressive Form."

„Aggressiv? Was bedeutet das?" Natürlich wusste sie, was aggressiv bedeutete. Sie hatte ständig mit aggressiven Leuten zu tun. Sie war selbst ein aggressiver Mensch. Aber wie konnte ein Knoten in ihrer Brust aggressiv sein?

„Er wächst schnell. Der Krebs ist von der schnell wachsenden Sorte. Sie müssen sofort operiert werden. Morgen."

„Operiert." Adrienne kam sich wie ein Idiot vor, weil sie alles wiederholte, was er sagte. Aber sie musste die Informationen erst einmal verdauen. „Sie meinen, um den Knoten zu entfernen?"

„Nicht nur den Knoten. Bei dieser Form der Bösartigkeit können wir nur eine radikale Mastektomie vornehmen."

Adrienne weigerte sich, die Worte in ihrem Verstand Wurzeln schlagen zu lassen. „Es sind nur noch drei Tage bis Weihnachten."

„Ich weiß. Deshalb müssen Sie auch heute noch ins Krankenhaus."

„Nein."

Der junge Arzt, der gerade dabei war, etwas in ihre Akte zu schreiben, blickte auf. Offenbar sagte nicht oft jemand Nein zu ihm. Er schob seinen Hocker zurück, bis er an der weißen Wand lehnte, und starrte sie an. Natürlich trug er einen weißen Arztkittel, aber am Hals lugte eine rote Krawatte hervor. Das passte. Es war gut, dass sie zusammenpassten. Es wäre noch besser gewesen, wenn er blond gewesen wäre, aber er hatte mittelbraune Haare, die über den Ohren ein bisschen zu lang waren, so als hätte er sein Hippiedasein nicht ganz aufgeben wollen, als er angefangen hatte, Frauen beruflich die Brüste abzuschneiden. Natürlich, um ihnen das Leben zu retten.

„Nein ist eine Antwort, die Sie sich nicht leisten können, Mrs Brooke. Wir reden hier nicht von Schönheitschirurgie. Es geht um Leben und Tod."

„Bitte nennen Sie mich Adrienne. Der Name Mrs Brooke hat mir noch nie gefallen. Er gehörte zu meiner ehemaligen Schwiegermutter." Adrienne schenkte dem Arzt ihr strahlendstes Lächeln. Er würde sie für eine begriffsstutzige Blondine halten, aber das war ihr egal. Auch wenn sie keine echte Blondine war, fühlte sie sich im Moment ganz eindeutig begriffsstutzig.

„Also gut, Adrienne", sagt er langsam, so als wollte er jedem Wort das angemessene Gewicht verleihen. „Ich glaube, Ihnen ist nicht klar, wie ernst Ihre Lage ist. Sie haben Brustkrebs. Der bösartige Tumor hat höchstwahrscheinlich schon in Ihre Lymphknoten gestreut. Ohne eine aggressive Behandlung sind Ihre Chancen nicht nur nicht gut. Es gibt sie nicht. Ohne die Operation werden Sie sterben."

„Es sei denn, es geschieht ein Wunder." Adrienne wusste nicht, warum sie das sagte. Wahrscheinlich wegen all der Gedanken an Hollyhill und die betenden Gemeinden. Doch soweit sie sich erinnern konnte, war keines der Gebete damals mit einem Wunder beantwortet worden. Schon gar nicht die Gebete, in denen es darum ging, dass Gott aus ihr eine perfekte Pastorenfrau machen möge.

„Rechnen Sie mit einem Wunder?"

„Nein."

„Dann schlage ich vor, dass Sie sich der empfohlenen Behandlung unterziehen."

„Und wie stehen meine Chancen, wenn ich der empfohlenen Behandlung zustimme?"

Der Arzt blickte wieder auf ihre Akte hinunter, als könne er ihr nicht in die Augen sehen, während er ihr antwortete. „Sie sind relativ jung und ansonsten gesund. Sie dürften keine Probleme haben, die Operation gut zu überstehen."

„Aber meine Chancen – wie viel Prozent der Frauen mit ..." – sie zögerte, bevor sie das Wort aussprach – „mit dieser aggressiven Form von Krebs überleben die fünf magischen Jahre nach der Operation?"

„Sie haben sehr gute Chancen, zu den dreißig Prozent der Frauen zu gehören, die es überleben."

„Entstellt und verstümmelt."

„Aber am Leben. Mit einer guten Prothese wird niemand wissen, dass Sie diese Operation hatten."

„Ich werde es wissen. Der Mann, den ich liebe, wird es wissen."

„Wenn er Sie nur wegen Ihrer Brust liebt, ist er Sie nicht wert." Er blickte von ihrer Akte auf und sah sie an.

Adrienne überlegte, ob sie ihn darauf hinweisen sollte, dass sie nicht von dem Mann gesprochen hatte, der *sie* liebte, aber stattdessen schwieg sie, während sie ihm in die Augen sah. Er wartete eine ganze Weile und fragte dann: „Verweigern Sie die Behandlung?"

„Nein. Aber ich brauche noch ein bisschen Zeit. Um mich an den Gedanken zu gewöhnen. Ich komme im Januar wieder. Zwei Wochen können doch nicht so viel ausmachen, oder?"

„Vielleicht den Unterschied zwischen dreißig und fünfzehn Prozent", sagte der Arzt leise. „Ich würde Ihnen dringend davon abraten."

„Ich verstehe", sagte Adrienne.

„Ich befürchte, das tun Sie nicht, aber ich kann Sie nicht dazu zwingen, die richtige Entscheidung zu treffen." Er sah auf seine Uhr, zweifellos, weil er an die anderen Patientinnen in den anderen Kühlräumen dachte, die eher bereit waren, auf ihn zu hören, oder vielleicht schon auf ihn gehört hatten und jetzt darauf warteten, dass er ihre Narben bewunderte.

Adrienne fuhr nach Hause, wobei sie sich bei jedem Atemzug ihrer Brüste bewusst war, die gegen ihren BH drückten. Die Wohnung war leer, als sie eintrat. Ihr Blick wanderte zu der alten Westerngitarre hinüber, die über dem Fernseher an der Wand hing.

Eddie hatte sich damit selbst das Gitarrespielen beigebracht, als er dreizehn Jahre alt gewesen war. Jedes Mal, wenn Adrienne nach Hause kam und Eddie nicht da war, suchte ihr Blick die Gitarre. Solange sie noch da war, würde Eddie zurückkommen.

Sie sah auf die Uhr. Es war beinahe fünf. Eddie war sicher im Klub und bereitete sich auf den abendlichen Auftritt vor. Vielleicht würde sie zu Hause bleiben. Sollten die hübschen jungen Dinger ihm doch schöne Augen machen, während er sang. Sie war müde und sie musste den Weihnachtsbaum aufstellen.

Gestern Abend hatte Eddie gefragt, warum sie die Wohnung noch nicht weihnachtlich geschmückt hatte. Da hätte sie ihm beinahe von dem Arzt und dem K-Wort erzählt, aber dann hatte sie es doch nicht getan. Er würde sie verlassen. Sie waren jetzt drei Jahre zusammen. Auf ihrer Seite war es Liebe, auf seiner Bequemlichkeit. Es wäre unbequem, eine Freundin mit Krebs zu haben.

Seufzend ließ Adrienne ihren Schlüsselbund auf den Tisch fallen. Er traf auf Tabithas Brief und ließ das Foto, das sie geschickt hatte, halb aus dem Umschlag rutschen. Adrienne nahm das Foto in die Hand und starrte Tabithas Baby an, das sie angrinste. Der Kleine hatte Tabithas Augen. Nicht nur Tabithas Augen, sondern auch ihre eigenen.

Adrienne riss das Bild in der Mitte durch, legte die beiden Hälften aufeinander und riss sie dann noch einmal durch, bevor sie die Schnipsel in den Papierkorb fallen ließ. Dann nahm sie ein Glas aus dem Schrank und füllte es mit Eis. Die Diät-Cola, die sie darübergoss, schmeckte unangenehm nach Süßstoff, aber die Kalorien der normalen Variante konnte sie sich nicht erlauben. Im Fenster über der Spüle sah sie ihr Spiegelbild. Sie musste in ihrem Sarg gut aussehen.

Adrienne schüttete das Getränk in den Ausguss. Dann zog sie drei Schubladen heraus und durchsuchte sie alle nach einer Rolle Tesafilm. Irgendwo musste sie doch sein. Endlich fand sie den Abroller oben auf dem Kühlschrank, wo er lag, seit Tabitha mit Tesafilm Zettel an den Kühlschrank geklebt hatte, um Adrienne wissen zu lassen, wo sie war. Adrienne hatte das nie von ihr verlangt, sie hatte es von sich aus getan.

Als sie die Schnipsel des Fotos von Tabithas Baby aus dem Papierkorb holte, weinte Adrienne bereits. Sie blinzelte die Tränen fort, damit sie sehen konnte, wie die Stücke zusammengehörten. Es dauerte lange, bis sie die Teile wieder zusammengefügt hatte, weil ihre Hände so zitterten. Dann sah sie in die Augen des Babys und ließ ihren Tränen freien Lauf.

12

Leigh starrte bedrückt die Geschenke auf ihrem Küchentisch an. Das blaue Sweatshirt mit dem Logo der Hollyhill Tigers für Jocie. Drei Rollen Film und einige Blitzleuchten zu der Kamera, die David Tabitha schenkte. Die dunkelblaue Handtasche für Tante Love. Die Krawatte mit Krawattenspange für David. Das waren alles praktische, vernünftige Geschenke. Sogar die Holzklötze für Stephen Lee waren vernünftig.

Leigh hatte sich geschworen, nicht vernünftig zu sein. Sie war entschlossen gewesen, dieses Jahr an Weihnachten extravagant und großzügig zu sein. Dinge zu kaufen, die niemand brauchte. Nur Dinge zu kaufen, die die anderen sich wünschten. Eigentlich war sie der Meinung gewesen, dass sie das auch getan hatte, aber jetzt, wo sie die Geschenke in den Schachteln ansah, die darauf warteten, eingepackt zu werden, wurde ihr bewusst, dass sie ihre praktische Ader einfach nicht hatte abschütteln können.

Kein Wunder, dass sie bislang kein einziges Mal eine Möglichkeit gefunden hatte, David klar und deutlich zu sagen, dass sie ihn liebte. Die drei kleinen Worte sollten doch eigentlich nicht so schwer auszusprechen sein. *Ich liebe dich.* Sie musste nur den Mund aufmachen und sie herauslassen. Es gab kein geschriebenes Gesetz, nach dem der Mann es zuerst sagen musste, und selbst wenn, könnte sie gegen das Gesetz verstoßen. Aber jetzt, wo sie ihre praktischen Geschenke betrachtete, erkannte Leigh ihr Problem. Sie war nicht mutig genug. Es lag ihr nicht. Sie konnte nicht einmal mutige Weihnachtsgeschenke kaufen.

Du lieber Himmel, eine Krawatte! Was für ein Geschenk war das für den Mann, den sie liebte? Und was spielte es schon für eine Rolle, dass sie sich nicht sicher war, ob er sie auch liebte? Sie konnte ihn trotzdem lieben. Sie konnte es ihm trotzdem sagen. Sie konnte es ihm trotzdem mit einem richtigen Weihnachtsgeschenk zeigen. Aber nicht mit einer Krawatte. Selbst wenn sie rot war.

Leigh schloss die Schachteln und stellte alle außer die mit dem Sweatshirt für Jocie beiseite. Für diese Schachtel maß sie das Geschenkpapier ab. Die anderen Geschenke würde sie nicht einpacken. Jocie kam am Donnerstagmorgen zu ihr, um Schokoladen-Toffee zu machen und Geschenke einzupacken. Da an diesem Tag Heiligabend war, musste Leigh nicht arbeiten und Jocie hatte bereits Schulferien. Also hatte Leigh zu Jocie gesagt, sie könnten sich genauso gut zusammentun, dann würde es mehr Spaß machen. Außerdem hatte sie Jocies Meinung zu der Krawatte wissen wollen. Es hatte sie interessiert, ob Jocie sie für David zu grell fand. Jetzt wollte sie die Krawatte nur noch wegwerfen.

Sie wollte alle Geschenke wegwerfen und noch einmal von vorne anfangen. Abgesehen von den Geschenken für ihre Eltern, die schon eingepackt waren und nebenan unter ihrem Weihnachtsbaum lagen. Sie würden sich über etwas anderes als praktische und vernünftige Geschenke nur aufregen. Ihre Mutter würde sich über die weichen Hausschuhe und das rosafarbene Hauskleid mit Druckknöpfen freuen. Das sollte sie auch gefälligst, weil sie beides ausgesucht hatte, als sie gemeinsam einkaufen gewesen waren. Ihrem Vater war es eigentlich egal, was er zu Weihnachten bekam, solange er den Tag schnell hinter sich bringen und wieder in den Golfklub zurückkehren konnte. Er spielte, wann immer die Sonne den Winter ein bisschen vertrieb, und wenn das Wetter ihn nicht auf den Platz ließ, wollte er wenigstens im Klub sitzen, Kaffee trinken und mit seinen Kumpels über Golf reden.

Leigh klebte das rote Folienpapier fest, in das sie das Geschenk für Jocie eingepackt hatte. Natürlich konnte sie die Geschenke nicht wegwerfen. Nicht, wenn sie sein wollte, wer sie war. Sie konnte ja nicht einmal ihre Strümpfe wegwerfen, wenn sie eine Laufmasche hatten. Sie musste sie aufheben, um sie unter einer Hose zu tragen, oder wenn die Laufmasche zu groß war, um damit ein Kissen auszustopfen oder etwas in der Art. Sie hatte noch nie ein Kissen genäht, aber falls sie es irgendwann einmal tun würde, hätte sie jede Menge alter Strümpfe für die Füllung.

Leigh kräuselte ein langes Stück weißes Band, klebte es auf das Päckchen und machte sich dann einen Becher Tee. Sie hatte ein Kratzen im Hals und Kopfschmerzen. Hoffentlich bekam sie keine Erkältung. Nicht jetzt. Wo doch am Donnerstag Heiligabend war. Heute war schon Dienstag. Vorhin hatten sie die morgige Ausgabe des *Banner* gefaltet und bei dieser Gelegenheit hatte David ihr gesagt, dass er für Donnerstagabend etwas Besonderes für sie plante. Er hatte nicht sagen wollen, was. Es sei eine Überraschung.

Leigh würde nicht zulassen, dass eine Erkältung sie zuerst überraschte. Nicht, dass es eine besondere Überraschung wäre, wenn sie sich erkältete. Viele der Leute, die in dieser Woche aufs Amt gekommen waren, hatten gehustet und geschnieft, während sie sich über den Tresen gelehnt und darauf gewartet hatten, dass sie sich um ihr jeweiliges Anliegen kümmerte.

Sie hatte keine Zeit für eine Erkältung. Es war kurz vor Weihnachten. Zella und sie würden sich morgen beim Mittagessen ihre Geschenke überreichen. Wenigstens das Geschenk für Zella war kein bisschen praktisch. Vier Liebesromane mit Umschlägen, auf denen die Helden ihre weißen Baumwollhemden aufgeknöpft hatten, sodass ihre männliche Brust zu sehen war, während sie die schöne, langhaarige Heldin im Arm hielten. Bevor sie die Bücher letzte Woche eingepackt hatte, hatte Leigh ein bisschen darin geblättert und sich gefragt, wie es wohl wäre, so schön zu sein, dass Männer um ihre Gunst kämpften.

Niemals, nicht einmal in ihren kühnsten Träumen, hatte sie sich vorgestellt, dass Männer sich um sie schlagen würden. Vielleicht war das ihr Problem. Vielleicht sollte sie kühnere Träume haben. Dann wäre sie möglicherweise nicht so vernünftig. So praktisch. Über dreißig und immer noch Single. Jenseits kühner Träume.

Aber wer sagte, dass ein Mädchen nicht weiterträumen konnte? Sie träumte immer noch, und waren ihre Träume nicht seit Juli mit jedem Monat kühner geworden? War sie nicht an Heiligabend mit einem wunderbaren Mann verabredet? Überlegte sie nicht – nein, hatte sie nicht vor, irgendwie *Ich liebe dich* zu sagen?

Leigh hielt sich den Finger unter die Nase, um ein Niesen zu unterdrücken. Sie würde sich nicht erkälten. Morgen würde sie ihre Mittagspause um eine Stunde verlängern. Genug Überstunden hatte sie dafür. Sie hatte Geld auf dem Konto. Und sie konnte immer noch einkaufen gehen.

Am nächsten Tag machte Leigh sich um elf Uhr auf den Weg in die Innenstadt. Sie ging am Baustoffhandel vorbei und am Billigladen. Das Schuhgeschäft und Pelhams Herrenausstatter würdigte sie keines Blickes. Stattdessen ging sie schnurstracks zum Juwelierladen, dem einzigen Geschäft in Hollyhill, das zu irgendwelchen leichtsinnigen Ausgaben einlud.

Als sie den Laden betrat und die Glocke ertönte, blickte Rollin Caruthers zu ihr auf und lächelte sie strahlend an. „Miss Leigh, was für ein Vergnügen“, sagte er, als wüsste er schon, dass sie leichtsinnige Ausgaben im Sinn hatte. „Wie kann ich Ihnen helfen? Vielleicht einen Ring vermessen?“

Leigh runzelte ein wenig die Stirn und blickte auf ihre rechte Hand und den Ring, der ein Andenken an ihren Highschoolabschluss war. „Meinen Sie, weil ich abgenommen habe?“

Rollin wirkte ein wenig verlegen, als er mit einer Hand wedelte. „Aber ja, natürlich. Wenn man abnimmt, kann ein Ring zu weit werden. Sie könnten ihn glatt verlieren.“

Leigh hob die Hand und schüttelte sie. Der Ring rutschte bis zu ihrem Knöchel, aber nicht darüber. „Ich glaube, es ist in Ordnung, aber wie nett, dass Sie bemerkt haben, wie viel ich abgenommen habe.“

„In der Tat. Sie sehen insgesamt sehr hübsch aus“, sagte Rollin und das schien ihn noch verlegener zu machen. „Ich meine, das hat meine Frau gesagt.“

„Wie lieb von ihr! Danken Sie ihr bitte von mir“, sagte Leigh, bevor sie den Blick auf die Auslagen in den Vitrinen senkte. „Nein, ich tätige nur ein paar letzte Einkäufe.“

„Wie wunderbar. Haben Sie an etwas Bestimmtes gedacht? Vielleicht etwas für einen Herrn, den ich kenne?“

Leigh errötete. Jetzt war es an ihr, verlegen zu sein. Dann lachte sie und sagte: „Woher wissen Sie das?“

Dreißig Minuten später verließ sie das Juweliergeschäft mit einem Bettelarmband für Jocie, einem Medaillon für Tabitha und einer Uhr für David. Eine Uhr war zwar nicht gerade leichtsinnig, aber so dicht dran, wie es ging. Immerhin brauchte er keine neue Uhr. Rollin hatte ihr erzählt, dass David seine Uhr gerade erst zur Reinigung gebracht hatte und sie völlig in Ordnung war, aber das war Leigh egal. Sie hatte Rollin angesehen und gesagt: „Dann hat er jetzt eben zwei.“

„Ja, ja, natürlich. Und eine so schöne Uhr noch dazu. Soll ich etwas auf der Rückseite eingravieren lassen? Vielleicht das Datum? Seine Initialen?“ Rollin hatte seine linke Augenbraue ein wenig hochgezogen. „Ihrer beider Initialen?“

Und so hatte sie doch noch die Gelegenheit bekommen, kühn und verrückt zu sein. „Wie viel passt denn drauf?“, hatte sie gefragt.

Rollin hatte die Uhr umgedreht und die glatte silberne Oberfläche betrachtet. „So viel Sie wollen. Kennen Sie seinen Lieblingsvers aus der Bibel? Dann könnten Sie die Bibelstelle angeben.“

„Initialen. DB. Und dann: ‚in Liebe‘, gefolgt von den Initialen LJ.“

Sie war nur ein ganz bisschen rot geworden, als Rollin gesagt hatte: „Das dürfte kein Problem sein. Ich schließe das Geschäft heute ein paar Minuten später, damit Sie die Uhr nach der Arbeit abholen können.“

Leigh hätte ihn küssen können. Vielleicht hätte sie es tun sollen, dachte sie, als sie auf die Straße hinaustrat und den Weg zum Grover's Grill einschlug, wo sie mit Zella zum Mittagessen verabredet war. Wenn sie anfangen wollte, kühn und verrückt zu sein, konnte sie genauso gut Nägel mit Köpfen machen.

Zella saß in ihrer üblichen Nische, die Kaffeetassen und Speisekarten bereits vor sich. Leigh lächelte und ging auf sie zu, als ihr plötzlich ein Mann in den Weg trat.

„Leigh. Wie geht es Ihnen?“, sagte der Mann, als wären sie alte Freunde.

Er kam ihr bekannt vor, aber andererseits kam ihr jeder in Hollyhill bekannt vor. Jeder Einwohner erschien mehrmals im Jahr im Gerichtsgebäude, um irgendetwas Amtliches zu erledigen. Ihr fiel kein Name ein, aber er hatte sie Leigh genannt. Also musste es jemand sein, den sie kennen sollte. Sie lächelte und sagte: „Danke, gut. Und Ihnen?“

„Mir geht es fantastisch. Gestern war der letzte Schultag vor den Weihnachtsferien.“ Der Mann schob seine dunkel umrandete Brille ein Stück die Nase hoch und lächelte. „Es gibt Leute, die finden, darüber sollte man nicht froh sein, aber in Wirklichkeit freuen sich die meisten Lehrer noch mehr als die Schüler, wenn sie ein paar Tage ohne die *enfants terribles* verbringen können.“

„Wahrscheinlich genießt jeder ein paar freie Tage.“ Jetzt erinnerte

Leigh sich an ihn. Er war der Lehrer, mit dem Jocie aus der Schule gekommen war, als Leigh sie abgeholt hatte, um Plätzchen zu backen. Edwin Hammond. Der neue Englischlehrer, der Jocie in den Wahnsinn trieb. Leigh erwiderte sein Lächeln. Er war groß und schlank und ungefähr in Leighs Alter. Vielleicht sogar ein bisschen jünger. Und er war auf ungewöhnliche Weise gut aussehend.

Seit er für Janice Wickers eingesprungen war, weil die Ärzte gesagt hatten, sie müsse liegen, um ihr Baby nicht zu verlieren, hatten die Leute viel über ihn geredet. Er erzählte allen, er würde den nächsten großen amerikanischen Roman schreiben und ein Autor könne nie genug Material sammeln. Es konnte ja sein, dass sie irgendwann etwas über sich selbst in einem Buch lesen könnten. Nachdem sie Edwin Hammond kennengelernt hatten, erwarteten allerdings nur wenige Einwohner von Hollyhill, dass ihnen das, was sie zu lesen bekämen, gefallen würde.

Leigh war dem neuen Lehrer bislang noch nie offiziell begegnet. Sie hatte ihn nur damals auf der Schultreppe gesehen. Jocie mochte ihn nicht. Sie sagte, der Mann sei komisch. Und ungerecht, gemein, gefühllos, hart und hinterhältig. Sie hatte ein ganzes Synonymwörterbuch voller unattraktiver Eigenschaften aufgezählt. Nachdem Jocies Artikel über ihn im *Banner* erschienen war, hatte der Lehrer angefangen, Jocies Aufsätze auseinanderzunehmen. Sie meinte, der Mann würde wahrscheinlich selbst an Shakespeare oder an den Autoren der Bibel etwas auszusetzen haben und die einzigen Kinder in der Schule, die er mochte, seien die hübschen Mädchen.

Jocie sortierte sich selbst nicht in diese Kategorie ein, obwohl Leigh fand, dass sie das durchaus könnte. Jedenfalls war Jocie sich sicher, dass der Lehrer es auf sie abgesehen hatte. Und Leigh konnte nichts dagegen sagen, denn Mr Hammond hatte David schon zweimal wegen Jocies Verhalten in der Klasse angerufen. Zella hatte es Leigh mit einiger Befriedigung berichtet, da Zella schon lange fand, dass Jocie mehr Disziplin benötigte.

Also nutzte Leigh, obwohl sie keine Ahnung hatte, warum der Mann sie so gezielt angesprochen hatte, die Gelegenheit, ihn genauer zu betrachten. Mit den zurückgekämmten schwarzen Haaren und seinen kantigen Zügen hätte er direkt auf einem von Zellas

Liebesromanen abgebildet sein können. Wahrscheinlich war jedes zweite Mädchen in der Highschool in ihn verknallt.

Möglicherweise war das Jocies Problem. Vielleicht war sie auch in ihn verknallt und geriet deshalb ständig mit ihm aneinander. Aber so hatte es nicht geklungen. Sondern eher danach, als vermutete Jocie, dass der Mann unter seinem schwarzen Haar Hörner versteckte.

„Sie wissen doch, wer ich bin, nicht wahr, Leigh?" Der Lehrer lächelte sie an und legte eine Hand auf ihren Arm.

Leigh war sich nicht sicher, ob es sein Lächeln oder die Berührung war, die ein Gefühl des Unbehagens in ihr auslöste, aber irgendetwas an seiner Art war ihr unangenehm. Sie bewegte ihren Arm von seiner Hand weg und zwang sich, ihn weiter anzulächeln. „Natürlich. Der neue Englischlehrer an der Highschool. Mr Hammond."

„Bitte nennen Sie mich Edwin oder sogar Ed. Ich höre in der Schule viel zu viel Mr Hammond hier, Mr Hammond da."

„Also gut, Edwin", sagte sie. Hinter ihr beobachtete Zella sie über den Rand ihrer Brille hinweg. „Es war nett, mit Ihnen zu plaudern, aber ich bin spät dran für meine Verabredung. Wenn Sie mich entschuldigen wollen?"

„Sie entschuldigen?" Edwin lachte. „Das sagen kleine Mädchen in der Schule immer, wenn sie auf die Toilette müssen. Sie wedeln mit der Hand, hüpfen auf ihren Stühlen auf und ab und sagen: ‚Entschuldigen Sie, Mr Hammond? Ich muss mal!' Es ist zum Schießen."

Leighs höfliches Lächeln schwand, als sie begann, sich an ihm vorbeizuschieben. „Wie gesagt, ich bin spät dran."

Er streckte die Hand aus, um sie aufzuhalten, aber sie wich ihm aus. „Verzeihen Sie mir, Leigh. Ich wollte Ihre Gefühle nicht verletzen. Ich vergesse immer wieder, dass Sie hier in der Pampa nicht viel Sinn für Humor haben."

„Ich werde bestimmt später lachen. Auf Wiedersehen, Mr Hammond." Sie ging an ihm vorbei und rutschte gegenüber von Zella in die Sitzecke.

„Was war das denn?", fragte Zella.

„Keine Ahnung. Das war der neue Englischlehrer."

„Ich weiß, wer er ist", sagte Zella. „Aber was wollte er?"

„Wenn ich das wüsste. Reden wahrscheinlich."

„Über Jocelyn?“

„Nein. Er hat Jocie mit keinem Wort erwähnt.“ Leigh entfaltete ihre Serviette und legte sie sich auf den Schoß.

„Hmpf.“ Zella presste die Lippen aufeinander und kniff die Augen ein wenig zusammen, während sie an Leigh vorbei in Richtung Eingang blickte.

Leigh warf einen schnellen Blick über ihre Schulter zu dem Tisch, an dem Edwin Hammond saß. Leider bemerkte er ihren Blick und lächelte und winkte ein wenig. Leigh tat so, als hätte sie ihn nicht gesehen, und drehte sich wieder zu Zella um.

„Er muss mit dir geflirtet haben“, sagte Zella jetzt. „Wie du bestimmt weißt, ist er nicht verheiratet.“

„Mit mir geflirtet? Das ist doch lächerlich.“

Zella blickte Leigh an. „Das ist überhaupt nicht lächerlich. Du siehst heute besonders hübsch aus. Du strahlst geradezu.“

„Ja, wie Rudolf mit der roten Nase. Ich befürchte, ich bekomme eine Erkältung.“ Leigh nieste, als wollte sie ihre Worte unterstreichen. Dann legte sie schnell ihr Geschenk auf den Tisch, damit Zella aufhörte, darüber zu reden, dass Edwin Hammond mit ihr geflirtet haben könnte. Das konnte einfach nicht wahr sein. Und sie wollte auch gar nicht, dass es wahr war. Jocie hatte recht. Der Mann war zu merkwürdig.

13

Am Donnerstagmorgen setzte Jocies Vater sie vor Leighs Wohnung ab, bevor er zur Zeitungsredaktion weiterfuhr. Jocie wäre genauso gerne mit ins Büro gefahren, um ihm und Wes bei der Arbeit an der nächsten Ausgabe des *Banner* zu helfen, aber Leigh wollte gerne, dass Jocie sie besuchte. Und das war sie Leigh schuldig. Leigh tat so viel für sie. Ging mit ihr einkaufen. Half ihr beim Kochen. Hörte sich ihr Gejammer über die Schule an.

Wenigstens musste Jocie sich bis nach Weihnachten keine Gedanken darüber machen, dass Mr Hammond ihr böse Blicke zuwarf. Jocie würde während der Ferien überhaupt nicht an ihn denken. Er war einfach zu seltsam. Am letzten Schultag hatte er ihr sogar mit einem zusammengerollten Papierstapel einen leichten Schlag auf die Schulter gegeben. Als Grund hatte er angegeben, sie habe ausgesehen, als ob sie gleich einschlafen würde. Dabei hatte sie sich noch nicht einmal auf ihrem Stuhl hängen lassen. Sie hatte ihn gerade fragen wollen, ob Außerirdische vom Neptun schlechte Augen hatten, aber dann hatte sie sich gerade noch rechtzeitig auf die Zunge gebissen und sich beherrscht.

Sie musste Englisch irgendwie überleben. Die Schule zu schmeißen, war keine Option und laut Schulordnung musste sie Englisch belegen. Mr Hammond war der einzige Lehrer, der in ihrer Jahrgangsstufe Englisch unterrichtete. Wenn man es Unterrichten nennen konnte. Manchmal war sich Jocie nicht sicher, ob er den Unterschied zwischen einem Nomen und einem Verb kannte. Am letzten Tag vor den Ferien hatte er ihnen eine Geschichte vorgelesen, die er selbst geschrieben hatte. Sie war furchtbar. Das Ganze ergab kaum einen Sinn und war viel zu wortlastig. Vielleicht sollte er zur Übung mal für eine Zeitung schreiben, damit er den Wert eines Wortes kennenlernte.

Nicht, dass sie ihm das sagen würde. Sie würde ihm gar nichts sagen. Sie würde ihn komplett aus ihren Gedanken streichen, zumindest, bis die Schule wieder anfing, und dann würde sie den Rest des Jahres schon irgendwie überstehen. Für ihn zu beten, so wie ihr Vater es vorgeschlagen hatte, hatte jedenfalls nicht funktioniert.

Sie wusste, was Jesus in der Bergpredigt gesagt hatte. Ihr Vater predigte hin und wieder darüber und Tante Love zitierte immer die Stelle, dass man seine Feinde lieben solle. *Bittet für die, die euch verfolgen.* Und dann stand da noch was über Gutes, das man denen tun soll, die einen hassen. Aber sie wollte Mr Hammond nichts Gutes tun. Sie wollte, dass er in ein Loch fiel und verschwand. Für immer. Sie wollte weder an ihn denken noch für ihn beten. Das einzige Gebet, das sie zustande brachte, war, dass er zum Neptun zurückgerufen werden möge, und zwar bald. Vor Januar.

Während Jocie die Treppe zu Leighs Wohnung hinauflief, flüsterte sie ein kleines Gebet. „Hilf mir bitte, nicht ein einziges Mal an den Lehrer vom Neptun zu denken, bis die Schule wieder anfängt."

Leigh öffnete die Tür ein paar Zentimeter weit und lugte heraus. „Oh, Jocie, ich habe versucht, dich zu erreichen. Du solltest besser nicht reinkommen. Ich bin erkältet." Sie nieste ein paarmal, als wollte sie es beweisen.

„Du klingst schrecklich", sagte Jocie.

„Ich weiß. Ich könnte heulen."

„Hast du deine Geschenke schon eingepackt?"

„Ein paar, aber längst noch nicht alle. Ich kann einfach nicht lange genug aufhören zu niesen. Unfassbar, dass ich genau über Weihnachten eine Erkältung bekomme. Das vermasselt alles." Leigh presste die Lippen aufeinander, schniefte ein paarmal und blinzelte. Tränen rannen über ihre geröteten Wangen.

„Vielleicht fühlst du dich morgen besser."

„Aber dein Dad hat für heute Abend etwas geplant. Bis dahin wird es mir nie im Leben besser gehen. Und selbst wenn ich mich morgen besser fühlen sollte, kann ich nicht zu euch kommen. Ich könnte Stephen Lee anstecken."

„Früher oder später wird er so oder so eine Erkältung bekommen. Die bekommt jeder irgendwann."

„Aber ich will nicht die Erste sein, bei der er sich ansteckt. Das wäre kein nettes Weihnachtsgeschenk."

„Ich stecke mich nie an. Lass mich rein, damit ich dir beim Einpacken der Geschenke helfen kann." Jocie hielt den Beutel hoch, in dem sie ihre eigenen Geschenke mitgebracht hatte. „Und meine muss ich auch einpacken."

Leigh sah aus, als wollte sie die Tür öffnen und Jocie hereinlassen, aber dann hatte sie einen Niesanfall. Nachdem sie sich die Nase geputzt hatte, sagte sie: „Nein, es hat keinen Sinn, dass du krank wirst und deine Schulferien nicht genießen kannst. Aber warte kurz. Ich gebe dir Geschenkpapier und Bänder, dann kannst du deine Geschenke im Zeitungsbüro einpacken. In Ordnung?"

„Ich verspreche, dass ich mich nicht anstecken würde", versuchte Jocie es noch einmal.

„Ich weiß, aber wir müssen vernünftig sein", erwiderte Leigh und sah wieder aus, als würde sie gleich anfangen zu weinen. Sie presste die Lippen zusammen und kämpfte gegen die Tränen an. „Warte hier."

Leigh ließ die Tür offen stehen, während sie in die Küche ging. Jocie betrachtete Leighs Weihnachtsbaum, der vor dem Wohnzimmerfenster stand, das zur Straße hinausging. Sie hatte Leigh beim Schmücken des Baumes geholfen. Es war kein echter Baum. Sie hatten die Äste zusammenstecken müssen, aber mit den glänzenden goldenen Girlanden, den matten roten und blauen Kugeln und dem Miniaturspielzeug aus Holz sah er sehr schön aus.

Die elektrischen Kerzen waren eingeschaltet, obwohl es noch Tag war. Tante Love ließ Jocie nie tagsüber die Weihnachtslichter anmachen, außer am Weihnachtsmorgen. Mehrere glänzend rote Päckchen, über die sich gekräuselte Bänder ergossen, lagen auf dem weißen Filz unter dem Baum.

Das gefiel Jocie an Leigh am besten. Dass sie so extravagant war. Sie kaufte Dinge, einfach weil sie sie mochte, nicht weil sie sie brauchte. Sie hatte einen ganzen Stapel Schallplatten. Sie kaufte Weintrauben, auch wenn sie nicht im Angebot waren. Bei ihnen zu Hause war es der Gipfel der Extravaganz, dass sie manchmal eine Packung Orangensaft kauften. Tante Love mochte vieles vergessen haben, aber sie hatte nicht vergessen, wie man Geld sparte.

Leigh kam wieder an die Tür und reichte Jocie eine unangebrochene Rolle rotes Folienpapier und eine Rolle mit weißem Kräuselband. „Tesafilm habt ihr beim *Banner*, nicht wahr?"

„Ja. Mensch, danke, Leigh. Die Sachen sind traumhaft." Jocie steckte das Geschenkpapier in ihren Beutel mit den Geschenken. Dann lächelte sie Leigh an und sagte: „Du bist die Beste!“

„Ich wünschte, ich würde mich so fühlen.“ Leigh versuchte, gleichzeitig zu husten und zu niesen. „Soll ich deinen Vater anrufen, damit er dich abholt?“

„Ich kann laufen. So weit ist es ja nicht. Ich hoffe, es geht dir bald besser. Reib dir etwas von dieser stinkenden Salbe auf die Brust. Das macht Tante Love bei mir immer, wenn ich auch nur einmal niese, und wie gesagt, ich werde nie krank.“

„Das Zeug riecht ekelhaft, aber es ist vielleicht einen Versuch wert“, sagte Leigh mit einem schwachen Lächeln.

Bevor Jocie die Treppe hinuntergehen konnte, hielt der Lieferwagen von Hollyhills Blumenladen vor Leighs Haus. „Sieht ganz danach aus, als würde dir jemand Blumen schicken.“

„Die sind bestimmt für Mrs Simpson unten.“ Leigh öffnete die Tür ein bisschen weiter und sah zu, wie Blanche Baker eine Vase mit mindestens einem Dutzend roter Rosen aus dem Wagen holte.

„Wow“, sagte Jocie, als Mrs Baker die Treppe zu Leighs Tür hinaufstieg. Sie konnte nicht glauben, dass ihr Vater so extravagant gewesen war. Rosen kosteten in dieser Jahreszeit ein Vermögen.

„Oh, Jocie. Dich habe ich ja gar nicht hier erwartet.“ Mrs Baker runzelte die Stirn, während sie sich auf dem engen Treppenabsatz an Jocie vorbeischob, so als befürchtete sie, Jocie könnte ihr ein Bein stellen oder so etwas. Dann lächelte sie Leigh an, die noch immer in der Tür stand. „Ich habe Rosen für dich, Leigh.“

„Du liebe Güte, die sehen aber toll aus“, sagte Leigh. „Wo ist denn die Karte?“

„Gleich hier in der Mitte, aber vielleicht solltest du die Blumen mit reinnehmen, bevor du sie liest“, sagte Mrs Baker und streckte Leigh die Vase entgegen. Dann fügte sie mit einem Blick zu Jocie hinzu: „Es könnte schließlich persönlich sein.“

Leigh ignorierte diese Bemerkung und Jocie tat es ihr gleich, als sie über Mrs Bakers Schulter die Worte auf der Karte las. „Mit großer Zuneigung, Ihr heimlicher Verehrer.“

„Ein heimlicher Verehrer“, sagte Jocie. „Mist. Dann sind sie nicht von Dad. An seiner Verehrung ist nichts heimlich.“

Leigh starrte die Karte an, als wäre sie ebenso überrascht wie Jocie. Mrs Baker drückte Leigh die Vase in die Hand. „Frohe Weihnachten, Leigh. Ich muss noch andere Lieferungen ausfahren. Und immer schön darauf achten, dass die Blumen frisches Wasser haben." Dann sah sie Jocie streng an und sagte: „Und du, Jocie Brooke, sei nicht so neugierig. Es sind nicht deine Rosen."

„Ich kann aber doch mal dran riechen, bevor ich gehe, oder?", fragte Jocie.

„Das ist Leighs Entscheidung", sagte Mrs Baker, bevor sie die Treppe hinunter entschwand.

„Was ist denn mit der los?", fragte Jocie.

„Ich glaube, sie dachte, es könnte peinlich für mich sein, wenn du siehst, dass ich die Rosen bekomme."

„Warum?" Jocie sah Leigh fragend an.

„Weil die Rosen wohl nicht von deinem Vater sind, wie du selbst gesagt hast."

„Oh", sagte Jocie. „Und wer ist jetzt dein heimlicher Verehrer?"

„Ich bin mir nicht sicher, ob ich es wissen will", antwortete Leigh, während sie die Rosen betrachtete. Sie lächelte nicht. Vielleicht lag das daran, dass ihr die Erkältung zu schaffen machte, denn sie musste wieder niesen und hätte dabei beinahe die Vase fallen lassen.

Jocie stellte ihren Beutel mit den Geschenken auf den Boden und nahm Leigh die Vase ab, bis sie ihren Niesanfall überwunden hatte. „Soll ich sie für dich reintragen?"

Leigh putzte sich die Nase und schüttelte dann den Kopf. „Nein, jetzt kann ich sie nehmen." Sie streckte die Hände nach der Vase aus und starrte auf die Blumen. „Da nimmt man ein bisschen ab und schon steht die Welt Kopf."

„Und du weißt wirklich nicht, von wem sie sind?"

„Woher denn? Es stand doch kein Name dabei."

„Glaubst du, Mrs Baker würde es dir sagen?"

„Vielleicht. Wenn ich sie frage …", sagte Leigh.

„Willst du es denn nicht wissen? Bist du nicht neugierig? Ich meine, so etwas passiert sonst nur in Büchern. In den Büchern, die Zella liest. Blumen von einem heimlichen Verehrer. Meinst du, Zella hat sie geschickt, um Dad unter die Arme zu greifen?"

Leigh lachte. „Das wäre eine Idee, aber ich glaube es nicht. Es sei denn, sie hat irgendeinen Weg gefunden, sie deinem Vater in Rechnung zu stellen."

14

Sobald Jocie die erste Stufe zu Leighs Wohnung erklommen hatte, fuhr David los. Am liebsten hätte er gewartet, bis Leigh die Tür aufmachte, denn dann hätte er sehen können, wie sie lächelte und ihm zuwinkte. Aber er konnte nicht riskieren, dass sie die Treppe heruntergelaufen kam und ihn nach der besonderen Verabredung fragte, die er ihr für diesen Abend versprochen hatte.

Wie immer hatte er mehr versprochen, als er halten konnte. Er hatte gehofft, aus irgendeinem unterbewussten Romantikreservoir würde ihm eine großartige Idee kommen oder Gott würde ihn am Kragen packen, ihn kräftig schütteln und ihm sagen, was er zu tun hatte. Aber am Ende stand er immer noch vor der großen Frage: Was tun?

Er wollte Leigh den Ring geben. Er wollte ihr sagen, dass er sie liebte. Er wollte sie fragen, ob sie seine Frau werden wollte. All dieses Wollen erfüllte ihn so, dass er das Gefühl hatte, bald zu platzen. Aber gleichzeitig verhedderten sich die Worte immer in seinem Mund. So sehr, dass er sich allmählich fragte, ob das vielleicht Gottes Art war, ihn am Kragen zu packen, ihn zu schütteln und ihm zu sagen, dass er nicht so dumm sein sollte zu glauben, eine junge Frau wie Leigh würde den Rest ihres Lebens mit ihm verbringen wollen.

Und nicht nur mit ihm. Er kam mit jeder Menge Gepäck. Zwei Töchtern. Einem Enkel. Einer alten Tante. Dem hässlichsten Hund im ganzen Bezirk. Einer Zeitung, die kaum schwarze Zahlen schrieb. Einer ganzen Gemeinde voller Lämmer, denen er ein Hirte zu sein versuchte.

Leigh müsste den Verstand verloren haben, um sich darauf freiwillig einzulassen. Vom Kopf her wusste David das, aber in seinem Herzen betete er, dass sie vielleicht doch gewillt war, es zu versuchen. Und er betete, dass er es nicht durch seine unromantische Ader vermasselte, falls dieses Geschenk, dieser Segen ihm wirklich zufallen sollte.

In Wahrheit fühlte er sich nämlich wie ein Highschooljunge mit verschwitzten Händen, der versuchte, genug Mut aufzubringen, um ein hübsches Mädchen zum Schulball einzuladen. Nur gab es noch gar keinen Schulball. Er sollte den Schulball organisieren. Irgendeine besondere Veranstaltung. Einen besonderen Abend. Eine besondere Gelegenheit, um Leigh zu sagen, dass er sie liebte. Er hatte es versprochen.

David hatte ein Dutzend Ideen gehabt und wieder verworfen. Er hatte sogar in Erwägung gezogen, nach einem der Gottesdienste am letzten Sonntag vor ihr niederzuknien und sie vor der gesammelten Gemeinde zu fragen, aber dann hatte er Angst gehabt, sie könnte Nein sagen wollen und das Gefühl haben, dass sie das nicht konnte, wenn alle wollten, dass sie Ja sagte. Für seine Gemeinde waren sie so gut wie verheiratet, nur weil Leigh jetzt Mitglied von Mt. Pleasant war. Und auch wenn David nicht glaubte, dass Leigh Nein sagen würde, wollte er sie doch nicht zwingen, Ja zu sagen, wenn fünfzig oder sechzig erwartungsvolle Augenpaare auf sie gerichtet waren.

Dann hatte er überlegt, den Ring am Dienstagabend, während sie den *Banner* falteten, im Gesellschaftsteil der Zeitung zu verstecken, dort, wo die Verlobungsanzeigen erschienen, aber er hatte sich vorstellen können, was Zella davon halten würde. Sie war schon jetzt der Meinung, dass er vollkommen unromantisch war und Leigh etwas Besseres verdient hatte. Das Problem war, dass sie mit beidem recht hatte.

Am Ende hatte er sich für etwas Einfaches entschieden. Sie würden zum Abendessen ausgehen. Wenn es sein musste, konnte er seine eigenen Kerzen von zu Hause mitbringen, um für mehr Romantik zu sorgen. Aber dann hatte er versucht, einen Tisch zu reservieren, und herausgefunden, dass überall geschlossen war. Schließlich war Heiligabend und die Leute wollten zu Hause bei ihren Familien sein.

Jetzt war er einigermaßen verzweifelt. Er hätte Leigh am vergangenen Samstag den Antrag machen sollen, als die Sonne über dem Baseballfeld aufgegangen war und ihr Atem in der kalten Luft Wölkchen gebildet hatte. Vielleicht hätte Leigh das romantisch gefunden. Aber das hatte er nicht getan. Und jetzt gab es keinen Samstagmorgen mehr vor Weihnachten. Heute war Heiligabend. Dies war der Tag, für den er ihr etwas Besonderes versprochen hatte.

Als David jetzt in die Straße hinter dem Zeitungsgebäude einbog, blickte er zum Blumenladen von Hollyhill hinüber. Das Geschäft war geöffnet. Er konnte immer noch Blumen kaufen. Ein paar Rosen, die er mitnehmen konnte, wenn er an diesem Abend ohne einen Plan vor ihrer Tür stand. Das wäre fast romantisch oder zumindest so romantisch, wie er sein konnte. Er hatte Leigh schon einmal eine Rose geschenkt, damals, als er zum Park gegangen war, um mit ihr einen Spaziergang zu machen. Als er sie zum ersten Mal geküsst hatte. Als er sich selbst zum ersten Mal eingestanden hatte, dass er nicht mehr allein sein wollte. Aber ihr hatte er das noch nicht gestanden.

David stieg aus dem Wagen und tastete in seiner Tasche nach dem Umschlag mit Geld, den seine Gemeinde ihm als Weihnachtsgeschenk überreicht hatte. Er hatte vor, mittags zum Elektrogeschäft zu gehen und den Kühlschrank abzubezahlen, aber ein paar Dollar für die Rosen konnte er sicher herausnehmen.

„Was ist los, Boss?“, fragte Wes ihn, als er durch den Hintereingang die Druckerei betrat. „Du siehst heute Morgen irgendwie unglücklich aus. Weißt du nicht, dass Heiligabend ist?“

„Ich fürchte, das ist mein Problem, Wes.“

„Hast du Angst, dass der Weihnachtsmann deine Adresse verloren hat?“ Wes sah ihn prüfend an.

„Wir stellen schon lange keine Milch und Plätzchen mehr raus.“ David lächelte halbherzig. Er befingerte die kleine Schachtel mit dem Ring, die er immer in der Manteltasche bei sich trug, für den Fall, dass er plötzlich eine romantische Eingebung hatte. Er hatte schon fast den Samt abgenutzt.

„Dann ist es wohl gut, dass Gott keine Milch und Plätzchen braucht, um sein Geschenk zu bringen.“

David warf Wes einen Blick zu. „Versuchst du, dem Prediger eine Predigt zu halten?“

„Manchmal braucht der Prediger auch eine.“

„Er braucht sie sogar ziemlich oft.“ Davids Lächeln erlosch, als er sich auf einem der hölzernen Schemel am Setztisch niederließ.

„Sollten Christen an Weihnachten nicht besonders fröhlich sein? Du weißt schon, weil Christus geboren ist und so.“ Wes hinkte zu einem der Stühle, die sie jetzt im Druckraum stehen hatten, damit er sein Bein hochlegen konnte.

David betrachtete den Fußknöchel des Mannes oberhalb des Schuhs. Er sah nicht geschwollen aus, aber es war auch noch früh am Tag. „Ist das Bein in Ordnung?"

„Ich kann drauf stehen."

„Ehrlich gesagt ist das mehr, als ich erwartet hatte, nachdem ich dich im letzten Sommer unter diesem Baumstamm hervorgezogen hatte."

„Du hast mich mit Gebeten da durchgebracht. Du und Jo." Wes sah ihn streng an. „Du siehst aus wie jemand, der auch ein paar Gebete brauchen könnte. Hast du vergessen, für Miss Leigh ein Weihnachtsgeschenk zu kaufen?"

„Nein, das Problem ist, dass ich etwas gekauft habe."

„Wieso ist das ein Problem?"

David tastete wieder nach dem Schmuckkästchen in seiner Tasche und sah zur Tür hinüber. Zella saß im Vorzimmer an ihrem Schreibtisch. Er konnte ihre Schreibmaschine hören. Aber normalerweise kam sie nicht in die Druckerei, außer wenn sie beim Falten der Zeitungen helfen musste. David zog die Schatulle heraus und klappte sie auf, um Wes den Inhalt zu zeigen.

Wes' Gesicht leuchtete wie ein Weihnachtsbaum. „Ich hätte nicht gedacht, dass du das Zeug dazu hast, mein Junge."

„Ich bin mir auch gar nicht so sicher, ob ich es tatsächlich habe. Jetzt trage ich das Ding schon seit über einer Woche mit mir rum. Und irgendwie schaffe ich es nicht, es aus der Tasche zu holen, wenn Leigh in der Nähe ist."

„Bekommst du kalte Füße?", wollte Wes wissen. Sein Lächeln schwand.

„Nein, das ist es nicht. Ich möchte ihr den Ring geben, aber ich bin mir nicht sicher, ob ich es tun sollte."

„Das solltest du", sagte Wes.

„Im Vergleich zu ihr bin ich alt."

„So alt bist du nun auch wieder nicht."

„Ich bin Prediger. Pastorenfrau zu sein, ist ein schwerer Job."

„Leigh kommt damit klar. Wenn ich jemals ein Mädchen getroffen habe, das damit fertig wird, dann ist sie es. Und sie will den Job."

„Meinst du?" David starrte den Ring an.

„Daran habe ich nicht den geringsten Zweifel. Leigh ist seit Monaten hinter dir her, und als du sie endlich bemerkt hast, ist sie wie eine Blume aufgeblüht. Oh ja, sie will den Job."

David wünschte, er könnte sich halb so sicher sein, wie Wes klang. „Aber manchmal wollen wir Dinge, die nicht gut für uns sind."

Wes runzelte die Stirn. „Versuchst du, dieses Geschenk schlechtzumachen? Das sieht dir gar nicht ähnlich, David."

„In Sachen Liebe und Ehe habe ich mich nicht gerade mit Ruhm bekleckert." David ließ das Kästchen zuschnappen und schob es in seine Tasche zurück.

„Liebe und Ehe hast du nicht gehabt. Ich weiß nicht, was du mit Adrienne hattest, aber das war es nicht."

David schwieg und starrte die Druckerpresse auf der anderen Seite des Raumes an. Wes hatte recht. David hatte versucht, zwischen sich und Adrienne Liebe zu produzieren. Er hatte versucht, sie herbeizubeten, aber es war nie geschehen. Von seiner Seite war es Leidenschaft gewesen. Und als die verblasst war, Verantwortungsgefühl und Pflichtbewusstsein. Aber niemals Liebe. Und wer wusste, was Adrienne empfunden hatte? Soweit David das beurteilen konnte, nichts.

„Liebst du das Mädchen?", riss ihn Wes aus seinen Gedanken.

„Das tue ich."

„Dann gib ihr den Ring und sag es ihr."

David erwiderte Wes' Blick. „Ich weiß nicht, wie."

„Wie meinst du das: Du weißt nicht, wie?" Jetzt runzelte Wes wieder die Stirn.

„Ich wollte etwas Besonderes machen. Sie hat etwas Besonderes verdient. Was hast du denn getan, als du deiner Frau den Heiratsantrag gemacht hast?" Dass er diese Frage stellte, zeigte, wie verzweifelt David war. Wes sprach nicht über seine Vergangenheit. Er hatte seine Frau und seine Familie David gegenüber nie erwähnt, außer bei der einen Gelegenheit, als Wes ihm von dem Autounfall erzählt hatte. Dass er überlebt hatte, während seine Frau und seine Tochter gestorben waren.

Jetzt war es Wes, der die Druckerpresse anstarrte, und einen Augenblick lang dachte David, die düsteren Erinnerungen würden ihn verschlingen. Hastig streckte er die Hand aus und berührte den Arm seines Freundes. „Tut mir leid, Wes. Das hätte ich nicht fragen sollen."

„Doch, vielleicht solltest du das“, erwiderte Wes und schüttelte leicht den Kopf. „Weißt du, jahrelang habe ich alle Erinnerungen verdrängt. Ich wollte nur noch vergessen, damit es nicht so wehtat, dass ich sie und Lydia verloren hatte, aber das war nicht richtig. *Ist* nicht richtig. Wir hatten eine gute Zeit zusammen, Rosa und ich. Aber ich war kein Don Juan. Wir waren so jung. Ich war kaum zwanzig und sie war achtzehn. Ich hatte kein Geld für einen Ring, also habe ich sie einfach gefragt. Wir saßen auf der Hollywoodschaukel auf der Veranda vor ihrem Haus. Es war Frühling und ich weiß noch, wie die Vögel in den Bäumen gesungen haben und dass ich nicht atmen konnte, bis sie Ja geflüstert hat.“ Wes beugte sich vor und sah David an. „Heute ist Heiligabend. Du hast ein Geschenk für das Mädchen, das du liebst. Gib ihr das Geschenk. Vertrau mir. So einfach ist das.“

„Abgesehen davon, dass man nicht atmen kann, bis sie Ja sagt.“

Wes lehnte sich auf seinem Stuhl zurück und lächelte David an. „Ja, abgesehen davon.“

Vorne ging die Türglocke. Jemand kam ins Büro und dann drangen Stimmen zu ihnen herüber. David runzelte die Stirn und stand auf. „Das klingt wie Jocie. Aber sie sollte eigentlich bei Leigh sein.“

Als er ins Vorzimmer trat, blickte Jocie zu ihm auf. „Leigh ist krank.“

„Krank?“, wiederholte David.

„Guck nicht so ängstlich, es ist nur eine Erkältung. Aber sie ist total verschnupft. Spricht do, weil die Dase zu ist. Ich habe ihr gesagt, dass ich mich nie anstecke, aber sie wollte mich nicht reinlassen.“

„Ach, du liebe Güte.“ Zella zerrte ein Taschentuch aus der Schachtel auf ihrem Schreibtisch. „Wir haben gestern miteinander zu Mittag gegessen. Jetzt werde ich bestimmt auch krank.“ Sie hielt sich das Taschentuch an die Nase, als wollte sie für das erste Niesen bereit sein.

„Soll ich dir noch eine Schachtel Taschentücher holen?“, fragte Jocie und verdrehte die Augen. „Vielleicht gehen sie dir sonst aus.“

„Jocie!“, sagte David scharf. Das Letzte, was er jetzt brauchte, war Zella, die über Jocies mangelnden Respekt gegenüber Erwachsenen jammerte, vor allem ihr gegenüber.

„Tut mir leid, Zella. Ich laufe wirklich los und besorge Taschentücher, wenn du welche brauchst." Jocie zog den Kopf ein wenig ein, bevor sie sich wieder an David wandte. „Dad, du solltest Leigh besser anrufen. Sie war ziemlich geknickt, weil sie morgen nicht zu uns kommen kann. Schon bei dem Gedanken daran hat sie angefangen zu weinen. Ich habe ihr gesagt, dass Stephen Lee sich sowieso früher oder später eine Erkältung einfängt. Ich meine, Weihnachten ist etwas Besonderes. Da kann man nicht einfach allein zu Hause bleiben. Du bleibst doch auch nicht zu Hause, Zella, oder? Du gehst zu deiner Cousine oder so, nicht wahr?"

„Ich habe Verwandte, mit denen ich feiern kann." Zella klang etwas eingeschnappt. „Und die hat Leigh auch. Ihre Eltern wohnen in Grundy."

„Ja, aber vorher sollte sie zu uns kommen. Wes auch, so wie immer. Es wird richtig voll." Jocie schien zufrieden zu sein, weil alle an Weihnachten versorgt waren. „Ich habe ihr gesagt, dass sie sich morgen früh vielleicht besser fühlt. Aber sie sagte, ihr hättet heute Abend etwas Besonderes vor und so schnell könne sie nicht gesund werden. Dann hat sie wieder geweint."

„Ich rufe sie an", sagte David. Wenigstens war es jetzt egal, dass die Restaurants nicht geöffnet hatten. Er würde sich etwas Neues überlegen müssen.

„Aber die Rosen hätten sie eigentlich aufmuntern müssen", sagte Jocie.

„Rosen?" Zella hob ruckartig den Kopf. „Was für Rosen?"

„Mrs Baker hat sie gebracht, als ich gerade gehen wollte. Es waren solche samtigen dunkelroten Rosen, wie man sie auf den Sarg legt, wenn jemand gestorben ist. Diese waren natürlich in einer Vase. Ein Dutzend davon, würde ich sagen."

„Ein Dutzend Rosen?" David konnte sich kaum vorstellen, was das gekostet haben musste.

„Ja, mindestens. Vielleicht auch mehr. Hast du sie geschickt, Dad?" Jocie sah ihn an. „Ich habe zu Leigh gesagt, dass du es nicht warst. Ich meine, du hättest doch mit deinem Namen unterschrieben, oder nicht? Und auf der Karte bei diesen Rosen stand nur: ‚Ihr heimlicher Verehrer'. Aber wer könnte das sonst sein?"

„Ich weiß nicht", sagte David. Ihm war plötzlich merkwürdig flau im Magen. Er hatte sich zwar gesagt, Leigh könnte jemand Besseres haben als ihn, aber er hatte nicht gedacht, dass es tatsächlich einen Rivalen gab. „Aber ich war es nicht."

Zella schnappte nach Luft und alle sahen sie an.

„Du hast sie nicht geschickt, oder, Zella?", fragte Jocie.

„Natürlich nicht. Sei nicht albern. Aber ich weiß, wer es war." Sie machte eine Pause, um die nötige dramatische Wirkung zu erzielen.

„Na, nun sitz nicht so da. Sag es uns!", drängte Jocie sie.

„Edwin Hammond. Er hat gestern im Grover's Grill mit Leigh geflirtet."

„Mr Hammond?", quiekte Jocie beinahe. „Der Lehrer von ihr wisst schon wo?"

„Pittsburgh, glaube ich", sagte David mit einem strengen Blick in Jocies Richtung, obwohl er in diesem Augenblick ganz und gar ihrer Meinung war. Er hatte Edwin Hammond kennengelernt. Er sah auf jungenhafte Weise gut aus. Und er war jung. So jung wie Leigh. Davids Herz stürzte ins Bodenlose.

„Jetzt wartet mal." Wes trat näher und legte eine Hand auf Davids Schulter. „Ihr habt keinen Grund, euch verrückt zu machen. Dieser geheimnisvolle Bewunderer ist vielleicht der Lehrer vom Neptun, vielleicht auch nicht. Das wissen wir nicht, weil der Betreffende nicht den Mut hatte, seinen Namen auf die Karte zu schreiben. Aber selbst wenn er es ist, hat Zella gesagt, dass er mit Leigh geflirtet hat und nicht andersherum. Wir wissen, mit wem Leigh flirten will, mit oder ohne Erkältung."

„Das stimmt." Zella klang erleichtert. „Leigh schien von den Annäherungsversuchen des Mannes nicht sehr beeindruckt zu sein."

„Ich hoffe, sie hat ihm ihre ganzen Bazillen ins Gesicht gepustet", knurrte Jocie. Dann sah sie David an. „Und sie sah wirklich nicht besonders froh aus, als sie die Rosen bekommen hat."

„Aber er ist so jung", sagte David.

„Um Himmels willen, David. Du stehst doch nun auch nicht gerade mit einem Fuß im Grab", sagte Zella.

„Und ein schwaches Herz hat noch nie eine schöne Maid erobert", sagte Wes.

„Dad hat kein schwaches Herz." Jocies Blick wanderte von Wes zu David. „Oder, Dad?"

15

Zuerst platzierte Leigh die Vase mit den Rosen auf ihrem Küchentisch. Dann stellte sie sie in den Spülstein. Sie musste den Tisch frei räumen, damit sie die Geschenke einpacken konnte. Nur für den Fall, dass sie durch ein Wunder bis morgen früh gesund wurde.

Es gab Wunder. Jemand hatte ihr gerade ein Dutzend Rosen geschickt. Komisch war nur, dass sie sie am liebsten in den Müll geworfen hätte. Leigh starrte die Blumen an, die aus der alten weißen Spüle mit ihrer angeschlagenen Emaillierung herausragten. Nicht gerade der angemessene Ort für so schöne Rosen, aber Leigh stellte ihre Teetasse nicht ab, um sie an einen würdigeren Platz zu stellen.

Edwin Hammond. Als sie die Karte gesehen hatte, war ihr sofort klar gewesen, von wem die Blumen waren. Allerdings wusste sie nicht, warum. Vielleicht verehrte er sie wirklich, so wie es auf der Karte stand. Was war nur mit ihr los, dass sie das nicht glauben konnte? Und was war mit ihm los, dass sie nicht von ihm verehrt werden wollte?

Leigh nieste und zog noch ein Taschentuch aus der Schachtel, die sie schon den ganzen Vormittag mit sich durch die Wohnung trug. Sie kam sich schon vor wie Zella, die ständig ein Taschentuch unter der Nase hatte. Wenigstens waren die von Leigh nicht rosa. So wie sie nieste und sich schnäuzte, würden ihr die Taschentücher bald ausgehen. Und was dann? Ihr war nicht danach zumute, in den Laden zu gehen. Kein Problem. Sie konnte immer noch eine Rolle Toilettenpapier mit sich herumtragen. Und außerdem hatte sie sowieso das Gefühl, dass ihr Tag kaum noch schlimmer werden konnte. Vielleicht würde sie wirklich die Mentholsalbe ausprobieren, wie Jocie es vorgeschlagen hatte.

Was für ein mieser Zeitpunkt, eine Erkältung zu bekommen. Leigh ging ins Bad, um im Medikamentenschrank nach der Salbe und einem Kopfschmerzmittel zu suchen. Ihr Schädel pochte und sie bekam durch die Nase überhaupt keine Luft.

James Robertson. Er war es. Er war letzte Woche aufs Amt gekommen und hatte genauso ausgesehen, wie sie sich jetzt fühlte.

Und er hatte direkt auf den Zwanzigdollarschein geniest, den er ihr anschließend gegeben hatte, um die Abmeldegebühr für einen alten Lieferwagen zu bezahlen. Er hätte damit auch noch einen Tag warten können, aber nein, er war ins Gerichtsgebäude gekommen und hatte seine Erkältungsbazillen überall verteilt. Am liebsten hätte sie ihn angerufen und ihm gesagt, dass er ihr das Weihnachtsfest ruiniert hatte.

Vielleicht täuschte sie sich ja, was Edwin Hammond anging. Vielleicht war James ihr heimlicher Verehrer. Bei dem Gedanken musste Leigh beinahe kichern. James war mindestens fünfundsechzig, und seit seine Frau vor ein paar Jahren an Krebs gestorben war, schien er vergessen zu haben, warum Leute Seife kauften. Das gab ihm eine gewisse besondere Note, aber es hielt ihn nicht davon ab, jedem Rock hinterherzugucken. Er hatte immer ein dickes Bündel Geldscheine in der Tasche, also hatte er das Geld, um so viele Rosen zu kaufen. Aber das würde er nicht tun.

Das war es nämlich. Wahrscheinlich gab es in ganz Holly County keine fünf Männer, die so viel Geld für Rosen ausgeben würden. Jedenfalls nicht, solange ihre Frauen noch lebten. Deshalb musste es Edwin Hammond sein. Er war nicht aus Hollyhill. Er hatte ihr im Grover's Grill praktisch aufgelauert. Er hatte versucht, sie mit seinen Blicken zu durchbohren. Er hatte die Rosen geschickt.

Leigh nahm das Aspirin aus dem Arzneischränkchen und schloss die Tür. Als sie ihr Spiegelbild anstarrte, hätte sie beinahe laut aufgelacht. Ihre Nase war rot. Ihre Haare waren strähnig und hingen platt herunter. Ihre Augen waren feucht und blutunterlaufen. Sie sah schrecklich aus. Wenn Edwin Hammond sie jetzt sehen könnte, würde er sich das mit der heimlichen Verehrung vielleicht noch mal überlegen.

Ihr war egal, was Edwin Hammond von ihr hielt. Was David Brooke dachte, war ihr nicht egal. Ganz und gar nicht. Sie war sich so sicher gewesen, dass dieser Abend vor dem ersten Weihnachtsfest, das sie als Paar zusammen feierten, ganz wunderbar werden würde, und jetzt würde sie stattdessen allein zu Hause sitzen und niesen.

Sie hatte bereits mit David gesprochen. Er hatte angerufen, nachdem Jocie zu ihm ins Zeitungsbüro gekommen war, und hatte sich erkundigt, wie es ihr ging. Sie hatte ihm gesagt, sie könne unmöglich heute Abend ausgehen, sofern kein Wunder geschehe, und dass mit Sicherheit niemand ein Wunder an eine Erkältung verschwenden würde, die in ein paar Tagen sowieso vorbei war. Ihre Mutter hatte sie noch nicht angerufen. Damit würde sie bis morgen früh warten. Sie hatte ohnehin erst spät am Weihnachtstag nach Grundy fahren wollen. Und für den zweiten Feiertag war geplant gewesen, dass David zum Essen zu ihren Eltern kommen würde.

Sie hatte Pläne gemacht. Alle möglichen Pläne, die sich jetzt in Luft auflösten. Leigh riss ein Stück Toilettenpapier von der Rolle und putzte sich lautstark die Nase. Dann rieb sie die furchtbar stinkende Salbe auf ihre Brust, nahm zwei Aspirin und kroch in ihr Bett. Die Weihnachtsgeschenke mussten warten.

Bevor sie einnickte, lag Leigh eine Weile lang da und fühlte sich noch elender. Dann träumte sie, dass sie lief. Sie musste immer weiterlaufen. Jemand jagte sie. Sie hatte eigentlich keine Angst. Sie machte sich nur Sorgen, dieser Jemand könnte sie einholen. Immer wieder blickte sie über die Schulter zurück, ohne dass sie jemanden sehen konnte. Aber sie wusste, dass da jemand war. Wusste, dass jemand hinter ihr her war.

Sie richtete den Blick wieder auf den dämmrigen Weg vor ihr und erblickte in der Ferne David, der lächelte und ihr die Hand entgegenstreckte. Erleichterung machte sich in ihr breit. Alles würde gut werden. David wartete auf sie. Aber dann begann es Rosen zu regnen, die auf ihren Schultern und in ihren Haaren landeten. David hörte auf zu lächeln und ließ die Hand sinken. Sie versuchte, schneller zu laufen, um zu ihm zu gelangen, aber sie rutschte auf den Rosenblättern aus. Sie kam nicht von der Stelle. Konnte nicht zu ihm. Er sah furchtbar traurig aus und wandte sich ab. Sie rief seinen Namen, aber er hörte sie nicht. Die Rosen türmten sich um ihre Füße und hinter ihr streckte jemand die Hand nach ihr aus. Sie schrie.

Leigh fuhr aus dem Schlaf hoch, nicht sicher, ob sie tatsächlich laut aufgeschrien hatte. Sie war klatschnass. Bestimmt hatte sie Fieber. Eine Weile lag sie still da, bis ihr Herzschlag sich beruhigt und sie sich aus den klebrigen Resten des Traumes befreit hatte. Vermutlich war sie die einzige Frau im Universum, die Albträume hatte, weil jemand ihr Rosen geschenkt hatte.

Aber selbst jetzt, wo sie wach war, machten die Rosen ihr Angst. Nicht die Rosen selbst, sondern das, was David denken könnte, nachdem Jocie ihm von den Blumen erzählt hatte. Womöglich erinnerte er sich an seine Sorge, er könnte zu alt für Leigh sein. Oder er fühlte sich schlecht, weil er ihr keine Rosen kaufen konnte. Möglicherweise dachte er, sie bräuchte Rosen. Er könnte denken, dass er sie nicht ermutigen sollte, ihn zu lieben. Vielleicht glaubte er nicht, dass er überhaupt nichts tun konnte, um sie von ihrer Liebe abzubringen. Tausend heimliche Verehrer und eine Million Rosen würden daran nichts ändern. Ihr Herz gehörte bereits ihm.

Leigh stieg aus dem Bett und ging ins Bad. Sie musste duschen. Das heiße Wasser prasselte auf ihren Kopf, während sie den Dampf einatmete. Einmal glaubte sie das Telefon zu hören, aber sie stellte die Dusche nicht aus, um sich davon zu überzeugen. Wer auch immer es war, würde wieder anrufen.

16

Gegen Mittag ging David die Straße hinunter zum Elektroladen und bezahlte den Kühlschrank. Geld für den Blumenladen zweigte er keins ab. Wie sollten zwei Rosen mit einem Dutzend mithalten? Selbst Jocie war beeindruckt gewesen, bis Zella gesagt hatte, wer Leigh die Rosen geschickt haben musste.

Edwin Hammond. Der Lehrer vom Neptun. Er machte Jocie in der Schule das Leben schwer. Daran bestand kein Zweifel. David hatte nur noch nicht herausgefunden, warum. Er hatte mit dem Mann gesprochen und sich geduldig dessen Klagen über Jocie angehört, aber das Problem hatte David nicht verstanden. Er wusste, dass Jocie vorlaut sein konnte. Er wusste auch, dass es Jocie nichts ausmachte, anderen Leuten zu sagen, wenn sie sich in einer Sache irrten. Er wusste, dass Jocie manchmal der Meinung war, sie bräuchte nichts mehr zu lernen, wenn es ums Schreiben ging, aber das Mädchen war wirklich sehr begabt mit Worten.

Die meisten ihrer Lehrer lobten und förderten ihr Talent. Nicht so Edwin Hammond. Er korrigierte Jocies Aufsätze mit so viel roter Tinte, bis es aussah, als würde das Papier bluten. Kleinliche Kritik an einem Komma hier und da, ihre „O"s seien nicht rund genug und der Zwischenraum nach den Satzzeichen nicht groß genug. Als Jocie die Zwischenräume nach den Punkten beim nächsten Mal mit dem Lineal ausgemessen hatte, waren sie ihm zu groß gewesen. Wenn der Gedanke nicht so abwegig wäre, hätte David fast geglaubt, Mr Hammond hätte es auf Jocie abgesehen, weil er auf ihre schriftstellerische Begabung eifersüchtig war.

Und Zella sagte nun, genau dieser Edwin Hammond sei Leighs heimlicher Verehrer. Jetzt war jemand anders eifersüchtig. Eifersüchtig auf das Alter des Mannes. Auf seine Kühnheit. Rosen von einem heimlichen Verehrer! Es klang wie etwas, das in Zellas Liebesromanen stand.

Wie konnte er gegen Jugend und romantisches Feuer ankämpfen? Sollte er es überhaupt versuchen? Wenn ein Mensch einen anderen wirklich liebte, dann wollte er das Beste für ihn. Vielleicht war Edwin Hammond der beste Mann für Leigh. Vielleicht war es falsch, wenn David einem Mann im Weg stand, der Leigh möglicherweise glücklicher machen konnte, als er selbst es konnte. Einem Mann, der ihr im Alter näher war. Der keine Familienverantwortung trug. Und der nicht zu einem Diener Gottes berufen war.

Während er zum *Banner* zurückging, schob David die Hand in die Tasche und befühlte das Kästchen mit dem Ring. Was Wes gesagt hatte, klang ihm noch in den Ohren. *Ein schwaches Herz hat noch nie eine schöne Maid erobert.* War das sein Problem? Dass sein Herz nicht mutig genug war? Ein Vers aus den Psalmen kam ihm in den Sinn. *Sei mutig, und dein Herz sei stark, und harre auf den Herrn!*

Das brauchte er. Eine Stärkung für sein Herz. Neuen Mut. Er harrte ja auf den Herrn. Und vertraute ihm. Wenn Gott ihm und seiner Familie Leigh geschickt hatte, dann würde die Tatsache, dass ein anderer Mann ihr Rosen schenkte, nichts daran ändern. Glaubte er etwa nicht, dass Leigh in der Lage war, selbst zu entscheiden, was das Beste für sie war? Wenn die Aufmerksamkeiten eines anderen Mannes, die Rosen eines anderen Mannes ihr Herz berührt hatten, würde sie es ihm sagen.

Und eine Erkältung würde ihn nicht davon abhalten, sie diese Entscheidung treffen zu lassen. Er hatte den Ring in der Tasche. Gott würde ihm den Mut geben, Leigh sein Herz auszuschütten. David wusste nicht genau, wie, aber irgendwie würde er den Ring noch heute aus seiner Tasche holen und ihn Leigh geben. Vielleicht war es gut, dass sie die Rosen bekommen hatte.

An Heiligabend schloss das Zeitungsbüro offiziell um drei Uhr. David brachte Jocie nach Hause. Tante Love und Tabitha waren mit Plätzchenbacken beschäftigt, während Stephen Lee auf einer Decke auf dem Wohnzimmerfußboden lag und den Weihnachtsbaum anstarrte. Als Jocie sich neben ihn kniete, um ihre hübsch verpackten Geschenke unter den Baum zu legen, lächelte und strampelte der Kleine und streckte die Arme vor, als wollte er vom Boden in ihre Arme springen.

Es funktionierte. Jocie nahm den Kleinen hoch und wippte ihn auf und ab. „Guck mal: Der Weihnachtsmann war schon da und hat das beste Weihnachtsgeschenk von allen hiergelassen.“ Stephen

Lee quietschte vergnügt, als Jocie ihm einen Kuss auf die Wange drückte. Jocie lächelte David an. „Ich wünschte, es wäre schon morgen früh. Es wird toll sein, wenn alle hier sind. Du musst Leigh überreden zu kommen, auch wenn sie noch niest."

„Willst du sie denn unbedingt dabeihaben?", fragte David.

„Klar. Du denn nicht?" Jocie sah ihn unverwandt an. „Ich meine, du bist doch in sie verliebt, oder?"

„Du kommst wirklich ohne Umschweife zur Sache."

„Das sollen Zeitungsreporter doch, nicht wahr?" Jocie wartete seine Antwort nicht ab, sondern schwang das Baby vor und zurück. „Stephen Lee und ich könnten eine Geschichte für dich schreiben. Wer? Du und Leigh. Was? Ein großer Tag. Wann? Heute Abend. Wo? Bei Leigh. Warum?" Jocie grinste. „Vielleicht sollten wir dir die Antwort überlassen."

„Das wäre vielleicht das Beste." David steckte die Hand in die Tasche und fuhr über die kleine Schmuckschatulle.

Jocie tanzte mit Stephen Lee durch den Raum auf David zu. „Gib deinem Opa einen Kuss, damit er losziehen und die Drachen töten und eine schöne Maid erobern kann." Sie hielt David das Baby hin.

David nahm den Kleinen und drückte einen Kuss auf seine Locken. Jocie hatte recht, was den Kleinen betraf. Er war ein Geschenk, so wie sie eines gewesen war. Er streichelte Stephen Lees Rücken, während er Jocie ansah und sagte: „Du hast nichts dagegen?"

„Wogegen?"

„Leigh." David zögerte und fügte dann hinzu: „Und ich."

„Leigh und ich. Das klingt wie der Titel eines Gedichts. Hey, Dad, vielleicht solltest du ein Gedicht schreiben. Ich wette, das würde selbst Zella romantisch finden", schlug Jocie vor. „Aber warum sollte ich etwas dagegen haben?"

„Ich weiß nicht. Ich meine, wir sind ziemlich lange gut alleine klargekommen. Mit Tante Love natürlich."

„Aber jetzt ist Tabitha zu Hause. Und wir haben Stephen Lee. Ganz zu schweigen von einer ganzen Kirche voller Leute, die immer was von dir wollen. Vielleicht hat Gott deshalb dafür gesorgt, dass Leigh in diesem Jahr merkt, dass sie dich mag." Stephen Lee streckte die Händchen nach Jocie aus und sie nahm ihn wieder auf den Arm, ohne den Blick von David abzuwenden. „Vielleicht hat er gesehen, dass du Hilfe brauchst. Wie war das mit dem Vers über Adam und Eva? Du weißt schon, der, in dem steht, warum Adam Eva brauchte."

„‚Und Gott der Herr sprach: Es ist nicht gut, dass der Mensch allein sei; ich will ihm eine Gehilfin machen, die um ihn sei.'"

„Genau den meinte ich. Tabitha hat mir erzählt, dass das für dich auch gilt. Dass es nicht gut für dich war, allein zu sein." Jocie warf einen Blick in Richtung Küche, um zu sehen, ob Tabitha sie hörte, und senkte dann die Stimme. „Ich habe ihr erklärt, dass du nicht allein warst. Du hattest schließlich mich und Tante Love und, wie gesagt, die ganze Gemeinde, aber sie sagte, es gebe unterschiedliche Formen des Alleinseins. Und du seist auf eine bestimmte Weise viel zu lange allein gewesen."

David blickte über Jocies Kopf hinweg zur Küche hinüber, in der Tabitha mit den Plätzchen beschäftigt war. Als sie den Kopf hob und ihn ansah, waren ihre Wangen gerötet, vielleicht von der Hitze des Ofens, vielleicht aber auch, weil sie mitbekommen hatte, was Jocie gesagt hatte. Sie wirkte erleichtert, als er sie anlächelte. Das arme Mädchen. Sie wusste, was es bedeutete, allein zu sein, denn sie stand vor der Herausforderung, Stephen Lee als alleinstehende Mutter großzuziehen. Er hatte für sie gebetet, auch wenn er keine Ahnung gehabt hatte, was er beten sollte. Aber Gott wusste, was sie brauchte. Er wusste, was sie alle brauchten.

David fuhr in die Stadt zurück. Der Wind war stärker geworden und kälter. Hin und wieder landeten ein paar Schneeflocken auf seiner Windschutzscheibe, als wollten sie ihn daran erinnern, dass Heiligabend war, aber der Wind wehte den Schnee gleich wieder fort. Die Meteorologen hatten keine weiße Weihnacht vorhergesagt.

Er rief Leigh nicht an. Sie hatte ihm schon gesagt, dass sie zu krank war, um irgendwohin zu gehen. Stattdessen hielt er beim Lebensmittelmarkt in der Model Street, gerade noch rechtzeitig, bevor Harold den Laden zumachte. David kaufte drei Dosen Hühnersuppe, die teuersten Kräcker, die Harold hatte, etwas Käse, zwei große Tafeln Schokolade, eine Schachtel Taschentücher, ein paar Hustenbonbons und ein paar Weintrauben.

„Das ist eine komische Mischung für Heiligabend", sagte Harold, als er die Einkäufe in die Kasse tippte.

„Nicht alle Heiligabende sind gleich." David packte die Lebensmittel ein, während Harold das Wechselgeld aus der Kasse nahm.

„Wohl wahr", gab Harold zu. „Wohl wahr. Ich habe schon einige gesehen. Ein paar davon in Übersee, während des Krieges. Sie wahrscheinlich auch."

„Nicht Übersee. Unter See."

„Ach ja, Sie waren ja einer von den U-Boot-Jungs. Um diesen Job habe ich euch nie beneidet. Ich sehe die Bomben lieber kommen." Harold gab ihm sein Wechselgeld. Dann ging er um seinen Tresen herum und nahm einen von zwei Weihnachtssternen aus dem Fenster. „Hier. Frohe Weihnachten, Reverend. Nehmen Sie die mit nach Hause. Nach Weihnachten kann ich die sowieso nicht mehr verkaufen."

Davids Herz begann einen merkwürdigen kleinen Tanz zu vollführen, als er die Lebensmittel und die Pflanze über den Hof zu der Treppe trug, die zu Leighs Tür führte. Jetzt war es so weit. Er würde den Ring aus der Tasche ziehen und ihn Leigh geben, bevor er wieder ging. So oder so.

Er hatte immer noch keinen Plan, aber er würde es tun. Er würde Leigh bitten, sein verrücktes Leben mit ihm zu teilen und auf einen Schlag Pastorenfrau und Stiefmutter zu werden. Er würde nicht darüber nachdenken, dass er zu alt war oder Leigh zu jung. Er würde nur daran denken, wie er sich fühlte, wenn er Leigh in die Augen sah. Das Herz in seiner Brust machte noch einen kleinen Satz.

Er hoffte, dass es nur die Nerven waren und kein Herzinfarkt. Sein Vater war an einem Herzinfarkt gestorben, aber er war dreiundsiebzig gewesen. Dreißig Jahre älter als David jetzt. Bei Davids Geburt war er schon Ende fünfzig gewesen. Ein später Segen, hatte Davids Mutter immer gesagt. David könnte selbst auch noch späten Segen erleben. Bei diesem Gedanken wäre er beinahe wie angewurzelt am Fuß der Treppe stehen geblieben. Was in aller Welt machte er hier nur?

Er holte tief Luft, um sich zu sammeln. Verschiedene Bibelversstücke schwirrten in seinem Kopf herum. *Sei mutig. So wird er dir geben, was dein Herz begehrt. Klopft an, so wird euch aufgetan. Regengüsse des Segens werden es sein.* Hatte er nicht schon viele „Segensgüsse" erlebt? Hatte Gott ihm nicht geholfen, diese Segnungen eine nach der anderen zu erkennen? Er würde sich diesem Segen nicht entziehen, nur weil er weiche Knie bekam. David stieg die Treppe hinauf.

Mrs Simpson lugte aus dem Fenster und beobachtete ihn, wie üblich. Er hatte aufgehört zu winken, als ihm bewusst geworden war, dass die Frau glaubte, die Gardinen würden sie verbergen. Leigh sagte, Mrs Simpson dokumentiere seine Besuche mit genauen Ankunfts- und Gehenszeiten, damit sie Leighs Mutter darüber in Kenntnis setzen konnte. Eins war sicher: In Hollyhill wurde man immer von irgendjemandem beobachtet.

David nahm seine Einkäufe und den Weihnachtsstern auf einen Arm und klopfte mit der freien Hand an Leighs Tür. Von drinnen war nichts zu hören. Vielleicht hätte er doch anrufen sollen. Vielleicht hatten ihre Eltern sie abgeholt, damit sie Weihnachten nicht krank allein zu Hause verbringen musste. Vielleicht war Edwin Hammond auf seinem weißen Ross die Treppe hinaufgeritten, um sie zu entführen.

David schüttelte den Gedanken ab und klopfte noch einmal, diesmal ein bisschen kräftiger. Sie musste zu Hause sein.

17

Leighs Wasserkessel stand auf dem Herd und ihr Kühlschrank machte die üblichen Brumm- und Zischgeräusche, während sie das Geschenkpapier um die Schachtel wickelte, in der sich Stephen Lees Holzklötze befanden. Zweimal musste sie ihre Arbeit unterbrechen und sich die Nase putzen, aber sie nieste nicht mehr so viel wie noch vor ein paar Stunden. Dafür hustete sie ein bisschen mehr, aber das Aspirin machte ihre Kopfschmerzen erträglich. Es ging ihr besser, aber nicht gut genug.

Wenn es ihr gut genug ginge, würde sie den Heiligabend nicht allein mit Kräckern und heißem Tee verbringen. Sie wäre mit David zusammen und würde machen, was immer er sich für sie beide Besonderes ausgedacht hatte. Leigh blinzelte die Tränen zurück und riss noch ein paar Blätter Toilettenpapier von der Rolle. Als sie sich schnäuzte, glaubte sie etwas zu hören. Sie hielt inne, um zu lauschen, aber alles, was sie hörte, war das Plopp in ihren Ohren und den Teekessel, der anfing zu pfeifen. Er klang ein bisschen so, als hätte er auch eine verstopfte Nase.

Leigh nahm den Kessel vom Herd und goss Wasser über den Teebeutel in ihrem Becher. Diesmal hörte sie ganz eindeutig ein Klopfen. An der Tür. Sie warf einen kurzen Blick zu den Rosen hinüber, die immer noch in der Spüle standen, und flüsterte: „Lieber Gott, bitte nicht Edwin Hammond."

Ohne ein Geräusch zu machen, stellte sie vorsichtig den Kessel auf eine der kalten Herdplatten. Sie könnte so tun, als wäre sie nicht zu Hause. An Heiligabend blieb niemand zu Hause. Vielleicht würde der Besucher wieder gehen, wenn sie nicht husten musste und auch sonst kein Geräusch machte. Aber dann klopfte es wieder. Lauter. Gleich würde Mrs Simpson herauskommen und nachsehen, was es mit dem Lärm auf sich hatte, und sie wusste, dass Leigh zu Hause war. Sie hatte von ihrem Fenster aus unten alles im Blick. Leigh würde die Tür öffnen müssen.

Wenigstens trug sie nicht ihren schäbigen Bademantel, so wie heute Morgen, als Jocie vorbeigekommen war. Nach dem Duschen hatte sie sich angezogen. Sie trug nichts Besonderes: ihre bequemste Hose mit Gummizug und einen roten Pullover, passend zu ihrer roten Nase und zur Würdigung von Heiligabend. Warum war Rot eigentlich zur Weihnachtsfarbe geworden? Vielleicht lag es am Weihnachtsmann oder an den Weihnachtssternen oder Lichtern. Bestimmt nicht an den Rosen. Auch wenn zwölf davon an diesem Heiligabend in ihrer Spüle standen und sie anzüglich angrinsten. Sie gaben ihr das Gefühl, ein Feigling zu sein.

Noch ein Klopfen. Sie würde aufmachen. Würde dankend ablehnen. Sie brauchte keine Rosen von einem heimlichen Verehrer. Zufällig war sie schon verliebt, also könnte er bitte so freundlich sein, sich vom Acker zu machen? Für immer! Bevor er alles vermasselte! Ihre Erkältung bekam das schon ganz gut alleine hin und ihr fehlte gerade noch, dass Mrs Simpson die Nachricht von seinem Besuch in ganz Hollyhill herumerzählte. Sie wurde das Bild aus ihrem Traum nicht los, in dem David zurückgewichen war und sich von ihr weggedreht hatte.

Natürlich war es nicht klug, die Tür einfach so aufzumachen. Vielleicht war es ja gar nicht ihr heimlicher Verehrer. Es könnte ein Lexikonvertreter sein oder irgendein Psychopath, der so tat, als wäre er ein Lexikonvertreter. Kein echter Vertreter würde versuchen, an Heiligabend irgendetwas zu verkaufen.

Leigh legte eine Hand auf ihre Stirn. Sie musste immer noch Fieber haben, wenn sie solche verrückten Gedanken hatte. Psychopathische Vertreter? In Hollyhill?

Sie kam sich vor wie Mrs Simpson, als sie die Gardine ein wenig zurückzog, um nachzusehen, wer da vor ihrer Tür stand. Und sie hatte sich so darauf eingestellt, Edwin Hammond dort stehen zu sehen, dass sie zuerst ihren Augen kaum traute. David. Natürlich war es David. Nur weil sie gesagt hatte, er solle nicht kommen, bedeutete das nicht, dass er es nicht trotzdem tat. Kurz überlegte sie, ob sie in die Küche zurücklaufen und die Rosen in die Besenkammer stellen sollte. Aber nein, er wusste bestimmt längst, dass sie die Rosen bekommen hatte. Jocie hatte es ihm sicher erzählt.

Außerdem hatte sie ihn, während sie über heimliche Verehrer und Vertreterpsychopathen nachgedacht hatte, ohnehin schon so lange auf der Matte stehen lassen, dass er bestimmt halb erfroren war. Leigh zog die Tür auf.

„David. Ich habe dich gar nicht erwartet." Sie musste schrecklich aussehen, mit ihren feuchten Augen und den Haaren, die sie nach dem Duschen nur kurz durchgekämmt hatte, und ihrer Rudolf-Nase, aber dennoch durchfuhr ein Lächeln sie bis in die Zehenspitzen, als sie ihn sah.

„Wir hatten eine Verabredung", sagte David und trat ein.

„Das stimmt, aber ich habe dir doch gesagt, dass ich eine schreckliche Erkältung habe. Du könntest dich anstecken."

„Das Risiko gehe ich ein." Er hielt seine Papiertüte hoch. „Ich habe ein Krankenessen mitgebracht und eine schöne Blume für eine schöne Frau."

Leigh nahm die Topfpflanze mit einem Lachen entgegen, das sich gleich darauf in ein Husten verwandelte. „Hier gibt es heute Abend keine schönen Frauen", sagte sie, als der Hustenanfall wieder verebbt war. Sie stellte den Weihnachtsstern auf den Boden und zog ein Stück Toilettenpapier aus ihrer Tasche, um sich die Nase zu putzen. „Ich sehe bestimmt furchtbar aus."

David streckte die Hand aus und legte sie auf ihre Wange. „Nein, du könntest niemals furchtbar aussehen. Du bist immer schön."

Leigh schmolz beinahe unter seiner Berührung. „Sogar mit roter Nase?"

„Sogar mit roter Nase", bestätigte er.

Eine Minute lang dachte sie, er würde sie küssen, trotz der roten Nase, aber dann zog er die Hand weg und fasste unter die Tüte mit den Lebensmitteln. „Zeig mir den Weg zum Dosenöffner und wappne dich für ein Festmahl, das einer Königin würdig wäre. Wenigstens einer erkälteten Königin."

Leigh baute sich vor der Spüle auf, aber David sah die Rosen trotzdem. „Ein komischer Platz für so einen schönen Strauß", sagte er.

„Oh." Leigh drehte sich zu den Rosen um, als wäre sie überrascht, sie dort zu sehen. „Ich habe gerade am Tisch Geschenke eingepackt und zu dem Weihnachtsbaum passten sie meiner Meinung nach nicht so recht. Jocie hat dir vermutlich erzählt, dass ich sie bekommen habe."

„Ja. Von einem heimlichen Verehrer. Das überrascht mich nicht."
„Nicht? Mich schon."
„Das sollte es aber nicht. Und die Rosen sind sehr schön", sagte David, aber er sah nicht aus, als meine er es ehrlich.
„Ich finde, sie riechen nach Bestattungsunternehmen." Leigh rümpfte die Nase. „Ich mag Rosen aus dem Garten lieber." Sie erinnerte sich an eine bestimmte Rose, die David ihr im Sommer gegeben hatte. Sie hatte die Blume in ihrem Wörterbuch beim Buchstaben „L" gleich unter dem Eintrag für *Liebe* gepresst.
„Dafür ist es im Moment zu kalt. Harold vom Lebensmittelgeschäft sagte, die Temperatur könnte heute Nacht bis auf minus zehn Grad sinken. Und es schneit immer mal wieder ein bisschen." David holte einige Dosen aus der Einkaufstüte. „Hast du einen Topf, in dem ich das hier aufwärmen kann?"
„Hühnersuppe. Perfekt", sagte Leigh, während sie den Dosenöffner aus der Schublade zog und einen Topf aus einem der Schränke holte. „Und ich mag Schnee an Weihnachten."
Sie hatten aufgehört, über die Rosen zu reden, aber zwischen ihnen schien es andere unausgesprochene Dinge zu geben, die ihre Unterhaltung ein wenig unbehaglich machten. Vielleicht sollte sie sagen, dass sie wegen der dämlichen Rosen niesen musste, und sie in die Kammer stellen.
„Was magst du denn an Weihnachten nicht?", fragte David, der gerade die Suppe in den Topf füllte.
„Das ist einfach. Erkältungen und rote Nasen, außer bei Rudolf, dem Rentier." Sie riss etwas Toilettenpapier ab, um sich die triefende Nase zu schnäuzen. „Und du? Was magst du an Weihnachten nicht?"
David stellte den Topf auf den Herd und stellte die Herdplatte an, bevor er sie ansah. „Rosen in deiner Spüle, die nicht von mir sind. Ein schwaches Herz zu haben."
„Ein schwaches Herz?"
„Das bezieht sich auf etwas, das Wes gesagt hat. Ich werde dir nachher davon erzählen, aber jetzt sollten wir lieber alles fürs Essen vorbereiten, weil die Suppe bestimmt schnell warm sein wird. Wo willst du dein Festmahl zu dir nehmen, schöne Maid?"
„Beim Weihnachtsbaum", sagte Leigh. Alles, um von den un-

glückseligen Rosen wegzukommen. „Wir könnten ein Picknick am Weihnachtsbaum machen.“

„Unser letztes Picknick lief aber nicht so gut.“

„Ach, so schlimm war es auch wieder nicht“, sagte Leigh.

„Nicht schlimm?“ David lächelte. „Du meinst, abgesehen von den Mücken und dem Gestank von Hermans Kuhweide und den vierzig Grad im Schatten?“

„Du hast den harten Boden vergessen“, lachte Leigh. „Aber hier gibt es keine Mücken und wir können Sofakissen auf den Boden legen und so tun, als wäre der Couchtisch ein Baumstumpf, auf dem wir das Essen auftischen.“

„Ein Baumstumpf?“

„Natürlich. Man nimmt vielleicht Decken oder Kissen mit zum Picknick, aber niemals einen Couchtisch.“

Also trug David die Suppe auf einem Tablett ins Wohnzimmer. Die Lichter am Weihnachtsbaum tauchten den Raum in einen heiteren Glanz. Leigh wollte die Lampe anmachen, aber David hielt sie davon ab. Von irgendwoher holte er eine Kerze. Er zündete sie an und ließ genug Wachs auf eine Untertasse tropfen, um die Kerze hineinzudrücken, bevor er die Untertasse mitten auf das Tablett stellte. Dann holte er den Weihnachtsstern und stellte ihn neben das Tablett.

Nachdem sie ihre Suppe gegessen hatten, trug David die Teller in die Küche und kam mit Weintrauben und zwei riesigen Tafeln Schokolade zurück.

„Wow“, sagte Leigh. „Meine Lieblings-Diätbrecher.“

„Ich habe dir doch für heute Abend etwas Besonderes versprochen, oder nicht? Wir laufen am Samstag einfach doppelt so lange, um es wiedergutzumachen.“ David lächelte sie an, aber er nahm nicht wieder auf dem Sofakissen Platz. Er wirkte beinahe etwas nervös, als er sagte: „Ich lege ein bisschen Musik auf.“

„Wahrscheinlich habe ich nichts, was dir gefällt“, sagte Leigh.

„Ich werde schon etwas finden.“ Er nahm die Kerze mit, damit er die Schallplatten besser durchsehen konnte.

„Soll ich dir helfen?“, fragte sie, als er anfing, an dem Plattenspieler herumzufingern.

„Ich glaube, ich hab’s.“

Die Schallplatte sank auf den Plattenteller und Elvis fing an zu singen: „*Love me tender. Love me true.*"

Leighs Herz schlug doppelt so schnell, schon bevor David sein Kissen näher zu dem ihren rückte und sich wieder setzte. Sie war froh, dass es so schummrig war und er nicht sehen konnte, dass ihre Wangen bestimmt genauso rot waren wie ihre Nase.

Er griff in seine Tüte und holte eine Schachtel Taschentücher heraus. „Für dich, schöne Maid." Seine Hand schien etwas zu zittern, als er ihr die Schachtel reichte.

„Du weißt wirklich, was ich brauche." Leigh lachte ein wenig. Die Schachtel war bereits offen und ein Taschentuch lugte heraus. Als sie daran zog, fiel eine kleine schwarze Schmuckschatulle in ihren Schoß. Leigh hatte beinahe Angst, danach zu greifen, weil sie befürchtete, das Kästchen könnte verschwinden und alles ein Traum sein, aus dem sie allein aufwachen würde. Sie hielt die Luft an, während Elvis irgendwo „*Love Me Tender*" sang.

Neben ihr rutschte David von seinem Kissen und kniete sich neben sie. Sie konnte seinen Blick auf sich spüren, als sie das Schmuckkästchen in die Hand nahm. Sie zwang sich, ein- und auszuatmen, während die Zeit stillzustehen schien. Die Lichter des Weihnachtsbaums, das Flackern der Kerzen, Davids Atem – das alles nahm sie ganz deutlich wahr. Sie klappte die Schatulle auf und ein Diamant funkelte sie an. Wieder verschlug es ihr den Atem.

David streckte die Hand aus und hob ihr Kinn an, bis sie ihm in die Augen sah. „Ich liebe dich, Leigh Jacobson. Willst du meine Frau werden?"

Sie konnte nicht anders. Sie fing an zu schluchzen. So glücklich war sie.

18

Als Leigh anfing zu weinen, sank Davids Herz wie ein Stein, der in einen See geworfen worden war. Die Rosen in der Spüle hatten doch etwas zu bedeuten. Er kam zu spät. War zu alt. Zu ungeschickt in Sachen Romantik. Vielleicht sollte er das Kästchen mit dem Ring einfach wieder an sich nehmen und sich aus ihrem Leben schleichen.

Aber dann lachte Leigh durch ihre Tränen hindurch. „Ja. Ganz eindeutig und auf jeden Fall ja!", rief sie und sprang auf, um ihn zu umarmen.

Er streckte die Arme aus, um sie aufzufangen, aber es war nicht so wie im Film, wo Held und Heldin sich elegant umarmen, während die Musik spielt. Stattdessen verlor David das Gleichgewicht und sie fielen beide um, wobei sie gegen den Couchtisch stießen. Der Weihnachtsstern landete auf dem Boden und die Weintrauben und die Schokolade rutschten ebenfalls vom Tisch. Elvis hörte auf zu singen, weil die Nadel am Ende der Schallplatte stecken blieb und sich nicht hob, wie sie es eigentlich tun sollte. Sie lag auf der Platte und rutschte immer wieder in die letzte Rille, ohne dass Musik ertönte.

Plötzlich ertönte von irgendwo her ein Klopfgeräusch. Es klang nicht nach der Tür, sondern kam eher von unten. Von genau unter ihnen.

Leigh kicherte. „Ich glaube, Mrs Simpson versucht uns zu sagen, dass wir zu laut sind."

Sie wollte sich aus seiner Umarmung lösen und sich aufsetzen, aber David hielt sie auf. „Sie wird es überleben", sagte er. Leigh lag halb auf ihm und sie beide waren zwischen Sofa und Couchtisch eingequetscht. Er rückte ein wenig, sodass es etwas bequemer war und er Leighs Gesicht im Glanz der Weihnachtslichter sehen konnte. Ihre Wangen glänzten von den Tränen. Er zog sein Taschentuch heraus und tupfte zärtlich ihre Wangen trocken. „Ich wollte dich nicht zum Weinen bringen."

Leigh nahm ihm das Taschentuch ab und fuhr sich damit übers

Gesicht. „Aber ich bin einfach so glücklich, dass ich gar nicht anders kann. Das klingt albern, oder?“ Sie stützte sich auf einen Ellbogen, um sich die Nase zu putzen.

David schnüffelte. „Riecht es hier nach Rauch?“

„Ich kann mit dieser Erkältung nichts riechen“, sagte Leigh, hob aber den Kopf ein wenig. „Ach, du liebe Güte! Die Kerze! Die Servietten haben Feuer gefangen.“

David fuhr hoch. Die brennenden Servietten lagen auf einem Metalltablett, aber die Flammen züngelten gefährlich nah an dem Weihnachtsbaum. Hastig schlug er mit einer Zeitschrift nach den Flammen, um sie zu löschen. Schwarze Papierasche schwebte in die Luft, als David die verkohlte Zeitschrift vorsichtig vom Tablett nahm, aber das Feuer war aus. Der Weihnachtsbaum war gerettet.

Leigh hatte sich die Hand vor den Mund geschlagen und die blauen Augen weit aufgerissen, während sie bei seiner Löschaktion zusah.

„So viel zum Thema Picknick bei Kerzenlicht am Weihnachtsbaum“, sagte David. „Vielleicht sollten wir das mit den Picknicks generell vergessen.“

„Oh nein“, sagte Leigh. „Ich mag Picknicks.“

David streckte den Arm aus und ergriff ihre Hand. „Was magst du an Picknicks?“

„Weintrauben zu essen.“ Sie nahm eine Beere und schob sie sich in den Mund. Dann nahm sie noch eine, um ihn damit zu füttern.

„Sogar vom Boden?“

„Vom Fußboden, vom Erdboden, was auch immer.“

„Weintrauben essen. Ist das alles?“

„Oh nein.“ Sie lächelte ihn an. „Ich liebe Schokolade. Und Lagerfeuer.“

„Das Feuer sollten wir nächstens vielleicht besser draußen machen“, gab David zu bedenken.

„Warte. Ich bin noch nicht fertig.“ Sie legte einen Finger auf seine Lippen. „Ringe in Schatullen. Dich.“

Da zog er sie näher und küsste sie. Die Frau, die eingewilligt hatte, ihn zu heiraten. Die Frau, die er liebte. Er wusste nicht, was er getan hatte, um ihre Liebe zu verdienen, aber er dankte Gott von Herzen dafür. Andererseits – wann wurde man schon geliebt, weil man es verdient hatte? Achtung und Ehre waren verdient. Preise verdiente man sich. Aber Liebe war ein Geschenk von einem Herzen zum anderen.

Leighs Lippen fühlten sich unglaublich weich an und eine Minute lang glaubte David, sein Herz würde von dem Gefühl explodieren. Auch als sie sich von ihm lösen musste, um Luft zu holen, weil sie nicht durch die Nase atmen konnte, hielt er sie eng an sich gedrückt und küsste ihre Haare, die nach Äpfeln rochen.

„Vielleicht sollten wir noch mal von vorne anfangen und diesmal versuchen, die Wohnung nicht in Brand zu stecken", sagte er. Als Leigh plötzlich in seinem Arm erstarrte, hatte er schon Angst, sie könnte es sich doch noch anders überlegt haben. „Was ist?"

„Der Ring. Wo ist der Ring?" Sie löste sich aus seiner Umarmung und fing hektisch an, den Boden abzutasten. „Ich kann ihn doch nicht verloren haben, bevor ich ihn überhaupt am Finger hatte."

„Er muss hier irgendwo zwischen den Weintrauben sein." David hob eine Traube vom Boden auf und legte sie auf den Couchtisch. „Hier ist zumindest die Schokolade."

Leigh lag mit dem Gesicht dicht am Boden und spähte unter die Couch, während sie mit der Hand darunter entlangfuhr. „Hier unten kann ich ihn nirgends sehen. Was ist, wenn er aus der Schachtel gefallen ist und ich ihn nie wiederfinde?"

„Dann kaufe ich dir einen neuen", sagte David und lachte dann. „In ein paar Jahren, wenn ich genug gespart habe. Dir ist schon bewusst, dass du nicht zu einem reichen Mann Ja gesagt hast?"

Sie hob den Kopf und sah ihm in die Augen. „Du bist der reichste Mann, den ich kenne. Was die wirklich wichtigen Reichtümer betrifft."

„Vielleicht jetzt, wo du auch dazugehörst", sagte David. Er hob eines der Sofakissen hoch. „Voilà! Hier ist er." Er nahm die kleine samtige Schachtel und überzeugte sich davon, dass der Ring noch immer darin war. „Lass uns das Ganze noch mal ohne Feuerwerk machen."

„Warum? Ich mag Feuerwerk. Es ist aufregend. Und aufregend ist doch gut, oder?"

„Also gut. Ohne Feuer dann."

„In Ordnung. Das Feuer können wir weglassen", sagte Leigh und setzte sich auf.

David legte die Kissen aufs Sofa. „Setz du dich hierhin.“

„Warte“, sagte Leigh. „Zuerst kümmere ich mich um den Plattenspieler. Dieses Geräusch wird langsam lästig.“ Sie sprang auf und Sekunden später fing Elvis wieder an, „*Love Me Tender*“ zu singen. Dann kam sie zurück und setzte sich aufs Sofa, wie von ihm angewiesen.

David kniete vor ihr nieder und hielt ihr die Ringschatulle hin. „Leigh Jacobson, willst du meine Frau werden?“

Diesmal blieb sie brav sitzen, während sie antwortete: „Ja, David Brooke, ich werde deine Frau.“

Er sah ihr unverwandt in die Augen. „Bist du dir ganz sicher, dass du bei mir bleiben willst, in guten wie in schlechten Tagen, in Gesundheit und Krankheit, bis dass der Tod uns scheidet?“ Er hatte diese Worte schon oft gesprochen, wenn er andere Paare verheiratet hatte. In guten wie in schlechten Tagen. Gesundheit und Krankheit. Wahrscheinlich hatte er diese Worte auch gesagt, als er und Adrienne geheiratet hatten, obwohl er sich nicht daran erinnern konnte. Sie hatten vor einem Richter in Tennessee gestanden. Vielleicht hatten Richter eine andere Zeremonie. Rechtlich bindend, aber ohne die geistlichen Versprechen.

Leighs Blick wich nicht eine Sekunde von seinem. „In guten wie in schlechten Tagen. In Gesundheit und Krankheit. Bis dass der Tod uns scheidet. Und selbst dann noch. Für immer und ewig bin ich dein.“

David nahm den Ring aus der Schachtel und steckte ihn an Leighs Finger. Er passte. Rollin hatte die Größe gut geraten.

Sie hob die Hand und betrachtete den Ring. „Er ist wunderschön.“ Dann brach sie wieder in Tränen aus.

David suchte nach der Schachtel mit den Taschentüchern und reichte sie ihr, während er sich aufs Sofa setzte und den Arm um sie legte. „Wir machen das nicht noch mal, wenn du mir immer in Tränen ausbrichst.“

„Freudentränen“, brachte sie heraus.

Er zog sie näher und ließ sie weinen. Adrienne hatte er nie weinen sehen. In all den Jahren, die sie verheiratet gewesen waren. Ihr war nichts wichtig genug gewesen, um darüber zu weinen. Im Geiste schüttelte er den Kopf und verdrängte Adrienne aus seinen Gedanken. Sie war für immer aus seinem Leben verschwunden. Er überließ sich ganz und gar dieser wunderbaren, liebevollen jungen Frau, die weinte, wenn sie glücklich war. Die weinte, wenn sie traurig war. Die fühlte. Die liebte.

Nach ein paar Minuten hob Leigh den Kopf von seiner Schulter und wischte sich die Tränen ab. „Tut mir leid, dass ich so eine Heulsuse bin“, sagte sie mit einem Lächeln. „Meine Nase leuchtet jetzt wahrscheinlich wie die Lichter am Weihnachtsbaum.“

„Du leuchtest, das stimmt. Ein perfektes Leuchten.“

„Hör auf, sonst muss ich gleich wieder anfangen.“ Sie holte tief Luft. „Ich weiß gar nicht, warum die Leute sagen, dass es im Himmel keine Tränen geben wird. Was ist denn mit Freudentränen?“

„Das mit den Tränen weiß ich nicht, aber die Bibel verheißt Freude. Größere Freude, als wir sie uns jemals vorstellen können.“

„Dann muss ich auf jeden Fall weinen.“

„Gott wird Verständnis dafür haben. Das hat er immer.“

„Das stimmt, oder? Als ich gerade mit der Highschool fertig war, habe ich mich gefragt, warum ich mich nicht verlieben konnte. Warum niemand mich heiraten wollte, während alle meine Freundinnen Ehefrauen wurden. Jetzt weiß ich es.“ Leigh blickte zu ihm auf. „Gott hat auf den richtigen Zeitpunkt gewartet. Er wusste, dass ich dich finden würde.“

„Ich bin froh, dass du mich gefunden hast“, sagte David. „Und ich bin froh, dass er mir die Augen geöffnet hat, damit ich dich nicht verpasse.“

„Dafür musst du dich unter Umständen auch bei Zella bedanken.“

„Gottes Wege sind manchmal unergründlich“, sagte David. Elvis hatte schon vor einer Weile mit dem Singen aufgehört, aber Leigh hatte den Plattenspieler richtig bedient, und so hob die Nadel sich jetzt wie vorgesehen. Eine friedvolle Stille senkte sich auf sie.

„Sie wird überrascht sein“, sagte Leigh und streckte die Hand aus, um den Ring noch einmal zu bewundern. „Ich bin überrascht. Echt überrascht. Ich dachte, ich müsste dich noch eine Weile verfolgen.“

„Ich laufe schon seit Wochen nicht mehr weg.“

„Darüber bin ich froh.“

„Willst du einen Termin aussuchen?“, fragte David. „Oder willst du erst mit deinen Eltern reden? Wahrscheinlich hätte ich mit dem Ring warten sollen, bis sie mich kennengelernt haben, damit wir wissen, ob sie überhaupt einverstanden sind."

„Nein. Ich bin kein Kind mehr." Leighs Stimme klang mit einem Mal ein wenig gepresst. „*Ich* bin einverstanden. Das zählt. Und sie werden sich für mich freuen, wenn sie dich erst einmal kennen." Sie klang, als wollte sie sich selbst mehr davon überzeugen als ihn.

„Dann willst du nächste Woche heiraten?"

„Du machst Witze, oder?" Sie beugte sich vor und starrte ihn an.

„Nur ein bisschen. Ich werde schließlich nicht jünger."

„Juni", sagte sie und lehnte sich zurück. „Ich wollte immer im Juni heiraten. Und dann hat die Gemeinde genug Zeit, etwas vorzubereiten. Du weißt doch, dass sie alles werden genießen wollen."

David stöhnte ein wenig. „Es wird so sein, als hätten wir noch fünfzig zusätzliche Tanten und Onkel bei der Hochzeit."

„Eher fünfzig Brüder und Schwestern, aber es wird richtig Spaß machen."

„Hast du eigentlich eine Stimme gehört, die dir gesagt hat, dass du die Frau eines Predigers werden sollst?"

„Das habe ich tatsächlich."

Ihre Worte erstaunten ihn. David glaubte, dass es eine Berufung war, Pastorenfrau zu sein, aber er hatte nicht erwartet, sie sagen zu hören, dass Gott tatsächlich zu ihr gesprochen und ihr gesagt hatte, sie solle David heiraten. „Wirklich?"

„Natürlich. Gerade, als du mir den Heiratsantrag gemacht hast. Und es war genau die Stimme, die ich am meisten hören wollte." Leigh lachte und umarmte ihn kurz. „Jocie wird niemals glauben, dass du als Hintergrundmusik Elvis gespielt hast."

19

Jocie war am nächsten Morgen tatsächlich überrascht. Nicht nur von Elvis, sondern auch von dem Ring. Von allem. Aber sie war froh, dass Leigh am Weihnachtsmorgen aufgetaucht war. Leighs Nase war noch immer rot und sie hatte Taschentücher in die Ärmel ihres Pullovers gestopft, damit sie immer welche griffbereit hatte, aber sie nieste nicht mehr so viel. Stephen Lee nahm sie nicht auf den Schoß, obwohl er die Ärmchen nach ihr ausstreckte. Jocie fand, dass Leigh ihn genauso gut hätte knuddeln können, denn Jocies Dad hielt keinen Abstand zu dem Baby. Und an seinem dämlichen Grinsen war ziemlich klar zu erkennen, dass mögliche Bazillen, die ausgetauscht werden könnten, bereits ausgetauscht worden waren.

Nach dem Trubel des Geschenkeauspackens saßen sie herum und aßen die süßen Brötchen, die Tante Love immer für den Weihnachtsmorgen machte. Jocie hatte praktisch in der Küche Wache geschoben, während die Brötchen im Ofen waren, um sicherzugehen, dass Tante Love sie nicht vergaß und anbrennen ließ. Ohne die süßen Brötchen von Tante Love wäre es kein Weihnachtsfest. Sie machte sie nur an Weihnachten und Ostern, weil es ein Gebäck für besondere Gelegenheiten war.

Und es war ein besonderer Morgen, sogar für weihnachtliche Verhältnisse. Als ihr Vater die Weihnachtsgeschichte aus der Bibel vorgelesen hatte, hatte Jocie vor ihrem inneren Auge tatsächlich den wundersam klaren Himmel gesehen und die Engel von der frohen Kunde singen hören. In ihrem Kopf hatten die Engel ein bisschen wie Myra Hearndon geklungen. Jocie hatte das Heu und Stroh im Stall gerochen und die Esel wiehern hören. Sie hatte die Augen zugemacht und sich vorgestellt, wie Mary Augen, Nase und Mund des Babys mit dem Finger berührt und jedes Mal wieder neu über das Wunder seiner Geburt gestaunt haben musste. Und der neue Stern hatte bestimmt so hell am Himmel geleuchtet, dass die Kamele, die durch die Wüste gestapft waren, um die Weisen und ihre Geschenke aus Gold, Weihrauch und Myrrhe zu Jesus zu bringen, Schatten geworfen hatten.

Während alle sich leise unterhielten, nahm Jocie ihren neuen Tintenfüller und ihr Notizbuch in die Hand. Sie konnte gleichzeitig schreiben und zuhören. Und sie wollte etwas von dem, was hier geschah, etwas von dem, was sie fühlte, auf Papier festhalten. Gefühle waren schon eine komische Sache. Es geschahen Dinge, von denen man glaubte, man würde sie nie wieder vergessen. Dann geschah etwas anderes, das nicht halb so wichtig war, aber es machte sich im Kopf breit und verdrängte die andere Sache einfach. Nicht ganz, aber manchmal die besten Teile davon. Jocie wollte die besten Teile nicht vergessen.

Oben auf der ersten Seite schrieb sie: *Weihnachtsmorgen 1964*. Dann legte sie die flache Hand einen Moment lang auf die leere Seite und blickte in die Runde. Alle saßen um den Weihnachtsbaum. Auf dem Sofa hatte ihr Dad den Arm um Leigh gelegt, die immer wieder verstohlene Blicke auf den Diamanten an ihrer linken Hand warf. Tante Love gab Stephen Lee sein Fläschchen und Tabitha gähnte hinter vorgehaltener Hand. Sie stand sonst nicht so früh auf. Wes bemerkte, dass Jocie ihn ansah, und zwinkerte.

Jocie wusste nicht, wo sie anfangen sollte. Es gab so viele gute Dinge, über die sie schreiben konnte. Sie setzte die Feder auf und formte die ersten Buchstaben. Schon bald kam ihre Hand kaum noch mit, so schnell strömten die Worte aus ihrem Kopf.

Dies ist das beste Weihnachten, das ich jemals erlebt habe. Ich weiß. Das sage ich jedes Jahr. Zumindest in den letzten paar Jahren, und ich glaubte auch wirklich immer, dass es das beste Weihnachten war. Abgesehen von dem Weihnachtsfest, nachdem Oma Mae gestorben war. Das war das schlimmste Weihnachten. Als ich acht Jahre alt war. Es war noch viel schlimmer als das, nachdem DeeDee mit Tabitha weggegangen war. Obwohl das auch nicht so gut war.

Ich habe Oma Mae vermisst. Oma Mae war Weihnachten. Ich glaube, als Oma Mae starb, ist der Weihnachtsmann auch gestorben. Jedenfalls für mich. Aber dann gab es wieder ein Weihnachten und dann noch eins, und jetzt bin ich alt genug, um zu wissen, dass Weihnachten mehr ist als das, was unterm Baum liegt. Sogar mehr als die Leute, die mit einem um den Baum herumsitzen. Obwohl, Mensch, bin ich froh darüber, wer dieses Jahr mit mir um den Baum herumsitzt. Vor allem Wes. Nachdem im Juli dieser Baum auf ihn gestürzt ist, hätte dies noch mal das schlimmste Weihnachten werden können, so schlimm wie das, nachdem Oma Mae gestorben war. Man muss die Menschen, die man verloren hat, an Weihnachten einfach vermissen. Als ich heute Morgen aufgewacht bin, habe ich ein Gebet für Miss Sally gesprochen, weil sie doch im September Mr Harvey verloren hat. Aber letzte Woche in der Sonntagsschule hat sie gesagt, wir sollten uns keine Sorgen um sie machen oder wegen Mr Harvey zu traurig sein. Er hätte dieses Jahr im Himmel bestimmt das beste Weihnachten, das ein Christ überhaupt haben kann. Ich frage mich, ob die Engel im Himmel jedes Jahr an Weihnachten so singen, wie sie es damals am ersten Weihnachtsfest taten, als Jesus geboren wurde. Natürlich wird Miss Sally gar nicht viel Zeit haben, allzu traurig zu sein, weil sie Weihnachten mit den Hearndons verbringen wird. Die Zwillinge und Cassidy werden sie gut beschäftigen. Eli und Elise sind wirklich süß, aber wenn man nicht auf sie aufpasst, versuchen sie sicher, auf den Weihnachtsbaum zu klettern.

Aber zurück zu meinem allerbesten Weihnachten. Letztes Jahr waren es nur Dad, Tante Love, Wes und ich, die um den Baum saßen. Das war gut, aber diesmal haben wir uns zahlenmäßig fast verdoppelt, mit Tabitha und dem kleinen Stephen Lee und Leigh.

Ich bin so glücklich, dass ich platzen könnte. So glücklich wie Leigh bin ich natürlich nicht.

Jocie hielt einen Augenblick inne und blickte zu Leigh auf. Sie lachte gerade über etwas, das Wes ihr erzählte. Wenn man schon eine Stiefmutter haben musste, dann war es gut, eine zu haben, die gerne lachte. Die bösen Stiefmütter in den Märchen lachten nie, außer so ein böses Hexenlachen. Aber andererseits passten „böse“ und „Leigh“ sowieso nicht zusammen.

Dad hat ihr einen Antrag gemacht. Zu Elvis-Musik. Zu „Love Me Tender“. Kannst du das fassen? Ich auch nicht. Wahrschein-

lich hat Dad tatsächlich ungeahnte Tiefen, wie Tabitha immer sagt.
Sie haben schon einen Termin festgelegt. Den ersten Samstag im Juni. Leigh will im Juni heiraten. Sie ist mir vorhin in die Küche gefolgt, als ich Wes einen Kaffee geholt habe, weil sie sich davon überzeugen wollte, dass ich nicht böse bin. Ich weiß nicht, warum alle meinen, ich wäre sauer, wenn Dad verliebt ist. Ich bin froh darüber, dass Dad verliebt ist. Ich weiß, wie viel Liebe Dad in seinem Herzen hat, und es reicht für alle. Ich meine, irgendwann, wenn ich ganz erwachsen bin, lerne ich vielleicht auch jemanden kennen und verliebe mich.
Im Moment kann ich mir das noch nicht vorstellen. Jungs sind meistens doof. Paulette meint, ich sei komisch, denn sie liebt Jungs im Allgemeinen und Ronnie Martin im Besonderen. Sie sagt, sie werden heiraten, wenn sie in vier Jahren ihren Schulabschluss macht. Aber wer weiß das bei Paulette schon? Obwohl das mit Ronnie schon länger hält als mit den meisten ihrer vorherigen Freunde. Drei Monate sind sie schon zusammen. Und Ronnie ist nicht mehr ganz so eklig, wie er früher war. Manchmal sprechen wir sogar miteinander, wenn Paulette nicht dabei ist.
Aber selbst wenn ich irgendwann mal einen Jungen kennenlerne, der mich auch so bekloppt werden lässt, wie Paulette es wegen Ronnie ist, werde ich nicht aufhören, meinen Vater zu lieben. Ich könnte nie aufhören, Dad zu lieben. Niemals.
Aber zurück zu Leigh und der Hochzeit. Sie will, dass ich ihr dabei helfe. Bei der Planung und so. Und dabei, das beste Kleid auszusuchen. Und die Farben für die Brautjungfern festzulegen, weil ich nämlich eine von ihnen sein werde. Solche Sachen halt. Ich glaube nicht, dass die Leute sich große Gedanken darüber machen werden, dass Dad schon mal verheiratet war. Ich meine, es heißt zwar, man solle keine große kirchliche Hochzeit veranstalten, wenn man schon mal verheiratet war, aber Leigh war noch nie verheiratet. Und es ist ja auch ihre Hochzeit. Außerdem verstoßen wir in letzter Zeit sowieso gegen alle normalen Regeln. Dadurch, dass Tabitha nicht verheiratet ist und Stephen Lee trotzdem behält, ohne auch nur darüber nachzudenken, ihn irgendeinem Ehepaar zur Adoption zu geben und so.

Schon allein bei dem Gedanken daran wird mir ganz anders. Nicht, dass es schlecht wäre, wenn Leute Babys adoptieren. Aber dafür haben wir Stephen Lee viel zu lieb. Selbst wenn die ganze Stadt gegen uns wäre, würde das nichts ändern. Stephen Lee gehört zu uns. Außerdem sind ein paar Anfragen wegen Geschenkabos des Banner *reingekommen. Vielleicht hören die Leute ja auf, uns zu bestrafen, und abonnieren die Zeitung wieder. Immerhin sind wir die einzige Möglichkeit, wie sie erfahren können, was in Hollyhill los ist. Dad hat extra Bilder von den Kindern der Grundschule abgedruckt. Und er hat einen ganzen Abschnitt darüber gebracht, wie die Kinder bei dem Umzug vor ein paar Wochen mit dem Weihnachtsmann gesprochen haben. Natürlich auch mit Fotos! In der Woche haben wir alle zusätzlichen Exemplare verkauft. Zella sagt, die Lage wird sich wieder beruhigen, und was auch immer man über Zella sagen mag, sie weiß normalerweise, wie viele Zeitungen wir verkaufen können. Leigh hat sie heute Morgen angerufen und ihr von der Verlobung erzählt, bevor sie zu uns kam. Sie hat Zella mit ihrem Anruf geweckt, aber sie wollte nicht, dass Zella sauer ist, weil Wes es vor ihr erfahren hat. Ich wette, Zella hat sich inzwischen die Finger wundgewählt, weil sie allen Leuten erzählen will, wie gut ihre Heiratsvermittlung funktioniert hat. Wir brauchen vermutlich noch nicht mal eine Anzeige in die Zeitung zu setzen. Vielleicht hat jemand es auch schon einem gewissen Mr Soundso erzählt, dessen Namen ich erst 1965 wieder aussprechen werde. Ich hoffe es. Er und seine Beerdigungsrosen. Es ist mir egal, ob sie schön ausgesehen haben. Leigh hat gesagt, sie habe sie heute Morgen ins Altenheim gebracht. Ich hoffe, sie hat die Karte drangelassen, damit all die alten Damen dort denken, sie hätten einen heimlichen Verehrer. Vielleicht kann ich sie irgendwie wissen lassen, wer sich dahinter verbirgt, dann muss er jedes Mal die Flucht ergreifen, wenn er einen Rollstuhl sieht.*

„Hey, was schreibst du denn da, Jo?“ Wes humpelte zu ihr und setzte sich neben sie. „Erst runzelst du die Stirn und dann grinst du von einem Ohr bis zum anderen. Wenn es so witzig ist, sollten wir es vielleicht im *Banner* abdrucken, um die Umsätze anzukurbeln.“

Jocie blickte zu Wes auf und lachte. „Es wäre vielleicht einen Versuch wert. In der einen Woche könnte ich eine Kolumne unter dem Titel ‚Main Street Tratsch' schreiben und in der nächsten kannst du dein ‚Buch der Merkwürdigkeiten von Hollyhill' veröffentlichen."

„Dann müsste ich als Erstes über mich selbst schreiben", sagte Wes. „Viel merkwürdiger als ich geht wohl kaum."

„Und ich müsste über Dad und Leigh schreiben und man soll doch nicht über die eigene Familie tratschen."

„Und in Hollyhill gehören alle außer mir zur Familie", sagte Wes.

„Das stimmt nicht. Du gehörst jetzt auch dazu. Du bist doch mein Opa, weißt du nicht mehr?"

„Das könnte ich beim Jupiter niemals vergessen. Und es sieht so aus, als wäre deine Familie –"

Jocie unterbrach ihn mit einem Räuspern und einem strengen Blick. „Entschuldige, wessen Familie?"

„Ach ja, ich meine *unsere* Familie." Wes grinste. „Unsere Familie wächst."

„Sie ist fast doppelt so groß wie letztes Weihnachten", pflichtete Jocie ihm bei.

„Und wer weiß … in ein paar Jahren hat sie sich vielleicht noch mal verdoppelt!"

„Wieso das? Heiratest du auch?"

„Auf keinen Fall. Dazu wäre ein Wunder nötig. Auf der anderen Seite hätte ich vor einem Jahr auch noch geschworen, es bräuchte ein Wunder, um deinen Daddy in romantische Stimmung zu versetzen."

„Siehst du, man weiß nie", sagte Jocie. „Könnte doch sein, dass Zella ihr Verkupplungstalent als Nächstes an dir ausprobiert. Sie verhält sich in letzter Zeit wirklich komisch. Bestimmt heckt sie etwas aus."

„Zella benimmt sich immer komisch", wandte Wes ein. „So ist sie nun mal. Aber wenn sie sich tatsächlich noch einmal als Heiratsvermittlerin betätigen will, könnte sie ja vielleicht einen Kerl für Tabby finden. Oder für dich. Du bist auch bald alt genug, um einem Jungen den Kopf zu verdrehen."

„Ja, klar."

„Irgendwann wird das passieren. Aber lass dir damit ruhig Zeit.

Solange du noch keinen Freund hast, verbringst du deine Nachmittage gerne mit deinem Jupiter-Opa. Wenn du erst mal anfängst, den Jungs Glubschaugen zu machen, muss ich bestimmt mit dem Motorrad hinter dir herjagen, damit du mir auch nur Hallo sagst. Und damit die Jungs keinen Zentimeter vom Pfad der Tugend abweichen."

Jocie stellte sich vor, wie Wes auf seinem Motorrad hinter ihr herfuhr, während sie eine Verabredung mit einem noch namenlosen Jungen hatte, und lachte. „Bevor es so weit kommt, muss sich noch eine ganze Menge ändern."

Wes lächelte immer noch, aber sein Lächeln wirkte jetzt beinahe traurig. „Na, diesbezüglich können wir uns ganz sicher sein: Alles verändert sich."

„Was ist denn mit euch los?" Jocies Dad blickte zu ihnen herüber.

„Wir haben nur darüber gesprochen, wie die Dinge sich verändern", sagte Jocie. „Und Wes hat gesagt, dass sich alles verändert. Das tut es doch, oder?"

„Vielleicht nicht alles", antwortete ihr Vater. „Und ganz gewiss nicht Gott. Darauf können wir uns verlassen. Das steht in der Bibel. Richtig, Tante Love?"

Tante Love, die gerade Stephen Lees Rücken tätschelte, damit er ein Bäuerchen machte, blickte auf und zitierte den dazu passenden Bibelvers: „Hebräer 13,8. ‚Jesus Christus gestern und heute und derselbe auch in Ewigkeit.'"

Später schrieb Jocie weiter in ihr Notizbuch.

Ich freue mich darüber, dass manche Dinge sich verändern. Ich freue mich, weil wir mit mehr Leuten um den Weihnachtsbaum herumsitzen. Ich freue mich, weil Dad und Leigh so glücklich aussehen. Ich freue mich darüber, dass Wes immer noch Jupitergeschichten erzählt. Ich freue mich, weil Tabitha und Stephen Lee hier sind. Ich freue mich darüber, dass Tante Love mehr lächelt. Ich freue mich, weil Zeb sich nachts auf meine Füße legt, um mich zu wärmen.

Aber ich bin auch froh darüber, dass manche Dinge sich nicht ändern. Gott zum Beispiel. Oder dass Menschen einander an Weihnachten besonders lieb haben. Dass Dad und Wes mich die ganze Zeit besonders lieb haben. Dass Gott Menschen segnet, auch wenn sie gar nicht wissen, welchen Segen sie brauchen. Alles Gute zum Geburtstag, Jesus!

20

Leigh konnte sich nicht erinnern, jemals so glücklich gewesen zu sein. Vielleicht war sie noch nie so glücklich gewesen. Obwohl sie sich die Lunge aus dem Leib hustete und aufrecht im Bett sitzen musste, damit sie überhaupt schlafen konnte, war sie glücklich. An diesem Abend könnte nichts sie unglücklich machen. Abgesehen von einer Tragödie, und über Tragödien würde sie heute ganz bestimmt nicht nachdenken.

Sie würde in ihrem Bett liegen – oder vielmehr mit vier Kissen im Rücken sitzen – und all das Gute, was in den letzten beiden Tagen geschehen war, immer wieder gedanklich durchspielen. Vielleicht hatte sie deshalb, als sie klein war, nie die Sachen auf ihrem Weihnachtswunschzettel bekommen, damit sie sich die Erfüllung all ihrer Wünsche für dieses eine wunderbare Weihnachten aufheben konnte.

Sie schwebte geradezu auf einer Wolke der Glückseligkeit. Den ganzen Tag lang war sie bei David zu Hause gewesen. Hatte Tante Love und Tabitha und Jocie geholfen, nachmittags das Weihnachtsessen aufzutischen. Wobei sie eigentlich die meiste Zeit nur zugesehen hatte, da es ihr klüger erschienen war, sich von den Gabeln und Löffeln der anderen fernzuhalten, wo sie doch vor Erkältungsbazillen nur so strotzte. Aber es war gut gewesen, bei den anderen in der Küche zu sein. Zu sehen, wie Tabitha und sogar Jocie Tante Love vor ihrem nachlassenden Gedächtnis bewahrten. Den Frieden zwischen ihnen zu sehen.

Während David das Tischgebet gesprochen hatte, hatte Leigh am Tisch gesessen und sie alle heimlich angesehen. Was für eine bunte Truppe! Jeder von ihnen war ganz unterschiedlich und doch gehörten sie alle zusammen. Sogar Wes. Sie waren eine Familie. Und jetzt war sie auch ein Teil dieser Familie. Sie gehörte zu ihnen. Nichts konnte ihr das vermiesen. Nichts.

Nicht einmal ihre Mutter, die ihr vorgeworfen hatte, ein undankbares Kind zu sein, als Leigh sie an diesem Morgen angerufen hatte, um ihr zu sagen, dass sie zu krank sei, um zum Weihnachtsessen zu Tante Wilma zu gehen. Sie hatte versucht, so krank und mitleiderregend wie möglich zu klingen, aber ihre Mutter hatte es ihr nicht abgekauft.

„Ich wette, du bist nicht zu krank, um zu diesem Prediger zu gehen."

„Das sollte ich nicht", hatte Leigh gesagt und gehustet, um es zu beweisen. Sie hatte nicht gesagt, dass sie nicht gehen würde. Nur, dass sie es eigentlich nicht tun sollte. Sie hatte ihrer Mutter auch nichts von dem Ring erzählt. Zella hatte sie zumindest einen Tag lang zur Verschwiegenheit verpflichtet und sie hoffte, dass Zella ihr Versprechen hielt, denn wenn Mrs Simpson davon erfuhr, würde Leighs Mutter es binnen weniger Minuten ebenfalls wissen. Und es wäre besser, wenn Leigh es ihren Eltern von Angesicht zu Angesicht schonend beibringen könnte.

Schonend beibringen? Was für eine komische Art, das Ganze zu betrachten. Leigh zog eines der Kissen höher hinter ihren Kopf. Man könnte meinen, jemand sei gestorben oder so. Und vielleicht würde es für ihre Mutter auch so sein. Ihr Bild von Leigh musste sterben und wiedergeboren werden. Doch bestimmt würde ihre Mutter sehen, wie glücklich Leigh war. Sie musste doch einsehen, dass es für sie alle nur gut war, wenn Leigh verliebt war und heiratete.

An diesem Morgen hatte ihre Mutter so geklungen, als wäre sie den Tränen nahe. „Es gehört sich, dass eine Tochter an Weihnachten nach Hause kommt und bei ihren Eltern ist."

„Ich komme am Sonntag. Bis dahin bin ich auch nicht mehr so ansteckend. David und ich kommen nach dem Gottesdienst." Es war ihr nicht gelungen, die Freude in ihrer Stimme ganz zu verbergen, als sie Davids Namen ausgesprochen hatte.

„Ich habe ihm kein Geschenk gekauft", hatte ihre Mutter gesagt. „Ich wusste ja nicht, dass er dabei sein würde, wenn wir unsere Geschenke auspacken."

„Das macht ihm nichts aus. Er will euch nur kennenlernen. Ich möchte auch, dass er euch kennenlernt. Und dass ihr ihn kennenlernt."

„Am Sonntag soll es schneien", hatte ihre Mutter gesagt.

„Es ist nur von ein paar Schneeflocken die Rede und es tut mir wirklich leid, dass ich heute nicht dabei sein kann."

„Nein, das tut es nicht." Ihre Mutter hatte verärgert geklungen.

„Du willst bei der Familie dieses Predigers sein. Du tust gerade so, als hättest du keine eigene Familie mehr. Ich hätte nie gedacht, dass ich eine so undankbare Tochter habe."

Leigh hatte den Telefonhörer fester umklammert, während sie tief Luft geholt hatte. Sie hatte die Augen geschlossen und sich daran erinnert, dass Weihnachten war und sie in einer halben Stunde bei David sein würde, dass ihre Mutter sie trotz allem liebte und dass sie ihre Mutter liebte. Dann hatte sie gesagt: „Ich glaube nicht, dass du eine undankbare Tochter hast. Wir sehen uns am Sonntag nach dem Gottesdienst."

„Du könntest früher kommen und mit mir hier in die Kirche gehen. Du weißt doch, dass dein Vater nicht mitgeht." Ihre Mutter war niemand, der so leicht aufgab.

„Aber Tante Wilma kommt und holt dich ab. Ich komme mit David nach dem Gottesdienst", hatte Leigh geduldig gesagt. Sie hatte die Hand ausgestreckt und den Ring betrachtet, der an ihrem Finger glitzerte. Dabei hatte sie an Davids Mutter gedacht, die den Diamanten einmal getragen hatte. Hätte sie Leigh gemocht? Hätte sie sich für ihren Sohn gefreut? „Frohe Weihnachten, Mutter. Ich sehe dich und Dad am Sonntag."

Ihre Mutter hatte nicht Frohe Weihnachten gesagt. Sie hatte einfach aufgelegt. Ein paar Minuten lang war Leigh geknickt gewesen, aber dann hatte das Wunder ihres Glücks sie wieder auf Wolke sieben befördert. Wolke sieben war gar kein schlechter Ort, den niemand auf dem Brookeschen Hauptbahnhof, wie Wes Davids Zuhause manchmal nannte, ihr neidete. Sie waren alle froh darüber, dass es sie gab. Darüber, dass David ihr den Diamanten seiner Mutter in einer neuen Fassung geschenkt hatte. Es war ein fast vollkommener Tag gewesen, nur dass sie Stephen Lee nicht auf dem Arm hatte halten können.

Leigh war noch vor Einbruch der Dunkelheit zu Hause gewesen. Und jetzt war sie erschöpft. Doch selbst wenn sie nicht so furchtbar erkältet gewesen wäre, hätte sie nicht schlafen können, denn dafür war sie viel zu aufgeregt. Sie legte die Hand auf die andere Seite des Bettes und dachte daran, dass sie nächste Weihnachten die Hand würde ausstrecken und David berühren können, der neben ihr liegen würde.

Irgendwann musste sie doch eingeschlafen sein, denn als das Telefon klingelte, schreckte sie auf. Das Herz schlug ihr bis zum Hals, während sie aus dem Bett sprang und in die Küche rannte, um das schrille Klingeln zu beenden. Als sie das Licht anschaltete, warf sie einen kurzen Blick auf die Uhr. Es war noch gar nicht so spät. Erst elf Uhr. Nur weil sie schon geschlafen hatte, bedeutete das nicht, dass jemand mit schlechten Nachrichten anrief. Vielleicht war es ihre Mutter, die doch noch Frohe Weihnachten sagen wollte, bevor der Tag vorüber war, damit sie den Weihnachtstag nicht im Streit beendeten. Oder David. Das war eher wahrscheinlich. David, der anrief, um Gute Nacht zu sagen.

Sie lächelte, als sie den Hörer abnahm. „Hallo?"

„Oh, habe ich Sie geweckt?"

Es war nicht David. Leigh erkannte die Stimme nicht. „Es tut mir leid. Ich glaube, Sie haben sich verwählt", sagte sie.

„Sie sind doch Leigh, oder? Die Leigh mit den Augen, die so blau sind wie ein wolkenloser Sommerhimmel."

„Wer ist da?" Mit einem Mal war Leigh hellwach. Etwas an der Stimme bereitete ihr Unbehagen. Etwas brachte sie dazu, zu dem dunklen Fenster über der Spüle hinüberzublicken, als könnte sie Augen sehen, die sie anstarrten. Vor dem Fenster waren keine Vorhänge. Das war nicht nötig, weil sie im zweiten Stock wohnte und gegenüber keine Häuser mit entsprechenden Fenstern waren. Ihr Spiegelbild starrte sie an, blass und durch die Scheibe verzerrt.

Der Mann am anderen Ende der Leitung lachte leise. „Erkennen Sie nicht die Stimme Ihres heimlichen Verehrers?"

„Nein, tue ich nicht." Das war nicht gelogen. Sie hatte seine Stimme nicht erkannt, bis er ihr diesen Hinweis gegeben hatte. Es war Edwin Hammond. Natürlich. Er rief an, um sich zu den Rosen zu bekennen. „Und es ist zu spät am Abend, um am Telefon Spielchen zu spielen."

„Ich spiele keine Spielchen. Ich spiele niemals Spielchen. Dafür ist das Leben viel zu ernst, meine Liebe."

„Wenn Sie nicht sagen, wer Sie sind, lege ich auf." Sie hätte ihn nicht warnen, sondern einfach auflegen sollen. Schließlich musste sie nicht hier stehen und mit ihm reden, nur weil seine Finger ihre

Nummer gewählt hatten. Nur weil er Geld für Rosen ausgegeben hatte, die sie nicht hatte haben wollen.

„Sie wissen, wer ich bin. Ed."

„Ed?" Leigh wollte nicht zugeben, dass sie wusste, wer er war.

„Edwin Hammond." Er klang verärgert, weil er seinen ganzen Namen sagen musste.

„Ach so, Edwin", sagte Leigh, als wäre ihr gerade erst bewusst geworden, wer er war.

„Ihr heimlicher Verehrer."

„Wie nett von Ihnen, so etwas zu sagen. Und die Rosen waren sehr schön. Aber Sie hätten sie nicht schicken sollen. Wie es der Zufall will, bin ich bereits vergeben."

„Vergeben?" Edwin lachte. „Was für ein merkwürdiges Wort. Vergeben. Vergeben an den alternden Herausgeber-Strich-Prediger? Was das Vergeben betrifft, ist er ja sicher Spezialist. Aber ich könnte Ihnen ganz andere Dinge bieten. Freudentaumel. Liebesglut."

„Leben Sie wohl, Edwin. Und rufen Sie nicht wieder an." Sie ließ ihre Stimme ruhig und unaufgeregt klingen, so wie sie es tat, wenn einer ihrer Kunden beim Amt sich lautstark darüber beschwerte, dass er zu viel Steuern auf dieses oder jenes Auto zahlen musste, das er gekauft hatte.

„Warum? Haben Sie Angst, mit mir zu sprechen? Angst, dass ich Gefühle in Ihnen wecken könnte, die Ihre kleine Welt verwandeln? Die Sie in die Frau verwandeln, die Sie sein könnten?"

Noch während er redete, nahm Leigh den Hörer vom Ohr und legte auf. Sie konnte sich nicht daran erinnern, dass sie jemals zuvor aufgelegt hatte, während der andere sprach. Einige Sekunden lang starrte sie das Telefon an, bis es, wie sie befürchtet hatte, wieder zu läuten begann. Sie zählte die Klingeltöne. Als sie bis elf gezählt hatte, fiel ihr Mrs Simpson ein und sie nahm den Hörer ab, ohne ihn jedoch ans Ohr zu heben. Sie drückte einfach auf die Gabel, um die Verbindung zu unterbrechen, und legte den Hörer dann auf den Tisch. Vor morgen früh musste sie niemand erreichen können. Und falls ihre Mutter sie doch bei irgendeinem Notfall brauchte, würde sie umgehend Mrs Simpson anrufen, wenn Leigh nicht ans Telefon ging.

Das Telefon tutete, aber das würde bald aufhören. Und wenn

nicht, war es ihr auch egal. Sie würde heute Abend nicht noch einmal mit Edwin Hammond sprechen.

Als Leigh im Fenster über der Spüle ihr Spiegelbild sah, fröstelte sie. Dabei war es nicht kalt. Trotzdem stellte sie den Thermostaten etwas höher, als Weihnachtsgeschenk an sich selbst. Sogar der Fußboden unter ihren nackten Füßen fühlte sich nicht kalt an. Diese Kälte kam von innen – von Edwin Hammonds Stimme, die in ihrem Ohr widerhallte. Leigh wusste nicht, was an dem Mann sie so beunruhigte. Sie kannte ihn kaum. Hatte nur einmal mit ihm gesprochen, damals im Restaurant. Zweimal, wenn man den Anruf mitzählte. Zweimal zu viel.

Sie schaltete das Licht aus und fühlte sich augenblicklich besser, als sie im Dunkeln stand. Verborgen vor irgendwelchen Augen. Wieder lief ihr ein Schauer über den Rücken.

„Sei nicht albern." Ihre Stimme kam ihr im Dunkeln laut vor. „Niemand kann dich sehen. Du bist in deiner Küche. In deiner Wohnung. Dir kann gar nichts passieren."

Aber bevor Leigh wieder zu Bett ging, sah sie nach, ob ihre Wohnungstür abgeschlossen war. Sie wusste nicht, wann sie sich das letzte Mal Gedanken darüber gemacht hatte, ob die Tür verschlossen war oder nicht. Sie wohnte in Hollyhill. Viele Leute schlossen ihre Türen nie ab. Wahrscheinlich wussten sie nicht einmal, wo ihre Haustürschlüssel waren. Leigh drehte den Knauf der Tür. Und dann schob sie einen Stuhl darunter.

21

Schneeflocken fegten vor dem Auto über die Straße, als David und Leigh am Sonntagnachmittag zu Leighs Eltern fuhren. Der Abendgottesdienst fiel in dieser Woche aus und David hatte ausnahmsweise auch den Nachmittag frei. Niemand erwartete oder wünschte sich einen Besuch des Pastors zwei Tage nach Weihnachten.

Außerdem wussten die Mitglieder von Mt. Pleasant, dass ihr Pastor an diesem Tag etwas anderes im Kopf hatte. Die Gemeinde hatte förmlich gejubelt, als er im Morgengottesdienst erzählt hatte, dass er Leigh um ihre Hand gebeten hatte. Ein paar Frauen hatten sogar „Amen" gesagt. Nicht leise, sondern richtig laut. David hatte noch nie zuvor gehört, dass eine Frau in seiner Gemeinde während des Gottesdienstes laut Amen gesagt hatte. Miss Sally war keine von ihnen gewesen, aber ihrer Miene nach zu urteilen, hatte sie es bestimmt in ihrem Herzen gerufen.

David war froh, dass er die Nachricht nicht vor der Predigt verkündet hatte, sonst wäre das, was er über ein Leben für Gott gesagt hatte, völlig untergegangen. Wobei die Leute sowieso nicht viel davon mitbekommen hatten, weil die meisten den Ring schon entdeckt und die Neuigkeit gewusst hatten, bevor der Gottesdienst losgegangen war.

Er hatte Leigh gebeten, mit ihm nach vorne zu gehen, nachdem die Einladung zum Glauben gesungen und das letzte Gebet gesprochen war. Sie war errötet, hatte aber glücklich ausgesehen. Und wunderschön! Nach dem Segen waren alle nach vorne gekommen, um sie beide zu umarmen. Selbst Ogden und Lela Martin. Und Miss Sally hatte ihn umarmt, gelacht und dann gleich noch einmal umarmt.

Jetzt waren sie auf dem Weg nach Grundy, damit David endlich Leighs Eltern kennenlernte. Es war das erste Mal seit seinem Heiratsantrag an Heiligabend, dass sie ungestört waren.

Während sie Hollyhill hinter sich ließen, streckte David den Arm aus und ergriff Leighs Hand. „Willst du mich immer noch heiraten, jetzt, wo du einen kleinen Vorgeschmack auf das Leben als Predigergattin bekommen hast?"

„Du meinst, indem ich mit dir nach vorne gegangen bin, damit wir allen die Neuigkeit verkünden konnten? Wahrscheinlich war ich so rot wie eine Tomate. Ich erröte nun mal schnell, aber es hat mir nichts ausgemacht. Wer kann sich schon über Umarmungen beschweren? Die Leute waren wunderbar. Sie haben sich für dich gefreut. Und für mich."

„Sie sind gute Menschen, aber wie du selbst gesagt hast, wollen sie alles wissen, was die Hochzeit betrifft", gab David zu bedenken.

„Das finde ich in Ordnung. Ich wollte immer eine große Familie haben. Natürlich hatte ich schon vorher das Gefühl, zu deiner Gemeindefamilie zu gehören. Seit dem Sonntag, als ich zum ersten Mal im Gottesdienst war, waren alle wirklich lieb zu mir." Leigh drückte seine Hand und lachte dann. „Weißt du noch, wie ich mir einmal das Kleid in der Wagentür eingeklemmt hatte? Ich kam mir wie ein völliger Tollpatsch vor."

„Und ich kam mir wie ein Glückspilz vor, weil ein Mädchen wie du mir schöne Augen gemacht hat. Und zu meiner Gemeinde gehören wollte."

„Die Gemeinde ist mir wirklich ans Herz gewachsen", sagte Leigh. „Aber ich muss gestehen, dass ich anfänglich nicht unbedingt ihretwegen gekommen bin. Ich habe getan, was ich konnte, damit du mich bemerkst, und ich wusste, dass du mir nach dem Gottesdienst am Ausgang die Hand würdest schütteln müssen."

„Und was für eine schöne Hand das ist." David hob Leighs Hand und küsste ihre Finger.

Der Schnee fiel jetzt dichter und dicke Schneeflocken klatschten auf die Windschutzscheibe. David ließ Leighs Hand los, um die Scheibenwischer einzuschalten. Leigh klang ein bisschen besorgt, als sie fragte: „Meinst du, die Straßen werden glatt?"

„Viel Schnee haben sie eigentlich nicht vorhergesagt. Nur Schneetreiben."

„Das ist aber ganz schön viel Schneetreiben. Der Boden ist schon ganz weiß."

„Aber auf der Straße bleibt er nicht liegen."

„Das könnte ja noch kommen", gab Leigh zu bedenken. „Vielleicht sollten wir umdrehen."

„So schlimm ist es noch nicht. Und wir wollen doch deine Mutter nicht enttäuschen."

„Dafür ist es vielleicht sowieso schon zu spät", erwiderte Leigh.

David sah zu ihr hinüber und runzelte die Stirn. „Was meinst du damit?"

„Ach, ich weiß nicht. Wahrscheinlich hätte ich das nicht sagen sollen." Sie wandte den Blick ab und sah auf ihre Hände hinunter, die auf ihrem Schoß lagen.

David blickte wieder auf die Straße. Er hatte schon den ganzen Tag das Gefühl, dass Leigh etwas auf dem Herzen hatte, obwohl sie lächelte und wiederholt gesagt hatte, es sei alles in Ordnung. Er wusste, dass sie nervös war, was sein Zusammentreffen mit ihren Eltern anging. Er war selbst etwas nervös, weil er befürchtete, sie würden ihn als zukünftigen Schwiegersohn ablehnen, und er hätte sogar verstehen können, warum. Erstens war er geschieden. Ein nicht zu leugnender Beweis dafür, dass er schon einmal in der Ehe versagt hatte. Er glaubte zwar nicht, dass diese Ehe ebenfalls scheitern würde – nicht mit Leigh als seiner Braut –, aber ihre Eltern hatten keinen Grund, das zu glauben. Außerdem war er deutlich älter als Leigh und schon Großvater. Zu allem Überfluss verdienten Prediger nicht viel Geld. In den meisten Jahren lebten sie vom Gottvertrauen. Das Einzige, was er Leigh tatsächlich bieten konnte, waren seine Liebe und unerschütterliche Hingabe. Und vielleicht würden ihre Eltern das nicht für ausreichend halten.

Die Scheibenwischer, die den Schnee von der Windschutzscheibe schoben, durchbrachen monoton die Stille, die zwischen ihnen immer spürbarer wurde. Als David ein Stück weiter einen Weg entdeckte, bog er kurzentschlossen von der Straße ab.

„Drehen wir um?", fragte Leigh und blickte in den Schnee hinaus.

„Nein. Wir müssen reden."

„Oh." Sie sah David an und blickte dann wieder auf ihre Hände. „Worüber denn?"

„Das frage ich dich. Irgendetwas macht dir zu schaffen, und wenn dir etwas zu schaffen macht, macht es mir auch zu schaffen." Er drehte sich auf seinem Sitz zur Seite, ergriff ihre Hände und zog sanft daran, bis Leigh sich ihm zuwandte. „Ich möchte, dass wir eins sind, so wie es in der Bibel steht. Herz und Seele und Verstand.

Das kann nicht funktionieren, wenn wir unsere Probleme voreinander verbergen. Also sag mir, was los ist."

„Eigentlich ist nichts los." Sie erwiderte seinen Blick. „Meine Mutter ist nur nicht gerade begeistert darüber, dass ich dich liebe."

„Das ist verständlich. Ich bin schließlich nicht der ideale Kandidat für den Job als Schwiegersohn."

„Du bist mein idealer Kandidat für den Job als Ehemann." Leighs Miene war einen Moment lang weicher, als sie das sagte, aber dann trat wieder der besorgte Ausdruck auf ihr Gesicht. „Ehrlich gesagt weiß ich nicht, was sie heute zu dir sagen werden. Die meiste Zeit bin ich mir ja nicht einmal sicher, was sie zu *mir* sagen werden. Ich meine, ich weiß, dass sie mich lieben, aber manchmal merke ich das kaum, wenn ich mit ihnen zusammen bin. Es ist nicht so wie in deiner Familie."

„Das hoffe ich doch. Unsere Familie ist manchmal das reinste Irrenhaus."

„Aber ein schönes Irrenhaus. Ein glückliches." Leighs Blick wanderte wieder zum Schnee hinaus. „Meine Eltern nörgeln ständig aneinander herum."

„Das tut mir um ihretwillen leid", sagte David. „Aber du brauchst dir meinetwegen keine Sorgen zu machen. Ich habe ein dickes Fell. Und so schlimm können sie gar nicht sein, wenn sie eine wundervolle Tochter wie dich großgezogen haben."

Leigh hatte Tränen in den Augen, als sie ihn ansah. „Danke, David."

„Wofür?"

„Dafür, dass du mich liebst."

„Gern geschehen." David blickte sie prüfend an. „Und gibt es noch irgendetwas, das du mir nicht erzählt hast?"

„Du hast mir auch nicht alles erzählt", gab Leigh zurück.

„Noch nicht, aber das werde ich noch. Irgendwann wirst du es so leid sein, dir meine Probleme anzuhören, dass du dir Ohrstöpsel wünschst." David lächelte.

„Das bezweifle ich, aber gut, es gibt noch etwas." Leigh holte tief Luft.

„O-oh. Das klingt nicht gut. Du machst doch keinen Rückzieher, oder?"

„Nein, niemals. Aber du musst mir versprechen, dass du dich nicht aufregst."

„Wie kann ich dir das versprechen, wenn ich nicht weiß, worüber ich mich nicht aufregen soll?"

„Edwin Hammond."

„Edwin Hammond? Was ist mit ihm? Hat er dir noch mehr Rosen geschickt?" David versuchte, nicht missmutig zu klingen, aber er fühlte sich so.

„Nein, er hat mich angerufen."

„Was wollte er denn?"

„Ich weiß nicht. Mir sagen, dass er die Rosen geschickt hat, vermute ich. Ich kenne den Mann kaum, aber irgendetwas an ihm macht mich nervös. Selbst am Telefon."

„Soll ich ihn anrufen und ihm sagen, er soll dich in Ruhe lassen?", schlug David vor. Erst hatte der Mann seine Tochter auf dem Kieker und jetzt verfolgte er die Frau, die er liebte. Wollte Gott Davids Fähigkeit testen, sich zu beherrschen? Die andere Wange hinzuhalten?

„Nein, nein. Ich habe ihm schon gesagt, dass er nicht noch mal anrufen soll. Und jetzt, wo du weißt, dass er angerufen hat, fühle ich mich auch besser. Jetzt kann ich mir wieder Sorgen darüber machen, was für schreckliche Dinge meine Eltern bestimmt zu dir sagen werden. Und darüber, dass wir bei diesem Schnee in den Graben rutschen könnten." Sie lächelte und beugte sich vor, um ihm einen schnellen Kuss zu geben. „Du musst mir versprechen, dass ich den Ring auf jeden Fall behalten darf."

„Er gehört dir. Ich gehöre dir. Für immer."

Als sie bei Leighs Elternhaus in Grundy ankamen, lagen mindestens zwei Zentimeter Neuschnee. Auf dem Weg zur Tür hakte Leigh sich bei David unter. „Können wir nicht einfach nach Hollyhill zurückfahren? Bitte!"

„Nicht, bevor ich meine zukünftigen Schwiegereltern kennengelernt habe", sagte David und betätigte die Klingel.

Drinnen zog Leigh nach dem Hin und Her von Begrüßungen den Mantel aus und lehnte sich währenddessen zu David hinüber, um ihm zu flüstern: „Bringen wir es hinter uns."

Sie wandte sich wieder ihren Eltern zu und streckte die Hand aus, um ihnen den Ring zu zeigen. Mrs Jacobson stieß einen kleinen Schrei aus, der kein bisschen erfreut klang, und sank dann auf die Couch, als würde sie gleich ohnmächtig werden, während Mr Jacobson David ansah und sagte: „So, so. Sie haben ihr also einen Antrag gemacht. Wie alt sind Sie eigentlich genau?“

„Dad!“, rief Leigh. „Du vergisst deine Manieren.“

Der Mann lachte. „Du hättest ihn warnen sollen, dass ich keine Manieren habe. Aber keine Sorge, er darf für das Essen beten, sobald deine Mutter sich zusammengerissen hat. Catherine, wenn wir uns nicht bald an den Tisch setzen, ist das Essen hin.“

David betete sowieso schon. Er war sich immer noch nicht sicher, was er zuerst sagen oder tun sollte. Leigh strich ihrer Mutter übers Haar und redete leise mit ihr, während die Frau halb wimmerte, halb stöhnte. „Komm schon, Mutter, nimm es dir nicht so zu Herzen. Das ist doch eine wunderbare Nachricht. Du solltest dich für mich freuen.“

„Soll ich ihr ein Glas Wasser holen?“, bot David an.

„Das wird nichts nützen, es sei denn, Sie wollen es ihr ins Gesicht schütten. Das hilft vielleicht“, sagte Mr Jacobson.

David wusste nicht, was er darauf erwidern sollte. Vielleicht hätte er Leigh bitten sollen, ihm etwas mehr über ihre Eltern zu erzählen. Sie hatte ihm gesagt, dass ihre Mutter ein Gewichtsproblem hatte und dass Schuldgefühle ihre Hauptwaffe waren, um Leigh unter Kontrolle zu halten. Ihr Vater, hatte sie David gesagt, sei im Ruhestand und spiele viel Golf. Das war so ziemlich alles, abgesehen davon, dass sie ihm vorhin im Wagen erzählt hatte, dass sie immerzu stichelten.

Leigh warf einen Blick über ihre Schulter und sah ihren Vater strafend an. „Sei nicht so gemein, Dad.“

„Ich bin nicht gemein. Nur ehrlich. Prediger predigen doch, dass man ehrlich sein soll, oder? Du sollst nicht lügen. Das steht doch in der Bibel, oder, Prediger?“, sagte Mr Jacobson.

„Das stimmt“, bestätigte David.

„Aber ich wette, Sie lügen auch manchmal. Wahrscheinlich werden Sie es heute mehrmals tun. Höfliche kleine Lügen, zum Beispiel, dass es schön ist, uns kennenzulernen. So bin ich nicht. Ich finde, man sollte die Wahrheit sagen, egal was kommt.“

„Gut", sagte David. „Mir gefällt es, wenn ein Mann die Dinge beim Namen nennt. Dann braucht man nicht zu raten, was er denkt. Man weiß es."

„Ist das eine Ihrer höflichen kleinen Lügen, Reverend?"

„Nein. Nur die Wahrheit, so direkt, wie Sie sie gerne haben."

Mr Jacobson lächelte. „So, so, Leigh. Vielleicht hast du ja doch das richtige Händchen gehabt. Solange er nicht versucht, mich zu bekehren."

„Damit warte ich immer bis zum zweiten Besuch", sagte David.

„Sie sind also einer von diesen Predigern, die gerne einen Witz machen, he?" Der Mann schlug David auf die Schulter und lachte wieder. Dann sah er Mrs Jacobson an. „Also gut, Catherine, jetzt wissen alle, dass du unglücklich bist. Aber ich habe Hunger. Lass uns essen."

Mrs Jacobson setzte sich auf und funkelte ihn an. „Du kannst an nichts anderes denken als ans Essen. Für dich zählt nur, was du willst. Keinen Gedanken verschwendest du daran, wie es mir geht."

„Bitte, Mutter. Fang nicht an zu streiten", sagte Leigh.

„Ich? Er hat doch angefangen", gab Mrs Jacobson zurück.

„Ich habe nur gesagt: Lasst uns essen." Mr Jacobson setzte eine unschuldige Miene auf. „Ich dachte, du könntest immer essen."

Eins stand fest: Der Mann wusste, wie er seine Frau auf die Palme bringen konnte. Aber die Verärgerung half ihr offensichtlich, sich zusammenzureißen, denn sie mühte sich ab, aus den weichen Sofakissen aufzustehen. Als sie stand, sagte sie mit eisiger Stimme: „Das Essen ist fertig."

Die Unterhaltung bei Tisch war steif. Sie redeten viel darüber, wie lecker das Essen war, und darüber, wie viel es schneite oder an den vergangenen Weihnachtsfesten geschneit hatte. Sie sprachen überhaupt nicht über die Verlobung. Nachdem sie von Mrs Jacobsons vorzüglicher Schichttorte gegessen hatten, öffneten sie die Geschenke. Es gab keine Aufregung, kein Papier wurde aufgerissen und auf den Boden geworfen, so wie es am Weihnachtsmorgen bei Davids Familie gewesen war. Mr Jacobson schnitt jedes Stück Tesafilm sorgfältig mit einem kleinen silbernen Taschenmesser durch, bevor er das Papier zurückschlug. Mrs Jacobson gelang es, ihre Geschenke ebenso ordentlich zu öffnen, indem sie das Klebeband mit den Fingernägeln durchtrennte. Beide schienen sich mehr dafür zu interessieren, die Verpackung aufzuheben, als für den Inhalt der Päckchen.

Irgendwann waren alle Geschenke ausgepackt. Nachdem Mrs Jacobson das letzte Blatt Geschenkpapier zusammengefaltet hatte, machte sich ein Gefühl der Erleichterung breit. David saß am Rand und fragte sich, wie aus diesem Haus voller Nörgelei und Zank eine Frau so voller Lachen und Liebe hatte hervorgehen können.

„So, das hätten wir", sagte Mr Jacobson. „Wie wäre es jetzt mit noch einem Stück Torte und einem Kaffee, Catherine? Vielleicht will der Prediger hier auch welchen."

„Kaffee wäre nett, aber essen kann ich wirklich nichts mehr", sagte David.

„Vielleicht können wir ein paar Stücke von dem Kuchen mit nach Hause nehmen", sagte Leigh. Sie ging zur Tür und schaltete das Licht auf der Veranda an, damit sie besser aus dem Fenster sehen konnte. „Es schneit immer noch. Wahrscheinlich wäre es klug, wenn wir uns bald auf den Weg machen, bevor es zu schlimm wird.

„Ihr könntet auch hier übernachten", sagte Mrs Jacobson, während sie David mit einem Blick bedachte, der ausdrückte, dass sie es am liebsten sähe, wenn er irgendwo in einer Schneewehe verloren ginge.

„Das ist ganz lieb von dir, Mutter, aber wir müssen zurück. Wir müssen doch beide morgen wieder arbeiten. Und ich glaube, wenn wir jetzt fahren, sind die Straßen noch in Ordnung. Meinst du nicht, David?"

„Ich glaube nicht, dass der Schnee uns Probleme bereiten wird", sagte David. Der Schnee hätte einen Meter hoch liegen können, er hätte dasselbe gesagt. Es war eine dieser kleinen Lügen, von denen Mr Jacobson vorhin gesprochen hatte, aber diese hatte überhaupt nichts mit Höflichkeit zu tun. Hier ging es ums nackte Überleben.

Als Mrs Jacobson etwas einwenden wollte, fiel Mr Jacobson ihr ins Wort. „Sie wollen nicht bleiben, Catherine. Wenn sie von der Straße rutschen und im Graben landen, muss der Herr Prediger sie eben wieder rausbeten."

Mrs Jacobson presste die Lippen zusammen und ging in die Küche, um das Essen einzupacken, das sie Leigh mitgeben wollte.

Wenigstens würden sie genug zu essen haben, wenn sie im Schnee feststecken sollten. Nachdem sie ihre Mäntel angezogen hatten und Leigh ihre Eltern umarmt hatte, schüttelte David zuerst Mr Jacobson die Hand und nahm dann Mrs Jacobsons Hand. Er versuchte, ihr in die Augen zu sehen, aber sie starrte Löcher in seinen Brustkorb. „Ich liebe Ihre Tochter, Mrs Jacobson, und ich werde alles tun, was in meiner Macht steht, um sie glücklich zu machen."

Endlich begegnete sie seinem Blick. „Sie wird nicht glücklich sein, wenn sie keine Babys hat. Keine Frau ist ohne Kinder glücklich."

„Mutter!", brachte Leigh heraus.

David lächelte weiter. „Das müssen Leigh und ich entscheiden, aber ich kann auf jeden Fall verstehen, dass Sie gerne ein Enkelkind hätten."

„Das können Sie wohl. Schließlich haben Sie schon eins", erwiderte Mrs Jacobson.

„Und er ist ein Segen. Ein Geschenk Gottes. So wie Ihre Tochter es für mich ist."

Da Mrs Jacobson nicht zu wissen schien, was sie darauf antworten sollte, sprang Leigh zwischen sie und drückte ihre Mutter noch einmal. „Es war wunderbar, Mutter. Dieses Weihnachten werde ich nie vergessen."

Und dann traten sie zur Tür hinaus und gingen durch den Schnee, der ihre Schuhspitzen bereits bedeckte, zum Auto. Der Schnee knirschte unter den Wagenrädern, als David vorsichtig aus der Auffahrt zurücksetzte. Er betete, dass er nicht gleich vor dem Haus von Leighs Eltern in den Graben rutschen würde. Als sie wieder auf die Hauptstraße kamen, sahen sie, dass der Asphalt noch ziemlich schneefrei war. Viel Verkehr herrschte auch nicht. Nur hin und wieder ein Auto. Noch ein paar Idioten, die aus dem Haus ihrer zukünftigen Schwiegereltern flohen.

David konzentrierte sich auf die Fahrt, wobei er jedes Rutschen der Räder bemerkte, aber Leighs Schweigen im Dunkeln neben ihm war ihm trotzdem sehr bewusst. Er warf ihr einen kurzen Blick zu. „Alles in Ordnung?"

„Es tut mir leid, David. Sie waren sogar noch schlimmer, als ich befürchtet hatte."

„Deine Mutter war nicht besonders glücklich über unsere Neuigkeit, aber weißt du, ich heirate ja dich und nicht deine Mutter. Ich heirate dich und du freust dich über unsere Neuigkeit."

„Das tue ich." Plötzlich fing Leigh an zu lachen.

„Worüber lachst du?", fragte David.

„Ich weiß nicht. Uns. Sie. Den Schnee. Alles. Ich muss immer lachen, wenn ich ihr Haus verlasse. All das Lachen, das ich dort nicht herauslassen kann, staut sich in mir an und dann muss ich es einfach loswerden."

Also lachten und beteten sie ihren Weg durch den Schnee zurück nach Hollyhill.

22

Zella mochte keinen Schnee. Nicht einmal an Weihnachten. Das einzig Gute an weißer Weihnacht war das Lied mit dem gleichlautenden Titel. Außerdem war schon fast nicht mehr Weihnachten. Zum Glück. Die Leute machten viel zu viel Aufhebens um Weihnachten.

Nicht, dass es für Christen nicht ein besonderes Fest gewesen wäre, aber sie hatte mal irgendwo gelesen, dass Bibelwissenschaftler sagten, Jesus sei gar nicht am Weihnachtstag zur Welt gekommen. Auf dem Dach des Stalls habe kein Schnee gelegen. Angeblich hatte jemand das Datum willkürlich ausgesucht. Weil da ohnehin schon ein Feiertag gewesen war, an dem gefeiert wurde, dass die Sonne der Erde wieder näherkam oder so. Als hätten die Leute damals überhaupt gewusst, was die Sonne machte. Immerhin hatten sie geglaubt, die Erde wäre flach wie ein Pfannkuchen.

Also, wer wusste das alles schon so genau und – wie David sagte – was spielte es überhaupt für eine Rolle? Das Wichtigste war, dass Jesus geboren worden war. Es gab immer Leute, die versuchten, einen guten Christen durcheinanderzubringen. Man musste entscheiden, was richtig war. Indem man in der Bibel las und betete, natürlich, aber dann musste man einfach daran festhalten.

Eins war sicher: Jede Schneeflocke draußen hielt sich fest. Am Boden nämlich. Auf dem Weg zu ihrem Haus lagen schon fünf Zentimeter von dem weißen Zeug. Es war wirklich lästig. Nicht, dass die Baptistengemeinde wegen etwas Schnee die Gottesdienste abgesagt hätte. Oder weil Familien über Weihnachten zusammen waren. Das hatte Davids Gemeinde heute getan. Einfach den zweiten Gottesdienst abgesagt. Was war denn damit, dass man als Gemeindefamilie zusammenkam? Man sollte sonntags zweimal in die Kirche gehen. Das war für jeden eine Christenpflicht.

Aber sie konnte schlecht durch all den Schnee zur Kirche stapfen und fahren konnte sie nun wirklich nicht. Sie hatte nie die Notwendigkeit gesehen, Winterreifen zu kaufen. So oft schneite es nun auch wieder nicht und in Hollyhill konnte sie zur Not überall zu

Fuß hingehen. Doch wenn es weiter so schneite, würde der Schnee ihr später, wenn der Gottesdienst zu Ende war und sie nach Hause laufen musste, womöglich oben in die Stiefel geraten.

Deshalb hatte sie Gertie angerufen. Gertie fuhr einen Volkswagen. Er sah aus wie eine Art gelber Käfer und man hatte darin keinen Platz für die Knie, aber Schnee meisterte er ohne Probleme. Gertie war fast achtzig und fuhr manchmal verkehrt herum durch Einbahnstraßen, aber es sollte in Hollyhill sowieso keine Einbahnstraßen geben. Man konnte doch einfach zurücksetzen, wenn es an einer Stelle für zwei Autos zu eng war. Das hatten sie jahrelang so gemacht, bevor Buzz Palmor Bürgermeister geworden war und beschlossen hatte, dass Hollyhill modernisiert werden musste.

Nicht, dass sie ihn deswegen nicht mehr wählen würde. Das musste sie praktisch. Sie war mit seiner Schwester zur Schule gegangen und kannte Buzz, seit er sich als kleiner Knirps die Nase an seinem Ärmel abgewischt hatte. Und sie konnten sich immer darauf verlassen, dass er in den Wahljahren Anzeigen im *Banner* schaltete, auch wenn niemand gegen ihn antrat. Trotzdem musste sie nicht mit allem, was er tat, einverstanden sein.

Zella blickte auf die Uhr. Es wurde langsam Zeit, dass sie sich fertig machte. Sie wusch ihre Teetasse in der Spüle aus und stellte sie zum Trocknen ab. Gerade als sie Mantel und Stiefel aus der Kammer holte, klopfte es an der Tür. Zella runzelte die Stirn. Das war merkwürdig. Gertie kam nie an die Tür. Sie hupte immer mehrmals, bis Zella herauskam. Vermutlich war ihre Hupe kaputt.

Normalerweise lugte Zella immer aus dem Fenster, um zu sehen, wer vor ihrer Tür stand, bevor sie aufmachte, aber sie stand genau neben der Tür und die arme Gertie war mit Sicherheit schon halb eingeschneit. Also zog sie einfach die Tür auf.

Es war nicht Gertie. Zella war zu überrascht, um die Tür zuzuschlagen. Auf ihrer Schwelle stand ein junger Mann. Kaum mehr als ein Junge eigentlich. Er hatte keinen Hut auf und so hingen in seinem kurzen braunen Haar Schneeflocken. Seine Ohren waren von der Kälte ganz rot und er hatte die Hände in seinen Taschen vergraben, während er fröstelnd vor ihr stand. Zella blickte auf seine Schuhe hinunter. Stiefel hatte er auch keine an. Junge Leute waren manchmal wirklich dumm. Lieber erfroren sie, als vernünftige Kleidung zu tragen. Aber abgesehen davon, dass er nicht die richtigen Sachen trug, wirkte der junge Mann recht harmlos.

„Mrs Curtsinger?“, sagte er.

Sie wusste sofort, wer er war, aber sie war noch nicht bereit, es zuzugeben. „*Miss* Curtsinger“, sagte sie mit Nachdruck. „Kann ich etwas für Sie tun?“

„Das hoffe ich“, sagte er.

„Sind Sie im Schnee stecken geblieben?“ Zella spähte an ihm vorbei auf das fremde Auto, das genau dort auf der Straße stand, wo Gertie jeden Augenblick vorfahren würde. „Ich könnte jemanden für Sie anrufen.“

„Nein, nein, ich stecke nicht fest. Ich komme wegen Wesley Green. Kann ich reinkommen?“

Sie wollte Nein sagen. Wollte ihm sagen, er solle nach Pelphrey, Ohio, oder wo auch immer er herkam, zurückfahren. Sie kenne keinen Wesley Green. Dann könnte sie die Tür schließen. Aber der arme Junge sah wirklich halb erfroren aus. Und Gertie würde jeden Moment kommen. Wenn er mit ihr zusammentraf und sie sich unterhielten, könnte sie ihm alles Mögliche erzählen. Vielleicht würde Gertie auch auffallen, dass es Wesleys Augen waren, die sie aus dem Gesicht des Jungen ansahen. Es war also besser, wenn Zella ihn hereinbat, damit niemand ihn sah. Natürlich stand sein Wagen draußen, aber der konnte schließlich jedem gehören. Und der Schnee würde in Windeseile das Nummernschild bedeckt haben, das verriet, dass das Fahrzeug aus einem anderen Bundesstaat kam.

„Natürlich. Kommen Sie herein, damit ich die Tür schließen kann. Es ist kalt.“ Zella streckte die Hand aus und zog ihn über die Schwelle, bevor sie die Tür zuschlug. Scheinwerfer kamen die Straße herunter, aber zum Glück war es nicht Gertie. Ihr blieben also ein paar Minuten Zeit, um zu überlegen, was sie tun sollte.

Der Junge stand auf ihrem Flickenteppich und der Schnee tropfte von ihm herunter. „Komme ich ungelegen? Wollten Sie ausgehen?“, fragte er. Er warf einen Blick auf ihren Mantel, der über dem Stuhl neben der Tür lag.

„Kirche. Es ist Sonntagabend. Ich war auf dem Weg in die Kirche.“

„Oh, dann komme ich wirklich zu einem ungünstigen Zeitpunkt, aber wenn Sie ein paar Minuten haben, würde ich Ihnen gerne erklären, warum ich hier bin. Ich bin Robert Green. Ich habe Ihnen vor einigen Wochen geschrieben, erinnern Sie sich?"

„Natürlich erinnere ich mich. Sie glauben doch wohl nicht, dass ich jeden ins Haus lasse?" Zellas Gedanken überschlugen sich im Rekordtempo, aber ihr fiel einfach keine Lösung ein. Sie würde hinausgehen und Gertie sagen müssen, dass es ihr zu sehr schneite, um in die Kirche zu gehen, aber das würde Gertie niemals glauben. Es hatte in den letzten vierzig Jahren nie zu viel geschneit.

Vielleicht könnte sie sagen, sie hätte sich bei Leigh angesteckt. Das könnte sogar stimmen. Sie spürte schon, wie sie Kopfschmerzen bekam. Und wenn sie Gertie erst einmal los wäre, könnte sie sich überlegen, wie sie diesen Jungen so lange verstecken konnte, bis sie eine Idee hatte, wie sie Wesley sagen sollte, dass er einen Enkel hatte. In Hollyhill.

Sie hätte es nicht so lange vor sich herschieben sollen, den Brief des Jungen zu beantworten. Dabei hatte sie wirklich vorgehabt, ihm zu schreiben. Ein paarmal hatte sie das Briefpapier schon in der Hand gehabt, aber es brauchte Zeit, die besten Worte für einen solchen Brief zu finden. Und vor Weihnachten war sie einfach zu beschäftigt gewesen mit allem, was los war. Sie hätte auch nie gedacht, dass er einfach losfahren und vor ihrer Tür auftauchen würde. Junge Leute hatten einfach keine Geduld.

„Nein, natürlich nicht", sagte der Junge. „Sie sehen aus wie eine vernünftige Frau. Wenn Sie mir einfach sagen, wie ich den Wesley Green finden kann, von dem Sie uns geschrieben haben? Dann kann ich mit ihm reden und herausfinden, ob er mein Großvater ist."

„Er ist Ihr Großvater." Zella hatte keine Zeit für Floskeln.

In der Miene des Jungen spiegelte sich eine Mischung aus Überraschung und Verwirrung, als hätte er gerade ein Geschenk ausgepackt, das er sich gewünscht hatte, nur um festzustellen, dass er sich nicht sicher war, was er damit anfangen sollte. „Wie können Sie sich da so sicher sein?"

„Sie sehen genauso aus wie er."

„Ach so, das ist ja fantastisch! Und, wohnt er hier in der Nähe?"

„So einfach ist das nicht", erwiderte Zella. „Sie können nicht einfach bei ihm auftauchen. Er könnte einen Schlaganfall bekommen."

„Er hat sich also von seinem Unfall noch nicht erholt?"

„Noch nicht ganz." Natürlich würde Wesley keinen Schlaganfall bekommen. Das war nur so eine Redewendung, aber Wesley hinkte noch immer von dem Baum, der ihm aufs Bein gefallen war. Also war es keine richtige Lüge.

„Das tut mir leid." Der Junge wirkte besorgt.

Darüber konnte Zella sich jedoch im Moment keine Gedanken machen. Es gab genug andere Dinge, über die sie sich Gedanken machen musste. Zum Beispiel, dass Gertie draußen hupend am Bordstein wartete.

„Ist das jemand, der Sie abholt?", fragte der Junge.

„Ja."

„Ich könnte auch später wiederkommen." Er sah zum Fenster hinaus auf den Schnee. „Gibt es in der Stadt ein Motel?"

„In Hollyhill? Wohl kaum. Sie sind hier nicht in Lexington." Zella seufzte tief. „Bleiben Sie einfach hier und geben Sie mir einen Moment, damit ich Gertie abwimmeln kann. Dann überlege ich mir etwas."

Sie nahm sich nicht einmal die Zeit, Mantel und Stiefel anzuziehen, sondern lief einfach in Hausschuhen den Weg bis zum Bürgersteig hinunter, indem sie in die Fußstapfen des jungen Mannes trat. Als Gertie das Fenster herunterkurbelte, erklärte Zella ihr, dass sie das Gefühl habe, eine Erkältung zu bekommen.

„Kein Wunder." Gertie sah sie missbilligend an. „Was läufst du hier draußen auch ohne Mantel und ohne irgendetwas auf dem Kopf herum! Du wirst dir den Tod holen."

„Ich hätte dich anrufen sollen. Es tut mir leid", sagte Zella. Sie war etwas außer Atem und nicht nur davon, dass sie gerannt war. Allmählich kam sie sich vor wie eine dieser albernen Figuren in den Romanen, die sie so gerne las. Die verhielten sich auch immer, als hätten sie keinerlei Verstand, und gerieten deshalb ständig in Schwierigkeiten. Nicht, dass sie in Gefahr war. Der Junge in ihrem Haus wirkte kein bisschen gefährlich. Und vor Wesley hatte sie auch keine Angst. Selbst wenn sich herausstellen sollte, dass er tatsächlich vor dem Gesetz auf der Flucht war, wie sie schon immer geglaubt hatte.

„Das ist schon in Ordnung. Ich fahre ja sowieso hier vorbei." Gertie legte bei ihrem kleinen Auto den Gang ein. „Wem gehört denn der Wagen dort?“

„Ich bin mir nicht sicher“, erwiderte Zella. Wieder keine richtige Lüge. Sie wusste nicht mit Sicherheit, dass der Wagen dem Jungen gehörte. „Vielleicht ist jemand stecken geblieben. Achte du darauf, dass du heil ankommst.“

„Um mich und die alte Millie hier brauchst du dir keine Gedanken zu machen.“ Gertie klopfte auf das Lenkrad. „Wir haben schon viel Schlimmeres als dieses bisschen Schnee bewältigt.“ Sie begann das Fenster wieder hochzukurbeln. „Geh rein, bevor du erfrierst.“

Erst als Zella sich umdrehte und wieder auf ihr Haus zuging, sah sie, dass sie die Gardinen vor ihrem großen Fenster nicht zugezogen hatte. Der Junge stand hell erleuchtet mitten in ihrem Wohnzimmer.

Zella blickte über die Schulter zu Gertie zurück, aber die richtete den Blick auf die Straße und fuhr los. Vielleicht hatte Gertie den Jungen nicht bemerkt. Immerhin schneite es heftig und Gertie sah in der Ferne nicht mehr so gut wie früher. Vielleicht hatte sie auch gar nicht zum Haus hinübergesehen. Zella bot ohne Mantel und Hut draußen im Schnee immerhin einen ungewöhnlichen Anblick. Sie hätte sich wenigstens einen Schal schnappen sollen. Der Schnee ruinierte ihr mit Sicherheit die Locken.

Zella hielt ihre Hände wie einen Schirm über ihren Kopf und eilte den Weg hinauf. Der Junge musste sie durch das Fenster beobachtet haben, denn er öffnete ihr die Tür. Hatte es das schon einmal gegeben? Dass ihr jemand ihre eigene Haustür öffnete, um sie hereinzulassen?

„Ist alles in Ordnung, Miss Curtsinger?“, fragte er, als sie sich an ihm vorbeidrängte und die Tür zuschlug.

„Mir geht es gut“, sagte sie ein wenig keuchend, während sie den Schnee von ihren Schultern wischte und die Füße aus ihren Filzpantoffeln zog. Wahrscheinlich waren sie hin. Die Zehen ihrer Strumpfhose waren durchnässt und von den Hausschuhen hellblau. Noch bevor sie sich um den Schnee in ihren Haaren kümmerte, ging Zella zum Fenster und riss die Vorhänge zu. Dann berührte sie vorsichtig ihre Haare und versuchte, den Schnee abzuschütteln, ohne ihre Locken zu zerstören, aber die Locken fühlten sich feucht und irgendwie platt an. Es wurde eindeutig immer schlimmer.

„Meinen Sie, Sie könnten meinen Großvater anrufen und ihm sagen, dass ich in der Stadt bin und ihn gerne sehen würde? Vielleicht würde das den Schock ein bisschen abmildern? Vermutlich wäre es besser, als wenn ich aus heiterem Himmel einfach auf der Matte stünde."

„Aus heiterem Himmel? Ich sehe nur Schnee." Zella machte den halbherzigen Scherz, um Zeit zu gewinnen, aber sie fühlte sich besser, als der Junge lächelte. Er sah nett aus. Seine Augen waren freundlich, auch wenn sie aussahen wie die von Wesley.

„Da haben Sie recht, das muss ich sagen, Miss Curtsinger. Es ist ein ganz schöner Schneesturm. Als ich heute Morgen losgefahren bin, hat es kein bisschen geschneit und es wurde noch nicht einmal Schnee vorhergesagt, weder für dort noch für hier."

„Auf Wettervorhersagen kann man sich einfach nicht verlassen", sagte Zella. „Kommen Sie mit in die Küche, dann mache ich Ihnen einen Kakao. Sie mögen doch Kakao, oder?"

„Das klingt wunderbar", erwiderte der Junge.

„Und ziehen Sie die Schuhe aus, damit Ihre Füße trocknen können. Sie wollen schließlich keinen Fußpilz bekommen", sagte Zella und ging in die Küche.

Er war wirklich ein netter Junge. Wesley würde ihn sicher gerne kennenlernen. Wenn sie doch nur einen Weg fände zu erklären, warum er hier in Hollyhill war, ohne dass sie ihre Verwicklung in die Angelegenheit zugeben musste. Nicht, dass sie fand, sie hätte etwas Falsches getan. Jemand musste doch Nachforschungen über Wesleys Familie anstellen, für den Fall, dass er gestorben wäre, nachdem der Baum auf ihm gelandet war. Es war immerhin eine Möglichkeit gewesen. Dass er starb. Das war bei jedem möglich. Niemand bekam eine Garantie für den nächsten Tag.

Zella schmierte gerade Senf auf einige Brotscheiben, um dem Jungen ein Schinkenbrot zu machen, denn Jungs in seinem Alter hatten doch immer Hunger, als ihr Davids Name in den Sinn kam. David. Natürlich! David würde wissen, was sie tun sollte. Er könnte mit Wesley sprechen. Und der Junge könnte sogar bei David übernachten. David würde das nichts ausmachen. Immerhin sagte er ständig, Wesley gehöre genauso zur Familie wie er selbst. Wenn Wesley zur Familie gehörte, dann tat dieser Junge es auch. Und für Familienangehörige musste man Platz haben.

Zella ließ den Jungen mit Sandwich und Kakao in der Küche zurück und ging ins Wohnzimmer, um David anzurufen. Sie wusste nicht, warum sie sich solche Sorgen gemacht hatte. Wenn man etwas tat, von dem man wusste, dass es richtig war, fügte sich immer alles. Sie spürte ein kleines warmes Glühen in ihrem Innern, so als hätte sie selbst etwas von dem heißen Kakao getrunken. Vielleicht würde sie sich mit dem Jungen an den Tisch setzen und auch einen Becher trinken, nachdem sie mit David gesprochen hatte. Und vielleicht würde sie sogar zwei Marshmallows hineintun.

23

Jocie war gerade von draußen hereingekommen, als das Telefon klingelte. Sie war mit Stephen Lee hinausgegangen, um ihn mit dem Schnee bekannt zu machen. Auf Tante Loves Anweisung hin hatte sie dem armen Kind so viele Sachen angezogen, dass nur noch ein winziger Kreis um die Augen herum zu sehen war, deshalb hatte er von dem Schnee nicht viel gespürt. Als Jocie in die Hocke gegangen war, um ihm den Hund zu zeigen, hatte Stephen Lee mit seinem behandschuhten Fäustchen auf Zebs Kopf geklopft. Zeb hatte das nicht viel ausgemacht, zumal Jocie ihm zur Belohnung ein übrig gebliebenes Brötchen vom Frühstück gegeben hatte.

Es war ein schönes Weihnachtswochenende gewesen und der unerwartete Schnee, der sich draußen türmte, war eine erfreuliche Dreingabe. Jocie bezweifelte, dass ihr Dad ihn besonders genoss, da er und Leigh irgendwo da draußen mit dem Auto unterwegs waren. Andererseits gefiel es ihm vielleicht, mit Leigh im Schnee festzusitzen. Ob Leigh Schnee mochte oder nicht, wusste Jocie nicht, aber wahrscheinlich hatte sie auch nichts dagegen, mit Jocies Dad im Schnee festzustecken.

Jocie liebte Schnee. Ihrer Schätzung nach lagen jetzt schon fast zehn Zentimeter. Sie würde nachher mit dem Lineal nachmessen. Wenigstens konnten sie diese Woche Schneebilder im *Banner* abdrucken. Schneebilder sorgten immer für ein paar verkaufte Zeitungen zusätzlich.

Sie hatte ihre Stiefel gerade vor der Tür abgestreift, den Mantel aber noch nicht ausgezogen und Stephen Lee noch nicht aus seinem Schneeanzug gepellt, als das Telefon klingelte. Tabitha und Tante Love waren in ihren Zimmern und machten ein Nickerchen oder etwas anderes, weil sie wussten, dass Jocie sich um das Baby kümmerte, deshalb ging sie ans Telefon. Sie hoffte, dass es niemand von der Gemeinde war, der berichtete, dass irgendwelche Schwestern, Brüder, Mütter, Väter oder wer auch immer krank waren. Sie konnte gerade keine Nachricht für ihren Dad aufschreiben. Es war schon schwierig genug, Stephen Lee in seinem Schneeanzug auf dem Arm zu halten. Außerdem fing er jetzt an zu quengeln.

Es war ausgerechnet Zella. „Ich muss mit deinem Vater sprechen", sagte sie.

„Ist alles in Ordnung?", wollte Jocie wissen. Zella rief nie an. Es sei denn, sie brauchte etwas auf der Stelle. So wie damals, als das Rohr unter ihrer Spüle geplatzt war und ihre Küche unter Wasser gestanden hatte.

„Natürlich ist es das. Ich muss nur mit deinem Vater sprechen."

„Er ist nicht da."

„Und wo ist er?" Zella klang gereizt. Vielleicht war es aber auch nur eine Störung in der Leitung. Manchmal gab es Probleme mit dem Telefon, wenn es viel schneite oder regnete.

„Er ist mit Leigh nach Grundy gefahren. Ich dachte, Leigh hätte dir davon erzählt." Jocie sprach laut, um das Knistern in der Leitung zu übertönen.

„Oh", sagte Zella. „Das hat sie, aber ich dachte, bei all dem Schnee wären sie so vernünftig gewesen, nicht zu fahren."

„Als sie losgefahren sind, hat es noch nicht so doll geschneit."

„Aber jetzt. Sie hätten nach Hause kommen sollen."

„Bestimmt sind sie schon unterwegs. Brauchst du etwas?" Jocies Arm wurde schwer und Stephen Lee jammerte jetzt lauter. Sie versuchte, ihn hin und her zu wiegen.

„Natürlich brauche ich etwas. Ich muss mit David sprechen." Zella schwieg eine Weile. Das Knistern in der Leitung wurde lauter. „Wenn er schon losgefahren ist, müsste er spätestens in einer Stunde zurück sein."

„Vielleicht. Ich weiß nicht. Es könnte ja auch sein, dass sie im Schnee stecken bleiben."

„Das werden sie bestimmt nicht. Aber ich sage dir, worum es geht. Es gibt einen Jungen, der hier gestrandet ist und der irgendwo übernachten muss. Ich schicke ihn zu euch, denn hier kann er natürlich nicht bleiben."

„Was macht er denn bei dir?"

„Stell nicht so viele Fragen. Du musst nicht alles wissen. Jedenfalls ist er jetzt hier. Und er braucht ein Bett für die Nacht und David wird wissen, was zu tun ist."

„Zu tun? Wie meinst du das? Und wie kommt er her, wenn er im Schnee feststeckt?“

„Ich habe nicht gesagt, dass er feststeckt. Er ist nur hier gestrandet. Er wird deinem Vater alles erklären, wenn er da ist.“

„Aber Dad ist nicht hier“, sagte Jocie wieder. Dann war es still in der Leitung. Jocie dachte schon, Zella hätte aufgelegt, aber als sie die Gabel hinunterdrückte und wieder losließ, erklang kein Freizeichen. Der Schnee musste die Verbindung unterbrochen haben.

„Na gut, so viel zu der verrückten alten Zella“, sagte Jocie zu dem Kleinen und trug ihn zum Sofa, um ihn aus seinem Schneeanzug zu befreien. Dann schüttelte sie ihren Mantel aus. „Das ist doch wirklich verrückt. Sie hätte den Jungen einfach zu Wes schicken können. Er hat noch ein Sofa übrig. Das ist mehr, als wir hier haben. Nicht wahr, Baby Lee?“

Stephen Lee lachte. Jocie wusste nicht, ob es an dem lag, was sie gesagt hatte, oder ob er einfach froh war, aus dem dicken Schneeanzug herauszukommen. „Später gehe ich noch mal raus und hole dir einen Schneeball zum Spielen. Dann kannst du den Schnee auch anfassen. Deine Mama hat bestimmt nichts dagegen. Sie sagt, du musst neue Dinge lernen. Ich meine, du bist schließlich schon dreieinhalb Monate alt.“

In diesem Moment kam Tante Love ins Wohnzimmer. „War das dein Vater am Telefon?“

„Nee. Zella. Sie schickt irgendeinen Kerl her, damit er hier übernachtet. Jedenfalls habe ich es so verstanden.“

„Wer ist es denn?“

„Keine Ahnung. Irgendwie ist der Mann gestrandet, aber nicht im Schnee stecken geblieben. Ich hoffe, Dad bleibt nicht stecken.“ Jocie hob Stephen Lee hoch und küsste seine roten Wangen.

Tante Love runzelte die Stirn. „Ruf sie zurück und sag ihr, sie soll diese Person, wer auch immer sie ist, zu Wesley schicken. Das wäre sowieso näher.“

„Das geht nicht.“ Jocie blickte sich zu Tante Love um. „Das Telefon funktioniert nicht mehr. Wir können niemanden anrufen.“

„Oh. Aber er wird schon nicht gefährlich sein, wenn Zella ihn herschickt“, sagte Love. „Wir müssen einfach an das denken, was im Hebräerbrief steht: ‚Gastfrei zu sein vergesst nicht; denn dadurch haben einige ohne ihr Wissen Engel beherbergt.‘“

Als der Mann mehr als eine Stunde später an die Tür klopfte, sah er wirklich ein bisschen wie ein Engel aus. Schnee hing an seinem Mantel und seiner Hose und schmolz in seinen Haaren. „Sind Sie den ganzen Weg von Zella hierhergelaufen?“, fragte Jocie, als sie die Tür öffnete.

„Nicht den ganzen Weg. Ich bin ungefähr einen Kilometer von hier von der Straße gerutscht.“

„Lass ihn reinkommen, Jocelyn, damit er sich am Ofen aufwärmen kann“, sagte Tante Love von der Küche aus. Tabitha kam mit Stephen Lee auf dem Arm die Treppe herunter und blieb auf halbem Weg stehen. Sie sah den Mann, der im Türrahmen stand, an, als hätte sie noch nie ein männliches Wesen gesehen.

„Ich mache aber den ganzen Fußboden nass“, sagte der Fremde.

„Der ist schon öfter nass geworden“, winkte Tante Love ab.

Der Mann stampfte mit den Füßen auf, um so viel Schnee wie möglich abzuschütteln, und trat dann ein. „Es ist ganz schön kalt da draußen.“

„Zu kalt, um ohne Handschuhe und Stiefel herumzulaufen. Natürlich ist Ihnen kalt. Und Hunger haben Sie bestimmt auch. Wir haben schon zu Abend gegessen, aber es ist noch jede Menge übrig“, sagte Tante Love.

„Danke, aber das ist nicht nötig. Miss Curtsinger hat mir ein Sandwich und einen heißen Kakao gemacht“, sagte der Mann.

„Zella hat Ihnen einen Kakao gemacht?“ Jocie war schockiert. „Sind Sie ihr verloren geglaubter Sohn oder so was?“

„Jocelyn, benimm dich“, tadelte Tante Love sie. „Lauf los und hol unserem Gast einen Pullover und ein Paar Socken von deinem Vater.“

„Ich hole sie“, bot Tabitha von der Treppe aus an.

„Ich will Ihnen aber keine Mühe machen“, sagte der Mann und lächelte Tabitha an.

„Das macht überhaupt keine Mühe.“ Tabitha sah aus, als würde sie jeden Augenblick dahinschmelzen, sodass Jocie schon dachte, sie müsste die Treppe hinauflaufen, damit sie Stephen Lee auffangen konnte.

Jocie musterte den jungen Mann, nachdem jetzt etwas von dem Schnee in seinen Haaren geschmolzen war. Er sah schon irgendwie süß aus und schien in etwa so alt zu sein wie Tabitha. Und dieses Lächeln. Das erinnerte sie an jemanden.

Währenddessen versuchte er zu erklären, warum er jetzt ihren Fußboden nasstropfte. „Miss Curtsinger sagte, es sei das Beste, wenn ich mit Mr Brooke über den Grund spräche, warum ich in Hollyhill bin. Oder vielmehr Reverend Brooke. Sie sagte, er sei Pastor. Ist er hier?"

„Im Moment nicht, aber er müsste bald kommen", antwortete Tante Love und trat näher, um das Gesicht des Fremden besser zu sehen. „Sie kommen mir bekannt vor. Sind wir uns schon einmal begegnet?"

„Nein, Ma'am. Das bezweifle ich. Ich bin aus Ohio und war noch nie hier."

„Vielleicht sehen Sie einfach jemandem ähnlich, den ich kenne", überlegte Tante Love.

„Das könnte sein", sagte der Mann. „Aber ich sollte mich erst einmal vorstellen. Ich heiße Robert."

Tabitha fiel praktisch die Treppe hinunter, so sehr brannte sie darauf, den Gast mit Pullover und Socken zu versorgen. Sie drückte Jocie Stephen Lee in den Arm und sagte atemlos: „Ich heiße Tabitha und das ist Jocie mit Stephen Lee. Und dies ist Tante Love. Alles Brookes." Tabithas Augen funkelten und ihr Gesicht war beinahe so rosig wie die Rose in der kleinen Tätowierung auf ihrer Wange.

„Abgesehen von Tante Love. Sie heißt mit Nachnamen Warfield." Jocie runzelte ein wenig die Stirn. Am liebsten hätte sie Tabitha gesagt, sie solle tief Luft holen und bis zehn zählen, bevor sie völlig ausflippte. Dieser Robert hatte ihnen noch nicht einmal seinen Nachnamen gesagt. „Und Ihr Nachname?"

„Miss Curtsinger meinte, es wäre besser, wenn ich warte und alles Reverend Brooke erkläre."

„Ich wollte ja nicht die ganze Geschichte hören, warum Sie mitten in einem Schneesturm hier auftauchen oder wie Sie ausgerechnet bei Zella gelandet sind", sagte Jocie. „Nur Ihren Namen. Die Frage dürfte doch nicht so schwierig zu beantworten sein."

Tabitha wandte sich zu Jocie um und sah sie vorwurfsvoll an. „Sei nicht so unhöflich, Jocie. Du musst nicht alles wissen. Ich finde es lustig, dass ein geheimnisvoller Mann mitten in einem Unwetter hier auftaucht." Mit einem breiten Lächeln drehte sie sich wieder zu Robert um und reichte ihm den Pullover. „Warten Sie, ich nehme Ihren Mantel."

Tante Love zog einen Stuhl näher zum Herd. „Ziehen Sie die Schuhe aus und kommen Sie her, damit Sie sich aufwärmen können", sagte sie. Offenbar verspürte sie das Bestreben, so viel wie möglich für den potenziellen Engel zu tun.

Der Mann streifte den nassen Mantel ab und zog den Pullover an, den Tabitha ihm gegeben hatte. „Das fühlt sich gut an", sagte er. Bevor er zu dem Stuhl ging, den Tante Love ihm angeboten hatte, machte er einen Schritt auf Jocie zu und sah ihr direkt in die Augen. „Ich würde deine Frage ja gerne beantworten, Jocie, aber ich habe Miss Curtsinger versprochen zu warten und mit Reverend Brooke zu sprechen. Aber du brauchst dir keine Sorgen zu machen. Ich bin harmlos. Du und der kleine Stevie hier braucht keine Angst zu haben."

Stevie. Der Name hallte in Jocies Ohren wider. Der einzige andere Mensch, der Stephen Lee jemals Stevie genannt hatte, war Wes. Und plötzlich hallte noch mehr in ihr wider, als sie in die Augen dieses Mannes blickte, der sagte, sein Name sei Robert. Genauso würde es wahrscheinlich sein, wenn sie irgendwann Stephen Lees Vater begegnen sollte und ihm in die Augen schaute und Stephen Lee darin sah. Oder wenn sie eines Tages in die Augen eines Fremden blickte und dort ihr eigenes Spiegelbild entdeckte. Aber jetzt sah sie diesem Mann in die Augen und sah darin Wes.

Das Raumschiff vom Jupiter war endlich gelandet. Am liebsten hätte Jocie Stephen Lee auf den Boden gesetzt, die Tür aufgemacht und wäre den ganzen Weg nach Hollyhill gerannt, um Wes das Versprechen abzunehmen, dass er nicht in das Raumschiff steigen und wegfliegen würde. Wenn es nicht so geschneit hätte, wäre sie wirklich gegangen. Aber bei dem Schnee würde Tante Love sie niemals gehen lassen – noch dazu im Dunkeln.

24

Es war schon nach elf, als David und Leigh Hollyhill erreichten. Die Straßen waren mit jedem Kilometer glatter geworden und zweimal waren sie an einer abschüssigen Stelle ins Rutschen geraten. Zum Glück war ihnen kein anderes Auto entgegengekommen, aber vielleicht hatte das mit Glück auch gar nichts zu tun. Es lag am Beten, ganz einfach.

Leigh und David atmeten beide erleichtert auf, als sie vor Leighs Wohnung zum Stehen kamen. „Hast du genauso viel gebetet wie ich?", fragte Leigh.

„Noch mehr. Aber wenigstens mussten wir uns nicht aus einem Graben herausbeten."

„Oder die Nacht bei meinen Eltern verbringen."

Nachdem David Leigh geholfen hatte, ihre Geschenke und die Dosen mit Essen die Treppe hinauf und in die Wohnung zu tragen, gab er ihr einen Gute-Nacht-Kuss. Er war jedes Mal wieder erstaunt, wie richtig es sich anfühlte, wenn er sie in den Arm nahm. Wie gut sie in seine Arme passte. Leigh fragte ihn, ob er noch ein Stück von dem Kuchen ihrer Mutter essen wolle, bevor er heimfuhr, aber es schneite unablässig, und wenn der Schnee noch viel höher wurde, würde sein Wagen bestimmt darin stecken bleiben.

Von Leighs Wohnung aus versuchte David, zu Hause anzurufen, um Bescheid zu sagen, dass er gleich kommen würde, aber in der Leitung ertönte immer das Besetztzeichen. Wie er Leigh erklärte, war das jedoch kein Grund zur Beunruhigung. Es gab regelmäßig Störungen mit der Leitung.

Nachdem er die Stadt hinter sich gelassen hatte, wurde der Zustand der Straßen noch schlimmer. David folgte den Spuren eines anderen Autos, das vor einer Weile dort entlanggekommen sein musste. Sie waren schon wieder zugeschneit, aber der Schnee war an diesen Stellen dennoch tiefer als an den anderen. Allzu große Sorgen machte David sich nicht. Selbst wenn er stecken bleiben sollte, war er nah genug an seinem Haus, um den Rest des Weges zu Fuß zurückzulegen, wenn es sein musste.

In einer Kurve kurz hinter der Hügelkuppe lag der Wagen, der die Spuren gezogen hatte, im Graben. Schnee lag wie eine Decke darauf, also stand er schon eine Zeit lang dort. Vorsichtig bremste David ab. Nachdem er seinen Wagen zum Stehen gebracht hatte, stieg er aus, ging zu dem im Graben gelandeten Auto und wischte auf der Fahrerseite den Schnee von der Windschutzscheibe. Der Strahl seiner Taschenlampe war schwach, aber er konnte erkennen, dass der Wagen leer war. Wer auch immer hier stecken geblieben war, hatte das Fahrzeug offenbar stehen gelassen und war zu Fuß weitergegangen.

David hatte erwartet, dass zu Hause alles dunkel sein würde und alle schliefen, wenn er nach Hause kam, aber stattdessen war das Haus hell erleuchtet, als er in die Auffahrt einbog. Sein Herzschlag beschleunigte sich, weil er augenblicklich über die möglichen Gründe für so viel Licht zu dieser Uhrzeit nachzudenken begann. Stephen Lee könnte krank sein. Tante Love könnte einen Schlaganfall gehabt haben. Jocie könnte draußen im Schnee verloren gegangen sein. Das Mädchen liebte Schnee. Aber es gab keinen Grund, warum sie hätte verloren gehen sollen, und es gab auch keinen Grund, sich Sorgen zu machen, bevor er wusste, was los war.

Jocie musste nach seinem Auto Ausschau gehalten haben, denn sie schaltete das Licht auf der Veranda an und kam heraus, um ihn zu begrüßen. Sofort fühlte sich Davids Herz ein wenig leichter an. Wenigstens war ihr nichts zugestoßen. „Was ist denn passiert?", fragte er, als er die Treppe hinaufstieg. „Ist Stephen Lee krank?"

„Nein, nein. Nichts in der Art. Wir haben Besuch."

„Besuch? Oh, ist der Fahrer, der oben auf dem Hügel im Graben gelandet ist, hierhergelaufen?"

„Ja, aber er wollte sowieso hierher", sagte Jocie. „Er sagt, er heißt Robert. Mehr wollte er uns nicht erzählen. Wie es scheint, hat Zella ihn hergeschickt, damit er dir und nur dir seine Geschichte erzählt."

David runzelte die Stirn, während er den Schnee von seinem Mantel klopfte und mit den Füßen aufstampfte. Vielleicht war er nur müde – es war ein langer Tag gewesen –, aber irgendwie ergab das alles keinen Sinn. Er holte tief Luft, weil er hoffte, dass ihm das helfen würde, klar zu denken. „Dann gehe ich wohl besser rein und höre mir an, was er zu sagen hat."

„Warte mal kurz, Dad." Jocie blickte über ihre Schulter in Richtung Haustür. Sie hatte sie einen Spalt offen stehen lassen, als sie auf die Veranda getreten war. Dann sah sie wieder David an. „Ich weiß, woher er kommt. Er ist vom Jupiter."

„Jupiter? Jocie, es ist zu spät für diesen Unsinn."

„Also, vielleicht nicht wirklich vom Jupiter, aber von dort, wo auch Wes herkommt." Plötzlich sah Jocie aus, als würde sie gleich in Tränen ausbrechen. „Er sieht aus wie Wes. Er muss ein Verwandter von ihm sein. Vielleicht ein Sohn oder so."

David legte einen Arm um Jocie und zog sie näher. „Das kann natürlich sein. Aber du brauchst nicht so besorgt zu gucken. Wes könnte hundert Söhne haben, die vom Jupiter herkommen, und das würde nichts daran ändern, wie viel du ihm bedeutest."

Jocie vergrub das Gesicht in seinem Mantel. Ihre Stimme klang tränenerstickt. „Aber vielleicht wollen sie ihn ja zum Jupiter mitnehmen."

„Das kann sein und vielleicht geht er dann auch. Ich weiß es nicht." David schob Jocie ein wenig von sich weg, damit er ihr in die Augen sehen konnte. „Wir können die Menschen, die wir lieben, nicht gefangen halten."

„Ich will Wes nicht gefangen halten. Ich will nur nicht, dass er weggeht."

„Er ist bisher nicht weggegangen und wahrscheinlich wird er das auch in Zukunft nicht tun. Aber selbst wenn, weiß ich eins mit Sicherheit: Er wird niemals aufhören, dich zu lieben."

Jocie holte zitternd Luft und wischte sich die Tränen von den Wangen. „Ich weiß. Aber manchmal kommt es mir so vor, als wäre meine Familie nur geborgt. Und Dinge, die man sich ausgeliehen hat, muss man irgendwann zurückgeben." Sie hielt den Blick gesenkt.

Einen Moment lang vergaß David den Mann im Haus, der möglicherweise mit Wes verwandt war oder auch nicht. Er dachte, Jocie und er hätten das alles nach dem Tornado geklärt, aber manchmal war es schwer, sich an die Wahrheit zu erinnern. „Sieh mich an, Jocie." Langsam hob sie den Blick. „An deiner Familie ist nichts geborgt. Ich bin dein Vater. Ich war immer dein Vater und werde es auch immer sein. Du kannst nichts tun, um das zu ändern. Und Wes liebt dich genauso. Wie auch immer du ihn nennst – Großvater, Onkel, Freund – seine Gefühle für dich werden sich nie ändern. Ihr beide seid durch etwas miteinander verbunden, das stärker ist als reine Blutsverwandtschaft. Du kannst ihn ja fragen, wenn du mir nicht glaubst."

Jocie lächelte trotz ihrer Tränen. „Ich weiß, Dad. Aber manchmal mache ich mir trotzdem Sorgen, dass sich alles ändern könnte. Dass etwas geschieht."

„Etwas ist geschehen. Irgendetwas geschieht immer, aber die Liebe bleibt. Okay?"

„Okay."

Er rieb mit dem Handschuh die Tränen von ihren Wangen. „Und jetzt lass uns reingehen, bevor wir beide hier erfrieren."

Jocie hatte recht. Der junge Mann, der sich erhob, als David den Raum betrat, sah wie Wes aus. Doch er war zu jung, um der Sohn zu sein, den Wes nach dem tödlichen Autounfall seiner Frau und seiner Tochter zurückgelassen hatte. Vielleicht war er ein Enkel. Aber David sah keinen Sinn darin zu raten. Der Junge würde ihm seine Geschichte schon erzählen. Deswegen war er ja hier.

„Hallo, Reverend Brooke. Ich heiße Robert. Und ich bitte um Entschuldigung dafür, dass ich hier einfach so hereingeplatzt bin, Sir", sagte der junge Mann, als er David die Hand gab. „Aber Miss Curtsinger hat gesagt, Sie wüssten am besten, was zu tun sei. Ich möchte natürlich keine Umstände machen. Sie hat auch gesagt, ich könne hier übernachten, da es ja kein Motel in Hollyhill gibt. Aber mir ist klar, dass das eine Zumutung wäre. Ich kann auch im Wagen schlafen."

„In dem Wagen, der oben hinter der Hügelkuppe im Graben liegt?", fragte David.

„Ja, Sir."

Tante Love schaltete sich ein. „Sie werden nicht im Wagen schlafen. Sie können das Sofa haben. Jocelyn kann bei Tabitha schlafen."

„Oder auf der Loggia, so wie ich es im Sommer getan habe", schlug Jocie vor.

„Nein", sagte Tante Love. „Es ist zu kalt und ich will nicht, dass der Hund überall Schnee verteilt. Es wird euch Schwestern kein Zacken aus der Krone brechen, wenn ihr euch eine Nacht lang das Bett teilt."

David hätte beinahe gelacht, als er sah, wie Jocie Tante Love mit weit aufgerissenen Augen anstarrte. Sie hatte gedacht, Tante Love wüsste nichts davon, dass ihr Hund neben ihrem Bett auf der geschlossenen Loggia geschlafen hatte, bis sie wegen der Kälte auf die Wohnzimmercouch umgezogen war. „Also gut", sagte David. „Das ist also beschlossene Sache. Wenn jemand ein Kissen und Wolldecken für Robert holt, könnt ihr anderen schlafen gehen."

Tabitha sprang auf, um die Decken zu holen. Ihre Augen leuchteten, als hätte der Weihnachtsmann ihr ein verspätetes Geschenk gebracht. Der Junge wirkte ein bisschen benommen und perplex darüber, dass er von einem so hübschen Mädchen mit Aufmerksamkeit überschüttet wurde, aber unglücklich schien er darüber nicht zu sein. Manchmal funkte es schnell zwischen jungen Leuten. Das schien hier der Fall zu sein.

Irgendwann folgte Tabitha Jocie widerstrebend die Treppe hinauf und David und der junge Mann waren allein. David streckte seine Füße in Richtung Ofen aus. Sie waren eiskalt, aber nicht so kalt wie an dem Tag, an dem er Wes getauft hatte. Das würde für alle Ewigkeit sein Maßstab für Kälte sein. Ja, es war kalt, aber nicht *so* kalt. Draußen war der Wind stärker geworden und blies Schnee gegen die Fenster.

Er sah den Jungen an. „Also gut, Robert. Es wird Zeit, dass Sie mir erzählen, warum Sie hier sind. Ich vermute, Ihr Nachname lautet Green."

„Ja, Sir. Robert Wesley Green junior. Bestimmt haben Sie die Ähnlichkeit ebenso gesehen wie Miss Curtsinger."

„Sie sehen genauso aus wie Wes. Daran besteht kein Zweifel. Selbst Jocie wusste, wer Sie sind."

„Wirklich?" Robert sah besorgt aus. „Miss Curtsinger hat mir gesagt, auf keinen Fall dürfe ich Jocelyn – Jocie – sagen, wer ich sei. Wenn das geschähe, würde es alles verderben."

„Ehrlich gesagt bin ich ein wenig verwirrt. Was genau hat Zella mit all dem zu tun?"

Daraufhin erzählte Robert ihm von Zellas Brief, den er im Sommer erhalten hatte. „Ich war ganz aufgeregt. Ich hatte einfach so ein Gefühl. Natürlich habe ich gleich zurückgeschrieben und gesagt, ich würde so bald wie möglich herkommen, um herauszufinden, ob der Wesley Green, den sie kannte, tatsächlich mein Großvater sein könnte, aber in ihrem Brief schrieb sie, er hätte einen Unfall gehabt und könnte es vielleicht nicht verkraften, wenn ein unbekanntes Familienmitglied ohne Vorwarnung bei ihm auftauchte. Also habe ich darauf gewartet, dass ich wieder etwas von ihr höre. Dann ging das neue Semester los und ich durfte bei den Kursen nicht fehlen."

„Hat Zella gesagt, wie sie Sie gefunden hat?" David starrte in die Flammen des Gasherdes und wartete auf eine Antwort.

„Danach habe ich sie nicht gefragt. Es war mir auch egal. Ich war einfach nur froh, dass sie mich gefunden hatte, und voller Hoffnung, meinen Großvater zu finden. Also wartete ich auf eine erneute Nachricht von ihr. Vor ein paar Wochen habe ich ihr dann wieder geschrieben. Um mich zu erkundigen, ob sie meinte, ich könne jetzt kommen."

„Und sie hat Ihnen geschrieben, Sie sollen herkommen?" David sah den jungen Mann fragend an. Wenigstens wussten sie jetzt, warum sich Zella in Wes' Gegenwart in letzter Zeit so merkwürdig verhalten hatte. Es war ein Wunder, dass sie das Problem nicht längst bei David abgeladen hatte. Aber Zella glaubte manchmal, das Leben anderer Menschen zum Besseren wenden zu können.

„Nein, sie war ziemlich überrascht, als ich plötzlich vor ihrer Tür stand." Der Junge lächelte ein wenig.

„Das kann ich mir vorstellen." David nickte.

„Aber da ich bis zur zweiten Januarwoche Ferien habe, dachte ich mir, es wäre ein guter Zeitpunkt, um herzukommen. Ich habe Bilder von meinem Großvater gesehen und war mir ziemlich sicher, dass ich ihn erkennen würde, wenn er es war. Aber ich hätte nie gedacht, dass andere mich erkennen könnten, auch wenn Dad immer gesagt hat, ich sähe aus wie sein Vater." Robert Wesley rückte auf seinem Stuhl ein wenig vor und zögerte, bevor er die nächste Frage stellte. „Er steckt doch nicht in Schwierigkeiten, oder? Mein Großvater, meine ich."

„Nicht, dass ich wüsste. Warum?" David sah ihn fragend an.

„Miss Curtsinger hat in ihrem Brief etwas Merkwürdiges gefragt: ob die Polizei sich schon einmal mit uns Verbindung gesetzt hätte."

„Das ist nur Zella." David winkte ab. „Sie versteht die Dinge gerne und Wes konnte sie nie verstehen."

„Vielleicht geht es meinem Dad ähnlich. Er war eigentlich dagegen, dass ich herkomme. Er sagte, es sei bestimmt nicht der richtige Wesley Green. Und am Ende würde ich nur enttäuscht. Er hat immer gesagt, mein Großvater müsse tot sein. Wenn er nicht tot wäre, wäre er nicht so viele Jahre fortgeblieben."

„Nein, körperlich ist er nicht tot. Aber ich glaube, seine Seele war es eine Zeit lang." David rieb sich die Stirn und hoffte, dass ihm das helfen würde, klarer zu denken. Er hatte keine Ahnung, was Wes davon halten würde, dass dieser Junge hier aufgetaucht war. Würde er wieder weglaufen, so wie er es vor vielen Jahren getan hatte? „Ich vermute, Sie wissen, warum er damals weggegangen ist."

„Ja. Wegen des Unfalls, bei dem Dads Mutter und Schwester ums Leben gekommen sind." Er wartete darauf, dass David etwas sagte, aber David schwieg, und nach einer Weile fuhr der Junge fort. „Dad sagte, er und mein Großvater hätten beide Probleme gehabt, den Tod der beiden zu akzeptieren. Aber anstatt sich gegenseitig zu helfen, hätten sie sich voneinander entfernt und alleine gelitten. Dad hatte ja gerade erst geheiratet und hatte meine Mom, die ihm geholfen hat. Trotzdem war er überrascht, als mein Großvater sich einfach ein Motorrad kaufte und wegfuhr. Seitdem hat er ihn nicht mehr gesehen und auch nichts mehr von ihm gehört, bis Miss Curtsingers Brief kam. Also mehr als zwanzig Jahre lang. Wie lange ist er schon hier in Hollyhill?"

„Ungefähr zehn Jahre", sagte David. „Ich glaube nicht, dass er hierbleiben wollte, aber irgendwie ist er hängen geblieben. Er arbeitet für mich bei der Lokalzeitung."

„Ich dachte, Sie seien Pastor."

„Das bin ich auch. Prediger. Zeitungsmacher. Problemlöser." David lächelte. „Obwohl ich Letzteres nicht immer so gut hinbekomme."

Robert Wesley erwiderte sein Lächeln nicht. Stattdessen sah er beunruhigt aus. „Glauben Sie, dass ich für meinen Großvater ein Problem sein werde? Ich meine, ich will kein Problem sein. Ich möchte ihn nur kennenlernen. Und wissen, ob es ihm gut geht, damit ich es meinem Vater sagen kann. Dad hat gesagt, dass sie sich nicht im Guten getrennt haben. Er hat nie darüber gesprochen, aber ich weiß, dass ihm das all die Jahre zu schaffen gemacht hat."

„Deinem Großvater auch, obwohl er nicht über die Vergangenheit spricht. Er hat Jocie immer erzählt, er sei aus einem Raumschiff vom Jupiter gefallen." David sah zu den Küchenfenstern hinüber, an denen der Wind rüttelte. Im letzten Sommer war er wieder nicht dazu gekommen, den Kitt zu erneuern.

Robert lächelte. „Dad hat gesagt, sein Vater habe immer großartige Geschichten erzählt. Als ich klein war, habe ich mir einen Großvater ausgedacht. Wir sind zusammen spazieren gegangen. Er hat mir Geschichten erzählt. Und mir zugehört, wenn etwas schlimm war."

„Für meine Jocie war nichts davon ausgedacht. Die beiden haben eine ganz besondere Beziehung."

„Es klingt so, als hätte mein Großvater hier ein gutes Leben, und ich will nichts tun, was ihm das verleidet", sagte der junge Mann. Als er weitersprach, wurde sein Blick wehmütig. „Aber glauben Sie, mein Großvater und ich könnten auch irgendwie eine eigene besondere Beziehung haben?"

„Ich weiß es nicht, Robert. Das hängt wohl von Ihnen ab. Und von Wes."

25

Am nächsten Morgen stand Tabitha früh auf, duschte und bürstete ihre langen blonden Haare, bis sie glänzten. Anschließend suchte sie den grünen Pullover, der so gut zu ihren Augen passte.

Jocie, die gerade Stephen Lee wickelte, blickte auf und sagte: „Er ist nicht deinetwegen hergekommen. Er ist hier, um Wes zu sehen."

„Wes? Wovon redest du?" Tabitha streifte sich den Pullover über den Kopf und zog dann ihre Haare heraus, während sie sich vom Spiegel abwandte und Jocie fragend ansah.

„Robert. Wahrscheinlich Robert Green. Der Sohn oder Enkel oder Neffe oder irgendwas von Wes."

Tabitha runzelte die Stirn. „Wie kommst du darauf? Bist du in den Flur geschlichen und hast ihn und Daddy gestern Abend belauscht?"

„Nee. Du musst ihn dir doch nur ansehen."

„Ich habe ihn mir angesehen", gab Tabitha zurück.

„Klar." Jocie hob Stephen Lee hoch und küsste ihn auf die Wange, bevor sie zu ihm sagte: „Ich glaube, deine Mommy ist zu sehr dahingeschmolzen, um die Augen richtig aufzumachen."

„Ich bin nicht dahingeschmolzen!"

„Ja klar ..." Jocie sah Tabitha an. „Es macht doch nichts, wenn du dahingeschmolzen bist. Er ist schon irgendwie süß."

Tabitha ging zum Bett und setzte sich. Sofort streckte Stephen Lee die Ärmchen nach ihr aus und sie nahm ihn auf den Arm. Eigentlich war das fast das Beste an Robert gewesen: Er hatte nicht einmal mit der Wimper gezuckt, als sie gesagt hatte, Stephen Lee sei ihr Baby. Er hatte sie trotzdem angesehen, als fände er sie hübsch. Aber vielleicht glaubte er auch, sie wäre verheiratet und ihr Mann wäre nur bei der Armee oder so. Sie würde ihm irgendwie erklären müssen, dass es anders war. „Und du findest, dass er Wes ähnlich sieht?"

„Er sieht genauso aus wie Wes. Er ist größer und viel jünger und seine Haare stehen nicht in alle Himmelsrichtungen ab, aber abgesehen davon könnte man die Gesichter übereinanderlegen, dann wären die Augen und der Mund genau gleich."

„So wie du das sagst, klingt es, als wäre das schlimm."

„Das war nicht meine Absicht", sagte Jocie etwas gespreizt. Dann stand sie auf und ging zur Kommode, um sich ebenfalls die Haare zu bürsten. Sie sah Tabitha im Spiegel nicht an.

„Mir ist es jedenfalls egal, wen Robert eigentlich sucht. Jetzt ist er hier! Und vielleicht stellt sich ja heraus, dass wir uns gesucht und gefunden haben. Glaubst du, er ist schon wach? Dad und er haben gestern Abend noch ziemlich lange geredet."

„Er ist auf."

„Woher weißt du das?"

„Dad und er sind vor einer Weile nach draußen gegangen. Sie wollen versuchen, seinen Wagen aus dem Graben zu ziehen. Aber es gibt ziemliche Schneewehen."

„Warst du etwa auch schon draußen?", fragte Tabitha. Als sie vorhin aufgewacht war, hatte Jocie das Zimmer bereits verlassen gehabt.

„Ja. Ich bin ganz früh rausgegangen, weil ich ein paar gute Fotos vom Schnee machen wollte, bevor jemand darin herumstapft. Aber natürlich hatte Zeb schon überall Spuren hinterlassen. So wie er im Schnee herumgetobt ist, muss er etwas von einem Husky oder so in sich haben. Vielleicht kann ich ihm ja beibringen, einen Schlitten zu ziehen."

„Das halte ich für unwahrscheinlich. Dieser Hund macht doch nur, was er will und wann er es will."

„Das liegt daran, dass er so klug ist", sagte Jocie.

„Ja, klar." Tabitha trug Stephen Lee zum Fenster und blickte hinaus. Ihr Zimmer ging zum Garten hinaus, sodass sie die Straße nicht sehen konnte, aber den Schnee konnte sie sehen. Es lag jede Menge davon auf dem Boden und in der Luft tanzten vereinzelte Schneeflocken, obwohl der Himmel wolkenlos war und die Sonne schien. „Sie kommen doch bestimmt wieder, oder? Ich meine, sie würden doch nicht gleich in die Stadt fahren, oder was denkst du?"

„Nicht ohne Frühstück. Außerdem bezweifle ich, dass irgendjemand in die Stadt fährt, bevor der Schneepflug hier war. Und wer weiß schon, wann der kommt? Dad hat die Schaufel mitgenommen, um die schlimmsten Schneewehen zwischen hier und Roberts Auto wegzuräumen. Oh, und das Telefon ist immer noch tot."

„Zum Glück ist der Strom nicht ausgefallen", sagte Tabitha.

„Ja, und wo wir gerade davon sprechen … ich gehe besser mal runter und achte darauf, dass Tante Love die Brötchen nicht vergisst. Soll ich Stephen Lee mitnehmen, damit du dich weiter hübsch machen kannst?" Jocie streckte die Arme nach dem Baby aus. „Bestimmt denkt er, dass du verheiratet bist."

„Dann muss ich ihm eben erzählen, dass ich es nicht bin."

„Was willst du ihm über Stephen Lee sagen?", erkundigte sich Jocie, während sie den Kleinen hoch in die Luft hob, sodass er anfing zu kichern.

„Dass ich einen Fehler gemacht habe."

„Stephen Lee ist kein Fehler."

„Nein, aber Jerome war einer."

„Vielleicht ist Robert auch einer. Was, wenn er derjenige ist, der verheiratet ist?"

„Geh und rette die Brötchen." Tabitha nahm ein Kissen vom Bett und warf es Jocie an den Kopf.

Jocie lachte und floh aus dem Schlafzimmer. Tabitha konnte hören, wie sie Stephen Lee auf dem Weg nach unten etwas vorsang. „Ihn zu kennen, kennen, kennen, heißt ihn zu lieben, lieben, lieben."

Das war alles, was Tabitha wollte. Robert kennenlernen. So leicht verlieben würde sie sich nicht. Das konnte sie nicht. Sie hatte jetzt schließlich Pflichten. Aber es war schön, wieder einmal mit einem Vertreter des anderen Geschlechts zu reden. In Hollyhill lebte sie praktisch wie im Kloster. Es gab natürlich Jungs, aber keinen, für den sie sich interessierte. Und keinen, der sich auch nur im Geringsten für sie interessierte. Wahrscheinlich war es das Beste so, bis Stephen Lee älter war. Aber es war trotzdem ein gutes Gefühl zu spüren, wie ihr Herz einen kleinen Satz machte, wenn ein Junge sie ansah. Es bedeutete, dass sie noch nicht tot war. In den vergangenen Monaten war sie sich da nicht immer sicher gewesen.

Jocie wollte in die Stadt laufen, aber ihr Vater erlaubte es nicht. Er sagte, Wes habe einundzwanzig Jahre lang nichts von Robert gewusst, da spielten ein paar Stunden mehr auch keine Rolle. Natürlich verstand ihr Vater nicht, warum sie unbedingt mit Wes reden musste. Sie verstand es ja selbst nicht.

Robert war ein Enkel von Wes. Das hatte Jocies Vater ihnen beim Frühstück verkündet. Anscheinend hatte Zella ihn nach dem Tornado im Sommer irgendwie ausfindig gemacht, es aber geheim gehalten. Immerhin würde Wes jetzt erfahren, warum Zella sich in letzter Zeit noch merkwürdiger verhalten hatte als sonst.

Später hatte Jocies Vater sie beiseitegenommen. „Dass Robert Wesley hier aufgetaucht ist, ist gar nicht schlecht. Wes wird stolz darauf sein, dass er einen solchen Enkel hat." Aber ihr Vater hatte selbst nicht sehr überzeugt ausgesehen, als er das gesagt hatte. Ganz überzeugt hatte er jedoch gewirkt, als er gesagt hatte, sie dürfe unter keinen Umständen in die Stadt gehen und Wes besuchen, bevor er selbst die Gelegenheit hatte, mit ihm zu sprechen.

Also musste sie warten. Sie mussten alle warten, waren gefangen im Schnee. Robert schien das nicht allzu viel auszumachen. Er genoss die Tatsache, dass Tabitha ihm schöne Augen machte. Sie hatten schon ihre Adressen ausgetauscht. Anscheinend hatte Tabitha ihn irgendwie wissen lassen, dass sie alleinstehend und zu haben war.

Tante Love und Jocies Vater mochten Robert auch. Und es gab ja auch keinen Grund, ihn nicht zu mögen. Er lächelte die ganze Zeit und war ein Profi in Sachen Höflichkeit. Und er war schlau. Studierte Physik und Naturwissenschaften an einer Universität in Ohio. Selbst das war wie bei Wes. Dass er sich für Naturwissenschaften interessierte und dafür, wie die Dinge funktionierten.

Jocie holte ihr Notizbuch heraus und versuchte aufzuschreiben, was ihr zu schaffen machte, aber sie wusste nicht, wie sie es in Worte fassen sollte. Am Ende schrieb sie nur, was ihr Vater gesagt hatte. *Wes liebt mich. Er ist vielleicht nicht mein richtiger Großvater, aber er liebt mich.* Dann verstaute sie ihr Notizbuch wieder und schlüpfte in ihre Stiefel. Sie durfte zwar nicht in die Stadt gehen, aber irgendwohin musste sie gehen. Wenn sie sich nicht bewegte, würden die Spinnen, die in ihr herumkrabbelten, sie bei lebendigem Leibe auffressen.

Sie hatte noch nicht einmal entschieden, ob sie lieber zur alten

Apfelplantage gehen oder die Straße entlanglaufen sollte, als Robert hinter ihr auftauchte. Jocie war überrascht, dass Tabitha ihm nicht stehenden Fußes nach draußen gefolgt war.

„Warte mal", rief er. „Hast du etwas dagegen, wenn ich mitkomme?"

Das hatte sie zwar, aber das konnte sie natürlich schlecht sagen. Wenn er doch nur tatsächlich vom Jupiter käme und nicht aus Pelphrey, Ohio. Wenn Zella sich doch nur um ihre eigenen Angelegenheiten gekümmert hätte. Jocie kraulte Zeb hinter den Ohren und wartete, bis Robert sie eingeholt hatte. Dann ging sie zu der eingestürzten Steinmauer zwischen ihrem Garten und dem alten Obstgarten. Die Steine sahen aus wie riesige Marshmallows.

Robert hob eine Handvoll Schnee auf und versuchte, einen Schneeball zu formen, aber der Schnee war zu flockig. „Was glaubst du, wie hoch der Schnee liegt?"

„Achtzehn Zentimeter", sagte Jocie. „Ich habe vorhin nachgemessen. An manchen Stellen liegt er aber höher, wegen der Schneewehen. Habt ihr viel Schnee in Ohio?"

„Jede Menge." Robert ließ den Schnee aus seiner Hand rieseln. „Aber das macht nichts. Ich mag Schnee. Und du? Magst du Schnee?"

„Solange die Schule deswegen nicht zu oft ausfällt. Wenn es schneit, fahren die Busse nicht und dann müssen wir im Juni die verpassten Tage nachholen. Ich hasse es, im Sommer in die Schule zu gehen. Aber jetzt haben wir ja sowieso Weihnachtsferien." Jocie plapperte nur. Sie verstummte, stieg durch die kaputte Stelle in der Mauer und blickte zum Himmel hinauf. Er war heute besonders blau. Gott hatte gewusst, was er tat, als er den Schnee weiß und den Himmel so leuchtend blau gemacht hatte. *Denn der Herr ist groß und hoch zu loben.* Tante Love zitierte immer so etwas aus den Psalmen. Wenn Jocie allein gewesen wäre, hätte sie es laut gesagt, aber sie war nicht allein.

Schweigend gingen sie ein Stück weiter. Jocie überlegte gerade, ob sie so tun sollte, als wäre ihr kalt, damit sie zurückgehen konnte, als Robert sagte: „Dein Vater hat mir erzählt, dass mein Großvater und du richtig gute Freunde seid."

Jocie war sich nicht sicher, welche Antwort er darauf erwartete, deshalb nickte sie nur und ging weiter. Sie waren beinahe am Ende des Obstgartens angekommen, aber Mr Crutcher hatte nichts dagegen, wenn sie über seine Weide liefen. Ihr Dad lief ständig dort herum, wenn er wegen einer Predigt oder einer anderen Sache betete.

Vielleicht sollte sie auch wegen irgendetwas beten. Aber sie wusste nicht so genau, weswegen. Sie war sich nicht sicher, warum sie dieses krabbelige Spinnengefühl im Bauch und Tränen in den Augen hatte. Nur weil neben ihr ein Beweis dafür ging, dass Wes nicht vom Jupiter kam, bedeutete das schließlich nicht, dass Wes aufhören würde, ihr Jupitergeschichten zu erzählen. Und selbst wenn, was machte das schon? Sie war sowieso zu alt für Jupitergeschichten.

„Erzähl mir von ihm“, sagte Robert.

„Was soll ich denn erzählen?“

„Ich weiß nicht. Warum du ihn liebhast.“

„Warum willst du das wissen?“

„Damit ich ihn auch so liebhaben kann wie du. Wie ein richtiger Enkel es tun würde.“

Das schien Jocie ein berechtigter Wunsch zu sein, also erzählte sie ihm von dem Raumschiff vom Jupiter. Und von dem Motorrad und davon, wie Wes mit der Druckerpresse sprach, damit sie weiterlief. Sie erzählte ihm auch, warum sie bei dem Tornado draußen gewesen waren. Wahrscheinlich würde ihn das verwirren. Und zum Schluss erzählte sie ihm, dass Wes sich im Fluss hatte taufen lassen, obwohl ihm fast die Ohren abgefroren wären. Darüber lachten sie beide.

Als sie schließlich zum Haus zurückgingen, wurde Jocie bewusst, dass sie etwas von ihrer Liebe zu Wes an Robert weitergegeben hatte. Aber das Komische war, dass sie dadurch kein bisschen Liebe weniger hatte. Vielleicht war Liebe wirklich wie eine Kerzenflamme, die genauso hell weiterbrannte, egal, wie viele andere Kerzen man damit anzündete.

Sie gingen gerade wieder ins Haus, als der Schneepflug den Hügel herunterkam.

26

Leigh wurde vom Telefon geweckt. Sie setzte sich im Bett auf und sah auf die Uhr. Dann blinzelte sie verdutzt und sah noch einmal auf die Uhr. Es war halb neun. Sie musste vergessen haben, den Wecker zu stellen. Kein Wunder nach dem stressigen Besuch bei ihren Eltern und der wilden Fahrt durch den Schnee nach Hause. Sie war völlig fertig gewesen.

Das Telefon klingelte immer noch. Sie stand auf und lief mit nackten Füßen in die Küche. Der kalte Holzfußboden jagte die letzte Schläfrigkeit aus ihren Gliedern. Leigh warf ein Geschirrtuch auf den Boden, damit sie sich daraufstellen konnte, und griff nach dem Telefon, das immer noch läutete. Bestimmt war es Judy, die wissen wollte, warum Leigh nicht zur Arbeit gekommen war. Oder vielleicht wollte David ihr Bescheid sagen, dass sein Telefon wieder funktionierte. Oder es war ihre Mutter, die sich entschuldigen wollte, weil sie sich nicht mehr über Leighs Verlobung gefreut hatte. Wobei das Letzte ungefähr so wahrscheinlich war wie dass es heute dreißig Grad warm wurde.

Leigh nahm den Hörer ab und sagte Hallo. Vom anderen Ende war nichts zu hören. Sie sagte noch einmal Hallo. Immer noch nichts. Wahrscheinlich war ihre Leitung jetzt auch von einer Störung betroffen. Gerade wollte sie auflegen, als sie doch etwas zu hören glaubte. Sie drückte den Hörer fester an ihr Ohr. Es klang so, als würde jemand am anderen Ende der Leitung atmen. „Hallo. Ist da jemand?"

Keine Antwort, aber das Atmen wurde lauter. Da war ganz eindeutig jemand. Edwin Hammond. Leigh nahm den Hörer vom Ohr und legte ihn vorsichtig auf die Gabel. Warum dachte sie jedes Mal, wenn etwas ihr ein unbehagliches Gefühl bereitete, an Edwin Hammond? Und warum in aller Welt sollte er sie anrufen, nur um ihr ins Ohr zu atmen? Andererseits, warum sollte überhaupt jemand das tun?

Das Telefon begann fast sofort wieder zu klingeln. Leigh starrte es eine Minute lang an, bevor sie abnahm. „Ich möchte auf der Stelle wissen, wer da ist“, sagte sie, ohne auch nur Hallo zu sagen.

„Mensch, Leigh! Judy hier. Judy Mitchell. Wie wäre es mit ‚Hallo, wie geht's?‘?“

„Oh, Judy, tut mir leid. Ich hatte gerade einen anonymen Anrufer und dachte, er wäre es wieder.“

„Echt? Hat er irgendetwas Ekliges gesagt?“

„Nein. Wer auch immer es war, hat gar nichts gesagt. Nur dagesessen und mir ins Ohr geatmet.“

„Vielleicht war die Verbindung schlecht“, meinte Judy. „Es liegt eine Menge Schnee da draußen. Wahrscheinlich sind einige Leitungen gestört.“

„Kann sein. Ich glaube, Davids Telefonleitung ist auch tot.“

„Du, ich habe von eurer Verlobung gehört. Herzlichen Glückwunsch! Oder sollte ich David gratulieren und dir alles Gute wünschen? Ich kann mir nie merken, wie rum die Regel ist. Er ist nicht bei dir, oder?“ Judys Stimme hatte jetzt einen neckischen Tonfall. „Vielleicht ist er ja der Grund, warum du zu spät zur Arbeit kommst.“

„Nein, natürlich nicht. Wir sind verlobt, nicht verheiratet. Noch nicht“, fügte Leigh hinzu und spürte, wie ihr Herz leichter wurde. Wenn sie nicht am Telefon gewesen wäre, hätte sie vor Freude eine Pirouette durch die Küche gedreht. Sie bemühte sich, ihre Aufmerksamkeit wieder Judy zuzuwenden. „Tut mir leid, dass ich zu spät bin, aber ich bin gerade erst aufgewacht. Offenbar habe ich vergessen, meinen Wecker zu stellen. Sag Ralph, dass ich komme, sobald ich angezogen bin.“

„Deshalb rufe ich ja an. Um dir von Ralph zu sagen, dass du dir Zeit lassen kannst. Wir sind beide hier und im Umland liegt der Schnee meterhoch. Heute Vormittag kommt kein Mensch in die Stadt. Wenn du willst, kannst du um die Mittagszeit reinkommen, dann mache ich den Nachmittag frei.“

„Klingt gut. Dann habe ich Zeit, meine Schneestiefel zu suchen.

„Und zieh dich besser warm an. Es ist sehr windig und richtig kalt. Ich sage zu Ralph immer, er soll in Rente gehen, damit wir die Winter künftig in Florida verbringen können.“

„Das könnt ihr nicht machen. Mit wem soll ich dann künftig zusammenarbeiten?“, sagte Leigh.

„Ach, wer weiß, was passiert, wenn du erst einmal verheiratet bist? Ich habe gehört, Pastorenfrau zu sein, kann ein Vollzeitjob sein. Ganz zu schweigen von den Kopfschmerzen, die er einem bereiten kann."

„Ich habe jede Menge Aspirin", gab Leigh zurück. „Wie in aller Welt hast du eigentlich so schnell davon gehört? Ich wollte euch eigentlich die Neuigkeit heute selbst verkünden."

„Machst du Witze, Liebes? Ganz Hollyhill wusste noch vor drei Uhr gestern Nachmittag Bescheid, trotz Schneesturm. Wir haben ein Nachrichtensystem, das wunderbar funktioniert, auch ohne die Zeitung deines Zukünftigen." Judy lachte. „Und das ist nicht die einzige Neuigkeit, von der geredet wird. Du hättest hören sollen, was ich gestern Abend in der Kirche gehört habe."

„Ich weiß nicht, ob ich es wirklich wissen will", sagte Leigh. „Ist es gut oder schlecht?"

„Eher wild und verrückt", sagte Judy. „Hast du heute schon mit Zella gesprochen?"

„Nein, ich habe doch gesagt, dass ich gerade erst aufgestanden bin. Warum? Stimmt mit ihr etwas nicht? War sie nicht in der Kirche?" Leigh konnte sich gut vorstellen, wie Judys Gesicht in diesem Moment aussah. Sie hatte sicher die Augen weit aufgerissen und ein wissendes Lächeln auf den Lippen. Judy verbreitete für ihr Leben gern die jüngsten Gerüchte in der Stadt.

„Nein. Sie hatte Gertie gebeten, sie abzuholen, aber als Gertie bei ihr ankam, rannte Zella durch den Schnee nach draußen, um ihr zu sagen, dass sie krank sei. Nicht einmal einen Hut hatte sie auf. Kannst du dir Zella im Schnee vorstellen, ohne dass sie etwas auf dem Kopf trägt, um ihre Frisur zu schützen?"

„Eigentlich nicht", gab Leigh zu. „Aber ich weiß nicht, ob ich das als wild oder verrückt bezeichnen würde."

„Du hast ja auch noch nicht alles gehört. Vor ihrem Haus parkte ein fremdes Auto. Und das ist immer noch nicht alles." Judy machte eine Pause, um die Spannung zu erhöhen. „In ihrem Haus war ein Mann. Gertie hat ihn durchs Fenster gesehen."

„Gertie ist halb blind."

„Stimmt, aber Eldon Johnson, der auf der anderen Straßenseite wohnt, ist es nicht. Er war draußen in seiner Auffahrt und hat

Schnee geschippt, als der Mann dort vorfuhr. Er sagte, es sei ein junger Mann gewesen, der ihn gefragt habe, wo Zella Curtsinger wohnt. Eldon hat das Nummernschild des Fahrzeugs gesehen. Es war aus Ohio. Wen kennt Zella wohl in Ohio? Und dann hat sie Gertie angelogen. Hast du schon einmal erlebt, dass Zella rundheraus lügt?“

„Sie könnte wirklich krank gewesen sein, auch wenn sie Besuch hatte“, sprang Leigh für Zella in die Bresche. „Wahrscheinlich ist dieser Mann irgendein Verwandter, der nach langer Zeit wieder aufgetaucht ist.“

„Das erzählt man sich tatsächlich. Ein verschollener Verwandter, von dem sie nie erwartet hätte, dass er in Hollyhill auftaucht. Zum Beispiel ein Sohn, den sie nach einem Fehltritt zur Adoption freigegeben hat.“

„Ein Fehltritt? Das ist verrückt!“, sagte Leigh. „Wir reden hier von Zella.“

„Ich habe dir doch gesagt, dass es wild und verrückt ist, aber manchmal stellt sich wild und verrückt trotzdem als wahr heraus.“ Judy lachte. „Ich kann es kaum erwarten, deinen Ring zu sehen.“ Dann legte sie auf.

Leigh legte den Hörer wieder auf die Gabel und starrte das Telefon an. Ihre kalten Füße hatte sie vergessen. Sollte sie Zella anrufen? Aber was sollte sie sagen? ‚Ach, Zella, ich habe gehört, dass du gestern Abend einen Mann im Haus hattest, und jetzt heißt es, er könnte dein Sohn sein‘? Das konnte sie nicht am Telefon sagen. So etwas besprach man besser persönlich. Wenn Zella dann in Ohnmacht fiele, könnte Leigh sie auffangen und ihr Luft zufächeln.

Oder vielleicht sollte sie es einfach David erzählen. Er würde wissen, was zu tun war. Das war eine der Eigenschaften, die sie an David so liebte. Er wusste immer, was zu tun war. War er gestern nicht wunderbar mit ihren Eltern zurechtgekommen, obwohl die alles andere als freundlich gewesen waren?

„Wie ich dich liebe? Lass mich zählen wie“, zitierte Leigh laut aus einem Gedicht von Elizabeth Barrett Browning und tanzte fröhlich durch die Küche und den Flur zu ihrem Schlafzimmer zurück. An der Haustür blieb sie stehen, um nachzusehen, wie viel Schnee draußen lag. Die Fußstapfen von David und ihr waren komplett verdeckt, aber eine frische Spur führte den Weg und die Treppe zu ihrer Tür hinauf. Schmale, lange Fußstapfen.

Sie schloss die Tür auf und lugte vorsichtig hinaus, fast als erwartete sie, dass jemand sich auf dem kleinen Treppenabsatz aus dem Schnee erhob. Aber außer Fußspuren war da nichts. Sie führten die Treppe hinauf und wieder hinunter. Und der Wind war wirklich so kalt, wie Judy es gesagt hatte. Einige der Fußspuren waren schon etwas verweht. Leigh wollte gerade die Tür schließen, als sie eine kleine Papierrolle in ihrem Schlüsselloch entdeckte.

Sie zog das Papier heraus, knallte die Tür zu und schloss die Tür ab. Dann entrollte sie den Zettel. Er war ungefähr so groß wie eine Spielkarte. Die Schrift darauf war sehr klein, fast winzig, aber jeder Buchstabe war mit schwarzer Tinte geschrieben und wohlgeformt.

Verschwende dich nicht an einen Mann ohne Flügel. Ich habe Flügel, mit denen ich mich zum Himmel aufschwingen werde. Deine Liebe wird der Wind unter meinen Flügeln sein. Du bist so schön, wenn du schläfst.

Leigh warf einen Blick auf die Tür und dann zu ihrem Schlafzimmer hinüber. Auf keinen Fall konnte er sie im Schlaf beobachtet haben. Nie und nimmer. Trotzdem rannte sie ins Bad und holte ein Handtuch, das sie über die Gardine hängte, die das Fenster in ihrer Tür verdeckte. Dann ging sie erneut ins Bad, riss den Zettel in kleine Fetzen und warf ihn in die Toilette. Sie wandte den Blick keine Sekunde ab, um sicherzugehen, dass alle Schnipsel verschwanden, als sie die Spülung betätigte.

Das half, aber es löschte nicht ganz die Vorstellung von Edwin Hammond aus, der vor ihrer Tür stand und durch ihr Fenster spähte. Sie schüttelte sich, während sie den Wasserkessel füllte. Der Mann war Englischlehrer. Er war nicht gefährlich. Er hatte nur zu viele Shakespeare-Tragödien oder so gelesen. Und jetzt spielte er irgendein merkwürdiges Spiel. Aber sie würde nicht mitspielen.

Natürlich wusste sie nicht, was Mrs Simpson bereits ihren Telefonfreundinnen davon erzählt hatte, dass dieser Mann so früh am Morgen hier erschienen war. Vielleicht kursierten bereits wilde und verrückte Geschichten über Leigh, so wie es jetzt bei Zella der

Fall war. Nur in Hollyhill konnte jemand auf die Idee kommen, dass eine Frau wie Zella eine verborgene Vergangenheit hatte. Das Einzige, was Zella verbarg, waren ein paar Liebesromane in ihrer Handtasche.

Trotzdem hatte ein fremder Mann gestern Abend nach Zellas Haus gefragt. Das war eindeutig etwas, worüber Leigh mehr wissen musste. Nach dem Frühstück würde sie einfach zum *Banner* hinübergehen und nachsehen, was los war. Schließlich hatte sie ohnehin versprochen, Zella ihren Ring zu zeigen. Vielleicht schaffte David es ja durch den Schnee und war schon im Büro, wenn sie dort ankam. Dann würde sich der Fußmarsch auf jeden Fall lohnen.

Zuerst, gleich wenn sie angezogen war und ihre Schuhe anhatte, würde sie aber hinausgehen und den Schnee von ihrer Türschwelle und den Treppenstufen fegen. Sie wollte nicht, dass auch nur die geringste Spur von Edwin Hammonds Anwesenheit vor ihrer Tür zurückblieb.

27

Zella konnte es nicht fassen, als sie am Montagmorgen, noch bevor sie zur Arbeit ging, den ersten Anruf erhielt. Da verpasste man wegen eines Schneesturms einmal einen Gottesdienst und ließ einen armen Jungen ins Haus, damit er nicht erfror, und schon redeten alle. Über sie.

Zumindest hatte Agnes ihr das erzählt, als sie Zella um sieben Uhr in der Früh angerufen hatte. Zella hatte noch nicht einmal ihr Porridge aufgegessen gehabt und Agnes hatte so lange geredet, dass sie den Rest in den Abfall hatte tun müssen. Aber nach dem Gespräch hatte sie sowieso keinen Appetit mehr gehabt.

Agnes war am Abend zuvor noch nicht einmal selbst in der Kirche gewesen. Du lieber Himmel, nein, hatte sie gesagt. Bei diesem Wetter könne sie nicht rausgehen. Aber sie hatte mit Josephine gesprochen, die mit Lenora geredet hatte, die es von Gertie gehört hatte, die natürlich dabei gewesen war. Und die offensichtlich doch gesehen hatte, wie Robert Wesley Green junior mitten in Zellas Wohnzimmer gestanden hatte.

„Es war nur jemand, der nach dem Weg gefragt hat", hatte Zella Agnes erklärt, als diese sich nach dem Jungen erkundigt hatte.

„Nach dem Weg zu deinem Haus, heißt es", hatte Agnes ins Telefon gebrüllt.

Zella hatte den Hörer ein Stück von ihrem Ohr weggezogen. Agnes dachte, nur weil sie schlecht hörte, müsse der Rest der Welt es auch tun. „Damit ich ihm den weiteren Weg erklären konnte", hatte Zella laut gesagt.

„Oh", hatte Agnes erwidert. „Na, das habe ich auch zu Josephine gesagt. Ich habe gesagt, es gibt bestimmt eine vernünftige Erklärung und es sei ganz und gar unmöglich, dass er dein Sohn ist."

„Mein Sohn?" Zella war fast der Hörer aus der Hand gefallen. „Wer hat dir denn das erzählt?"

„Äh … was hast du gesagt? Ich kann dich nicht hören. Ich muss wohl eine neue Batterie in mein Hörgerät einlegen", hatte Agnes gesagt und aufgelegt, ohne sich auch nur zu verabschieden.

„Eine neue Batterie", hatte Zella gemurmelt und ungläubig das Telefon angestarrt. Was Agnes brauchte, war ein neues Gehirn. Das musste die verrückteste Äußerung gewesen sein, die diese Frau jemals von sich gegeben hatte, und sie hatte im Laufe der Jahre schon ziemlich verrückte Sachen von sich gegeben. Zella hatte den Hörer aufgelegt und den Apparat angestarrt, als wollte sie ihn warnen, nicht noch einmal zu klingeln. Das hatte er auch nicht getan.

Aber beim Telefon im Büro des *Banner* funktionierte ihr böser Blick offenbar nicht. Als sie die Tür aufschloss, klingelte es bereits. Niemand war da. Nicht einmal Wesley. Das war gut. Zella hoffte, er würde erst nach David eintreffen, und wer wusste schon, wann das der Fall sein würde, so wie die Straßen im Umland unter Schneewehen begraben waren.

Zella ließ das Telefon klingeln. Es war noch nicht einmal acht Uhr morgens. Da musste sie nicht rangehen. Und selbst nach acht Uhr würde sie vielleicht nicht abnehmen. Erst musste sie nachdenken. Dass David aber auch ausgerechnet heute eingeschneit sein musste. Was, wenn der Junge es durch den Schnee nicht zu ihm geschafft hatte? Sie hatte keine Möglichkeit, es herauszufinden. Davids Telefon war anscheinend immer noch gestört, denn jedes Mal, wenn sie anrief, ertönte nur das Besetztzeichen.

Das Telefon auf ihrem Schreibtisch klingelte wieder. Zella sah es an, als erwartete sie, dass es beim nächsten Klingeln in die Luft flog. Es könnte David sein und sie hätte gerne mit David geredet. Aber es könnte auch eine ihrer sogenannten Freundinnen sein, die herumerzählten, der Junge, Wesleys Enkel, sei ihr Sohn. Ihr Sohn!

Das musste die wildeste, absurdeste Geschichte sein, die sich jemals ein Mensch in Hollyhill ausgedacht hatte, und Zella hatte im Laufe der Jahre so einige Geschichten gehört. Manche davon hatten sich als wahr erwiesen. Aber diese nicht.

Die einzige Person, die sich eine so verrückte Geschichte ausdenken würde, wäre Wesley, und er wusste ja noch nichts von Robert Wesley junior. Zumindest hatte Robert das behauptet. Und dann war da natürlich noch Jocelyn. Sie wusste von Robert, wenn er es gestern Abend bis zu ihrem Haus geschafft hatte. Das Mädchen konnte sich in Windeseile etwas ausdenken. Aber Jocie war eingeschneit und hatte kein Telefon.

Als Leigh um zehn Uhr ins Zeitungsbüro kam, war Zella immer noch nicht ans Telefon gegangen. Wesley war inzwischen hinten in der Druckerei. Nachdem er gekommen war, hatte er irgendwann den Kopf durch die Tür gestreckt, um sich zu erkundigen, ob es irgendein Problem gab, weil das Telefon bestimmt zwanzig Mal geläutet hatte.

Natürlich gab es tatsächlich ein Problem, aber Zella hatte Wesley nichts davon erzählt. Sie hatte ihn nur angesehen und zu ihm gesagt, sie habe beschlossen zu warten, bis David kam, bevor sie Anrufe entgegennahm. Sie habe keine Zeit, Nachrichten von jedem Einwohner in Hollyhill aufzuschreiben, der anrief, um ihnen mitzuteilen, wie hoch der Schnee bei ihm im Vorgarten lag. Beides entsprach vollkommen der Wahrheit.

„Ist mir recht. Schneenachrichten sind keine Nachrichten", hatte Wesley gesagt und war wieder in der Druckerei verschwunden.

Zella hatte ihm schon hinterherrufen wollen, dass es sehr wohl Nachrichten gab. Dass seine Vergangenheit ihn eingeholt hatte. Wenigstens ein Teil seiner Vergangenheit. Das Gesetz hatte ihn noch nicht ausfindig gemacht, aber das kam vielleicht als Nächstes. Wenn das geschah, würde es allerdings daran liegen, dass jemand anders nachgeforscht hatte. Zella hatte genug davon, in der Vergangenheit anderer herumzustochern. Selbst, wenn es zum Besten der betreffenden Person war.

Auch als Leigh mit roten Wangen und strahlendem Gesicht das Büro betrat, klingelte das Telefon. Die frisch Verlobte streifte ihre Stiefel ab und zog den linken Handschuh aus, um Zella den Ring zu zeigen. Zella sprang auf und ging um den Schreibtisch herum, um Leigh zu umarmen.

Eine Minute lang vergaß sie beinahe die lächerlichen Geschichten, die in Hollyhill kursierten. Und vielleicht hatte das ganze Telefonklingeln ja auch gar nichts mit dem zu tun, was Agnes gesagt hatte. Vielleicht riefen die Leute ja alle an, um über David und Leigh zu reden. Vielleicht hätte sie doch abnehmen sollen, damit alle erfuhren, wessen Verdienst der schöne Diamantring an Leighs Finger war. Wenn Zella David nicht wachgerüttelt hätte, damit er Leigh überhaupt bemerkte, wäre es nie zu dieser Verlobung gekommen.

Wie Leigh gerade sagte, hatten sie sogar schon einen Hochzeitstermin festgelegt. „Das erste Wochenende im Juni. Wahrscheinlich am Samstag. Meinst du nicht auch, dass ein Samstag am besten wäre?“

„Ganz eindeutig. Nachmittags. Um vier Uhr. Die allerbeste Zeit für eine Hochzeit“, sagte Zella. Der Diamant war nicht groß, aber er war ein Diamant. Hinter ihnen klingelte immer noch das Telefon.

„Klingt gut. Oder vielleicht ein bisschen früher, falls wir beschließen, anschließend gleich eine Hochzeitsreise zu machen.“

„Natürlich müsst ihr eine Hochzeitsreise machen. Irgendwohin, wo es exotisch und romantisch ist.“

„Das müssen David und ich noch entscheiden.“ Leigh blickte von Zella zu dem Telefon, das nicht aufhörte zu klingeln. „Willst du nicht rangehen?“

„Nein.“

„Ist alles in Ordnung, Zella?“ Leighs Lächeln erlosch und sie sah besorgt aus.

Zella runzelte die Stirn. „Du siehst aus, als hättest du Klatsch und Tratsch gehört.“

„Judy hat mich vorhin angerufen, um sich zu erkundigen, warum ich nicht zur Arbeit gekommen bin. Ich habe verschlafen. Sie hat mir erzählt, dass gestern Abend ein Mann bei dir zu Hause war, aber ich habe ihr gesagt, dass es bestimmt eine vernünftige Erklärung dafür gibt.“

„Auf jeden Fall nicht die Erklärung, die Agnes Calhoun mir heute Morgen aufgetischt hat.“ Zella stapfte zu ihrem Platz zurück und setzte sich. „Mein Sohn, dass ich nicht lache! Ein armer Junge klingelt an meiner Tür, um nach dem Weg zu fragen, und dann passiert so etwas. Ich habe ihn nur hereingelassen, weil er ohne richtigen Mantel oder Hut im Schnee stand.“

„Wohin wollte er denn?“ Leigh hockte sich auf den Besucherstuhl neben Zellas Schreibtisch. Sie wirkte immer noch besorgt.

„Zu David natürlich“, sagte Zella. „Ich weiß allerdings nicht, ob er dort angekommen ist. Davids Telefonleitung scheint gestört zu sein.“

„Warum wollte er denn zu David?“

„Du brauchst nicht so ängstlich zu gucken. Es hat überhaupt nichts mit dir und David zu tun. Er ist genauso wenig Davids verschollener Sohn, wie er meiner ist. Nicht zu fassen, was die Leute sich so erzählen."

„Ich dachte eher an Stephen Lees Vater."

„Er war nicht schwarz", gab Zella trocken zurück. Was für voreilige Schlüsse die Leute zogen, ohne die geringsten Fakten zu haben! Sie blickte über ihre Schulter in Richtung Druckerei und senkte die Stimme zu einem Flüstern. „Er ist Wesleys Enkel."

28

Wes hätte den Jungen überall erkannt. Ihm gegenüberzustehen war, wie in einen Spiegel zu schauen, der einem die Vergangenheit zeigte. Es war, als wäre er vierzig Jahre zurückgereist. In die Zeit, bevor seine Haare weiß waren und er sie in alle Himmelsrichtungen abstehen ließ. Bevor seine Augenbrauen buschig und borstig geworden waren. Bevor er jahrelang beim Motorradfahren die Augen zusammengekniffen und jede Menge Falten bekommen hatte. Der Junge sah so aus, wie Wesley sich manchmal vorstellte, selbst auszusehen, wenn kein Spiegel in der Nähe war, der ihm das Gegenteil bewies.

Er sah nicht wütend aus. Wes hatte erwartet, dass der Junge wütend sein würde, als David in die Druckerei gekommen war und ihm von seinem nächtlichen Besucher erzählt hatte. Kurz nachdem der Schneepflug die Straßen frei geräumt hatte, war David zur Arbeit gekommen. Den Jungen hatte er zunächst bei Zella und Jo im Büro gelassen, damit er allein mit Wes hatte sprechen können. Es war klar, dass David sich unsicher gewesen war, ob Wes seine Nachrichten gut oder schlecht finden würde.

Wes war sich da selbst nicht so sicher. Er hatte nie erwartet, dass seine Vergangenheit ihn einholen würde. Manchmal hatte er erwogen zurückzugehen und herauszufinden, was für ein Mann Robert geworden war, aber dann hatte er es vorgezogen, die Dinge so zu lassen, wie sie waren. Als er fortgegangen war, war Robert Mitte zwanzig gewesen und frisch verheiratet. Er hatte sein ganzes Leben noch vor sich gehabt und war nicht darauf angewiesen gewesen, dass Wes seine Hand hielt. Vor allem aber hatte Wes nicht gewollt, dass sein Sohn sein eigenes Leben auf Eis legte, weil er sich verpflichtet fühlte, Wes die Hand zu halten.

Außerdem hatte Wes einfach fliehen müssen. Er hatte es nicht ertragen, in dem Haus zu sein, in dem Rosa und er gelebt und geliebt hatten. Es war Rosas Haus. Ohne Rosa war es ein Gefängnis.

Und nachdem er dann einige Jahre unterwegs gewesen war, hatte er das Gefühl gehabt, dass er zu lange fort gewesen war, um zurückzukehren. Er war nicht mehr derselbe Mann, der damals fortgegangen war. Robert und er wären einander mit Sicherheit fremd. Sie hatten sich nie wirklich als zwei Erwachsene gekannt. Nur als Vater und Sohn.

Wes hatte seine Familie geliebt. Er hatte seinen Sohn geliebt. Zu sehr, um zu bleiben und ihm Kummer zu machen. Sich selbst hatte er gehasst. Mit sich selbst hatte er nicht leben können. Deshalb war er auf Reisen gegangen und hatte einen neuen Wesley Green erfunden. Einen Mann, der vom Jupiter kommen konnte.

Und dann war da Jo gewesen. Sie hatte Wes nicht erfunden. Gott hatte sie ihm in den Weg gelegt, damit sie mit ihm ging und seine Hand nahm. Damit sie ihn an einen Ort auf der Erde zurückzog, an dem er wieder Liebe fühlen konnte. Schon komisch, wie Gott wirkte.

Vielleicht war Gott ja auch hier am Werk. Vielleicht wusste Gott, dass jetzt der richtige Zeitpunkt für Wes gekommen war, um seiner Vergangenheit ins Auge zu sehen. Er hätte David gerne danach gefragt, wie er das sah, aber David war ins Büro gegangen und hatte den Jungen allein nach hinten geschickt. Wes bemerkte, wie Jo durch die Tür lugte, als der Junge eintrat. Sie sah so besorgt aus, dass Wes am liebsten an dem Jungen vorbeigegangen wäre, um ihr zu versichern, dass jupiterianische Liebe alles überstand, was die Erde ihr entgegensetzen konnte. So ähnlich, wie Paulus im Römerbrief geschrieben hatte, dass nichts – *weder Tod noch Leben, noch Engel noch Mächte noch Gewalten, weder Gegenwärtiges noch Zukünftiges, weder Hohes noch Tiefes noch irgendeine andere Kreatur* – einen Menschen von Gottes Liebe trennen konnte.

Aber der Junge trat ein und die Tür schloss sich, sodass sie beide miteinander allein waren. Er wirkte verunsichert, als er so dastand und Wes anstarrte, ohne etwas zu sagen. Wes konnte sich vorstellen, wie er nach den Worten suchte, die er im Geiste geübt hatte, und sie nicht fand. Was sagte man schon, wenn man einem Mann gegenüberstand, der das ganze Leben lang so gut wie tot für einen gewesen war?

Wes half ihm nicht. Er wartete einfach, bis der Junge etwas sagte, und fragte sich, was er wohl antworten würde. Der Junge wollte sicher keine Jupitergeschichten hören. Das Schweigen zwischen ihnen wurde immer angespannter, bis es sich anfühlte, als hätte man eine Gitarrensaite zu straff gespannt.

„Bist du wirklich mein Großvater?“, brachte der Junge schließlich heraus.

„Nach allem, was David mir erzählt hat, scheint mir das der Fall zu sein“, erwiderte Wes.

Die Lippen des Jungen zuckten, als wollte er lächeln, aber dann überlegte er es sich anders. „Mein Name ist Robert Wesley Green junior. Es tut mir leid, dass ich einfach so hier auftauche, ohne mich anzumelden oder so, aber ich wollte dich immer schon kennenlernen, und seit wir Miss Curtsingers Brief bekommen haben, konnte ich es kaum erwarten herzukommen. Deshalb habe ich es einfach getan.“ Dann lächelte der Junge doch noch. Nicht breit und fröhlich, sondern ängstlich und zögerlich.

Zella steckte also dahinter. Das war eigentlich eine noch größere Überraschung als die Tatsache, dass der Junge hier aufgetaucht war. Aber andererseits war sie schon immer neugierig gewesen, was seine Vergangenheit anging. Jahrelang war sie sich sicher gewesen, dass eines Tages die Polizei kommen und ihn abführen würde. Wahrscheinlich war es für sie eine Enttäuschung, dass nur sein Enkel aufgetaucht war.

Der Junge stand immer noch dort und wartete darauf, dass Wes etwas sagte. Wes überlegte, dass er wahrscheinlich Gott um die richtigen Worte bitten sollte, aber so gut war er im Beten noch nicht. Nicht, wenn es um so etwas Konkretes ging. Er hatte daran gearbeitet, aber meistens schlug er nur die Bibel auf und las ein wenig darin, bevor er still in seinem Sessel saß und es Gott überließ, seine Gedanken mit dem zu füllen, was er für angemessen hielt.

David hatte ihm gesagt, dass es nicht eine bestimmte Art gab, mit Gott zu reden. Dass Gott alle Gebete hörte, also hörte er Wes jetzt vielleicht auch und konnte ihm die richtigen Worte in den Mund legen. Wes wusste nur mit Sicherheit, dass ihm sein Bein wehtat. „Hast du was dagegen, wenn ich mich setze?“, fragte er den Jungen. „Mein Bein macht mir heute zu schaffen.“ Wes sank auf einen der Stühle und legte den Fuß auf eine Kiste. „Du kannst dich auch setzen.“

Der Junge drehte einen der anderen Stühle um und setzte sich Wes gegenüber. „Jocie hat mir erzählt, dass du bei dem Tornado verletzt wurdest.“

„Das hat sie dir erzählt?“ Aus irgendeinem Grund überraschte Wes das. Er hatte nicht erwartet, dass der Junge und Jocie sich miteinander unterhalten hatten.

„Wir waren heute Morgen im Schnee spazieren. Sie hat mir erzählt, dass sie dich als Opa adoptiert hat. Ich glaube, wenn ich irgendetwas dagegen gesagt hätte, hätte sie mich einfach in eine Schneewehe geschubst und mich dort liegen lassen.“ Jetzt lächelte der Junge richtig und über das ganze Gesicht.

Wes lächelte ebenfalls. „Das klingt nach Jo. Sie ist der Grund, warum ich hier bin. Der Grund, warum ich aufgehört habe wegzulaufen.“

„Aber vor uns bist du weiter weggelaufen. Warum hast du nie geschrieben und uns gesagt, wo du bist?“ Das Lächeln des Jungen erlosch.

Wes betrachtete seine Hände, die in seinem Schoß lagen, und blickte dann zur Druckerpresse hinüber. „Ich weiß nicht, ob ich dir dafür einen guten Grund nennen kann. Es schien mir so, als ob ich nicht mehr zurückgehen könnte. Nicht nach dem, was geschehen war.“ Wes sah wieder den Jungen an. Er hatte die Wahrheit verdient. „Weil ich der Grund dafür war, dass deine Grandma Rosa und deine Tante Lydia nicht mehr da waren.“

„Dad sagt, es sei ein Unfall gewesen.“

„Das war es auch, aber viele Unfälle können verhindert werden, wenn Leute besser aufpassen.“

„Was ist denn passiert?“

Wes' Blick wanderte wieder zu der Druckerpresse hinüber. „Ich weiß es nicht. Gerade fuhr ich noch im Regen die Straße entlang und dann wachte ich in einem Rettungswagen auf und mein Leben war in die Luft geflogen. Die Ärzte sagten, ich hätte mir den Kopf angestoßen und würde mich wahrscheinlich nie mehr daran erinnern, was genau geschehen ist.“

„Dann weißt du doch gar nicht, ob du den Unfall hättest verhindern können.“

Wes sagte eine Weile nichts. Manche Dinge konnte man nicht erklären und dazu gehörte die Art, wie die Tentakeln der Schuld Wes umschlungen und das Leben in ihm erstickt hatten. Schließlich sagte er: „Wie geht es deinem Vater?“

„Dad geht es gut. Er hat euer Haus ein paar Jahre, nachdem du weggegangen bist, verkauft und das Geld dafür benutzt, um noch ein Ingenieurstudium zu machen. Er hat eine gute Arbeitsstelle. Mom ist Lehrerin. Sie unterrichtet eine dritte Klasse. Und ich habe eine jüngere Schwester. Sie heißt Lydia Rose."

Wes spürte, wie ihm Tränen in die Augen stiegen. „Ist sie so hübsch wie ihre Tante Lydia?"

„Sie ist hübsch, aber den Bildern von Tante Lydia nach zu urteilen, sieht sie ihr nicht sehr ähnlich. Sie sieht eher so aus wie Mom. Aber Dad sagt, dass sie in vielem so ist wie Tante Lydia. Klug, gutmütig, aber auch stur. Sie ist vor ein paar Monaten siebzehn geworden." Der Junge schob die Hand in seine Manteltasche und zog eine Brieftasche heraus. „Ich habe Bilder. Möchtest du sie sehen?"

Wes nahm die Bilder, die der Junge aus seiner Brieftasche zog, vorsichtig in die Hand. Das Mädchen hatte blonde Haare und hellblaue Augen. Ihr Lächeln offenbarte vollkommene Zähne und ein glückliches Strahlen. Es gab auch ein Familienfoto, das offensichtlich vor ein paar Jahren gemacht worden war, denn der Junge sah darin vielleicht aus wie sechzehn. Robert wirkte älter. Sein Gesicht war breiter und sein Haar fing an den Schläfen an, grau zu werden. Aber Wes hätte ihn überall erkannt. Sein Sohn. Der Sohn, den er nachts gewiegt hatte, wenn er Koliken hatte. Der Sohn, dem er Angeln und Baseball beigebracht hatte. Der Sohn, mit dem er seine Trauer nicht hatte teilen können. Der Sohn, den er nie zu lieben aufgehört hatte.

Seine Hand zitterte ein wenig, als er versuchte, die Bilder zurückzugeben.

„Behalte sie, wenn du willst", sagte der Junge mit einer entsprechenden Handbewegung. „Mom kann die Bilder für mich nachmachen lassen, wenn ich wieder zu Hause bin."

Wes schob die Bilder in seine Hemdtasche. Sie schienen beinahe ein Loch durch den Stoff und in sein Herz zu brennen. Trotzdem konnte er diesem Jungen nicht sagen, dass er mit ihm nach Hause kommen würde. Er war zu Hause. Es hatte keinen Sinn, um den heißen Brei herumzureden. Am besten legte er die Karten gleich offen auf den Tisch. „Also gut, du hast mich gefunden. Was erwartest du jetzt von mir, Robert junior?"

Die Frage schien den Jungen aus dem Konzept zu bringen. So als wären sie von den schönen Dingen zu schnell zur Sache gekommen. Einen Moment lang sah er aus, als wäre er am liebsten direkt nach Pelphrey, Ohio, zurückgelaufen, aber dann riss er sich zusammen und sagte: „Ich weiß nicht." Er zögerte und blickte ratlos drein. „Ich weiß ja nicht einmal, wie ich dich nennen soll. Mr Green? Großvater? Wesley?"

„Wesley oder Wes ist in Ordnung", sagte Wes. „Nachdem ich mir den Großvatertitel ja nicht gerade verdient habe."

„Wie nennt Jocie dich denn?"

„Wes."

„Dann werde ich dich auch so nennen. Da wir dich beide als Großvater beanspruchen ... Ich glaube übrigens, das macht ihr etwas zu schaffen. Sie befürchtet vermutlich, sie müsse dich mit mir teilen, aber vielleicht findet sie es nicht mehr so schlimm, wenn sie mit dir geredet hat und sieht, dass sich nichts geändert hat." Er blickte zur Tür hinüber und dann wieder zu Wes.

„Alles ändert sich. Jeden Tag."

„Dass ich hier bin und dich gefunden habe, ändert doch nichts an deinen Gefühlen für Jocie, oder?" Der Junge beugte sich auf seinem Stuhl vor und es war beinahe so, als würde er die Luft anhalten, während er auf Wes' Antwort wartete.

„Nein."

„Dann ändert Liebe sich nicht." Der Junge sah erleichtert aus.

„David da draußen würde dir sagen, dass Gottes Liebe sich nicht ändert, aber dass Menschen mit ihrer Liebe nicht so göttlich sind", sagte Wes leise, während er zur Druckerpresse hinübersah. Es brachte nichts, dem Jungen etwas vorzumachen. Er war jung, aber nicht zu jung, um der Wahrheit ins Gesicht zu sehen. „Hier auf der Erde kann Liebe stärker werden oder vielleicht schwächer. Manchmal kann sie verschwinden."

„Ist deine Liebe zu uns, ich meine zu Dad, verschwunden?"

„Nein, aber ich würde es ihm nicht verübeln, wenn seine Liebe zu mir nicht mehr da wäre." Wes sah Robert junior an. „Wollte er, dass du mich suchst?"

„Er hatte Angst, du könntest es nicht sein. Dass ich enttäuscht würde. Dass wir alle enttäuscht würden. Aber bevor ich losgefahren bin, hat er mir Geld fürs Benzin gegeben. Und mir gesagt, falls du es bist, soll ich dir sagen, dass es ihm leidtut."

„Was tut ihm leid?"

„Das weiß ich nicht. Ich habe ihn danach gefragt, aber er hat es mir nicht gesagt. Er sagte, du wüsstest schon."

Und Wes wusste es tatsächlich. Er spürte den gleichen Kummer in seiner eigenen Brust. Kummer wegen der Jahre, die sie verloren hatten. Kummer darüber, dass sie sich voneinander abgewandt hatten, anstatt sich einander zuzuwenden, als sie beide ohnehin schon zu viel verloren hatten. Kummer angesichts der Tatsache, dass sie die Vergangenheit nicht ändern konnten. „Ich kann nicht zurückgehen", sagte Wes.

„Nicht einmal auf einen Besuch?"

„Ich weiß nicht. Ich glaube nicht. Noch nicht", sagte Wes.

Der Junge war hartnäckig. „Gut, aber können wir nicht wenigstens reden? Einander kennenlernen, bevor ich wieder zur Uni muss? Hast du ein Sofa, auf dem ich schlafen könnte? Bei Reverend Brooke ist es ein bisschen eng."

„Ich weiß, was du meinst. Ich habe letzten Sommer ein paar Wochen im Brookeschen Hauptbahnhof verbracht, nachdem ich mit dem kaputten Bein aus dem Krankenhaus kam." Wes lächelte. „Und so hartherzig bin ich nun doch nicht, dass ich einen Jungen auf diese verschneiten Straßen hinausschicken würde. Du kannst ein, zwei Tage bleiben, aber ich kann nicht einfach nur herumsitzen und reden. Ich muss David und Jo helfen, die Zeitung zu drucken. Wir sind schon einen halben Tag im Verzug."

„Kein Problem. Vielleicht kann ich ja auch helfen."

„Weißt du irgendwas über Druckmaschinen?" Wes sah ihn prüfend an.

„Nein, aber ich bastele gerne herum und finde heraus, wie Dinge funktionieren. Ich studiere Physik und Naturwissenschaften an der Universität."

„Sieh mal einer an. Also gut, Junior, wir machen besser die Tür auf und lassen die anderen rein, damit wir mit der Arbeit anfangen können", sagte Wes.

Er stand auf und ging zur Tür, um sie zu öffnen. Jocie musste die Tür angestarrt und auf das erste Anzeichen einer Bewegung gewartet haben. Noch bevor er die Tür richtig geöffnet hatte, stürmte sie in die Druckerei und schlang die Arme um seine Taille. „Es ist mir egal, ob du sein Opa bist. Meiner warst du zuerst.“

Das stimmte nicht so ganz, aber es war nah genug dran.

29

Freitag – 1. Januar 1965. Jocie schrieb das Datum ganz oben auf die Seite in ihrem Tagebuch. Dann starrte sie auf die leeren Linien darunter und wusste nicht, wo sie anfangen sollte. Die Worte explodierten förmlich in ihrem Kopf, sodass sie sich nicht sicher war, ob sie sie alle nacheinander und in der richtigen Reihenfolge würde zu Papier bringen können. So viel war passiert. Passierte immer noch.

Sie kaute am Ende ihres Füllfederhalters und sah sich im Wohnzimmer um. Im Augenblick passierte eigentlich nicht sehr viel. Tante Love schlummerte in ihrem Sessel. Tabitha gab Stephen Lee die Flasche und machte Robert schöne Augen, der mit Wes und ihrem Vater über irgendein Projekt redete, das er im letzten Semester für einen seiner Kurse gemacht hatte. Leigh gähnte hinter vorgehaltener Hand und tat so, als würde sie zuhören.

Jocie tat nicht einmal so. Robert war in Ordnung, aber manchmal redete er ohne Punkt und Komma darüber, wie schlau er war. Ihr Dad hatte zu ihr gesagt, Robert wolle vielleicht Wes beeindrucken und sie sollten ein bisschen Nachsicht mit ihm haben, bis sie ihn besser kannten.

Dazu war Jocie bereit. Sie hatte ihre Eifersucht überwunden. Schon bevor Wes ihr gesagt hatte, dass Jupiterliebe stärker sei als zehn Grizzlybären, klebriger als Kaugummi in den Haaren und ausdauernder als ein jupiterianischer Froppel.

Als sie gelacht und gefragt hatte, was in aller Welt ein jupiterianischer Froppel sei, hatte er gegrinst und gesagt: „Nichts, was es hier auf der Erde gibt, das steht fest. Ein Froppel ist ein bisschen wie die Frösche, die ihr hier habt, aber mit längeren Sprungbeinen. Froppel können einmal um den Jupiter hoppeln, nachdem sie zwei winzig kleine Insekten gegessen haben. Sie werden niemals müde. Verlieren niemals ihre Kraft. Und sie geben niemals auf. Sie hüpfen immer weiter. Eine Runde nach der anderen."

„Aber warum hoppeln sie um den Jupiter herum?"

„Das weiß keiner. Mr Jupiter hat jahrelang die Wissenschaftler darüber forschen lassen. Sie haben es nicht herausgefunden. Aber natürlich haben sie herausgefunden, dass sie aus diesen kleinen Insekten Raketentreibstoff machen können. So bin ich schließlich hier gelandet. Insektensafttreibstoff."

Jocie hätte beinahe laut gekichert, als sie jetzt an den Insektensafttreibstoff dachte und zu Wes hinübersah. Er musste ihren Blick gespürt haben, denn er drehte sich zu ihr um und zwinkerte.

Jocie schluckte ihr Kichern herunter und fing an zu schreiben.

Ein neues Jahr. Mein vierzehnter Neujahrstag, obwohl ich mich an die ersten paar genauso wenig erinnere, wie Stephen Lee es später mal tun wird. Aber falls er will, kann er das hier irgendwann lesen, dann weiß er, was an seinem ersten Neujahrstag passiert ist.

Wir haben das neue Jahr diesmal richtig eingeläutet. Haben alle zu uns eingeladen. Tante Love hat Augenbohnen und Kohl gekocht. Igitt! Aber sie sagt, wenn man das am Neujahrstag isst, hat man das ganze Jahr Glück. Ich habe Hotdogs und Apfelmus gegessen. Alle anderen die Bohnen und den Kohl. Tabitha hat sogar eine der Bohnen zerdrückt und Stephen Lee damit gefüttert, aber er hat eine Grimasse gezogen und die Bohne ausgespuckt, also müssen wir beide uns wohl auf Gott verlassen, was das Glück betrifft, anstatt auf die Glücksbohnen.

Seit Weihnachten ist es hier ziemlich verrückt zugegangen. Zumindest seit Robert aufgetaucht ist. Robert ist der Enkel von Wes. Weißt du noch, darüber habe ich beim letzten Mal geschrieben … dass Wes immer noch mein Opa ist, egal, was kommt, und das ist er auch. Aber es macht mir nichts mehr aus, dass er jetzt auch der von Robert ist. Robert hat sogar noch eine Schwester. Lydia Rose. Also ist Wes wohl auch ihr Opa. Sie ist siebzehn und Wes sagt, vielleicht besucht er sie im nächsten Sommer. Vielleicht. Er sagt, darüber muss er noch ein bisschen nachdenken.

Dad hat mir ein bisschen davon erzählt, was passiert ist und warum Wes überhaupt hier ist. Es hatte nicht viel mit Insektensafttreibstoff zu tun, aber ich bin froh, dass Wes mir immer noch diese verrückten Jupitergeschichten erzählen will. Falls er mir irgendwann Geschichten aus Pelphrey erzählen will, werde ich sie mir auch anhören. Vielleicht können wir dann zusammen

über sie weinen, so wie wir jetzt zusammen über die Jupitergeschichten lachen.
Das Verrückteste an der ganzen Sache ist Zella. Genau: Zella! Du würdest nicht glauben, was für Geschichten in der Stadt die Runde gemacht haben, nachdem Robert während des Schneesturms bei ihr aufgetaucht ist. Na ja, es war kein richtiger Schneesturm, aber es war eine Menge Schnee. So viel, dass immer noch ziemlich viel davon liegt. Nicht genug, als dass wir am Montag schulfrei hätten, es sei denn, es fängt wieder an zu schneien. Ich hoffe ehrlich gesagt darauf. Dann müsste ich den Lehrer vom Neptun nicht sehen.
Ich weiß nicht, wie ich noch fünf Monate in seiner Klasse überleben soll. Er ist so seltsam, dass er mir unheimlich ist. Richtig unheimlich. Neulich habe ich gesehen, wie er sich in der Nähe von Leighs Wohnung herumgetrieben hat. Er stand mitten im Schnee, hat sich an einen Baum gelehnt und über die Straße zu einem ihrer Fenster hinaufgestarrt. Da hatte ich wieder dieses gruselige Spinnenkrabbelgefühl. Als müsste ich irgendetwas tun. Aber was? Hingehen und ihn fragen, was er da eigentlich macht, oder in die Stadt zurücklaufen und Dad sagen, er soll zu Leigh gehen und ihr sagen, dass sie die Polizei anrufen soll? Ich wünschte, jemand würde ihn verhaften und zum Neptun zurückschicken oder wo auch immer er herkommt.
Jetzt, wo er hinter Leigh her ist, habe ich nicht die geringste Ahnung, was er mir im nächsten Halbjahr antun wird. Er kann sie nicht einfangen, egal, wie viele Rosen er ihr schickt. Es hat sie schon jemand eingefangen. Dad. Und sie hat einen Ring, der es beweist.
Jedenfalls hat der eklige Typ mir einen Blick zugeworfen und sich dann verflüssigt. Gefällt dir das? Verflüssigt. Wie der Schnee. Ich liebe es, wenn mir die richtigen Wörter einfallen.
Aber wo war ich? Ach ja, bei dem widerlichen Lehrer, der Leigh nachspioniert. Als er weg war, bin ich zu ihr reingegangen und habe ihr erzählt, dass er da war. Sie hat richtig gefröstelt, so als würde ihr ganz anders. Sie hat versucht, nicht beunruhigt auszusehen, aber das war sie. Und sie hat versucht, Ausreden für ihn zu finden. Dass er vielleicht nur zufällig vorbeigekommen

ist. Oder dass er möglicherweise ein Gedicht über den Schnee schreiben wollte. Sie sagte, ich hätte schon genug Ärger mit Mr Neptunlehrer und brauche mir nicht noch mehr davon einzuhandeln, deshalb sollte ich die Sache einfach vergessen. Gerne!

Aber zurück zu Zella. Es ist einfach zum Schießen. Sie hat herausgefunden, woher Wes kommt. Wie sie das gemacht hat, hat sie noch nicht zugegeben, aber ich glaube, sie hat in seinen Sachen herumgeschnüffelt. Jedenfalls hat sie es herausgefunden und einen Brief nach Pelphrey, Ohio, geschickt. Aber sie sagt, sie hätte nie gesagt, dass sie herkommen sollten. Robert hat es einfach gemacht. Am letzten Sonntag ist er ohne Vorankündigung hier aufgetaucht. Die Leute haben ihn vor Zellas Tür und in ihrem Wohnzimmer gesehen und zack! haben sie beschlossen, dass er ein verschollener Verwandter sein muss. Zum Beispiel ein Sohn. Zella hat beinahe einen epileptischen Anfall bekommen, als sie das gehört hat. (Epileptisch ist ein Wort, das ich gerade in meinem Vokabelbuch hatte, und es passt hier ganz gut. Glaube ich.)

Jedenfalls wurden die Geschichten noch verrückter, als sich herumsprach, wie sehr Robert Wes ähnelt. Plötzlich waren sich alle sicher, sie wüssten, warum Wes vor Jahren hier gelandet ist. Die Leute erzählten sich, Zella und Wes hätten eine gemeinsame Vergangenheit. Und Robert sei ihr gemeinsamer Sohn. Zella spricht davon, ihre Cousine in Florida zu besuchen, bis die Gerüchte sich gelegt haben. Ich finde, es geschieht ihr ganz recht – weil sie sich immer in die Angelegenheiten anderer Leute einmischt.

Trotzdem hat sie mir letzte Woche fast leidgetan. Jedes Mal, wenn das Telefon geklingelt hat, ist sie beinahe aus der Haut gefahren, weil sie Angst hatte, es könnte eine ihrer Freundinnen sein, die ihr genüsslich berichtet, welche neue Version der Geschichte gerade in Hollyhill die Runde macht. Natürlich nur, damit sie Bescheid weiß, zu ihrem eigenen Besten. An einem Tag bin ich sogar für sie ans Telefon gegangen. Habe allen erzählt, dass Zella zu viel Arbeit hätte, um zu reden, wenn es nichts Dienstliches war.

Epileptisch trifft ihren Zustand noch nicht einmal annähernd, als sie die Geschichte über sich und Wes hörte. Sie hat von Dad verlangt, dass er auf der Titelseite des nächsten Banner einen

Artikel abdruckt, in dem steht, dass Robert in keiner Weise mit ihr verwandt ist. Aber Dad hat ihr erklärt, dass es dadurch nur noch schlimmer würde. Gerüchten könne sie nur den Garaus machen, indem sie ihren Freundinnen die Wahrheit sage oder jedenfalls so viel von der Wahrheit, wie sie erzählen wolle, und dann abwarte, bis der Klatsch und Tratsch sich wieder legten. Zella sagte, er müsse es ja wissen, immerhin habe er eine Menge Gerüchte aussitzen müssen, nachdem meine Mutter verschwunden war, als ich noch ganz klein war.

Tabitha hat nichts von unserer Mutter DeeDee gehört, obwohl sie ihr Bilder von Stephen Lee geschickt hat. Das macht Tabitha zu schaffen. Sie sagt, das stimme nicht, aber es ist so. Wenigstens war es so, bevor Robert an unsere Tür geklopft hat. Jetzt ist sie so verrückt nach ihm, dass sie keine Zeit hat, an etwas anderes zu denken. Außer an Stephen Lee natürlich, den vergisst sie nie. Sie ist eine gute Mutter. Stephen Lee hat da echt Glück.

Tabitha macht sich immer noch Sorgen, weil er schokoladenbraune Haut hat, aber mir fällt das gar nicht mehr auf. Er ist einfach nur der total süße Stephen Lee und ich würde für ihn sogar gegen Bären kämpfen, wenn es sein müsste. Das würden wir alle. Dad hat ihr manches von dem gesagt, was er auch Zella erklärt hat. Dass wir einfach ignorieren sollen, was die Leute reden. Dass Gott Schutzengel schickt, die auf kleine Babys wie Stephen Lee aufpassen. Und auch auf große Leute. Leute wie mich. Mein armer Schutzengel hatte letztes Jahr echt viel zu tun. Ich hoffe, all das ist jetzt vorbei. Tornados. Brände. Ich meine, was kann sonst noch passieren?

Ich weiß, was du jetzt denkst. Hochzeiten! Aber das ist ja nichts Tragisches, sondern nur etwas Neues. Etwas ganz Neues. Eine Stiefmutter zu haben, meine ich. Bis zur Hochzeit sind es ja noch sechs Monate, also habe ich Zeit, um mich an den Gedanken zu gewöhnen. Leigh will im Juni heiraten und sie will, dass ich ihr helfe, ihr Kleid auszusuchen. Sie sagt, sie weiß, dass ich sie nicht anlügen würde und dass ich ihr ehrlich sage, wenn sie in einem Kleid fett aussieht. Und das würde ich auch, aber sie hat so viel abgenommen, dass ich glaube, sie würde in keinem Kleid fett aussehen. Leigh ist nicht gerade dünn, nicht so wie ich, aber wer will schon so dünn sein wie ich? Niemand. Nicht mal ich. Ich habe übrigens noch nicht angefangen, Klopapier in meinen BH zu stopfen, auch wenn ich schon darüber nachgedacht habe. Aber wie ich mich kenne, würde es eh nur rausfallen und es sähe wirklich dämlich aus, wenn ich Klopapier hinter mir herziehen würde.

Mensch, so langsam bekomme ich vom Schreiben einen Krampf und das ist auch kein Wunder. Also mache ich lieber Schluss, bevor mir die Finger abfallen. Ich wollte nur noch mal sagen, was 1964 ein Segen war. Ich meine, so in etwa habe ich das zwar an Weihnachten schon gemacht, aber das kann man gar nicht oft genug tun. Also: Ich habe den Tornado und das Feuer überlebt. Wes kann wieder laufen und Motorrad fahren. Tabitha ist nach Hause gekommen. Stephen Lee wurde geboren. Tante Love lächelt mehr. Zeb ist mir zugelaufen. Wes ist getauft worden und ihm sind nicht die Ohren abgefroren. Und natürlich Dad. Immer Dad. Gott wusste, was ich brauchte, als er mich ihm gegeben hat.

Ich weiß nicht, was 1965 mit sich bringen wird. Eine Hochzeit und eine Stiefmutter schon mal, würde ich sagen. Aber wer weiß, was sonst noch? Im letzten Jahr hätte ich mir am 1. Januar niemals träumen lassen, was 1964 alles passieren würde. Tante Love sagt, im Großen und Ganzen ist es besser, dass man nicht weiß, was passiert, bevor es passiert. Dass wir uns einfach auf Gott verlassen sollen, damit er uns hilft, mit dem, was kommt, fertig zu werden. Aber Dad sagt, es ist in Ordnung, deswegen zu beten und darum zu bitten, dass Gott uns segnet und uns schwere Prüfungen erspart. Das werde ich also versuchen zu tun. Gott für alles zu danken, was ich habe, und ihn zu bitten, mir zu helfen, damit ich 1965 das tue, was ich soll, und nicht das, was ich nicht soll.

Ich werde bald weiterschreiben. Sie holen gerade das Scrabble-Brett raus und ich weiß, dass ich sie alle schlagen kann, sogar den schlauen Robert. Jedenfalls, wenn wir nicht erlauben, dass Wes jupiterianische Wörter benutzt. Vielleicht bekomme ich ja die Buchstaben, um „epileptisch" zu legen. Nee, das funktioniert nicht. Zu viele Buchstaben. Aber es besteht ja immer noch die Chance, dass ich „Quiz" mit dreifachem Wortwert legen kann.

Jocie lächelte und klappte ihr Notizbuch zu. Dann schob sie den Stift in die Spiralbindung. 1965 lag vor ihr, frisch und neu.

30

Adrienne saß auf ihrem üblichen Platz im Wartezimmer des Arztes. Der Stuhl gehörte ihr natürlich nicht. Wer zuerst kam, mahlte zuerst. Aber an diesem Morgen wollte niemand vor dem Fenster sitzen, durch das die Sonne hereinströmte. Die Aprilsonne war warm. Beinahe schon heiß.

Sie jedoch brauchte die Sonne auf ihrem Rücken. Nicht nur wegen der Wärme, obwohl die auch guttat. Seit der Operation war ihr immer kalt. Aber vor allem brauchte sie das Licht. Sie konnte spüren, wie die Dunkelheit nach ihr griff, deshalb klammerte sie sich an das Licht, umgab sich damit, wie eine frierende alte Frau eine Stola fest um sich zog.

Eine alte Frau. So fühlte Adrienne sich. Alt. Jedes Mal, wenn sie diese Praxis betrat, sogen sie ihr mehr Leben aus dem Leib. Sie hatten ihr die Brust genommen. Sie hatten die Muskeln unter ihrem Arm ausgehöhlt. Und sie hatten gesagt, das sei ihre einzige Chance. Alles rauszunehmen. Sie in einen kranken, traurigen Schatten der Frau zu verwandeln, die sie gewesen war. Ihre Haut war blass und transparent geworden wie feines Porzellan. Sie hatte sich von Francine die Haare kurz schneiden lassen müssen, weil ihr Arm immer noch so schwach war. Es war höllisch schwer, sich mit einer Hand die Haare zu frisieren. Ihre Augen, die sonst jeden Mann ansehen und einen anerkennenden Blick hatten ernten können, hatten ihr Feuer verloren und waren von dunklen Ringen umgeben.

Wenn es sich vermeiden ließ, sah sie nicht mehr in den Spiegel. In ihrer Wohnung hatte sie alle Spiegel abgenommen außer dem über dem Waschbecken im Badezimmer. Und den benutzte sie nur, um sich zu vergewissern, dass ihre Haare nicht in alle Himmelsrichtungen abstanden, oder um sich zu schminken. Sie wusste nicht, warum sie sich die Mühe überhaupt machte. Das Make-up konnte nicht verdecken, dass sie seit der Operation um Jahre gealtert war. Jetzt sah sie nicht mehr deutlich jünger, sondern deutlich älter aus, als sie tatsächlich war. Aber der Lippenstift und das Make-up machten es anderen Menschen leichter, sie anzusehen. Die Schminke konnte die Wahrheit nicht verbergen, aber die Leute konnten so tun, als täte sie es.

Also hielt Adrienne sich von Spiegeln fern, aber ab und zu wandte sie den Blick nicht schnell genug ab und sah ihr Spiegelbild in einem Fenster oder in einem der Spiegel in Francines Haus. Und dann fragte sie sich, wer diese Person war, die ihr da entgegenstarrte. Sie selbst war es jedenfalls nicht. Das war nicht Adrienne Mason. Sie war in ihrem Leben schon vieles gewesen, aber noch nie hässlich.

Aber was hatte ihre Mutter immer zu ihr gesagt, als sie noch ein Teenager war? Dass man auf ganz unterschiedliche Weise hässlich sein könne. Und dass Schönheit nur äußerlich sei. Adrienne hatte ihr geantwortet, dass eine Frau deshalb so gut für ihr Äußeres sorgen müsse. Dass gutes Aussehen einem Mädchen die Chance eröffnete, etwas zu erreichen. Und Adrienne hatte etwas erreichen wollen.

Irgendwann hatte sie jedoch herausgefunden, dass Schönheit allein nicht reichte. Man brauchte auch Mut. Den Mut, einfach ins Auto zu steigen und das alte Leben hinter sich zu lassen, um ein neues Leben zu finden. Dieser Mut hatte sie bis nach Kalifornien gebracht. Aber jetzt war ihre Schönheit fort und ihr Mut schien aus all den Löchern zu sickern, die man in sie gegraben hatte, als sie den Ärzten erlaubt hatte, ihre Brust abzuschneiden.

Francine log sie an und sagte ihr, sie sehe gar nicht so schlecht aus. Die gute Francine. Sie hatte nach der Operation bei Adrienne im Krankenhaus gesessen, hatte mit ihr geweint, als der Verband abgenommen worden und die schreckliche Narbe an ihrem Oberkörper zu sehen gewesen war, hatte sie gedrängt, die Armübungen zu machen. Und sie hatte ihr sogar etwas von ihrem Trinkgeld zugesteckt, damit Adrienne ihre Miete bezahlen konnte.

In den letzten paar Wochen hatte Francines Mann angefangen, an ihr herumzunörgeln. Er hatte gesagt, sie könne ja zu Adrienne ziehen, da sie ohnehin so oft dort sei. Er konnte mit Adrienne nichts mehr anfangen, seitdem sie ihn letztes Jahr hatte abblitzen lassen, als er sie auf Francines fünfunddreißigster Geburtstagsparty angebaggert hatte. Er war ein Nichtsnutz, aber trotzdem liebte Francine ihn. Adrienne wollte nicht, dass er Francine wegen ihrer Krebserkrankung verließ.

Schlimm genug, dass Eddie sie verlassen hatte. Aber Adrienne hatte gewusst, dass es so kommen würde. Von dem Augenblick an, als der Arzt das K-Wort ausgesprochen hatte, war es nur eine Frage der Zeit gewesen, daran hatte nie ein Zweifel bestanden. Eddie war sogar länger bei ihr geblieben, als sie gedacht hatte. Er hatte sie erst nach der Operation verlassen. Nachdem man sie verstümmelt und ihr lächelnd erzählt hatte, mit einer gut angepassten Prothese wäre sie so gut wie neu. Wenn alles verheilt war. Wenn sie den Arm wieder über den Kopf heben konnte. Wenn sie aufhörte, sich Sorgen darüber zu machen, wie die Narbe aussah. Wenn sie ihren Appetit zurückhatte. So gut wie neu.

So lange hatte Eddie nicht warten können. Und das hatte er auch nicht müssen. Jeden Abend boten sich ihm Frauen an, die nicht nur so gut wie neu, sondern wirklich neu oder sogar besser als neu waren. Es bestand für ihn keine Notwendigkeit, zu einer einbrüstigen Frau nach Hause zu kommen, die an den meisten Tagen kaum ein Lächeln zustande brachte.

Francine sagte, Adrienne solle froh sein, dass er weg war, denn Eddie könne sie nicht sehr geliebt haben, wenn er sie zu einem solchen Zeitpunkt im Stich ließ. Und damit hatte sie natürlich recht. Eddie hatte sie nicht sehr geliebt. Und das hübsche junge Ding, mit dem er jetzt zusammen war, liebte er genauso wenig. Eddie liebte Eddie. Das wusste Adrienne. Sie hatte es immer gewusst. Das Problem war, dass Adrienne Eddie trotzdem liebte.

Wer konnte schon die Liebe erklären? Manchmal dachte sie mitten in der Nacht darüber nach, wenn ihr Arm schmerzte und sie nicht schlafen konnte. David hatte damals behauptet, sie zu lieben, aber Gott hatte er mehr geliebt. Seitdem hatte sie viele Männer kennengelernt, die behauptet hatten, sie zu lieben. Vielleicht hatten einige von ihnen es sogar getan. Bei manchen hatte sie so getan, als erwidere sie ihre Liebe, aber bis sie Eddie getroffen hatte, war es nur ein Spiel gewesen, das sie gespielt hatte.

Eddie hatte sie verändert. Die Liebe hatte sie verändert. Sie hatte Adrienne dazu gebracht, das Unverzeihliche zu verzeihen. Dazu, ihren Stolz zu vergessen. Die Liebe hatte die harte Schale durchbohrt, die sie so viele Jahre lang unverwundbar gemacht hatte. Und auch wenn es wehtat, auch wenn es ihr das Herz brach, tat es ihr nicht leid, dass sie Eddie geliebt hatte. Immer noch liebte.

Die Liebe war ein Rätsel. Unerklärlich. Unvernünftig. Sie ergab keinen Sinn. Es konnte keinen vernünftigen Grund geben, der erklärte, warum sie ein Baby am anderen Ende des Landes liebte, das sie nur von Fotos kannte. Seine Mutter hatte sie nicht richtig geliebt. Aber dieses kleine Baby auf den Bildern liebte sie.

In der Nacht, wenn die Dunkelheit Adrienne zu überwältigen drohte, obwohl sie immer das Licht anließ, nahm sie oft ein Foto von Tabithas Baby in die Hand und starrte das kleine, runde Gesicht an, bis es beinahe aus dem Bild zu treten und lebendig zu werden schien. Der Kleine wurde größer, aber seine Augen hatten sich nicht verändert. Es waren ihre eigenen Augen, die sie da ansahen. Es spielte keine Rolle, dass die Farbe nicht die gleiche war. Die Augen waren gleich. Sie erkannte sie. Dann starrte sie das Bild an, bis sie einnickte oder die Dunkelheit der Morgensonne wich.

„Adrienne Brooke." Die Krankenschwester hielt die Schwingtür mit ihrer runden Schulter auf, während sie darauf wartete, dass Adrienne aufstand und zu ihr kam. Sie hatten den Namen in ihrer Akte nicht geändert, obwohl Adrienne ihnen gesagt hatte, dass sie den Namen Brooke nicht benutzte. Sie hatten behauptet, es sei zu verwirrend, wenn auf ihrer Versicherungskarte und ihrer Akte zwei unterschiedliche Namen ständen. Jetzt war Adrienne froh, dass sie den Namen nicht geändert hatten. So konnte sie sich in jemand anders verwandeln, während sie in der Arztpraxis war. In jemanden, der nur wenig mit der echten Adrienne Mason gemein hatte.

Sie machte sich nicht die Mühe, den ersten Aufruf zu ignorieren, so wie sie es am Anfang getan hatte, als sie in diese Praxis gekommen war. Trotzdem verließ sie den Sonnenschein nur widerwillig. Sie wünschte, sie könnte ein paar Handvoll davon in ihre Taschen stecken und in das sterile Zimmer mitnehmen, das hinter der Schwingtür auf sie wartete.

Die Krankenschwester hieß Candace. Sie war verheiratet und hatte zwei kleine Jungs, Joshua und John. Gute biblische Namen. Manchmal zeigte sie Adrienne Bilder und lachte über die ungezogenen Dinge, die sie taten. Die kleinen Jungen lächelten breit und ihre Augen leuchteten schelmisch und ein oder zwei Mal hatte Adrienne überlegt, ob sie die Bilder von Stephen mitbringen und der Schwester zeigen sollte. Süß gegen süß. Aber dann hatte sie es doch nicht getan. Es hätte schließlich sein können, dass sie dann erklären musste, warum sie Stephen noch nie gesehen hatte. Und ihn vielleicht nie sehen würde.

Candace plauderte fröhlich über das Wetter, während sie den Gang hinuntergingen, und führte sie in eines der Untersuchungszimmer. Neben der Waage blieb sie stehen. „Sehen wir mal, was Ihr Gewicht macht. Sie müssten inzwischen eigentlich wieder zunehmen." Die Schwester wartete, bis Adrienne auf die Waage gestiegen war.

Adrienne schob die Hände in ihre Taschen, als würde das helfen, den Zeiger weiter hinaufsteigen zu lassen. Sie wog nur etwas mehr als hundert Pfund. War modisch dünn. Hatte den verhungerten Look, der bei Models so beliebt war.

Candace schnalzte mit der Zunge und schrieb die Zahl in Adriennes Karte. „Sie haben schon wieder ein Kilo abgenommen. Sie müssen essen, Adrienne. Ohne Treibstoff kann Ihr Körper nicht kämpfen."

„Ich hatte keinen Appetit." Sie wusste nicht, warum sie sich die Mühe gab, Ausreden für die Krankenschwester zu finden. Ihrem Arzt würde sie das alles noch einmal erzählen müssen. Dr. Mike. Sie kannte auch seinen Nachnamen. Rollingsworth. Aber er hatte gesagt, sie solle ihn Dr. Mike nennen. Sie würden diesen Kampf schließlich zusammen ausfechten und sollten einander mit Vornamen anreden, während sie dem Feind zu Leibe rückten.

Heute sollte er ihr sagen, welche Seite gewinnen würde. Sie hatten jede Menge Blutuntersuchungen gemacht. Und alles Mögliche getan, um herauszufinden, ob die Tatsache, dass man ihre linke Seite bis auf die Rippenknochen ausgehöhlt hatte, etwas gebracht hatte. Ob sie den Krebs erwischt hatten, bevor er die Chance hatte, in andere Stellen ihres Körpers zu entwischen.

Eine radikale Mastektomie. Radikal. In Hollyhill hatte sie sich immer vorgestellt, wie es wäre, radikal zu sein. Radikal anders. Radikal wild. Das Wort war ihr exotisch und begehrenswert erschienen. Jetzt nicht mehr. Nicht, wenn es im Zusammenhang mit Mastektomie gebraucht wurde.

Candace verabschiedete sich von ihr und ließ Adrienne im Papierkittel auf der Untersuchungsliege sitzend zurück. Das Hemd war natürlich weiß, wie der Rest des Zimmers. Einmal hatte sie mit dem Schuh gegen die Wand getreten, um einen Fleck zu hinterlassen, weil sie das endlose Weiß nicht hatte ertragen können. Als sie den Raum das nächste Mal betreten hatte, war die Wand geschrubbt oder neu gestrichen worden, sodass der Fleck nicht mehr zu sehen gewesen war.

Adrienne fröstelte. Sie fror bis auf die Knochen. Wenn sie doch nur den Sonnenschein in der Tasche hätte, um sich zu wärmen, während sie auf Dr. Mikes Neuigkeiten wartete. Sie sehnte sich nach einer guten Nachricht. Die Sehnsucht war wie eine Luftblase in ihrem Innern, die mit jedem Atemzug größer wurde, bis sie so fest gegen ihr Herz drückte, dass sie wusste, irgendetwas würde platzen. Entweder ihr Herz oder die Luftblase.

Dr. Mike lächelte, als er hereinkam, aber es war nicht das richtige Lächeln. In den Monaten seit Weihnachten hatte Adrienne ihn zu gut kennengelernt. Er sah immer noch gut aus. So lebendig und jung. Jede Woche schien er jünger zu werden, während sie um Jahre alterte.

„Und wie geht es Ihnen diese Woche, Adrienne?" Dr. Mike warf einen kurzen Blick auf ihre Krankenkarte. „Sie hatten Probleme mit Übelkeit. Vielleicht ist das der Stress. Hat die Übelkeit sich gebessert?"

Sie sah ihn an und hätte ihn am liebsten gefragt, wie Übelkeit sich bessern konnte, aber er hätte es nicht verstanden und es nutzte nichts, so zu tun, als wüsste sie nicht, was er meinte. „Noch nicht", sagte sie. Wenn sie etwas im Magen gehabt hätte, hätte sie es auf seinen makellos weißen Arztkittel spucken können, um es zu beweisen.

„Das kommt noch", sagte Dr. Mike, als könnte er das Universum und ihren Magen lenken. Er setzte sich auf den Rollhocker und starrte auf ihre Akte. „Sie haben weiter abgenommen, wie ich sehe."

„Eure Diät ist der reine Wahnsinn", sagte sie.

„Es ist gut, dass Sie noch Witze machen können." Er lächelte, aber es war ein kleines, beinahe trauriges Lächeln.

Adrienne versuchte ihr eigenes Lächeln beizubehalten, aber es schwand, als die Luftblase in ihrem Innern zerbarst. Die Wahrheit war in seinen Augen zu lesen.

„Wir haben ihn also nicht besiegt?" Sie wusste nicht, warum sie

„wir" sagte. Schließlich war sie es, die einen Killer in ihrem Körper beherbergte. Nicht er.

Er stand auf und zückte sein Stethoskop. „Lassen Sie uns erst die Untersuchung machen. Dann reden wir."

Als spiele es eine Rolle, ob sie ihre Bluse anhatte, wenn er ihr sagte, dass sie sterben würde. Sie ließ ihn an sich herumdrücken und -ziehen und holte tief Luft, wenn er sie dazu aufforderte, damit er hören konnte, wie ihr Herz in ihrem Oberkörper herumpolterte, jetzt, wo die Blase der Hoffnung in ihr zerplatzt war.

Als Adrienne später ihre Wohnungstür aufschloss, wanderte ihr Blick wie immer zuerst zu der Stelle an der Wand, an der Eddies Gitarre gehangen hatte, als erwarte sie, dass das Instrument wiedergekommen sei. Der Haken hing noch an der Wand. Doch er war genauso leer, wie sie sich fühlte.

Auf dem Weg in die Küche schaltete sie alle Lampen in der Wohnung ein. Francine war auf dem Weg zur Arbeit hier gewesen und hatte ihr etwas Suppe gebracht. Auf dem Tisch lagen ein Stapel Post und ein Zettel.

Hoffe, der Arztbesuch war in Ordnung. Hühnersuppe im Topf auf dem Herd. ISS was davon. Hab deine Post für dich reingeholt. Denk dran, ich bin da, wenn du was brauchst. Egal was. F.

Sie brauchte tatsächlich etwas. Noch zwanzig Jahre. Dr. Mike hatte ihr nicht mal zwanzig Monate versprochen. Er hatte ihr überhaupt nichts versprochen, selbst als sie mit ihrer falschen Brust in der Bluse vor ihm gesessen und ihn gedrängt hatte. „Wie lange?"

„Das kann ich unmöglich sagen", hatte er erwidert und war ihrem Blick endlich nicht länger ausgewichen. Es hätte sie nicht gewundert, wenn er die Hand ausgestreckt und ihre ergriffen hätte. Zweifellos war das Überbringen schlechter Nachrichten etwas, das er in diesen kalten, sterilen Räumen oft tun musste. Schließlich war es eine Tatsache, dass die meisten Frauen an Brustkrebs starben, wenn er so fortgeschritten war wie bei ihr. Das hatte er ihr gleich zu Anfang gesagt, als er sie überredet hatte, ihn ihre Brust abhacken zu lassen, weil es ihre einzige Überlebenschance sei. Vielleicht wäre es besser gewesen, als ganze Frau zu sterben.

Als er fortfuhr, hatte er sie unverwandt angesehen. „Jeder Fall ist anders. Manchmal gibt es eine vorübergehende Remission, selbst wenn die Operation den Krebs nicht entfernen konnte."

„Manchmal geschehen Wunder", hatte sie gesagt. Sie hatte nicht erwartet, dass er sie ernst nehmen könnte. Sie machte sich keine Illusionen über Wunder.

Aber er hatte erleichtert ausgesehen bei dem Gedanken, dass sie an ein Wunder glauben könnte. „Das stimmt", hatte er gesagt. „Jeden Tag. Als Arzt sehe ich ständig Dinge, die ich nicht erklären kann. Die niemand erklären kann."

„Das kann ich mir vorstellen", hatte sie erwidert. „Aber ich sollte mich nicht darauf verlassen, richtig? Also: wie lange?"

Er hatte ihr keine konkrete Zeit genannt. Er hatte nur gesagt, wenn es etwas gebe, das sie tun wolle, solle sie es lieber bald tun. Nur für den Fall, dass aus dem Wunder nichts wurde, vermutete Adrienne. Dann hatte er gesagt, sie würde im späteren Stadium Hilfe brauchen. Ob sie jemanden habe, auf den sie sich verlassen könne?

Adrienne ging ihre Post durch. Werbung für Sachen, die sie nicht kaufen konnte. Rechnungen, die sie nicht bezahlen konnte. Eine Gute-Besserung-Karte mit einem Spruch, den sie gar nicht erst las, von der albernen kleinen Kellnerin, die sie vor ein paar Wochen im Restaurant eingestellt hatten. Ein Brief von ihrer Mutter aus Florida. Dann sah sie das, wonach sie gesucht hatte: Tabithas Handschrift auf einem Umschlag.

Adrienne hatte Tabitha noch immer nicht geantwortet, aber das Mädchen war hartnäckig. Sie hatte jeden Monat mindestens ein Foto geschickt, auch wenn die Briefe, die beilagen, immer kürzer geworden waren. Diesmal hatte Tabitha nur ein paar kurze Zeilen auf Papier gekritzelt.

Hoffe, es geht dir gut. Dachte, du magst vielleicht sehen, wie Stephen Lee wächst. Er krabbelt jetzt überall hin. Mir geht es gut. Sag Eddie liebe Grüße. Alles Liebe, Tabitha

Adrienne starrte das Foto an. Tabitha musste sich auf den Boden gelegt haben, um den Schnappschuss von dem Baby zu machen, wie es auf sie zukrabbelte. Die Augen des Kleinen blickten entschlossen drein, als wüsste er bereits, dass er sich alles im Leben, was er wollte, selbst würde holen müssen. Seine Augen, die den ihren so sehr glichen, auch wenn sie braun waren und nicht grün.

Wenn es irgendetwas gibt, das Sie tun wollen. Die Worte des Arztes hallten in Adriennes Kopf wider, als sie das Baby anstarrte, das aus dem Bild heraus direkt in ihre Arme zu krabbeln schien. Sie hob den linken Arm, bis der Schmerz sie bremste, und fragte sich, ob sie ihn würde halten können, wenn er wie durch Zauberhand vor ihr erschiene.

31

Donnerstag, 8. April 1965. Ich kann es nicht fassen, dass die Osterferien fast vorbei sind. Von mir aus könnte lieber die Schule vorbei sein. Noch zwei Monate. Die werde ich bestimmt auch noch überleben. Ich habe Januar, Februar und März überlebt. Das waren drei Monate.

Jocie saß in Leighs Auto auf dem Parkplatz und wartete darauf, dass Leighs Mittagspause begann. Leigh hatte sich den Nachmittag freigenommen, damit sie mit Jocie nach Lexington fahren und nach einem Brautkleid suchen konnte. Leigh war schon fast in Panik. Es waren keine zwei Monate mehr bis zur Hochzeit und sie hatte noch kein Kleid.

Sie hatten an einigen Samstagen im Februar erste Einkaufsversuche unternommen, aber Leigh hatte nichts gefunden, was ihr gefiel. Da hatte sie sich noch keine Sorgen gemacht. Sie hatte jede Menge Zeit. Es waren ja noch viele Wochen bis zum Juni. Im März hatten sie zum Shoppen keine Zeit gehabt. Anscheinend hatten alle in Hollyhill bis zum letzten Moment gewartet, um ihre Fahrzeugzulassung zu verlängern, und als sie dann endlich beim Amt erschienen waren, hatten sie sich darüber beschwert, dass sie anstehen mussten. Leigh hatte erst wieder freinehmen können, als der Wahnsinn vorbei war. Doch sie hatte sich gesagt, dass sie so vielleicht immerhin noch das eine oder andere Pfund abnehmen könnte.

Jocies Dad sagte immer wieder zu Leigh, sie solle sich keine Gedanken darüber machen, weiter abzunehmen, sie sei vollkommen, wie sie war, und sie sah wirklich hübsch aus. Sie strahlte die ganze Zeit. So als würde sie auf Wolken gehen. Zella sagte, so sollten angehende Bräute aussehen. Aber Zella fand auch, dass es höchste Zeit für Leigh war, ein Kleid zu kaufen. So etwas Wichtiges sollte man nicht aufschieben.

Leigh hatte es nicht direkt aufgeschoben. Sie hatte bisher nur nicht das richtige Kleid gefunden. Das perfekte Kleid. Als Jocie sie gefragt hatte, wie das perfekte Kleid denn aussehe, hatte Leigh es ihr nicht sagen können. Sie hatte nur gesagt, sie würde es wissen, wenn sie es sah.

Jocie blickte auf ihre Uhr und kurbelte das Fenster des Wagens herunter. Da die Sonne durch die Scheiben schien, war es warm. Leigh hatte ihr gesagt, es könne noch etwas dauern, bis sie freimachen konnte, aber Jocie machte es nichts aus zu warten. Sie genoss es, dass sie Zeit hatte, in ihr Tagebuch zu schreiben.

Ich gehe wieder mit Leigh einkaufen. Ich habe ihr gesagt, sie sollte vielleicht besser Tabitha mitnehmen, ich könnte ja bei Stephen Lee bleiben, aber dann hat Tabitha angefangen, donnerstags, freitags und samstags im Grover's Grill zu arbeiten. Tante Love passt eine Stunde lang auf Stephen Lee auf, bis ich aus der Schule komme, und sie kümmert sich auch danach um ihn, obwohl ich dann da bin. Aber Tabitha fühlt sich besser, wenn wir beide in der Nähe sind. Sie macht sich Sorgen, Tante Love könnte die Tür offen lassen oder etwas auf dem Herd vergessen und das Haus in Brand stecken oder Stephen Lee die Treppe hinaufklettern lassen. Andererseits macht Tabitha sich wegen allem Sorgen, wenn es um Stephen Lee geht. Jedes Mal, wenn er sich ans Ohr fasst, weil es ihm wehtut, oder wenn er hinfällt und sich den Kopf anstößt, dreht sie fast durch.

Ich glaube, sie übertreibt etwas. In den meisten Fällen weint Stephen Lee nicht einmal, wenn er sich den Kopf stößt. Er ist ein zäher kleiner Kerl. Man sieht das, wenn man ihm in die Augen schaut. Meistens heult er eher, weil er wütend ist, als dass er vor Schmerzen weint. Aber du solltest die Liste sehen, die Tabitha uns jeden Tag da lässt und die Tante Love und ich beachten müssen. Tante Love lacht nur darüber. Und ich glaube, Tabitha braucht sich überhaupt keine Sorgen darüber zu machen, dass Tante Love vergessen könnte, auf Stephen Lee aufzupassen. Er ist ganz fest in ihrem Gehirn verankert, so wie all die Bibelverse, die sie mir immer an den Kopf wirft.

Inzwischen machen mir ihre Bibelverse nicht mehr so viel aus. „Groß ist der Herr und hoch zu rühmen." Psalm 48,2. Den zitiert sie jetzt beinahe jeden Morgen, wenn ich zum Frühstück in die Küche komme. Ich schlafe wieder hinten auf der Loggia. Es gefällt mir richtig gut da, weil ich die Sterne durch die Fenster sehe und Zeb auf dem Boden neben mir schlafen kann. Außerdem,

wieso sollte sich jemand über einen solchen Vers aufregen? Groß ist der Herr. Ich meine, das müsste man doch immer sagen können. Von den Dächern rufen. Darüber hat Dad gerade erst gepredigt – darüber, dass man aufs Dach steigen und die gute Nachricht von Gott erzählen soll. Das steht irgendwo in der Bibel.
Tante Love verkündet ihre Bibelverse jetzt nicht mehr so oft vom Dach. Meistens singt sie Stephen Lee Psalmen vor, anstatt damit mich zu kritisieren, wenn ich ungezogen bin. Vielleicht werde ich einfach erwachsen und bin weniger ungezogen. Wes sagt, das kommt in den besten Familien vor. Man müsse sich nur ihn ansehen, jetzt, wo er ganz geerdet sei und jeden Sonntag in die Kirche gehe. Er werde immer gezogener. Als ich ihn gefragt habe, was „gezogen" bedeutet, sagte er, wohl einfach das Gegenteil von „ungezogen" und dass es einen in die richtige Richtung ziehe, damit man tut, was gut ist.
Er und Robert haben sich einige Male geschrieben, aber längst nicht so oft wie Robert und Tabitha. Die beiden halten den Postboten wirklich auf Trab. Tabitha hat einen ganzen Stapel von Roberts Briefen in ihrer Kommodenschublade versteckt. Neulich hat sie gesagt, wenn sie mich dabei erwischt, dass ich versuche, sie zu lesen, wird sie alle Seiten aus meinem Tagebuch reißen und sie Zella schicken. Ich weiß nicht, warum sie denkt, ich hätte ein Problem damit, wenn Zella liest, was in meinen Tagebüchern steht. Schließlich stehen hier keine Geheimnisse drin. Jedenfalls keine solchen Geheimnisse wie in diesen Briefen. Ich glaube, die beiden sind verliebt.
Irgendwie scheinen alle verliebt zu sein. Ob du es glaubst oder nicht, Pauline und Ronnie sind immer noch zusammen. Und Charissa fällt immer noch fast in Ohnmacht, wenn sie Noah sieht oder auch nur an ihn denkt. Noah hat sie bisher aber noch nicht gefragt, ob sie mit ihm ausgehen will, und ich habe Charissa gesagt, dass das auch besser so ist, weil ihr Daddy ihr das nie im Leben erlauben würde. Nicht, bevor sie sechzehn ist, und bis dahin müssen wir noch zwei Jahre warten. Mir ist es natürlich völlig egal, ob ich mit irgendwem eine Verabredung habe. Offenbar habe ich immer noch das Problem, dass ich in meiner Entwicklung hinterherhinke.

Charissa hat gesagt, wenn ich halb so viel Zeit damit zubringen würde, über Jungs nachzudenken, wie ich damit zubringe, über Lehrer Widerlich nachzudenken, wäre ich besser dran. Und normaler. Sie fängt an, die Augen zu verdrehen, wenn ich auch nur das geringste Wort gegen Mr Widerling sage. Das ist einer der Gründe, warum ich das alles hier aufschreiben muss. Ich meine, sie weiß, dass er eklig ist und dass er es auf mich abgesehen hat, aber sie sagt immer nur: „Na und? So geht es vielen Kindern in der Schule, wenn ein Lehrer sie nicht leiden kann." Und schwarze Schüler wie sie hätten das Problem die ganze Zeit, nur weil ihre Haut nicht weiß sei, und sie müssten einfach damit leben.

Zum Glück kann ich immer noch mit Wes darüber reden. Dad erzähle ich nichts davon, weil es so merkwürdig ist, dass Mr Widerling immer noch Leigh nachsteigt, als wüsste er nicht, dass sie verlobt ist. Er hat ihr am Valentinstag noch mal Rosen geschickt, die wieder im Altenheim gelandet sind, und ein Gedicht hat er ihr auch geschrieben. Ich habe es gesehen. Es war total bescheuert. Hat überhaupt keinen Sinn ergeben. Und am letzten Freitag vor den Ferien wollte er mich dazu bringen, dass ich ihr eine Nachricht von ihm überbringe. Kannst du das fassen? Du hättest sein Gesicht sehen sollen, als ich ihm gesagt habe, dass sie in der Post immer noch Briefmarken verkaufen. Wenn nächsten Montag die Schule wieder losgeht, werde ich dafür bezahlen müssen.

Der Mann ist echt komisch. Völlig seltsam. Darüber sind Wes und ich uns ziemlich einig. Aber ich muss trotzdem zu Englisch gehen. Das hat Mr Madison mir gesagt. Ja, ich habe tatsächlich gefragt. Ich meine, kannst du dir vorstellen, wie schlimm die Situation sein muss, damit ich freiwillig zum Direktor gehe? Als Schüler geht man nie freiwillig zum Direktor.

Aber als ich letzte Woche meinen Aufsatz zurückbekommen habe und Lehrer Widerlich eine große rote Sechs daruntergeschrieben hatte, hat es mir gereicht. Ich bin zu ihm gegangen und habe ihn rundheraus nach dem Grund gefragt und er hat nur gelacht und gesagt, ich hätte mir ein besseres Thema aussuchen sollen. Niemand könne einen richtigen Aufsatz über Hunde schreiben.

Ich habe ihn daran erinnert, dass er gesagt hatte, wir könnten schreiben, worüber wir wollten, und er hat geantwortet, deshalb müsse ihm ja nicht gefallen, worüber wir geschrieben haben. Aber Joe Masterson hat über Pferde geschrieben und eine Zwei bekommen. Ich habe seinen Aufsatz gesehen. Er war überall rot, wo Joe Wörter falsch geschrieben hatte. Wahrscheinlich hat er nicht mal Pferd richtig geschrieben. Trotzdem hat Mr Widerling „Guter Ansatz" draufgeschrieben. Mein Aufsatz hatte keine rote Stelle. Nicht eine einzige. Außer natürlich die große Sechs. Das lag daran, dass ich keine Fehler gemacht hatte. Nicht einen einzigen. Und was ich geschrieben hatte, war auch interessant. Vielleicht kann ich Dad dazu bringen, dass er es im Banner *abdruckt, wenn wir irgendwo eine Seite füllen müssen. Alle Leute mögen Hunde. Außer Mr Widerling, wie es scheint. Vielleicht gibt es auf dem Neptun keine Hunde.*
Jedenfalls habe ich nicht lange gefackelt und bin sofort zu Mr Madisons Büro gegangen. Dort habe ich mich auf einen Stuhl gesetzt und mich geweigert zu gehen, bis Miss Gilbert mich zu ihm reingelassen hat. Ich war total wütend. Ich meine, ich habe vor, irgendwann aufs College zu gehen, und wie sieht das denn aus, wenn ich eine Sechs in Englisch habe? Mies sieht es aus. Zumal ich ein Stipendium brauchen werde und für ein Stipendium braucht man Einsen.
Jedenfalls hat Miss Gilbert gesehen, dass es mir ernst war, und mich mit Mr Madison reden lassen. Ich habe ihm den Aufsatz gezeigt und ihm erklärt, dass ich versucht hatte, mit Mr Widerling selbst über die Note zu reden, dass er aber nur gelacht hatte. Ich habe natürlich nicht Mr Widerling gesagt, aber ich hätte es am liebsten getan. Ich habe Mr Madison auch erklärt, dass ich wirklich versuche, eine perfekte Schülerin zu sein: immer pünktlich, still, alle Hausaufgaben abgegeben, jede Antwort in den Klassenarbeiten richtig. Ich habe ihm sogar erzählt, dass Mr Widerling mich vor die Klasse zitiert und mich demütigende Dinge tun lässt, wie auf einem Bein zu hüpfen, während ich irgendein blödes Gedicht aufsage, und dass er mich einmal mit einem Buch auf den Hinterkopf geschlagen hat.
Aber ich habe ihm nicht alles erzählt. Ich habe ihm nicht er-

zählt, dass Mr Unheimlich vor Leighs Wohnung herumlungert und sie anruft. Ich habe ihm nicht erzählt, dass ich beinahe jeden Tag nach dem Englischunterricht zu meinem Schließfach gehen und den Kopf hineinstecken muss, damit niemand mich weinen sieht. Ich habe ihm nicht erzählt, dass ich jeden Tag dafür bete, unsichtbar zu sein, wenn ich hineingehe. Ich war sogar so verzweifelt, dass ich ein paarmal für Mr Widerling gebetet habe. Und nein, ich habe nicht dafür gebetet, dass er in ein Loch fällt und sich beide Beine bricht. Das wünsche ich mir nur manchmal.

Du weißt ja, wie das mit Lehrern ist. Sie bilden eine Mauer, wenn sie vor dir sitzen, egal, was sie eigentlich denken. Also sagte Mr Madison zu mir, ich könne die Klasse nicht wechseln, weil Mr Widerling der einzige Englischlehrer in meinem Jahrgang sei. Er hat meinen Aufsatz behalten und vorgeschlagen, dass ich meinen Dad zu ihm schicken soll, damit er mit ihm über meine Probleme reden kann. Meine Probleme? Wie wäre es, wenn mal jemand mit Mr Widerling redet? Er ist derjenige mit Problemen. Also muss ich jetzt mit Dad darüber reden, dass er mit Mr Madison reden soll. Und dann muss ich ihm sagen, was los ist, und dann wird er so gucken, als würde er Mr Widerling am liebsten auch nicht in seine Gebete einschließen. Ich schiebe es vor mir her, aber vor Montag muss ich es tun. Vielleicht mache ich es am Sonntagabend nach dem Gottesdienst. Dann ist Dad bestimmt zu müde, um zu Mr Widerling zu rennen und ihn zu erwürgen. Oder vielleicht reicht es ja auch, wenn ich mit Wes rede und er zu Mr Madison geht. Das würde bestimmt interessant. Wes könnte ihm seine jupiterianische Theorie erklären, dass niemand vom Neptun jemals Lehrer werden sollte. Oder überhaupt auf die Erde gelassen werden. Mir gefällt die jupiterianische Art zu denken.

„Was schreibst du denn, dass du dabei lächeln musst?“, fragte Leigh, als sie die Wagentür öffnete und sich hinters Lenkrad schob.

„Ach, nichts Besonderes“, erwiderte Jocie und klappte ihr Notizbuch zu. „Nur albernes Zeug.“

„So was zu schreiben, macht am meisten Spaß.“ Leigh steckte den

Schlüssel ins Zündschloss und drehte ihn. „Bist du bereit für die Kleidersuche?"

„Klar."

„Heute werden wir es tun. Heute müssen wir was finden. Reicht das an Druck?"

„Man muss kein schickes Kleid haben, um zu heiraten. Manchmal heiraten Leute in den Sachen, die sie zufällig anhaben. Sie machen sich gar nicht schick."

„Ich weiß. Diese Leute kommen ins Gericht, weil sie wollen, dass Onkel Howie sie traut, weil er Richter ist und so. Und dann kommt er zu mir, damit ich als Trauzeugin fungiere, wenn sie niemanden mitgebracht haben. Aber ich warte schon so lange auf meine Hochzeit und ich will, dass alles perfekt ist. Ich meine, den perfekten Bräutigam habe ich schon. Da ist es doch nicht zu viel verlangt, auch ein perfektes Kleid zu wollen, oder?"

„Ich weiß nicht. Aber ich spreche ein Hochzeitskleid-Gebet für dich, wenn du willst. Dad sagt, es ist in Ordnung, für alles zu beten." Jocie blickte auf ihr Tagebuch hinunter und dachte, vielleicht sollte sie mehr um Weisheit beten, was sie wegen Mr Widerling tun sollte, anstatt die ganze Zeit nur zu jammern.

„Es kann nicht schaden. Ich habe bezüglich der Hochzeit schon wegen einer Menge Dinge gebetet. Und bezüglich des Verheiratetseins. Zum Beispiel: Bitte mach, dass meine neuen Stieftöchter mich mögen." Leigh warf Jocie einen Blick zu, während sie vom Parkplatz fuhr.

„Das brauchst du nicht zu beten. Wir mögen dich schon und so viel anders wird es sowieso nicht, wenn du offiziell unsere Stiefmutter bist. Es sei denn, du willst, dass wir anfangen, dich Mom zu nennen oder so."

„Ihr könnt mich nennen, wie ihr wollt. Aber ich wäre auf jeden Fall stolz darauf, eure Mom zu sein." Leigh streckte den Arm aus und berührte Jocies Hand.

„Oh Mann, Leigh. Das ist so nett von dir, dass ich bestimmt gleich anfange zu heulen. Danke! Das ist mehr, als DeeDee jemals war. Sie war nicht besonders froh, als ich kam."

„Da hat sie was verpasst." Leighs Stimme veränderte sich ein bisschen, so als wolle sie bewusst beiläufig klingen. „Weiß sie eigentlich, dass dein Vater wieder heiratet?“ Sie behielt den Blick auf die Straße gerichtet.

„Keine Ahnung. Tabitha schreibt ihr manchmal und schickt ihr Bilder von Stephen Lee, aber ich weiß nicht, was sie ihr von hier erzählt. Vielleicht hat sie es ihr geschrieben, aber DeeDee schreibt nie zurück. Also wer weiß? Vielleicht ist sie umgezogen und bekommt Tabithas Briefe gar nicht.“ Jocie betrachtete Leighs Profil einen Moment lang, bevor sie fragte. „Du machst dir wegen ihr doch keine Sorgen, oder?“

„Nein, nein, natürlich nicht. Ich war nur neugierig. Die erste Frau und so, du weißt schon …“ Leigh warf Jocie einen Blick zu. Ihr Gesicht war ein wenig gerötet, aber das konnte auch daran liegen, dass die Sonne durch die Fenster schien.

„Ich war früher auch neugierig, was sie betrifft. Aber dann habe ich erfahren, dass sie mich nie haben wollte, und deshalb mache ich mir kaum noch Gedanken über sie. Gott hat mir Dad und Wes gegeben und ich bin glücklich.“

„Ich auch. Ich meine, ich bin auch glücklich“, sagte Leigh. „Ich habe bestimmt mehr Glück als alle anderen Mädchen auf der Welt oder werde es jedenfalls haben, wenn wir heute das perfekte Kleid finden.“

Sie gingen in drei verschiedene Geschäfte und Leigh probierte Dutzende Kleider an. Einige davon waren wirklich hübsch. Alle ganz weiß. Manche hatten lange Schleppen. Viele hatten Puffärmel, die Leighs Oberkörper irgendwie überbetonten. Andere waren am Hals ganz hoch geschlossen, sodass Leigh darin kaum atmen konnte. Chiffonrüschen über Satinunterröcke passten einfach nicht zu Leigh. Ein paarmal stand Leigh vor dem Spiegel und überlegte bei dem einen oder anderen Kleid ein bisschen länger, aber am Ende schüttelte sie immer den Kopf. Keins von ihnen war perfekt.

Als sie sich auf den Heimweg machten, ließen sie eine Spur aus Chiffon und Satin und Spitze zurück, die die frustrierten Verkäuferinnen wieder in ihren Plastikhüllen verstauen mussten. Jocies Füße taten weh und von dem ganzen Weiß war sie beinahe schneeblind. Ihre Ohren klingelten von dem Geschnatter der Verkäuferinnen, die ständig gesäuselt hatten, wie schön dieses oder jenes Kleid aussah. Eine der Frauen hatte sogar Jocie angesehen und gesagt, sie sei ein schönes Kind. Als würde das dazu führen, dass Leigh beschloss, eines der Kleider aus diesem Laden wäre das Richtige.

„Tut mir leid, Jocie", sagte Leigh mit einem Seufzer, als sie nach dem letzten Geschäft vom Parkplatz fuhren und sich in den Verkehr einfädelten. „Vielleicht hätte ich das letzte Kleid einfach kaufen sollen. Es war gar nicht so hässlich."

„Aber nicht perfekt."

„Nein, aber vielleicht sollte ich keine Vollkommenheit erwarten." Leigh seufzte wieder.

In diesem Augenblick schoss vor ihnen ein Auto aus einer Seitenstraße. Leigh stieg voll in die Eisen. Jocie hielt die Luft an und wappnete sich für den Aufprall. Die Reifen quietschten. Als Leighs Wagen zum Stehen kam, waren zu dem anderen Fahrzeug nur noch wenige Zentimeter Platz. Bevor der Fahrer wegfuhr, schüttelte er die Faust in Leighs Richtung, so als wäre sie es gewesen, die ihm die Vorfahrt genommen hatte.

Leighs Knöchel waren ganz weiß, so fest hielt sie das Lenkrad umklammert, und ihre Augen waren weit aufgerissen. „Du liebe Güte!" Ihre Stimme klang zittrig. Hinter ihnen fingen Leute an zu hupen, aber Leigh saß einfach da.

„Alles in Ordnung?", fragte Jocie.

„Ich glaube, ich muss mal kurz parken, um mich wieder zu beruhigen, damit ich nicht mehr so zittere. Siehst du eine Parklücke?"

„Wie wäre es mit der da vor dem Kleidergeschäft? Was steht da? Vintage-Kleider. Ich frage mich, was das bedeutet."

„Es ist eine vornehme Art, ‚gebraucht' zu sagen, glaube ich." Leigh lenkte den Wagen in die Parklücke. Dann holte sie zweimal tief Luft. „Ich hasse es, in Lexington Auto zu fahren. Hier fahren alle wie die Irren."

„Sieh mal, Leigh." Jocie zeigte auf das Kleidergeschäft. „Das Kleid da im Fenster ist ziemlich schick. Vielleicht haben sie da auch Vintage-Hochzeitskleider."

„Die sehen dann wahrscheinlich auch nach Vintage aus."

„Komm schon. Es kann doch nicht schaden, mal reinzugehen. Und ich finde, Vintage klingt irgendwie interessant."

„Du bist ja auch nicht die Braut", sagte Leigh, aber sie stellte den Motor aus und stieg mit Jocie aus.

Der Laden war irgendwie dunkel und roch ein bisschen muffig. Die Verkäuferin blickte kaum von dem dicken Fachbuch auf, in dem sie las, und winkte sie nach hinten durch, als Leigh nach Hochzeitskleidern fragte.

Und dort hing an der Wand ein klassisches, elfenbeinfarbenes Hochzeitskleid, dessen Oberteil mit Spitze bedeckt war und in der Taille spitz zulief. Der Rock war aus weich fließendem Satin. Die Spitzenärmel liefen genauso spitz zu und endeten auf Leighs Handrücken. Echt aussehende Perlenknöpfe zierten einen Teil des Ärmels und den ganzen Rücken und Jocie brauchte ewig, um sie alle zuzuknöpfen. Aber als Leigh dann das Kleid endlich anhatte, sah es aus, als wäre es für sie gemacht worden. Die Größe stimmte. Die Länge stimmte. Alles stimmte.

Leigh drehte sich in dem winzigen Laden vor dem Spiegel, sodass der Rock vor und zurück schwang. Das leise Rascheln war wie Musik. Niemand sagte, das Kleid sei schön. Keine Verkäuferin versicherte Leigh, was für eine schöne Braut sie sein würde. Aber es war schön. Leigh war schön. Und vor allem: Es war perfekt.

Manchmal war es fast unheimlich, wie Gott Gebete erhörte.

32

David hatte keine Ahnung gehabt, dass eine Hochzeit ein solcher Wahnsinn sein konnte. Beim ersten Mal war es ganz einfach gewesen. Adrienne und er waren zwei Stunden nach Tennessee gefahren, hatten kurz vor einem Richter gestanden und waren als Mr und Mrs Brooke nach Hause gekommen. Es war vielleicht nicht weise gewesen, aber auch nicht schwierig. Oder kompliziert.

Natürlich war er am nächsten Tag in einen Flieger gestiegen, um zu seinem U-Boot zurückzukehren und den Krieg zu Ende zu führen. Er hatte die Geschenke verpasst und all die guten Ratschläge für junge Ehepaare.

Diesmal hatte er dieses Glück nicht. Er hatte immer gedacht, die Geschenkpartys seien nur etwas für Frauen, aber die Frauen der Gemeinde bestanden darauf, dass er an der Party am Samstagnachmittag teilnahm. David sah seinen Kalender für diese Woche an. Heute war Mittwoch, der 19. Mai. Es waren also keine zwei Wochen mehr, bis Leigh und er einander die Ehe versprachen. Ein Glücksgefühl durchfuhr David und machte sich in seinen Knochen breit. Dafür war er bereit, ein bisschen Wahnsinn in Kauf zu nehmen.

Der Kalender für die nächsten Tage sah ebenfalls wahnsinnig aus. Überall hatte er Termine hineingekritzelt. Ein Besuch bei Willie Jefferson, der gerade erfahren hatte, dass er Lungenkrebs hatte. Ein Interview mit Andrew Webster, der gerade einen neuen Laden für Saatgut und landwirtschaftliche Güter in der Center Street eröffnete. In Rot die Erinnerung daran, dass er vor der Hochzeit seinen neuen Anzug abholen und zum Friseur gehen musste. Ein Arzttermin für Stephen Lee, um sich zu vergewissern, dass sich seine Mittelohrentzündung gebessert hatte. Mit Jimmy Byrd beten, der auf Heimaturlaub war, bevor er wieder nach Vietnam aufbrach.

Als er diesen Eintrag las, runzelte David die Stirn. Niemand wusste, was da drüben geschah, aber seit Nordvietnam Präsident Johnsons Friedensangebot rundheraus abgelehnt hatte, gab es nur noch schlechte Nachrichten. Luftschläge gab es schon seit einer ganzen Weile, aber jetzt hatte der Präsident Kampftruppen der Armee gesandt, die sich den Spezialtruppen vor Ort anschließen sollten. Jimmys Mom und Dad machten sich schreckliche Sorgen um Jimmy. David schrieb sich einen Erinnerungszettel, verstärkt für Jimmy zu beten und für all die anderen jungen Männer, die gerade mit der Highschool oder dem College fertig waren und höchstwahrscheinlich zum Militärdienst eingezogen würden.

Schulabschluss. Das hatte David auch auf seiner To-Do-Liste stehen. Der *Banner* brauchte Bilder von den Absolventen. Und von der Schulmannschaft. Bilder verkauften sich besser als alles, was er schreiben konnte. Wenigstens war die Ausgabe von dieser Woche bereits an die Verkaufsstellen verteilt und in den Taschen der Postboten.

Und Gott sei Dank, dass die Auflagen wieder stiegen. Es half, dass sie die einzige Zeitung in der Stadt waren. Die Leute konnten sich aufregen, moralisch entrüstet sein und die Meinung vertreten, dass David alles falsch machte, aber wenn sie lesen wollten, was in Hollyhill vor sich ging, mussten sie den *Banner* kaufen. Und das taten die meisten auch.

Die Berichterstattung im *Banner* war vielleicht nicht immer ganz korrekt, aber in den meisten Fällen schon, und was dort berichtet wurde, entsprach eindeutig häufiger den Tatsachen als der Kleinstadttratsch. Man nehme nur die Gerüchte, die nach Weihnachten über Zella kursiert waren. Eine Zeit lang hatte sich die arme Frau praktisch unter ihrem Schreibtisch versteckt, wenn die Glocke an der Bürotür ertönt war.

David wusste nicht, ob Zella jemals verwinden würde, dass die Leute ihr irgendetwas anderes als moralische Anständigkeit zugetraut und dann auch noch die Dreistigkeit besessen hatten, ihr eine Beziehung mit Wes nachzusagen. In Zellas Augen war das nicht mehr nur lächerlich, sondern geradezu verrückt. Und die Gerüchte tauchten immer noch hin und wieder auf, so wie Löwenzahn, der immer wiederkommt, nachdem der Rasen gemäht ist.

Wes hatte sich überhaupt keine Gedanken darüber gemacht. Er war noch nicht einmal richtig sauer auf Zella gewesen, weil sie in seinen Angelegenheiten herumgeschnüffelt hatte. „Ich weiß nicht, wie sie es gemacht hat, aber man muss ihr zugutehalten, dass sie eine richtige Miss Marple ist“, hatte er kopfschüttelnd gesagt. „Wie auch immer, ich glaube, dass auch Gott dabei seine Hand im Spiel hatte. Er muss gewusst haben, dass es ein guter Zeitpunkt für mich war, mit dem Weglaufen aufzuhören. Rosa hätte nicht gewollt, dass ich Robbie allein lasse, so wie ich es getan habe."

„Wenn man sich Robert Wesley ansieht, muss dein Sohn allein ganz gut klargekommen sein", hatte David erwidert.

„Ja, Robert junior ist in Ordnung. Ein bisschen selbstverliebt, aber das war ich in seinem Alter auch. Ich dachte, ich wäre klüger als die anderen. Das hat was damit zu tun, dass er zwanzig ist, glaube ich", hatte Wes gesagt. „Bei seinem nächsten Besuch bringt er übrigens seinen Dad mit."

„Seinen Dad? Vielleicht solltest du von ihm nicht als Robert Wesleys Vater sprechen, sondern als deinem Sohn."

„Vielleicht sollte ich das", hatte Wes ihm recht gegeben, aber besorgt sein verletztes Bein massiert.

Trotz Wes' Bedenken war der Besuch gut verlaufen. Er und sein Sohn hatten einander zunächst wie misstrauische Hunde beäugt, unsicher, ob sie auf Gegenliebe stoßen würden, aber nachdem sie festgestellt hatten, dass keiner von ihnen zubeißen oder knurren würde, hatten sie sich zusammengesetzt und angefangen zu reden. Sie würden die Jahre, die sie verloren hatten, nie nachholen können, aber sie hatten einen guten Anfang für die kommenden Jahre gemacht. Die Frau und die Tochter von Wes' Sohn waren nicht mitgekommen. Sie hatten ein Abschlussballkleid kaufen gehen müssen.

David hatte durch Leighs Sorge um das perfekte Hochzeitskleid herausgefunden, dass Einkaufen eine ernste Angelegenheit sein konnte. Er dankte Gott dafür, dass sie schließlich ein Kleid gefunden hatte, das Leigh gefiel. Jocie hatte ihm nicht gesagt, wie das Kleid aussah. Das war offenbar ein Tabu bei einer Hochzeit. Aber sie schien ebenso erleichtert zu sein wie er, dass Leigh das gefunden hatte, was Jocie das perfekte Kleid nannte. Sie hatte gesagt, wenn oder falls sie jemals heiraten sollte, würde sie Jeans tragen. Es würde eine jupiterianische Hochzeit werden.

Als sie das in der Druckerei verkündet hatte, hatte Wes sie angesehen und gesagt: „Ich kann mich gar nicht erinnern, dass ich dir etwas über jupiterianische Hochzeiten erzählt habe."

„Und das sollst du auch nicht", hatte Jocie erwidert. „Wenn, beziehungsweise *falls* ich heirate, werde ich schon herausfinden, wie eine jupiterianische Hochzeit abläuft. Vielleicht genau so, wie ich selbst mir das dann ausdenke."

„Das klingt allerdings nach Jupiter." Wes hatte gelacht.

„Lasst uns mal eine Weile nicht von Hochzeiten reden", hatte David gebeten.

Jocies Blick war von Wes zu ihm gewandert und sie hatte ihn angegrinst. „Mir musst du das nicht sagen. Sag das lieber Tabitha. Ich glaube, sie hätte diesen Sommer am liebsten eine Doppelhochzeit."

„Ich bin mir nicht sicher, ob sie und Robert Wesley schon so weit sind. Ich bin es jedenfalls nicht", hatte David gesagt.

Und das war er wirklich nicht. Seine eigene Hochzeit machte ihm genug Sorgen. Natürlich hatte er gemerkt, dass Tabitha sich in Robert Wesley verliebt hatte, und er hatte sich darüber gefreut, dass Robert Wesley ihr Interesse erwiderte. Aber es war mit Sicherheit zu früh, um an eine ernsthafte Verbindung zwischen den beiden zu denken. Sie hatten einander ja nur ein paarmal gesehen.

David hatte den Gedanken zusammen mit all den anderen Dingen, die ihm Sorgen bereiteten, in seinem Hinterkopf abgelegt. Zum Beispiel mit der Sorge, ob Jocie die nächste Schulwoche überstehen würde, obwohl dieser Lehrer ihr das Leben so schwer machte. Wenigstens hatte der Mann aufgehört, ihr schlechte Noten zu geben. Carl Madison hatte irgendwie dafür gesorgt, nachdem David in der Schule gewesen war, um mit ihm zu sprechen. Aber Jocie musste trotzdem weiter zum Englischunterricht gehen. Sie war Edwin Hammond immer noch auf Gnade und Ungnade ausgeliefert und von Ersterem besaß der Mann offenbar nicht viel.

Und Vernunft war offenbar auch nicht seine Stärke, wenn man bedachte, wie er immer noch hinter Leigh her war. Leigh hatte dem Mann erzählt, dass sie verlobt war und kein Interesse hatte, aber er rief sie dennoch weiter an, schickte ihr noch mehr Blumen, schrieb ihr Gedichte und lauerte ihr auf. Er ließ David immer wieder spüren, wie viel älter er als Leigh war. Aber sie sagte, dass sie ihn liebe – David –, und so schwer das auch zu glauben war, er glaubte ihr. Darüber machte er sich keine Sorgen.

Und Gott fand sowieso, dass es für Christen eine Energieverschwendung war, sich Sorgen zu machen. Daraus machte die Bibel keinen Hehl. Wenn die Sorgen die eigenen Gedanken bestimmten, hieß das nur, dass man sein Gebetsleben vernachlässigte und Sorgen und Probleme nicht an den großen Problemlöser abgab.

David hatte gebetet. Jeden Tag. Auch wegen der Hochzeit. Dass er Leigh ein guter Ehemann sein würde. Dass er seine zukünftige Schwiegermutter irgendwie davon würde überzeugen können, dass Leigh nicht ihr ganzes Leben zerstörte, indem sie seine Frau wurde. Dass sie für all die Leute, die zur Hochzeit kommen wollten, irgendwo genügend Stühle in Mt. Pleasant auftreiben würden. Man hätte meinen können, die Hochzeit wäre das gesellschaftliche Jahrhundertereignis in Hollyhill.

Jedes Mal, wenn er die Straße hinaufging oder Grover's Grill betrat oder Fotos von den Aktivitäten zum Schuljahresende machte, kam jemand auf ihn zu und sagte, er freue sich darauf, bei der Hochzeit dabei zu sein. Leigh sagte, im Amt gehe es ihr genauso.

So schön es war, dass alle lächelten und an seinem und Leighs Glück teilhaben wollten, so war es doch eine Tatsache, dass die Kirche von Mt. Pleasant maximal 120 Personen fasste, und dann standen schon Stühle in den Gängen. Leigh würde kaum Platz haben, um in ihrem perfekten Hochzeitskleid zum Altar zu schreiten.

David sah auf seine Uhr und klappte den Kalender zu. Dadurch, dass er all die Dinge anstarrte, die er noch tun musste, würden sie auch nicht erledigt. Außerdem war er mit Leigh zum Mittagessen verabredet und sie würde ihn jeden Augenblick abholen kommen. Vielleicht kam ihnen ja gemeinsam eine gute Idee, wie sie halb Hollyhill sagen konnten, dass bei der Hochzeit nicht für alle Platz sein würde.

Als er diese Hoffnung Zella gegenüber erwähnte, während er sich auf dem Stuhl neben ihrem Schreibtisch niederließ, um dort auf Leigh zu warten, schlug Zella die Hände über dem Kopf zusammen. „Das kannst du nicht machen."

„Es muss sein. So viele Leute passen bei uns nicht in die Kirche."

„Natürlich nicht", sagte Zella und widmete sich der Aufgabe, ihr Taschentuch in kleine Quadrate zu falten. Sie warf David einen Blick zu. „Habe ich dir nicht gesagt, dass ich eine Lösung gefunden habe?"

„Eine Lösung wofür?" David hatte beinahe Angst zu fragen.

„Ihr heiratet nicht in Mt. Pleasant."

„Tun wir nicht?"

„Sei doch realistisch, David." Zella klang, als wollte sie ihm eine Anzeige im *Banner* verkaufen, während sie zu ihm hochsah und weitersprach. „Deine Kirche ist viel zu klein. Ich weiß das. Ich war schon dort. Vor Jahren fand dort mal eine Veranstaltung des Frauenmissionsvereins statt. Wenn ich mich recht entsinne, war gerade genug Platz für die Mitglieder des Vereins. Und der Keller, in dem ihr den Empfang ausrichten müsstet, ist nicht größer als dieses Vorzimmer. Du liebe Güte, David, manchmal glaube ich, dass du mit geschlossenen Augen durch die Welt läufst."

David runzelte die Stirn. „Also gut. Jetzt sind meine Augen ganz weit offen. Und was genau soll ich sehen?"

„Dass du mit gesundem Menschenverstand an die Sache herangehen musst. Alle wollen zu eurer Hochzeit kommen. Du bist eine Person des öffentlichen Lebens. Als Herausgeber des *Banner* und als Prediger. Und natürlich kennen alle Leigh, weil sie bei ihr auf dem Amt ihre Fahrzeugzulassungen verlängern. Du kannst den Leuten nicht sagen, dass sie nicht zu eurer Hochzeit kommen können. Vor zwei Wochen hast du eine große Anzeige in der Zeitung geschaltet und gesagt, alle Freunde seien eingeladen. Was willst du machen? Einigen Leuten sagen, dass sie nicht deine Freunde sind? Wohl kaum." Zella verdrehte die Augen und schüttelte den Kopf, bis ihre schwarzen Locken hüpften. „Ich meine, willst du, dass halb Hollyhill sein Zeitungsabonnement kündigt?"

„Nein, das will ich natürlich nicht", gab David zu. „Aber stand in der Anzeige nicht auch, dass die Hochzeit am 5. Juni in Mt. Pleasant stattfindet?"

„Das ist doch kein Problem", wischte Zella den Einwand mit einer energischen Handbewegung fort. „In der Ausgabc nächste Woche drucken wir einfach eine Korrektur ab. Ich habe sie Wesley schon gegeben. Und deiner Gemeinde kannst du es am Sonntag sagen."

„Und wo werden wir jetzt heiraten? Im Football-Stadion der Highschool? Da gäbe es genügend Plätze."

„Das stimmt. Aber es würde sicherlich regnen. Ganz egal, wie viel du betest. Die arme Leigh würde sich Sorgen wegen des Wetters machen müssen. Und wer will schon im Sonntagskleid und mit hohen Absätzen auf der Tribüne herumklettern? Ich jedenfalls nicht. Und denk nur an Leighs arme Mutter. Sie könnte nie und nimmer eine Tribüne erklimmen." Zella griff nach dem nächsten Taschentuch und tupfte sich damit Stirn und Nase ab. „Also wirklich, David, manchmal weiß ich nicht, was du ohne mich machen würdest."

David seufzte. Er wusste wirklich nicht, was er ohne Zella machen sollte, aber im Moment war ihm danach, es mal ein paar Tage lang auszuprobieren. „Also gut. Was hast du gemacht?"

„Du tust ja gerade so, als hätte ich etwas Schlimmes getan. Aber das ist ganz und gar nicht der Fall. Ich habe für dich gesorgt, wie ich es immer tue. Ich habe schon vor Wochen mit Pastor Vance gesprochen und ihn gebeten, das Datum in der First Baptist Church freizuhalten. Das ist die einzige Möglichkeit. Dass ihr dort heiratet, wo es genügend Plätze gibt. Wir haben auch eine Empore, weißt du. Und der Mittelgang ist wunderbar. Leigh wird wunderschön aussehen, wenn sie in ihrem Kleid zum Altar schreitet. Eine schöne Braut braucht eine schöne Kirche zum Heiraten." Zella faltete die Hände und stützte das Kinn darauf, während sie verträumt nach oben blickte.

David wusste nicht, was er sagen sollte.

Der verträumte Blick wich einem selbstzufriedenen Lächeln und Zella fuhr fort: „Du brauchst mir nicht zu danken. Und um deine Schäfchen in Mt. Pleasant musst du dir auch keine Gedanken machen. Sie waren auch der Meinung, dass es das Beste so ist. Ich habe mit Sally McMurtry gesprochen und sie fand die Idee wunderbar. Sie sagte, sie und die McDermotts und einige andere würden das mit der Gemeinde klären. Sie sagte, niemand würde sich aufregen. Und es würde dort sowieso nicht genügend Parkplätze für all die Leute gegeben, die aus der Stadt kommen wollen."

David fühlte sich, als wäre er von einem Laster überfahren worden. Vielleicht war er wirklich mit geschlossenen Augen durch die Gegend gelaufen. „Du weißt, dass Myra Hearndon bei der Hochzeit singt."

„Natürlich weiß ich das. Ich weiß wahrscheinlich mehr darüber, was bei deiner Hochzeit passiert, als du."

„Das ist offensichtlich", erwiderte David.

„Und Myra wird nicht die einzige Schwarze dort sein. Reverend

Boyer und seine Familie werden ebenfalls kommen und Noah muss natürlich auch dabei sein."

„Nicht zu vergessen Stephen Lee", warf David ein.

„Natürlich", sagte Zella. „Unsere Baptistengemeinde ist genauso fortschrittlich wie Mt. Pleasant. Wir verschließen unsere Türen nicht vor Schwarzen."

„Gut. Ich wollte Reverend Vance nur keine Schwierigkeiten machen."

„Bruder Vance ist ein wundervoller Mensch", sagte Zella. „Du bist nur gegen ihn, weil er dich nicht trauen will, weil du geschieden bist. Aber viele Prediger denken so und es wird mit Sicherheit schön, dass der Richter die Trauung macht. Immerhin ist er Leighs Onkel."

„Der Herr fügt die Dinge wohl", gab David zu. Er war sehr aufgebracht gewesen, als jeder Pastor, den er gefragt hatte, sich geweigert hatte, ihn zu trauen. Eigentlich war es eine ziemliche Überraschung, dass Reverend Vance überhaupt eingewilligt hatte, die Hochzeit in seiner Kirche stattfinden zu lassen. Zella musste ihn und seine Einwände einfach überrollt haben. Vielleicht hatte sie auch gar nicht gefragt. David hatte sie jedenfalls nicht gefragt.

„Was hat der Herr gefügt?", fragte Leigh, die gerade rechtzeitig ins Büro gekommen war, um Davids letzte Bemerkung zu hören.

„Unsere Hochzeit, wie es aussieht. Aber vermutlich sollte ich eher sagen: der Herr und Zella."

„Oh-oh. Was ist los, von dem ich nichts weiß?" Leigh sah Zella an.

„Nicht viel", sagte Zella schnell. „Nur ein kleiner Ortswechsel. Ich wollte es euch beiden erzählen, sobald alles arrangiert ist."

Leigh zog die Stirn kraus. „Ein Ortswechsel? Du meinst, wir heiraten nicht in der Kirche?"

„Natürlich heiratet ihr in der Kirche. Nur nicht in Mt. Pleasant. In der First Baptist Church ist viel mehr Platz und denk nur an den längeren Mittelgang. Es wird wunderbar, ihr werdet sehen", sagte Zella.

„Hätte man uns deswegen nicht fragen sollen?", wollte Leigh wissen.

„Offenbar nicht", antwortete David.

Zella erhob sich, stützte die Hände auf den Schreibtisch und beugte sich ein wenig vor. „Ich verstehe gar nicht, warum ihr beide euch darüber aufregt. Ihr müsst zugeben, dass es so besser ist. Genießt es einfach."

„Genießt es", wiederholte David und sah Leigh an. Sie biss sich auf die Lippe, um nicht zu lächeln, und dann lachten sie plötzlich beide. *Genießt es.* Das war der beste Rat, den er seit Tagen gehört hatte. Und er würde ihn befolgen.

33

Das Auto war gepackt und sie war bereit zur Abfahrt. Adrienne hätte nie gedacht, dass sie Kalifornien einmal verlassen würde. Seit sie vor fünf Jahren die Grenze zu diesem Bundesstaat überquert hatte, war dies ihr Zuhause gewesen. So lange war sie noch nie an einem Ort geblieben, von Hollyhill einmal abgesehen. Und Hollyhill war für sie nie ein Zuhause gewesen, sondern lediglich der Ort, an dem sie zur Welt gekommen war. Und das war sicherlich ein Versehen gewesen.

Jetzt würde sie sterben. Das war bestimmt auch ein Versehen. Aber andererseits starb jeder irgendwann. Das gehörte zum Leben dazu. Menschen, die viel jünger waren als sie, gingen über die Brücke des Todes. Um sich das bewusst zu machen, brauchte man nur in der Zeitung nachzulesen, was in Vietnam geschah. Der Präsident schickte Jungen, die halb so alt waren wie sie, in einen Dschungel auf der anderen Seite der Welt, um diese Brücke in die Ewigkeit zu überqueren. Die meisten von ihnen waren genauso wenig erpicht darauf, diese Brücke zu sehen, wie sie es war.

Einige von ihnen, darunter auch Eddie, weigerten sich zu gehen, egal, ob sie eingezogen wurden oder nicht.

Vielleicht war es ein Fehler, dass sie quer durchs Land fuhr, um ihre letzten Monate mit ihrer Mutter in Florida zu verbringen. Sie hatte ihre Mutter seit mehr als fünf Jahren nicht gesehen. Aber es gab eine Art ungeschriebenes Gesetz, nach dem ein Mensch bei seiner Familie sein sollte, wenn er den letzten Atemzug tat. Und ihre Mutter war ihre Familie.

Diese Jungen in Vietnam hatten keine Mama, keinen Papa, keine Geschwister, die ihnen die Hand hielten, wenn die Kugeln oder Granatsplitter ihre Leiber zerfetzten und sie ins Jenseits beförderten. Aber das war etwas anderes. Sie hatten keine Wahl. Adrienne hatte die Wahl. Vielleicht nicht, was das Sterben betraf, aber sie konnte entscheiden, wo es geschehen sollte. Und Florida war zum Sterben bestimmt ein besserer Ort als Kalifornien. Dort hatten sie viel Übung, weil all die alten Leute dort hinzogen, um ihren Lebensabend in der Sonne zu verbringen.

Ihre Mutter hatte ihr versprochen, dass die Sonne in Florida ebenso hell scheinen würde wie in Kalifornien. Trotzdem würde es anders sein. Das wusste Adrienne, aber sie wusste nicht, was sie sonst machen sollte. Francine hatte versucht, Adrienne dazu zu überreden, dass sie in Kalifornien blieb, und versprochen, ihre Familie zu sein. Sie hatte sogar geweint, als sie Adrienne geholfen hatte, ihre Möbel zu verkaufen und den Wagen zu packen, aber andererseits war Francine ein echter Profi, was das Weinen anging. Sie bekam schon feuchte Augen, wenn bei einer Wiederholung von *Lassie* die Titelmelodie im Fernsehen lief.

Adrienne konnte nicht mehr weinen. Ihre Tränendrüsen waren so trocken wie die Mohavewüste, durch die sie bald fahren würde. Was sagten die Leute immer? Es hatte keinen Sinn, über verschüttete Milch zu weinen. Krebs war zwar nicht direkt verschüttete Milch, aber was auch immer er war – diese hungrigen mutierten Zellen häuften sich in ihr und saugten ihr das Leben aus. Und sie konnte sie nicht aufnehmen und in die Flasche zurückfüllen, aus der sie gekommen waren.

Außerdem hatte sie genug geweint. Nur innerlich weinte sie immer noch. Im Stillen. Doch sie verbarg den Schmerz hinter einem Lächeln. Wenigstens war es so gewesen, als Eddie vorbeigekommen war, um sich zu verabschieden, bevor er nach Kanada aufgebrochen war, um der Einberufung zu entgehen.

„Ich warte nicht, bis mein Name auf der Liste steht", hatte er gesagt. „Ich bin weg."

„Aber was wirst du da oben tun?" Adrienne hatte es schrecklich gefunden, dass sie so mütterlich klang. Sie hatte nie Eddies Mutter sein wollen, aber als sie ihn an diesem Tag gesehen hatte, hatte sie sich so gefühlt. Er hatte neben ihrem von der Krankheit gealterten Körper so jung ausgesehen.

„Einen neuen Klub finden, in dem ich singen kann. Ein paar von den Jungs kommen mit. Wir schaffen das schon."

Und Gina, hatte Adrienne gedacht, aber sie hatte diesen Gedanken nicht laut ausgesprochen. Sie hatte sogar gehört, Gina hätte geäußert, sie würden vielleicht heiraten, wenn sie erst einmal in Kanada waren.

Eddie hatte ihr Stirnrunzeln bemerkt und aus ganz falschem

Grund ungehalten reagiert. Auch das war nichts Neues gewesen. „Was soll ich denn deiner Meinung nach tun?“, hatte er fast geschrien. „Soll ich mich da hinschicken lassen, damit sie mich abknallen? Ich bin nicht zum Soldaten geschaffen. Ich bin Sänger. Ich meine, schließlich ist es nicht so, als würde uns jemand hier angreifen.“

„Der Feind ist im Innern.“ Adrienne hätte das nicht laut sagen sollen. Das war ihr bewusst geworden, sobald die Worte zwischen ihnen in der Luft hingen.

„Du wirst mir doch jetzt nicht sentimental, oder?“ Eddie hatte beunruhigt ausgesehen und sich ein paar Schritte weiter in Richtung Tür geschoben. „Ich meine, Francine hat mir gesagt, dass du damit wirklich gut klarkommst. Und du weißt ja, dass Ärzte sich irren können.“

Adrienne hatte gelächelt, obwohl sie gar nicht mehr zählen konnte, wie oft die Leute ihr genau das gesagt hatten. Dabei starrten sie immer an ihrem Kopf vorbei oder auf ihre Füße hinunter, damit sie ihr bloß nicht in die Augen sehen mussten. Aber Adrienne hatte Eddie noch einen Augenblick lang festhalten wollen. Die letzten Minuten. „Das stimmt. Natürlich können sie sich irren. Und wir haben gerade von dir gesprochen, nicht von mir. Du schaffst das schon, Eddie. Bis zum großen Durchbruch irgendwann.“

„Glaubst du das wirklich?“ Jetzt hatte er nicht mehr verlegen ausgesehen. Der Übergang zu seinen eigenen Problemen war ihm mühelos gelungen. „In Kanada wird es bestimmt nicht leicht.“

„Der Krieg kann nicht ewig dauern. Und vielleicht fällt dein Name bei den Einberufungen ja überhaupt nicht, dann brauchst du nicht im Norden zu bleiben. Da oben ist es bestimmt kalt.“

„Ja, das sagt Gina auch.“ Ihm war nicht einmal aufgefallen, dass er das Messer in Adriennes Bauch noch zusätzlich drehte, wenn er über seine jetzige Freundin sprach. „Sie sagt, wir sollten heiraten und schnell ein oder zwei Kinder bekommen, dann würde ich nicht eingezogen.“

„Das ist natürlich auch ein Plan“, hatte Adrienne mit Mühe herausgebracht.

Wenigstens hatte er den Anstand besessen, jetzt ein bisschen verlegen zu sein. „Also, das ist ihr Plan, nicht meiner.“ Er hatte sich noch einen Schritt weiter zur Tür geschoben und gesagt: „Soll ich heute Nacht hierbleiben? Du weißt schon, zum Reden und so, bevor ich morgen wieder fahre."

Sie hatte all ihre Kraft zusammennehmen müssen, um weiterzulächeln. „Ich glaube, heute Abend passt es nicht so gut."

„Wegen Gina brauchst du dir keine Gedanken zu machen", hatte Eddie gesagt. „Ich meine, ich tue, was ich will. Und sie hat kein Problem damit."

„Gut, dann wird es mit euch beiden ja vielleicht klappen." Adrienne hatte sich erneut zu einem Lächeln gezwungen und war sich noch mütterlicher vorgekommen. „Aber mir geht es heute nicht so gut. Du verstehst."

Eddie war überrascht gewesen. Er hatte nicht erwartet, dass sie ihn zur Tür hinausscheuchen würde. Einen Augenblick lang hatte er nicht gewusst, was er sagen sollte, auch wenn er etwas erleichtert gewirkt hatte. Sie hatte ihn immer so gut gekannt. Und trotzdem geliebt. Und auf seine Weise, so sehr es ihm möglich war, hatte Eddie ihre Liebe erwidert. Das war der Unterschied zwischen ihr und Eddie und ihr und David gewesen. Sie hatte David nie geliebt, aber er hatte sie auch nie geliebt. Nicht die wahre Adrienne. Er hatte nur den Menschen geliebt, den er in ihr hatte sehen wollen.

Eddie war mit der Hand auf dem Türknauf stehen geblieben und hatte sich noch einmal umgedreht, um sie in den Arm zu nehmen. Adrienne hatte versucht, sich von ihm zu lösen. Sie hatte ihre Prothese nicht getragen. Schließlich hatte sie nicht gewusst, dass er vorbeikommen würde, und das Ding war so höllisch schwer, dass es sie herunterzuziehen schien, wenn sie es trug. Aber er hatte sie fest an sich gedrückt und ihre ungleiche Brust anscheinend gar nicht bemerkt. „Nur eine Umarmung", hatte er gesagt. „Eine Umarmung kann doch nicht wehtun."

Es hatte ihr nur wieder gezeigt, wie jung er war. Die Umarmung hatte wehgetan. Ihre Rippen waren seit der Operation berührungsempfindlich und zudem hatte sich ihr Herz angefühlt, als würde es in tausend Teile zersplittern. Aber sie hatte weitergelächelt und mit angesehen, wie er ging. „Sing ab und zu mal ein Lied für mich, Eddie."

Er hatte ihr versprochen, das zu tun. Dann war er vor ihr davongelaufen, in seine Zukunft hinein.

Jetzt war er fort. Eine neue Band spielte im Klub. Green Grass Trees oder irgend so ein alberner Name. Sie hatte sich nicht die Mühe gemacht, zu einem ihrer Auftritte zu gehen. Francine sagte, sie seien nicht schlecht. Nicht so gut wie Eddie B. and the Bugs, aber nicht schlecht. Doch Francine mochte jeden. Sogar Adrienne.

Francine stand auf dem Bürgersteig und die Tränen liefen ihr über die Wangen, als sie zusah, wie Adrienne ihren Wagen anließ und den Gang einlegte. „Vergiss nicht anzurufen, wenn du angekommen bist, damit ich weiß, dass es dir gut geht", rief sie Adrienne zu.

Als bestünde die Chance, dass es Adrienne jemals wieder gut ging. Aber Adrienne nickte und winkte kurz, als sie losfuhr. Francine lief auf dem Gehweg hinter ihr her und winkte noch immer. „Ich wünsche dir ein schönes Leben, Mädchen", flüsterte Adrienne, als Francines Bild im Rückspiegel immer kleiner wurde. Dann trat sie das Gaspedal durch und ließ ihre Freundin hinter sich.

Es dauerte nicht lange, bis sie auch Kalifornien hinter sich ließ. Dann weitere Staaten, die zwischen ihr und Florida lagen. Aber es hatte etwas Erholsames, wie der Wagen die Straße hinunterrollte. Allein zu sein. In ihrem Auto abgeschottet von der Welt. Sie konnte schreien. Sie konnte Selbstgespräche führen. Sie konnte das Radio aufdrehen, wenn sie einen guten Song hörte, und mitsingen, während sie davon träumte, das nächste Lied könnte von Eddie B. and the Bugs sein. Sie konnte sich vorstellen, dass die heiße Wüstensonne den Krebs in ihrem Körper wegbrannte, so wie ihre Tränen von der Trauer weggebrannt worden waren. Sie konnte so tun, als gäbe es einen Himmel, den sie nur finden musste.

Und wenn die flimmernde Straße sie zu sehr blendete oder ihre Gedanken zu traurig wurden, dann sah sie das Bild des kleinen Stephen an, das sie am Armaturenbrett befestigt hatte.

Erst als sie die Grenze zu Arkansas überquerte und in Richtung Nordosten abbog, gestand Adrienne sich ein, warum sie mit dem Auto nach Florida gefahren war, anstatt zu fliegen. Es lag nicht daran, dass sie Dinge besaß, von denen sie sich nicht trennen konnte. So etwas hatte sie nicht. Nicht einmal Kleider, denn nichts passte ihr mehr. Sie hatte keine Fotoalben oder Andenken. Sie hatte nur die Bilder, die Tabitha ihr von Stephen geschickt hatte. Zehn Schnappschüsse insgesamt. Sie hätten in ihre Handtasche gepasst.

Dr. Mike hatte gesagt, wenn sie etwas tun wolle, dann solle sie es bald tun. Und sie wollte Stephen im Arm halten. Sie wollte in sein kleines Gesicht schauen und sich selbst in seinen schönen braunen Augen sehen.

Es spielte keine Rolle, dass sie versucht hatte, Tabitha das Baby auszureden. Das war damals gewesen. Dies war jetzt. Ein Umweg durch Hollyhill würde die Reise nach Florida verlängern. Deutlich verlängern. Aber schließlich hatte Adrienne ja sonst nichts zu tun. Außer zu sterben.

34

Am Samstagmorgen erwachte Leigh vom Vogelgezwitscher im Baum vor ihrem Schlafzimmerfenster. Es war der letzte Samstag im Mai. In genau einer Woche würde sie den Mittelgang der Baptistengemeinde von Hollyhill hinunterschreiten, neben David Brooke treten und „Ja" sagen. Sie würde Mrs David Brooke werden. Leigh Jacobson Brooke.

Sie sprach die Namen leise aus. Sie klangen richtig. Gut. Perfekt. Erstaunlich perfekt. Genau wie ihr Hochzeitskleid.

Verträumt stellte Leigh sich vor, wie sie in ihrem Kleid den roten Teppich entlanggehen würde. Sie hatte es noch einmal anprobiert, nachdem sie es aus der Reinigung geholt hatte. Die Reinigung war nötig gewesen, obwohl sie Angst gehabt hatte, die Spitze könnte sich auflösen oder irgendetwas anderes kaputtgehen. Aber die Spitze hatte überlebt und das Kleid duftete jetzt frisch anstatt nach dem muffigen Secondhandladen, in dem Jocie und sie es gefunden hatten, nachdem der idiotische Fahrer des anderen Wagens ihr die Vorfahrt genommen hatte. Gott sei Dank, dass sie rechtzeitig auf die Bremse getreten und verhindert hatte, dass sie mit dem anderen Auto zusammenstießen, und Gott sei Dank, dass sie genau vor dem Vintage-Kleidergeschäft zum Halten gekommen waren. Bis dahin war ihr der Laden noch nie aufgefallen – sie fuhr nicht sehr oft zum Einkaufen nach Lexington. Meistens erledigte sie ihre Einkäufe in Grundy, damit sie bei ihren Eltern vorbeischauen konnte.

Noch ein Gott sei Dank. Ihre Mutter gewöhnte sich allmählich an den Gedanken, dass Leigh heiraten würde. Sie war noch immer nicht begeistert davon, dass Leigh Mrs David Brooke wurde, aber bei der Geschenkparty, die Tante Wilma vor ein paar Wochen für Leigh veranstaltet hatte, hatte Leighs Mutter doch tatsächlich gelacht und mit den anderen Scherze übers Kinderkriegen gemacht. Leigh hoffte, dass ihre Mutter endlich die Augen aufgemacht und gesehen hatte, dass David gar nicht so alt war, auch wenn er eine Tochter hatte, die bereits selbst ein Baby hatte. Und was für ein süßes Baby! Leigh hatte überhaupt nichts dagegen, Stephen Lees

Stiefgroßmutter zu sein. Jocie hatte sogar angefangen, Leigh im Beisein des Kleinen als Oma zu bezeichnen. Stephen Lee war natürlich noch zu klein, um viel mehr zu sagen als ma-ma und da-da, aber seine schönen braunen Augen leuchteten jedes Mal auf, wenn er sie sah. Und solange er lächelte, wenn er sie sah, war Leigh egal, wie der Kleine sie nannte.

Leigh liebte Babys. Sie hatte Babys schon immer geliebt. Und sie leugnete nicht, dass sie gerne selbst eins hätte. David und sie hatten ein paarmal beinahe darüber geredet. David sagte, es sollte nichts geben, worüber sie nicht reden könnten, aber das Babythema kam diesem Nichts ziemlich nahe. Das und Edwin Hammond.

Leigh runzelte die Stirn und versuchte, den Gedanken beiseitezuschieben. Aber es gelang ihr nicht. Edwin Hammond schaffte es immer wieder, sich in ihren Kopf zu drängen wie unerwünschtes Unkraut in ein Blumenbeet. Leigh hatte noch nicht herausgefunden, was sein Problem war, abgesehen davon, dass er offenbar ein paar Schrauben locker hatte. Sie hatte ihn mehr als einmal unmissverständlich dazu aufgefordert, sie in Ruhe zu lassen, sie nie wieder anzurufen und zu verschwinden. Doch jedes Mal tauchte er wieder auf und trat ihr in den Weg. Er war der Dorn an der Rose ihres Glücks.

Leigh wusste nicht, warum. Sie hatte ihn kein einziges Mal ermutigt. Und auch wenn sie abgenommen und eine neue Frisur hatte und erstaunlich gut aussah, wenn sie sich im Spiegel betrachtete, glaubte sie nicht, dass sie *so* gut aussah. Nicht so gut, dass irgendein wildfremder Mann gar nicht anders konnte, als sie zu verfolgen, obwohl sie ihn nicht nur nicht ermutigt hatte, sondern alles getan hatte, was ihr einfiel, um ihn zu entmutigen.

Jocie hatte recht, wenn sie Edwin Hammond Mr Widerling nannte. Nicht, dass Leigh ihr das sagen würde. Es war nicht gerade respektvoll, wenn man einen Lehrer als Widerling bezeichnete, auch wenn es stimmte. Stattdessen hatte sie Jocie neulich gesagt, das Schuljahr sei ja fast zu Ende und dann würde der Mann verschwinden. Die Schule hatte seinen Vertrag nicht verlängert.

Das hatte Jocie schon gewusst. Sie hatte gesagt, der Mann hätte sie vor dem Schulgebäude geradezu in die Ecke gedrängt und sie angebrüllt.

„Was hat er denn gesagt?“, hatte Leigh wissen wollen. Jocie und sie waren gerade zum Park gefahren, wo Jocie Bilder von der Schulmannschaft beim Ballspielen hatte machen wollen. In Gedanken durchlebte Leigh die Situation jetzt noch einmal.

Jocie starrte auf die Kamera auf ihrem Schoß hinunter und fuhr mit dem Finger über die Kanten. Anscheinend wollte sie die Frage nicht beantworten, aber schließlich sagte sie: „Es ergab irgendwie keinen Sinn. Etwas von wegen ich sei schuld daran, dass sein Vertrag nicht verlängert wird. Er wisse, dass ich seinetwegen bei Mr Madison war. Und das war ich auch, aber ich glaube nicht, dass Mr Madison viel auf das gegeben hat, was ich gesagt habe.“

„Und was hast du Mr Hammond geantwortet?“

„Ich wollte eigentlich gar nicht antworten, aber er hat mir immer wieder den Weg verstellt, als ich gehen wollte.“ Jocies Stimme zitterte ein wenig, so als hätte sie schon bei dem Gedanken, dass der Mann vor ihr stand, Angst.

Besorgt streckte Leigh die Hand aus und berührte Jocies Arm. „Er hat dir nicht wehgetan, oder?“

„Er hat mich nicht geschlagen oder so, wenn du das meinst, aber ich hatte das Gefühl, er könnte es tun. Ich meine, Dad hat mir gesagt, ich solle wegen der ganzen Sache beten, und das habe ich auch getan. Ich habe jede Art Gebet ausprobiert, die du dir nur vorstellen kannst. Lass mich krank werden und zu Hause lernen. Lass ein Wunder geschehen, damit die Ferien früher anfangen. Gib mir den Mut, jeden Tag eine Stunde im Englischunterricht zu sitzen. Hilf mir, das Schuljahr zu überleben. Und die beiden letzten Gebete hat Gott ja wohl auch erhört. In zwei Wochen ist die Schule vorbei und bis jetzt habe ich überlebt.“

„Vielleicht solltest du deinem Vater mehr von dem erzählen, was los ist.“

„Nein, dann würde er sich zu viele Sorgen machen.“ Jocie blickte zu Leigh hinüber. „Und du musst mir versprechen, dass du es ihm auch nicht erzählst. Bitte.“

Leigh wusste, dass sie ihr dieses Versprechen nicht geben sollte. David hatte gesagt, sie sollten keine Geheimnisse voreinander haben. Aber es gab schon andere Dinge, die sie David nicht erzählte. Sie hatte es nicht für nötig gehalten, ihm von all den Zetteln zu erzählen, die Edwin Hammond immer wieder ins Schlüsselloch ihrer Tür steckte.

Sie zerriss sie, ohne sie zu lesen, also was gab es schon zu erzählen? Und vielleicht war es ja auch nur ein Zufall, dass sie den Mann so oft in ihrer Straße sah. Hollyhill war klein und der Mann wohnte nur ein paar Straßen weiter. Es konnte doch sein, dass er nur einen Spaziergang machte.

Also sagte Leigh, als Jocie sie anflehte, widerwillig: „Na gut. Aber du solltest es ihm selbst erzählen. Dein Vater kann dir nicht helfen, wenn er nicht weiß, was los ist."

„Nichts ist los. Nichts, was ich nicht überleben würde. Mit Gottes Hilfe. Vielleicht kannst du ja auch manchmal dafür beten", sagte Jocie. „Wenn wir beide beten, vergehen die Tage bestimmt schneller, sodass schneller Ferien sind. Und dann ist Juni. Du trittst in dem Kleid, das wir mit Gottes Hilfe gefunden haben, vor den Altar. Du und Dad heiratet. Der Sommer dehnt sich traumhaft lange vor uns aus. Und Mr Widerling kehrt dahin zurück, woher er gekommen ist."

Leigh kehrte gedanklich in die Gegenwart zurück, schloss die Augen und sprach zum wiederholten Mal genau dieses Gebet. Noch zwei Tage, bis die Schulferien begannen. Noch sieben Tage, bis sie Mrs David Brooke wurde. „Bitte, Herr, lass die Tage schnell vergehen und dann lass nächsten Samstag den besten Tag von allen werden", flüsterte sie. Dann strich sie mit der Hand über das Laken neben sich. Am nächsten Samstagabend würde sie sich zum ersten Mal ein Bett mit ihrem Ehemann teilen.

Bei diesem Gedanken kribbelte ihr ganzer Körper und ihre Wangen wurden rot. Sie wollte in jeder Hinsicht verheiratet sein. Mit Herz und Verstand. Leib und Seele. Aber gleichzeitig war sie nervös, weil sie Angst hatte, sie könnte in bestimmten Ehedingen völlig ungeschickt sein. Was, wenn sie alles falsch machte?

Leigh stand auf und ging ins Bad, um sich kaltes Wasser ins Gesicht zu spritzen. Es war eine ganz natürliche Angelegenheit. Hatte sie David nicht ohne jede Schwierigkeit geküsst, ohne sich darüber Gedanken zu machen, als er damals zu ihr in den Park gekommen war? Sie hatten sich geküsst und es war einfach gewesen, und jetzt war es ihr schon völlig in Fleisch und Blut übergegangen, den Arm um David zu legen und ihn zu küssen.

So würde es mit dem anderen auch sein, hatte Wes ihr erklärt. Einfach. Natürlich. Ausgerechnet Wes war es gewesen, der sie angesehen und gewusst hatte, dass sie einen Rat brauchte, obwohl sie viel zu verlegen gewesen war, um darum zu bitten. Sie hatte überlegt, ob sie jemanden fragen sollte, aber nicht gewusst, wen. Zella wäre ihr jedenfalls keine Hilfe gewesen. Nicht nur, dass sie nicht verheiratet war, sondern sie hatte ihre Vorstellungen sicherlich aus all den Liebesromanen, die sie las und die mit dem wirklichen Leben nicht das Geringste zu tun hatten.

Sie hatte überlegt, ob sie Miss Sally aus der Gemeinde fragen sollte. Mit Miss Sally konnte man über alles reden, ohne sich Sorgen machen zu müssen, dass man ausgelacht wurde oder dass jemand anders erfuhr, was einem zu schaffen machte. Aber Miss Sally war auch nie verheiratet gewesen. Leigh hatte vermutet, dass sie dann nur beide rot werden würden.

Also hatte sie mit niemandem geredet. Aber am letzten Dienstag, nachdem sie die Zeitung für die Auslieferung am Mittwoch gefaltet hatten, hatte Wes sie allein erwischt und auf das Thema angesprochen. „Sieht ganz so aus, als hätte da jemand Sorgen", hatte er gesagt.

„Wie kommst du denn darauf?", hatte sie gefragt.

„Ach, das ist nur so ein Gefühl." Wes hatte sie mit seinem typischen schiefen Lächeln angesehen. „Vielleicht hat es ja etwas mit dem Heiraten zu tun."

„Na ja, eigentlich nicht mit dem Heiraten. Eher mit dem Verheiratetsein." Leigh war puterrot geworden.

„Dachte ich mir doch, dass es das ist." Wes hatte eine Hand auf ihre Schulter gelegt. „Über all das brauchst du dir nicht die geringsten Sorgen zu machen. Es wird ganz von alleine kommen, so wie ein Frosch von einer Seerose in einen Teich hüpft."

„Aber ich habe überhaupt keine Erfahrung." Leigh hatte nach einem Blatt Papier gegriffen, um ihren glühend heißen Wangen Luft zuzufächeln. Und sie hatte Wes nicht angesehen, als sie hinzufügte: „Im Hüpfen, meine ich."

Wes hatte leise gelacht und ihre Schulter gedrückt. „Das ist gut. Für den Job, den Gott dir da gibt, braucht man keine Erfahrung. Der gute Gott hat es so eingerichtet, dass Mann und Frau zusammensein wollen, und wenn beide Beteiligten es wollen, gibt es nichts Einfacheres auf der Welt. Man weiß, dass man zusammen in den Teich hüpft."

Leigh hatte ihm einen verstohlenen Blick zugeworfen. „Du glaubst also nicht, dass ich David enttäuschen werde? Ich meine, alle sagen, dass Adrienne so hübsch war, so ..." Leigh zögerte, während sie versuchte, ein Wort zu finden, das sie Wes gegenüber sagen konnte, ohne vor Verlegenheit völlig im Boden zu versinken. „So bezaubernd."

„Sie war hübsch, wenn ich mich richtig erinnere, aber ehrlich gesagt schien David gar nicht so schrecklich in sie verliebt zu sein. Jedenfalls nicht, nachdem ich hier aufgetaucht bin. Nicht so wie bei dir. Dich liebt er. Und du liebst ihn. Die Liebe ist der entscheidende Unterschied. David wird nicht enttäuscht sein. Kein bisschen." Wes hatte sie angegrinst. „Und du auch nicht. Vertrau deinem Onkel Wes, was das betrifft."

Die Liebe ist der entscheidende Unterschied. Das stimmte, beschloss Leigh, als sie sich jetzt im Spiegel ansah. Dann nahm sie ihre Uhr von der Ablage und sah darauf. Eigentlich müsste sie noch Zeit für einen kleinen Spaziergang im Park haben, bevor sie sich für die große Party in der Kirche fertig machen musste. David würde heute ausnahmsweise nicht in den Park kommen, um mit ihr die üblichen Runden zu laufen. Er musste an diesem Morgen an seiner Predigt arbeiten, weil die Party den größten Teil des Nachmittags dauern würde.

Die Menschen von Mt. Pleasant freuten sich seit Wochen auf dieses Fest. David sagte, er habe keine Ahnung, was seine Diakone tun würden, um ihn in Verlegenheit zu bringen, aber in jedem Fall müssten sie lächeln und den Gemeindemitgliedern ihren Spaß gönnen. Zum Glück schien die Sonne, denn sie hatten viel mehr Leute eingeladen, als in das Untergeschoss der Kirche passten. Dorothy McDermott hatte Leigh erzählt, sie hätten sich auch noch die Klappstühle einer anderen Gemeinde ausgeliehen, damit sie genügend Sitzplätze für alle hatten.

Leighs Eltern würden auch kommen. Obwohl Leighs Vater sich jedes Mal, wenn sie mit ihm darüber gesprochen hatte, beschwert hatte, weil er sein Golfspiel verpassen würde. Nicht nur diesen

Samstag, sondern nächste Woche auch, wegen ihrer Hochzeit. Zwei Samstage ohne Golf in der besten Zeit des Jahres, bevor es zu heiß wurde. Hätte sie nicht im März heiraten können, wenn es regnete?

Leigh hatte nur gelacht und ihn nicht von der Angel gelassen. Sie hatte zu ihm gesagt, er müsse kommen und ihre Mutter mitbringen. Sie müssten sehen, wo sie leben würde. Außerdem sollten sie die Gemeinde kennenlernen, die ihren Pastor so liebte und jetzt auch sie. Sie mussten sich daran gewöhnen, wie glücklich sie war.

Als Leigh das Haus verließ, fiel ein aufgerollter Zettel aus dem Schlüsselloch. Leigh hob ihn auf und zerknüllte ihn in der Hand, ohne ihn auch nur zu entrollen. Dann warf sie ihn in den Mülleimer am Fuß der Treppe. Nichts würde ihr diesen Tag verderben. Nichts.

35

Am Samstagmorgen fuhr Jocie früh mit dem Fahrrad in die Stadt, um Wes beim Reinigen der Druckerpresse zu helfen und die Druckerei auszufegen. Normalerweise half ihr Vater bei diesen Arbeiten, aber diesmal musste er zu Hause bleiben, um an seiner Predigt für den nächsten Tag zu arbeiten. Als Jocie gegen Mittag wieder nach Hause kam, war er immer noch in seinem Schlafzimmer eingeschlossen, aber er würde bald herauskommen müssen, ganz egal ob seine Predigt stand oder nicht. Seine Gemeinde würde ihm vielleicht eine schlechte Predigt nachsehen, aber sie würden ihm nie verzeihen, wenn er nicht zu der Geschenkparty erschien.

Jocie hatte ihr Geschenk bereits eingepackt und außerhalb von Stephen Lees Reichweite sicher verstaut. Der Kleine zog sich an allem und jedem hoch und besonders liebte er es, Papier zu zerreißen. Außerdem war ihr Geschenk zerbrechlich. Sie hatte bei einer Sonderangebotsaktion im Billigladen tolle Gläser für Eistee gefunden, die mit Erdbeeren verziert waren. Mit Gläsern konnte sie nichts falsch machen, hatte sie sich überlegt, da im Schnitt ein Glas die Woche zerbrach und sie ihren Eistee manchmal aus Einweckgläsern trinken mussten. Jocie konnte es gar nicht erwarten, die ganzen Geschenke zu sehen, die ihr Vater und Leigh von den Gemeindemitgliedern bekommen würden. Es war beinahe wie Weihnachten.

Leigh musste es genauso vorkommen. Als sie nach dem Mittagessen zu ihnen kam, damit sie gemeinsam zur Party fahren konnten, sah sie aus, als würde sie jeden Augenblick vor Glück platzen. Sie umarmte Jocie, nahm dann Stephen Lee und stürmte die Treppe hinauf, um zu Jocies Dad zu gehen. Jocie wollte ihr noch sagen, dass ihr Vater es nicht gern hatte, wenn er gestört wurde, während er an seiner Predigt arbeitete, aber bevor sie die Worte über ihre Lippen brachte, war Leigh auch schon oben. Und dem Lachen aus Dads Schlafzimmer nach zu urteilen machte es ihm überhaupt nichts aus, von Leigh gestört zu werden.

Ab dem nächsten Samstag würde manches im Haus der Brookes anders, aber auf gute Weise anders. Leigh gehörte sowieso schon zur Familie. Das würde nächste Woche nur offiziell bestätigt und Jocie konnte sich nicht erinnern, wann sie ihren Vater jemals zuvor so viel hatte lächeln sehen. Selbst wenn er sich darüber beschwerte, dass so viel Aufhebens um diese Hochzeit gemacht wurde, lächelte er. Glücklich war gut. Jocie mochte glücklich.

Nach dem nächsten Dienstag würde sie selbst besonders glücklich sein, denn dann begannen die Sommerferien und sie würde nicht mehr eine Stunde am Tag in Mr Widerlings Unterricht sitzen müssen. Er würde zum Neptun zurückkehren und sie würde ein Dankgebet sprechen, während sie jede Erinnerung an ihn aus ihrem Gedächtnis streichen würde. Wes sagte, einige Menschen würden sich jeder Vernunft entziehen und es hätte gar keinen Sinn, sich das Hirn zu zermartern, um sie zu verstehen. Wenn jemand sich das Hirn zermartern wollte, sollte er Plato lesen oder Mathematik studieren.

Leigh hatte Jocie am Abend vorher gewarnt, dass ihre Eltern auch in diese Kategorie fielen – die der Menschen, die sich jeder Vernunft entzogen –, dass sie aber hoffte, Jocie würde versuchen, sie trotzdem zu mögen. Sie hatte gesagt, Jocie solle sich keine Sorgen darüber machen, dass die beiden ihre Großeltern sein wollten oder so. Sie würden wahrscheinlich eh nur ein- oder zweimal im Jahr nach Hollyhill kommen, wenn überhaupt.

„Ich kann mich schon glücklich schätzen, wenn ich sie tatsächlich für die Probe und die Hochzeit hierher bekomme. Wahrscheinlich hätte ich sie nicht bitten sollen, zu der Geschenkparty heute zu kommen, aber die Leute aus der Gemeinde haben immer wieder gesagt, sie müssten unbedingt dabei sein." Bei diesen Worten hatte Leigh besorgt ausgesehen.

„Ich werde brav sein", hatte Jocie erwidert. „Versprochen."

„Ich mache mir keine Sorgen darüber, dass du nicht brav sein könntest", hatte Leigh seufzend gesagt. „Aber wahrscheinlich kann man nicht die ganze Welt glücklich machen und alle dazu bringen, einander zu mögen, oder?"

„Nee", bestätigte Jocie. „Aber wir können deswegen beten. Ich werde ein Glückliche-Eltern-Gebet für dich sprechen."

„Meine Eltern glücklich? Das wäre wirklich ein Wunder", hatte Leigh gemurmelt. Dann hatte sie gelacht. „Aber andererseits: Sieh mich an. Letztes Jahr um diese Zeit hätte ich gesagt, dass ein Wunder nötig ist, damit ich einen so wunderbaren Mann wie deinen Vater heirate. Und genau das mache ich jetzt. Ganz wahrhaftig." Leigh hatte Jocie gepackt und herumgewirbelt. Sie hatte praktisch Freudenfunken gesprüht.

Leigh war glücklich. Jocies Vater war glücklich. Tabitha war glücklich, jetzt, wo Robert ihr Liebesbriefe schrieb. Stephen Lee war immer glücklich, solange er seine Flasche bekam und ab und zu einen Keks. Selbst Tante Love war derzeit glücklich. Manchmal ging Jocie zu Zella, um sich ihr Nörgeln und Jammern anzuhören. Es tat Jocie gut zu wissen, dass sie nicht die Einzige war, die nicht jede Minute des Tages glücklich war. Aber nach Dienstag würde Jocie vielleicht auch glücklicher sein. Keine Schule. Kein Mr Widerling.

Als es an der Tür klopfte, dachte Jocie, es wären Leighs Eltern, die früher gekommen waren, um sich anzusehen, wo Leigh ab nächster Woche wohnen würde. Jocie flüsterte noch einmal ihr Glückliche-Eltern-Gebet und eilte zur Tür. Wahrscheinlich würde es beim Glücklichsein nicht helfen, wenn Zeb ums Haus gerannt kam und die beiden anbellte. Zebs Bellen konnte einem das Trommelfell platzen lassen.

Jocie zog die Tür auf. Es waren nicht Leighs Eltern. Sie starrte die Frau an, die mit einem halbherzigen Lächeln auf dem Treppenabsatz stand, und erkannte sie sofort – dabei war sie viel dünner und älter als auf dem Foto, das auf dem Klavier gestanden hatte, bis ihr Dad sich mit Leigh verlobt hatte. Dann hatte Tante Love es irgendwo in einen Schrank gepackt.

Die Frau, ihre Mutter DeeDee, lächelte ein wenig mehr und öffnete den Mund, um etwas zu sagen. Jocie knallte ihr die Tür vor der Nase zu. Dann stand sie da und starrte die Tür an, während sie an die Predigt ihres Vaters vor ein paar Wochen dachte. In der Geschichte aus der Bibel hatte der Engel Petrus aus dem Gefängnis befreit, und als der dann an die Tür geklopft hatte, hinter der all die Jünger saßen und für seine Freilassung beteten, hatte das Dienstmädchen gedacht, er wäre ein Gespenst, und ihm die Tür vor der Nase zugeschlagen. In der Predigt war es darum gegangen, dass Menschen manchmal nicht damit rechneten, dass Gott ihre Gebete erhörte.

Aber das hier war etwas anderes. Dass DeeDee vor der Tür stand, war keine Gebetserhörung. Nicht jetzt. Nicht heute, nur wenige Stunden vor der Hochzeitsparty. Das war eher ein Grund zu beten.

Jocie starrte die Tür an und wartete. Sie war sich nicht sicher, worauf. Eine göttliche Eingebung vielleicht. Die Stimmen von Leigh und Jocies Vater drangen von oben herunter, gemischt mit Stephen Lees fröhlichem Krähen. Tabitha sang, während sie sich oben fertig machte. Tante Love klapperte in der Küche mit Töpfen und Pfannen. Jocie hoffte, dass DeeDee von der Veranda verschwinden würde. Zu ihrem Wagen gehen. Nach Kalifornien zurückfahren.

Komisch. Jahrelang hatte Jocie gehofft, sie würde irgendwann die Tür aufmachen und ihre Mutter und Tabitha würden davorstehen. Sie hatte sich sehnlichst eine Mutter gewünscht. Eine Mutter, die Jocie die Haare bürstete und Cupcakes für ihre Klassenfeste backte und über ihre albernen Lieder lachte.

Das war nie geschehen und langsam, im Laufe der Jahre, war ihr bewusst geworden, dass es auch niemals geschehen würde. Nachdem Tabitha dann nach Hause gekommen war, hatte Jocie aufgehört, es sich auch nur zu wünschen. Sie hatte Wes, der mit ihr lachte. In der Highschool gab es keine Klassenfeste, also brauchte sie auch keine Cupcakes mehr. Sie konnte sich selbst die Haare bürsten. Sie hatte ihren Vater, der sie liebte. Aber jetzt war es passiert. Ihre Mutter stand auf der anderen Seite der Tür.

Es klopfte wieder. Diesmal lauter. Entschlossen. Tante Love hörte auf, mit den Töpfen zu klappern, und kam an die Küchentür. Sie sah, wie Jocie die Tür anstarrte. Noch ein Klopfen ertönte. Tante Love runzelte die Stirn und sagte: „Du liebe Güte, Jocelyn, hörst du nicht, dass es klopft? Jemand ist an der Tür. Mach auf und sieh nach, wer es ist."

Jocie warf Tante Love einen verzweifelten Blick zu. „Ich weiß, wer es ist. Es ist DeeDee."

Die Falten auf Tante Loves Stirn wurden tiefer, aber Jocie wartete nicht ab, was sie zu sagen hatte. Sie streckte nur die Hand aus und zog die Tür wieder auf.

Ihre Mutter lächelte immer noch. Kein breites Lächeln. Kein besonders glückliches Lächeln. Eher ein Was-auch-immer-geschieht-lächle-weiter-Lächeln. „Hallo", sagte Jocie.

„Bist du Jocie?“, fragte ihre Mutter.
„Das bin ich.“
„Ich bin –“
Jocie kam ihr zuvor, bevor sie sagen konnte, sie sei Jocies Mutter. Sie war nicht ihre Mutter. Sie hatte keine Mutter. Hatte nie eine Mutter gehabt. „Ich weiß, wer du bist. Du bist DeeDee.“
„Ja“, sagte ihre Mutter, das Lächeln noch immer unverändert auf den Lippen. „Ich dachte, du hättest mich vielleicht nicht erkannt. Darf ich reinkommen?“
„Es passt gerade nicht so gut“, sagte Jocie.
Hinter ihr flüsterte Tante Love einen Bibelvers: „‚Denn auch wenn ich dich in meinem Zorn geschlagen habe, habe ich doch durch meine Gnade Erbarmen mit dir.‘“ Aber Jocie fühlte sich gerade nicht besonders gnädig. Sie machte sich Sorgen, dass DeeDee alles ruinieren könnte, indem sie jetzt hier aufgetaucht war. Sie würde das Glück aus diesem Haus vertreiben.
DeeDee legte die Hand an die Tür, damit Jocie sie nicht wieder zuschlug. „Ich bin den ganzen Weg von Kalifornien hierhergefahren.“
„Warum?“
„Weil ich es wollte.“ DeeDees Lächeln wurde ein bisschen breiter. „Ist dein Vater hier? Und Tabitha?“ DeeDees Blick wanderte an Jocie vorbei, um sich im Raum umzusehen.
Tante Love trat neben Jocie, umfasste den Türknauf und zog die Tür weiter auf. „Natürlich kannst du hereinkommen. Du musst von der Reise müde sein. Kann ich dir ein Glas Eistee bringen? Vielleicht etwas zu essen?“
„Tee wäre nett. Du bist Lovella, Maes Schwester, nicht wahr?“
„Das stimmt“, sagte Tante Love.
„Du siehst anders aus“, sagte DeeDee.
„Ich bin anders. Es ist viele Jahre her, dass du mich gesehen hast“, erwiderte Tante Love.
„Es liegt nicht nur daran, dass du älter bist. Du hast dich verändert.“ DeeDee musterte Tante Love einen Moment lang, bevor sie fortfuhr: „Vielleicht ist es das Lächeln. Ich kann mich nicht erinnern, dass du jemals so fröhlich ausgesehen hast.“
„‚Das ist vom Herrn geschehen und ist ein Wunder vor unsern Augen.‘“

„Ich vermute mal, das stammt aus der Bibel. Daran erinnere ich mich noch. Dass du immer in Bibelversen mit mir gesprochen hast, wenn du hier warst."

„Du hast mich nur ausgelacht", sagte Tante Love.

„Habe ich das? Ach, wahrscheinlich habe ich damals alle ausgelacht. Heutzutage sind die Dinge nicht mehr so lustig."

„Ich hole deinen Tee. Setz dich doch bitte." Tante Love ging in die Küche, bevor Jocie anbieten konnte, dass sie den Tee holen würde. Sie hätte alles getan, um nicht mit ihrer Mutter allein bleiben zu müssen.

In diesem Moment kamen ihr Vater und Leigh, die immer noch Stephen Lee auf dem Arm hielt, aus dem Zimmer ihres Vaters, um hinunterzublicken. Das Lächeln ihres Vaters erlosch, und genau, wie Jocie es befürchtet hatte, schien das Glück mit seinem Lächeln zu verebben. Leigh sah erst verwirrt aus und dann beunruhigt. Jocie hatte keine Ahnung, was sie sagen oder tun sollte. Allem Anschein nach wusste ihr Vater es ebenso wenig.

Tabitha drängte sich an ihnen vorbei und kam die Treppe heruntergerannt. „DeeDee! Bist du es wirklich? Ich habe deine Stimme gehört, aber ich konnte nicht glauben, dass du wirklich hier bist. Ach, du liebe Zeit! Warum hast du nicht geschrieben, dass du kommst?" Sie schlang die Arme um ihre Mutter. „Hast du Stephen Lee gesehen? Er ist so wundervoll, das glaubst du gar nicht."

36

Leigh sah, wie Tabitha ihre Mutter umarmte, und hatte das Gefühl, als würde das Haus um sie herum einstürzen. Ihre Hoffnungen und Träume erstarrten in ihren Gedanken und zerbarsten dann in eine Million Stücke. Hatte Gott nur ein Spiel mit ihr gespielt? Hatte er ihr Hoffnungen gemacht, nur um Davids erste Frau, seine erste Liebe nach Hause zu bringen und Leigh zu zeigen, wie dumm sie gewesen war? Zu denken, dass ein Mann wie David sie lieben könnte. Sich auszumalen, wie es sein würde, mit einem solchen Mann verheiratet zu sein. Und sogar davon zu träumen, Kinder von ihm zu bekommen.

Tabitha rannte wieder die Treppe hinauf und riss Stephen Lee aus Leighs Armen. Das Baby lachte, als Tabitha mit ihm die Stufen hinunterlief.

Leigh bemühte sich krampfhaft darum, weiterzulächeln, als sie David ansah, der die Frau am Fuß der Treppe anstarrte. Er sah völlig betäubt aus. Betäubt von Adriennes Rückkehr in sein Haus. Betäubt von ihrer Schönheit.

Leigh zwang sich, Davids erste Frau anzusehen. Sie streckte lange, anmutige Arme nach Stephen Lee aus und der Kleine reckte sich ihr entgegen. Stephen Lee liebte jeden und war es gewohnt, in der Gemeinde herumgereicht zu werden. Trotzdem fühlte sich Leigh von dem Lächeln, mit dem der Kleine diese Frau ansah, irgendwie verraten. Diese Person, die in Wirklichkeit seine Oma war. Nicht eine Hochstaplerin wie Leigh.

Adrienne sah nicht aus wie eine Großmutter. Eigentlich sah sie kaum anders aus als auf dem Bild, das auf Davids Klavier gestanden hatte. Leigh sah zum Klavier hinüber. Das Bild war jetzt nicht mehr da. Aber die Frau war da. Sie war immer noch schön. Beinahe exotisch. Und sehr, sehr schlank. Plötzlich kam Leigh sich vor wie eine Kuh. Eine ungeschickte, dumme Kuh. Sie wünschte, sie wäre näher an der Tür, damit sie einfach hinausschlüpfen und wegfahren könnte.

„Was um Himmels willen macht sie hier?“, sagte David.

Leigh war sich nicht sicher, ob er mit sich selbst sprach oder mit ihr. Sie hatte ohnehin keine Antwort parat. Keine gute jedenfalls. Aber irgendwie fand sie ihre Stimme wieder und sagte: „Ich weiß nicht. Vielleicht solltest du sie fragen."

David sah Leigh an, beinahe so, als hätte er ganz vergessen, dass sie da war. Dann wurde seine Miene weicher und er sagte: „Es ist in Ordnung, Leigh. Alles wird gut."

„Gut", wiederholte Leigh.

„Adrienne hatte schon immer ein fast unheimliches Gespür für Timing", murmelte David, als er sich an Leigh vorbeischob und die Treppe hinunterging.

Leigh folgte ihm ins Erdgeschoss. Was sollte sie sonst tun? Sie konnte nicht einfach oben auf dem Treppenabsatz stehen bleiben und der Familienzusammenführung zusehen. Auf dem halben Weg nach unten schaute Leigh zu Jocie hinüber. Sie sah genauso verwirrt und unsicher aus, wie Leigh sich fühlte.

David konnte kaum fassen, dass Adrienne in seinem Wohnzimmer stand. Er hatte längst nicht mehr daran geglaubt, dass sie jemals nach Hollyhill zurückkehren würde. Und jetzt war er alles andere als glücklich darüber, dass sie hier war. Es gab mit Sicherheit einen Grund, warum sie gekommen war. Und was auch immer der Grund sein mochte, er würde ihm Ärger bereiten. Doch diese Woche wollte er keinen Ärger. Er wollte sich einfach nur über das Geschenk der Liebe freuen, das Gott ihm gegeben hatte, und diese Freude bis zu seiner Hochzeit nächste Woche genießen. Es wäre besser gewesen, wenn die Vergangenheit auf der anderen Seite des Landes geblieben wäre.

„Hallo, David", sagte Adrienne und musterte ihn von oben bis unten. „Du siehst gut aus. Sehr gut sogar."

„Danke. Du auch", gab er zurück.

„Du warst noch nie ein guter Lügner", sagte sie.

David erwiderte nichts, denn sie hatte recht. In Wirklichkeit sah sie gar nicht gut aus. Sie war zu blass und nichts als Haut und Knochen. Sie sah krank aus. War das der Grund, warum sie nach Hause gekommen war? Um jemanden zu finden, der sich um sie kümmerte? Im Geiste schüttelte er den Kopf. Das hier war nicht ihr Zuhause. Sie hatte es vor Jahren verlassen. Sie konnte jetzt nicht einfach hier auftauchen und beschließen, dass es wieder ihr Zuhause war. Sie *würde* nicht einfach hier auftauchen und beschließen, dass es wieder ihr Zuhause war. Nicht Adrienne.

„Jocie meinte, ich käme ungelegen", sagte Adrienne mit diesem Lächeln, vor dem er sich früher so gefürchtet hatte. Das Lächeln, das bedeutete, dass sie froh war, ihm Probleme zu bereiten.

„Es ist viel los", sagte David. „In zwei Stunden haben wir in der Gemeinde eine Hochzeitsgeschenkparty."

„Eine Geschenkparty? Wer heiratet denn?"

Bevor David antworten konnte, schaltete Jocie sich ein. „Dad heiratet. Nächsten Samstag."

Adrienne sah Jocie nicht an, sondern hielt den Blick unverwandt auf David gerichtet. „Du? Du heiratest noch mal?" Sie stieß ein Lachen aus. „Das ist wirklich zu köstlich. Nach all den Jahren tauche ich gerade rechtzeitig auf, um dir Glück zu wünschen. Oder vielleicht auch nicht. Wer ist denn die Glückliche? Kenne ich sie?"

„Nein." David streckte die Hand nach hinten aus, um den Arm um Leigh zu legen, und zog sie an seine Seite. Sie fühlte sich steif an, widerstrebend, trotz des Lächelns, das sie aufgesetzt hatte. Zu seiner Überraschung stellte David fest, dass sie sich wegen Adrienne Sorgen machte. Aber hatte er Leigh nicht gesagt, wie sehr er sie liebte, wie sehr er mit ihr verheiratet sein wollte? Er lächelte sie an, um sie daran zu erinnern, aber sie hielt den Blick unverwandt auf Adrienne gerichtet. Also drückte er Leigh ein wenig an sich und sagte: „Das ist Leigh Jacobson, in Kürze Mrs David Brooke."

„Guten Tag", sagte Leigh und hielt Adrienne die Hand hin.

„Du machst Witze, oder?", erwiderte Adrienne, ohne sich die Mühe zu machen, Leighs Begrüßung zu erwidern. „Sie sieht beinahe so jung aus wie Tabitha."

„DeeDee!", schimpfte Tabitha. „Du musst gerade reden, von wegen zu jung. Was ist denn mit Eddie?"

„Ach ja, der süße kleine Eddie. Nach Kanada ist er verschwunden, um nicht eingezogen zu werden. In seiner Zukunftsplanung ist Vietnam nicht vorgesehen."

„Ich wundere mich, dass du nicht mit ihm gegangen bist", sagte Tabitha.

„Es ist zu kalt da oben."

„Mit anderen Worten, er hat dich nicht gefragt", schlussfolgerte Tabitha.

„Es gab Komplikationen." Adrienne zog Stephen Lee näher an sich und drückte ihm einen Kuss auf die Wange. Augenblicklich fing der Kleine an zu schreien, als hätte Adrienne ihn stattdessen gekniffen. Sie wirkte ehrlich bestürzt, als Tabitha ihr das Baby abnahm.

„Tut mir leid. Er umarmt dich den ganzen Tag, aber auf Küssen steht er nicht so." Tabitha strich Stephen Lee beruhigend über den Rücken.

„Kluges Kind. Man sollte sich auch nicht von jeder fremden Frau küssen lassen", sagte Adrienne, aber sie sah traurig aus, als sie die Hände sinken ließ und den Blick von Stephen Lee losriss. Dann sah sie sich im Raum um. „Manche Dinge ändern sich nie."

„Und manche tun es", sagte David.

„Ja. Du heiratest." Auch jetzt sah Adrienne ihn wieder mit diesem Lächeln an. „Bin ich eingeladen?"

„Die Hochzeit ist erst nächsten Samstag."

„Ach ja. Heute ist die Geschenkparty. Na gut, ich will euch nicht aufhalten. Es wird eine Weile dauern, all die Geschirrtücher auszupacken und so zu tun, als würdet ihr euch freuen. Ich kenne das. Alles schon mitgemacht. Darum beneide ich euch nun wirklich nicht. Aber ich war auf der Durchreise und dachte, ich gucke mal einen Moment rein. Vielleicht ist der Moment jetzt vorbei."

„Du kannst nicht schon wieder gehen, DeeDee. Du bist doch gerade erst gekommen." Tabitha schaute zwischen Adrienne und David hin und her. „Sag ihr, dass sie noch nicht weiterfahren kann, Dad. Bitte."

David sah Tabitha an. Natürlich wollte das Mädchen seine Mutter mehr als fünf Minuten lang sehen. Und Adrienne war quer durchs Land gefahren, um Tabitha zu besuchen. Sie sagte zwar, sie sei auf der Durchreise, aber Adrienne tat nie etwas, das sie nicht tun wollte. Er konnte sie nicht verjagen, ohne dass die beiden Zeit miteinander verbracht hatten, auch wenn er das am liebsten getan hätte. David schloss die Augen und schickte ein kurzes Gebet um Weisheit, Mitgefühl und Verständnis nach oben. Dann sah er Adrienne an und sagte: „Vielleicht sollten wir uns kurz unter vier Augen unterhalten."

„Ganz wie in alten Zeiten. Gehen wir zu dir oder zu mir?" Adrienne lächelte und zog die Augenbrauen hoch, während sie ihn ansah. „Dein Schlafzimmer oder mein Auto? In meinem Auto könnte es allerdings etwas warm sein. Aber in deinem Schlafzimmer natürlich auch. Zu warm."

David war selten zuvor in seinem Leben so kalt gewesen, aber er würde nicht anfangen, auf Adriennes Spielchen einzugehen. „Hinten auf der Loggia wäre es gut", sagte er. „Ihr anderen macht euch bitte fertig. In einer halben Stunde müssen wir los." David legte die Hand auf Leighs Arm und sagte: „Mach dir keine Sorgen, Leigh. Alles ist gut."

Sie blinzelte und sagte wie ein Echo: „Gut."

Am liebsten hätte er sie in den Arm genommen und ihr unmissverständlich klargemacht, dass er niemals eine andere so lieben könnte, wie er sie liebte. Dass er noch nie eine Frau so geliebt hatte wie sie. Und er musste auch mit Jocie reden. Sie sah genauso durcheinander aus wie Leigh. Aber zuerst musste er herausfinden, warum Adrienne hier war. Was sie wollte.

David ging Adrienne auf die Loggia voraus und schloss die Tür hinter ihr, sobald sie eingetreten war.

„Hier hat sich auch nichts verändert", sagte Adrienne. „Es ist, als wäre ich gestern gegangen und nicht vor Jahren."

„Jocie hat sich verändert."

„Das ist wahr. Ich habe sie kaum erkannt, als sie die Tür geöffnet hat. Sie wollte mich übrigens erst gar nicht reinlassen."

„Jocie hat ein schlimmes Jahr hinter sich."

„Ach, haben wir das nicht alle?", sagte Adrienne.

Auch das war die alte Adrienne. Sie interessierte sich nur für ihre eigenen Probleme. Nicht eine Sekunde hatte sie damit zugebracht, sich über Jocie Gedanken zu machen. Oder über ihn. David zwang sich, diesen Gedanken beiseitezuschieben. Das war Vergangenheit. Inzwischen war ihm egal, was Adrienne machte. Er wünschte nur, sie würde in ihren Wagen steigen und wegfahren. Während er kurz die Augen schloss, versuchte er, nicht genau das zu beten.

„Betest du?“, fragte Adrienne. „Ich war immer gut darin, dein Gebetsleben anzuregen. Immerhin habe ich dir Grund zum Beten gegeben, nicht wahr? Eines der kleinen unerwarteten Geschenke Gottes, nehme ich an.“

„Was willst du, Adrienne?“

„Warum glaubst du, dass ich etwas will?“

„Weil du hier bist.“

„Das bin ich, nicht wahr? Im Grunde genommen bin ich darüber fast ebenso überrascht wie du. Nicht ganz so überrascht natürlich, denn ich bin ja absichtlich in Arkansas nach Norden abgebogen. Ich war auf dem Weg nach Florida. Meine Mutter lebt noch immer da unten, weißt du. In einem schnuckeligen kleinen Rentner-Mobilheim. Wenigstens behauptet sie, dass es schnuckelig ist. Aber wer weiß das bei Mutter schon? Vermutlich bedeutet das, dass es rosa Rüschen an den Gardinen und einen Plüschteppich gibt.“ Adrienne schien es schwerzufallen, an ihrem Lächeln festzuhalten. Sie blickte zum Fenster hinaus. „Ich mochte Rüschen noch nie.“

„Daran erinnere ich mich noch.“ Aber er wollte sich nicht erinnern. Er wollte alles vergessen, was mit der Frau zu tun hatte, die jetzt vor ihm stand. Selbst wenn sie krank war. Selbst wenn sie offensichtlich Hilfe brauchte. Selbst wenn sie die Mutter seiner Töchter war. David drängte den Groll, der in ihm aufstieg, zurück und versuchte sich auf das auszurichten, was Gott von ihm erwarten würde. Jesus hatte nicht gesagt, dass man alle Menschen außer seiner Exfrau lieben solle. Vielleicht hatte Gott Adriennes Auto aus einem guten Grund nach Hollyhill gelenkt.

David schob den Gedanken an Leigh beiseite, die sich nebenan sorgte, ob seine Liebe zu ihr stark genug sein würde. Er verdrängte auch den Gedanken an Jocie, die sich so verraten fühlte von dieser Frau, die vor ihm stand. Die von ihr verraten worden *war*. All das schob er beiseite. Er war ein Mann Gottes und dieser Mensch hier vor ihm war ein Kind Gottes. So einfach war das. Und so schwer.

Er holte tief Luft und betete ohne Worte. „Soll ich für dich beten?“

„Ein normales Durchschnittsgebet wird nicht viel nützen. Du müsstest schon um ein Wunder bitten. Mein Arzt hat gesagt, das bräuchte ich, wenn ich es bis ins nächste Jahr schaffen wolle. Ein richtiges Wunder."

„Was hast du denn?" David versuchte, Mitgefühl zu empfinden. Er bat Gott, ihm dieses Mitgefühl zu schenken.

Adrienne fuhr sich mit der Zunge über die Lippen und presste dann das Wort heraus. „Krebs."

„Und er war nicht zu behandeln?"

„Oh doch, sie haben ihn behandelt. Sie haben meine Brust abgehackt. Mich in eine Invalidin verwandelt. Mit einer grässlichen Narbe." Adrienne warf ihm einen provozierenden Blick zu. „Willst du sie sehen?" Ihre Hände wanderten zu den Knöpfen ihrer Bluse.

„Nein."

Sie ließ die Hände sinken und zuckte mit den Schultern. „Ich dachte nur, es könnte deiner Freundin da drüben helfen, sich nicht so bedroht zu fühlen. Ich bin mir sicher, sie hat zwei schöne, volle Brüste."

Davids Stimme wurde kälter. „Wir reden nicht über Leigh."

„Sorry", sagte Adrienne. „Ich wollte nur helfen."

„Ich dachte, du wärest diejenige, die Hilfe braucht."

Adriennes durchtriebenes Lächeln verschwand. „Also gut, David. Ich will ehrlich zu dir sein. Es gibt keinen Grund, warum ich es nicht sein sollte. Ich bin nicht hergekommen, damit du für mich betest. Ich bete schon zu lange nicht mehr, als dass ich erwarten würde, dass Gott mich jetzt gnädig ansieht." Sie hob die Hand, um ihm zu bedeuten, dass er nichts dazu sagen sollte. „Und ich will nichts davon hören, dass es nie zu spät ist. Ich bin nämlich auch nicht hier, um mir Predigten anzuhören. Ich bin nur aus einem einzigen Grund hier: um Stephen zu sehen. Tabitha hat mir Bilder von ihm geschickt."

„Ich verstehe."

„Nein, das tust du wahrscheinlich nicht. Aber das ist in Ordnung. Du musst es nicht verstehen. Lass mich nur ein paar Tage bleiben. Lass mich mit dem Kleinen spielen. Ihm in die Augen sehen."

„Du wolltest noch nie mit einem Baby spielen."

„Ich bin auch noch nie gestorben." Jetzt sah Adrienne David eindringlich an. „Es ist doch keine große Sache. Schenk mir einfach nur ein paar Tage deines Lebens. Mir ist bewusst, dass der Zeitpunkt nicht günstig ist, aber viel mehr Zeit bleibt mir nicht." Als David nicht sofort antwortete, sprach sie weiter. „Und ich habe dir schließlich auch etwas geschenkt. Das hast du selbst gesagt. Denk nur an Jocie."

„Das wolltest du aber nicht."

„Trotzdem habe ich es getan. Sie steht da drüben im Wohnzimmer und hasst mich, aber dich liebt sie. Ich habe neun elende Monate damit verbracht, das zu ermöglichen. Dich bitte ich jetzt nur um ein paar Tage. Und ich verspreche, dass ich dann für immer aus deinem Leben verschwinde. Das ist das Ende."

Er musste es ihr erlauben. Was konnte er sonst tun? „Das ist nicht das Versprechen, das ich mir wünsche."

„Ach? Was soll ich denn sonst versprechen?"

„Du darfst Tabitha nicht erzählen, dass du stirbst."

Adrienne starrte ihn lange an, bevor sie traurig den Kopf schüttelte. „Du hast Angst, dass sie dann mit mir gehen will. Armer David. Du hast immer versucht festzuhalten, was sich nicht festhalten lässt. Tabitha ist erwachsen. Sie kann gehen, wohin sie will und wann. Du kannst sie genauso wenig festhalten, wie du mich festhalten konntest."

„Versprich es mir einfach."

„Also gut. Ich verspreche es." Sie schlug das Kreuzzeichen über ihrem Herzen.

Wahrscheinlich war dieses Versprechen nicht viel wert, aber mehr konnte er nicht erwarten. Adrienne hatte recht. Er konnte nicht festhalten, was sich nicht festhalten lassen wollte. Aber er konnte dafür beten, dass die Menschen, die er liebte, gute Entscheidungen trafen und dort blieben, wo sie geliebt und geborgen waren.

Während David ins Wohnzimmer zurückging, sah er auf seine Uhr. Er würde Tabitha sagen, dass sie mit Adrienne zu Hause bleiben konnte, wenn sie wollte, aber die anderen mussten jetzt los. In Kürze waren sie mit Mr und Mrs Jacobson an der Autobahnabfahrt verabredet, damit sie David und Leigh zur Kirche hinterherfahren konnten. Er wollte auf keinen Fall zu spät kommen und damit der Liste seiner Unzulänglichkeiten noch eine weitere hinzufügen.

Als er das Wohnzimmer betrat, war es dort zu still. Es gab kein

Geplauder. Kein Lächeln. Keine Leigh. „Wo ist Leigh?“, fragte er. „Ist sie schon losgefahren, um ihre Eltern einzusammeln?“

„Ich glaube nicht, dass sie an ihre Eltern gedacht hat, als sie weggefahren ist“, sagte Jocie. „Ich glaube, sie hat eher an sie gedacht.“ Jocie deutete mit dem Kopf auf Adrienne, die David gefolgt war.

David wurde das Herz schwer. „Was hat sie gesagt?“

„Dass manche Dinge zu gut sind, um wahr zu sein“, sagte Jocie. „Ich bin ihr nach draußen gefolgt und habe sie gebeten zu warten. Erst mit dir zu reden. Ich habe ihr gesagt, die Tatsache, dass DeeDee hier ist, würde überhaupt nichts ändern. Aber sie hat gesagt, sie könne jetzt nicht reden. Sie müsse gehen.“

Adrienne hatte seinen Wagen zugeparkt. „Fahr deinen Wagen weg“, befahl er ihr.

„Natürlich. Einen kleinen Moment“, sagte Adrienne. „Wo habe ich denn meine Handtasche abgestellt?“

„Ich habe keinen Moment.“ David rannte zu seinem Wagen hinaus. Er machte zwei Rosenbüsche platt, als er durch den Garten fuhr, um an Adriennes Auto vorbeizukommen, aber Tante Love würde das verstehen.

Wie ein Verrückter fuhr er auf die Straße hinaus. Er musste Leigh einholen. Aber dann wurde ihm bewusst, dass er nicht einmal wusste, wie lange sie schon fort war. Wie lange hatte er mit Adrienne gesprochen? Zu lange. Als David ans Ende der Straße kam, wusste er nicht, wohin er abbiegen sollte. Nach rechts in Richtung Hollyhill oder nach links zu dem Parkplatz, auf dem sie Leighs Eltern treffen wollten?

Also saß er einfach nur da, ohne irgendwohin abzubiegen. Er wusste nicht, was er tun sollte. *Bitte, Herr. Hilf mir. Bring sie zu mir zurück.*

37

Über Leighs Wangen strömten Tränen, als sie nach Hollyhill zurückfuhr. Sie sah im Geiste David und diese Frau vor sich, seine erste Frau, wie sie zusammen auf die Loggia hinaustraten. Sie sah, wie die Tür hinter ihnen zuging und sie ausschloss. Sie hatte nicht dastehen und so tun können, als wäre alles in Ordnung. Jocie hatte das gewollt. Hatte sie angefleht. Aber in Leigh waren die Tränen immer höhergestiegen und sie hatte auf gar keinen Fall dort weinen wollen, wo diese Frau es sehen konnte.

Und es war nicht alles gut. Auch wenn David das sagte. Wenigstens glaubte sie, dass er das gesagt hatte. Sie war so durcheinander, dass sie vielleicht alles durcheinanderwarf. Alles war durcheinander. Sie musste irgendwohin, wo sie über alles nachdenken konnte. Wo sie überlegen konnte, was sie tun sollte. Wo sie weinen konnte, ohne dass jemand es sah.

Und das tat sie nun. Sobald Leigh aus Davids Einfahrt gefahren war, hatte sie angefangen zu heulen. So wie die Klageweiber in der Bibel. In einer seiner Predigten hatte David gesagt, diese Frauen seien professionelle Trauergäste gewesen. Es war ihre Aufgabe zu weinen und zu jammern und Kummer auszudrücken. Was für ein schrecklicher Job, hatte Leigh damals gedacht. Trauernde zu sein. In Davids Predigt war es darum gegangen, dass manche Christen chronisch Trauernde sein wollten – immer bereit, eine Kränkung zu wittern, immer den Blick auf die dunkle Seite einer Situation gerichtet, immer jammernd und klagend, dass das Leben nicht gerecht war.

Die Predigt hatte nicht ihr gegolten. Damals nicht, aber vielleicht würde er ihr diese Predigt nun halten. Trotzdem war das hier etwas anderes. Es war nicht fair, dass Adrienne ausgerechnet jetzt, genau diese Woche, beschlossen hatte, nach so vielen Jahren wieder aufzutauchen. Leigh hatte allen Grund zu klagen, oder etwa nicht?

Wütend wischte sie sich die Tränen ab und presste die Lippen aufeinander. Sie war nie ein Jammertyp gewesen. Sie war immer brav gewesen. Hatte immer gelächelt, wenn die Kinder in der Schule sich darüber lustig gemacht hatten, dass sie dick war. Hatte immer gelächelt, wenn ihr Vater sie mit diesem verblüfften Gesichtsausdruck angestarrt hatte, als frage er sich, wie ein so ungeschicktes Kind sein Fleisch und Blut sein konnte. Hatte immer gelächelt, wenn ihre Mutter sie so lange auf ihrem Schoß festgehalten hatte, bis sie das Gefühl hatte zu ersticken. Hatte immer gelächelt, egal, was passierte. Brave Mädchen lächelten. Brave Mädchen waren nicht ungezogen. Brave Mädchen beklagten sich nicht. Brave Mädchen jammerten schon gar nicht. Nicht einmal, wenn sie mit ansehen mussten, wie jede Hoffnung und jeder Traum, die sie jemals gehabt hatten, wie Seifenblasen zerplatzten.

Sie wollte die Hoffnung nicht aufgeben. In Gedanken griff Leigh nach den Seifenblasen, um sie vorsichtig einzusammeln. Sie konnte sie nicht alle platzen lassen. Was wäre ein Leben ohne Hoffnung? Und wer war die Quelle der Hoffnung? Erst vor zwei Wochen hatten sie in der Bibelstunde über Hoffnung gesprochen. Leigh hatte den Schlüsselvers aus dem Römerbrief auswendig gelernt. *Der Gott der Hoffnung aber erfülle euch mit aller Freude und Frieden im Glauben, dass ihr immer reicher werdet an Hoffnung durch die Kraft des Heiligen Geistes.*

Damals war sie bereits voller Freude und Frieden gewesen, weil sie fest davon ausgegangen war, dass sie bald Mrs David Brooke werden würde. Sie hatte jede Menge Hoffnung gehabt. Hoffnung für ihre und Davids Zukunft. Hatte sie die so schnell aufgegeben? War es das, was Gott wollte? Dass sie einfach die Hände öffnete und diese Hoffnung weggab? Wenn sie dazu in der Lage war, würde das doch bedeuten, dass die Hoffnung in ihrem Herzen nur oberflächlich war und keine Kraft hatte. Dass sie so leicht zu zerstören war wie die Seifenblasen in ihrem Kopf. Dass sie keine echte Hoffnung war.

Natürlich hoffte sie immer noch auf Gott. Gott hatte sie schließlich nicht verlassen. Er wartete darauf, dass sie aufhörte zu heulen und ihre Gedanken Achterbahn fahren zu lassen. Er streckte die Hand nach ihr aus. Als sie klein gewesen war und Angst im Dunkeln gehabt hatte, hatte sie sich oft vorgestellt, dass Jesus bei ihr im Zimmer war und ihr versprach, in der Dunkelheit bei ihr zu bleiben und sie da durchzubringen. Er war auch jetzt bei ihr.

Leigh starrte auf die Straße, als sie nach Hollyhill hineinfuhr und in die Abzweigung zu ihrer Wohnung einbog, aber sie sah nicht die vertrauten Häuser und Bäume. Stattdessen versuchte sie, sich in Gedanken Jesus vorzustellen, der ihr Frieden und Freude versprach. Aber es war nicht der Herr, der die Hand nach ihr ausstreckte. Es war David.

Leigh fuhr auf den Parkplatz vor ihrem Haus. Was machte sie eigentlich hier? Es gab eine Geschenkparty, zu der sie gehen musste. Ihre Eltern warteten an der Autobahnabfahrt. Sie blickte zu der Treppe hinüber, die zu ihrer Wohnung führte. Edwin Hammond stand auf der untersten Stufe. Als er sie sah, lächelte er. Als dächte er, sie sei gekommen, um ihn zu sehen.

Der Mann kam über den Hof auf sie zu und als er sah, dass sie offensichtlich aufgebracht war, wurde sein Lächeln immer breiter. „Ist alles in Ordnung, Leigh? Was hat dieser Mann dir angetan?"

Schnell begann sie, das Fenster hochzukurbeln. Sie wollte nicht mit Edwin Hammond reden. Sie wollte ihn nicht einmal sehen.

„Schließ mich nicht aus. Wir beide sind füreinander bestimmt", sagte Edwin und rannte auf ihren Wagen zu. Bevor die Scheibe ganz oben war, legte er die Hände auf die Fensterkante.

„Gehen Sie, Edwin", sagte Leigh tonlos. „Lassen Sie mein Fenster los und gehen Sie."

„Das kann ich nicht. Du brauchst mich doch. Und ich brauche dich", erwiderte er.

„Warum?", fragte Leigh.

„Warum was?" Edwin sah verwirrt aus.

„Warum brauchen Sie mich? Sie kennen mich doch kaum."

„Aber natürlich kenne ich dich, meine Liebe. Ich weiß, wann du morgens aufstehst und wann du abends schlafen gehst. Ich kenne die Lieder, die du vor dem Frühstück singst. Ich kenne die Art, wie du im Regen tanzt. Ich kenne die Dinge, die du wegwirfst, und die Dinge, die du behältst. Du hättest meine Rosen behalten sollen. Du hättest meine Gedichte in deinem Herzen bewahren sollen. Dann hättest du jetzt keinen Grund für diese Tränen." Er schob die Hand durch den schmalen Fensterspalt, um ihre Wange zu berühren.

Bevor er sie berühren konnte, zuckte Leigh zurück. Sie wollte nicht, dass dieser Mann sie anfasste. Sie wollte nicht, dass er sie beobachtete. Sie wollte ihn nicht in ihrer Nähe haben. Seine Worte, seine Nähe stießen sie ab.

„Kämpf doch nicht dagegen an, meine Liebe. Du weißt, dass du mich liebst. Es stand in den Sternen." Edwin beugte sich noch weiter zum Fenster hinunter, bis sie seinen Atem durch die Öffnung spürte.

„Sie wissen überhaupt nichts über mein Schicksal. Lassen Sie mein Fenster los und lassen Sie mich in Ruhe." Sie starrte ihn mit kaltem Blick an.

Edwin Hammond starrte zurück, und zwar mit diesem Lächeln, das Leigh innerlich zusammenzucken ließ. „Du hast Angst, dass du kein Schicksal hast."

„Gott hat mein Schicksal in der Hand."

„Gott?" Edwin lachte. „Wie provinziell. Ihr Leute seid so ganz und gar amüsant. Und ich soll wohl glauben, dass David Brooke zu deinem Schicksal gehört? Hat er dir das erzählt? Bist du deshalb hier? Weil du vor deinem Schicksal davonläufst? Wenn, dann bewundere ich dich dafür."

„Ich laufe vor gar nichts davon, aber ich habe eine Verabredung, also lassen Sie mein Fenster los." Leigh legte den Rückwärtsgang ein.

Edwin Hammond lächelte immer noch, ohne sich von dem Auto zu entfernen. Sie nahm den Fuß von der Bremse und trat aufs Gaspedal. Ein paar Sekunden lang lief Edwin neben dem Wagen her, aber dann zog er seine Hand aus dem Fenster und fiel zurück. Leigh sah nicht zu ihm hin, als sie rückwärts auf die Straße setzte, den ersten Gang einlegte und das Gaspedal durchtrat. Sie wollte ihn nicht sehen.

Sie blickte nach vorne, dahin, wo David auf sie wartete. Sie konnte nicht fassen, dass sie so dumm gewesen war wegzulaufen. Dass sie an der wundervollen Liebe gezweifelt hatte, die David ihr versprochen hatte. Nicht für einen Tag. Nicht für eine Woche. Sondern für den Rest ihres Lebens. Wie hatte sie davor weglaufen können? Ohne auch nur den Versuch zu unternehmen, daran festzuhalten.

Leigh kramte während des Fahrens ein Taschentuch aus ihrer Handtasche und wischte sich die letzten Tränen von den Wangen. Dann putzte sie sich die Nase und fuhr sich mit den Fingern durch die Haare. Zu guter Letzt verstellte sie den Rückspiegel und warf hastig einen Blick auf ihr Gesicht. Sie hatte schon mal besser ausgesehen. Aber das war in Ordnung. Als David ihr den Heiratsantrag gemacht hatte, war ihre Nase noch röter gewesen. Er würde sich von ihrem Anblick nicht abschrecken lassen.

Zu ihrer Überraschung sah Leigh, dass Davids Wagen am Straßenrand stand, und zwar genau an der Stelle, wo er entweder rechts nach Hollyhill oder links zur Kirche oder zur Bundesstraße abbiegen musste, an der sie ihre Eltern treffen wollten. Wahrscheinlich regten die sich gerade furchtbar auf und stritten miteinander, ob sie noch länger auf Leigh warten oder nach Hause fahren sollten. Sie konnte nicht fassen, dass sie das Treffen mit den beiden völlig vergessen hatte. Aber im Moment machte sie sich mehr Sorgen über ihr Zusammentreffen mit David.

Leigh fuhr auf die falsche Straßenseite und hielt neben ihm, Fenster an Fenster. Es war weit und breit kein anderer Wagen zu sehen, aber selbst wenn, wäre es ihr gleichgültig gewesen. Sollten die anderen doch um ihr Auto herumfahren. Doch als sie neben David gehalten hatte, fürchtete sie sich davor, ihn anzusehen. Sie hatte Angst vor dem, was sie sehen würde. Enttäuschung? Wut? Bedauern? Konnte sie wirklich darauf hoffen, das zu sehen, was sie vor allem sehen wollte? Liebe?

Dass ihr immer reicher werdet an Hoffnung. Wieder kam Leigh dieser Bibelvers in den Sinn. Trotzdem traute sie sich nicht, David in die Augen zu sehen, sondern betrachtete stattdessen die Haare auf seinem Arm, der auf dem geöffneten Fenster in der Sonne lag. „Es tut mir leid, David“, brachte sie schließlich heraus.

„Sieh mich an, Leigh. Bitte.“ Seine Stimme war sanft, gütig, und seine Hand streckte sich über den Graben zwischen ihnen zu ihr aus.

Jetzt hob sie den Blick und begegnete dem seinen und sofort spürte sie, wie die Hoffnung in ihrem Innern zu neuem Leben erwachte. Sie wusste, dass ihre Gebete erhört worden waren, auch wenn sie zu verzweifelt gewesen war, um sie in Worte zu fassen. Ihre Hand ergriff die seine, während sie noch einmal sagte: „Es tut mir leid.“

„Es muss dir nicht leidtun“, sagte er. „Du bist ja zurückgekommen.“

„Aber ich hätte nicht gehen sollen. Nicht, ohne mit dir zu reden.“

Er streichelte mit den Fingern ihre Hand. „Nein, du hättest meiner Liebe vertrauen sollen. Du hättest daran denken sollen, was ich dir gesagt habe: dass wir über alles reden können und dass nichts mich jemals davon abhalten kann, dich zu lieben."

„Darüber bin ich froh, denn ich werde wahrscheinlich noch mehr Dummheiten machen", sagte Leigh.

Er umschloss ihre Hand mit seiner. „Solange du nicht denkst, dass es eine Dummheit war, den Heiratsantrag dieses Predigers hier anzunehmen."

Leigh riss die Augen auf, als ihr bewusst wurde, dass David ebenso verletzlich und offen für Kränkungen war, wie sie sich vorhin gefühlt hatte. „Oh nein, David. Du kannst unmöglich glauben, dass das geschehen könnte."

„Ich wusste nicht, was ich glauben sollte. Du warst weg und ich bin dir gefolgt, aber ich wusste nicht, in welche Richtung ich fahren sollte. Und dann habe ich hier gesessen und versucht, die richtigen Gebete zu sprechen und zu glauben, dass du zurückkommst. Gegen alle Hoffnung zu hoffen, dass du nicht beschlossen hast, Mrs David Brooke zu sein, wäre zu schwierig für dich. Zu hoffen, dass meine Liebe dir genügt."

„Darum habe ich Gott auch gebeten, als ich wieder in der Stadt war und mir klar wurde, wie leid es mir tat, dass ich vor deiner Liebe davongelaufen war. Und er hat mir einen Vers eingegeben, der mich daran erinnert hat, dass er der Gott der Hoffnung ist."

„‚Der Gott der Hoffnung aber erfülle euch mit aller Freude und Frieden im Glauben, dass ihr immer reicher werdet an Hoffnung durch die Kraft des Heiligen Geistes.' Römer 15, Vers 13." Davids Augen verschmolzen mit ihren, als er den Vers zitierte.

Es war besser als eine bloße körperliche Umarmung. Während sie sich an den Händen hielten, umarmten sich ihre Gedanken und Herzen und Seelen. Die heiße Sonne war vergessen. Die Zeit war vergessen. Ihre wartenden Eltern waren vergessen. Die Gemeinde, die sich auf ihre Party vorbereitete, war vergessen. Adrienne war vergessen. Es gab nur Leigh und David, die eins wurden. Für immer.

Beinahe hätte sie wieder angefangen zu weinen. Freudentränen diesmal. Aber dann hupte jemand neben ihr und ein Auto fuhr um sie herum. „Vielleicht sollte ich Platz machen, bevor jemand in mich reinfährt", sagte Leigh.

„Gute Idee." David nickte, aber er ließ ihre Hand nicht los.

„Und meine Eltern wundern sich bestimmt schon, wo wir bleiben."

„Das tun sie sicher." Er drückte ihre Hand eine Sekunde lang. „Ich liebe dich, Leigh Catherine Jacobson."

„Und ich liebe dich, David Enoch Brooke."

David lächelte. „Ich wusste gar nicht, dass du meinen zweiten Vornamen kennst."

Leigh lachte. „Eine Frau kennt immer den Namen des Mannes, den sie liebt."

Sie folgte David zurück zum Haus. Jocie stand draußen im Garten und hielt nach ihnen Ausschau. Als Leigh ihr zuwinkte, strahlte Jocie über das ganze Gesicht. Dann lief sie zum Haus zurück. Reicher an Hoffnung. *Oh, lieber Gott, hilf ihnen allen, immer reicher an Hoffnung zu werden*, betete Leigh, als sie den Motor ausstellte und ausstieg. David wartete auf sie.

„Was ist denn mit Tante Loves Rosen passiert?", fragte Leigh, als sie auf die Veranda zugingen.

„Ich bin drübergefahren", sagte David.

„Das wird Tante Love mir nie verzeihen!" Leigh stöhnte leise.

„Diese alten Rosenbüsche sind genauso zäh wie Tante Love. Die werden schon wieder. Für uns alle wird alles gut."

„Gut", wiederholte Leigh, und diesmal glaubte sie es auch wirklich.

38

Am Mittwochmorgen wachte Jocie früh auf. Sie lag still in ihrem Feldbett auf dem Rücken und lauschte der Nachtigall draußen. Es war ein merkwürdiges Gefühl, nicht aufspringen zu müssen, um sich für die Schule fertig zu machen. Die Schule war vorbei. Aus. Zu Ende. Sie hatte ihr erstes Jahr an der Highschool überstanden, und zwar trotz Mr Widerling. Noch drei Jahre, dann wäre sie mit all dem ganz fertig.

Was sie dann wohl machen würde? Vielleicht würde sie irgendwo aufs College gehen. Dafür müsste sie Hollyhill aber verlassen. Darüber wollte Jocie lieber nicht nachdenken. Allein die Vorstellung verursachte dieses unangenehme Spinnenkribbeln und -krabbeln in ihrem Bauch.

Also dachte sie nicht darüber nach, außer ganz allgemein. Irgendwann könnte dies oder jenes geschehen. Irgendwann, aber nicht jetzt. So hatte sie auch immer über ihre Mutter gedacht. Irgendwann könnte sie sie wiedersehen. Irgendwann könnte sie nach Hause kommen. Irgendwann würde sie Jocie erzählen, warum sie ihre Tochter verlassen hatte, ohne sich auch nur zu verabschieden.

Wenn es schon merkwürdig war, aufzuwachen und nicht zur Schule gehen zu müssen, dann war es noch merkwürdiger, aufzuwachen und zu wissen, dass ihre Mutter unter demselben Dach schlief wie sie. Und zwar nicht auf dem Sofa. Nicht in Tabithas Zimmer. Sie hatte das Zimmer von Jocies Vater mit Beschlag belegt. Jocies Dad wohnte bei Wes, bis sie wieder abfuhr.

Vielleicht war das von allem das Merkwürdigste: aufzuwachen und zu wissen, dass ihr Vater nicht im Haus schlief. Das machte Jocie zu schaffen. Der Gedanke, dass ihr Vater kilometerweit entfernt war, gefiel ihr nicht. Nicht, dass Hollyhill furchtbar weit weg war. Schließlich fuhr sie mit dem Fahrrad ständig dorthin. Aber was, wenn etwas passierte? Was, wenn ihre Mutter etwas tat?

Sie wusste nicht, was sie erwartete, was ihre Mutter tun könnte. Aber was auch immer es war, es würde nicht gut sein. Es war nicht gut gewesen, dass sie ohne Vorwarnung auf der Matte gestanden hatte. Wenn das kein schlechtes Timing war! DeeDee hatte Leigh einen Riesenschrecken eingejagt. Jocie war sich nicht ganz sicher, warum. Auf keinen Fall konnte Jocies Vater Leigh vergessen und sich wieder in DeeDee verlieben. Nie und nimmer. Er hatte lediglich Ärger verspürt, als er DeeDee am Fuß der Treppe hatte stehen sehen. Das hatte Jocie an seiner Miene ganz deutlich gesehen.

Vielleicht kannte Leigh die Gesichtsausdrücke von Jocies Vater noch nicht so gut wie sie. Vielleicht war sie auch zu beschäftigt damit gewesen, in Panik auszubrechen. So nach dem Motto: Die erste Frau taucht wieder auf! Eine Woche vor der Hochzeit!! Das kann nur Ärger bedeuten!!!

Eigentlich hatte Leigh keinen Grund, das zu denken, aber Jocie wusste, wie Panik war. Manchmal tat man dann Dinge, die überhaupt keinen Sinn ergaben. Zum Beispiel wegzulaufen, wenn man besser bleiben und darüber reden sollte, um die Wahrheit zu erfahren. Das hatte sie letzten Sommer getan. Sie war weggerannt, anstatt mit ihrem Vater zu sprechen, nachdem Ronnie Martin diese gemeinen Dinge gesagt hatte. Und sie hatten ja gesehen, in welche Schwierigkeiten sie das gebracht hatte. Wes und sie waren mitten in einem Tornado gelandet.

Zum Glück hatte Leigh sich nicht erst wegpusten lassen müssen, um Vernunft anzunehmen und zurückzukommen. Als Jocie ihren Chevy wieder die Straße hatte heraufkommen sehen, war sie so froh gewesen, dass sie buchstäblich auf und ab gehüpft war. Jocie war vorher überhaupt nicht bewusst gewesen, wie sehr sie sich darauf verlassen hatte, dass Leigh da war. Sie hatte gedacht, sie würde sich nur ihres Vaters wegen über die Hochzeit freuen, weil er so glücklich darüber zu sein schien. Sie hatte gedacht, es wäre ihr eigentlich egal, ob ihr Dad und Leigh heirateten.

Aber dann, als Leigh gegangen war und so ausgesehen hatte, als würde sie jeden Augenblick in Tränen ausbrechen, war Jocie ganz schwer ums Herz geworden. Am liebsten hätte sie die Arme um Leigh geschlungen und sie festgehalten. Und zwar nicht nur, um ihrem Dad einen Gefallen zu tun. Sie hatte um ihrer selbst willen gewollt, dass Leigh blieb. Sie hatte sogar daran gedacht, sie Mom zu nennen, aber sie hatte Angst gehabt, dass Leigh dann noch schneller wegrennen würde. Trotzdem war Jocie das Wort *Mom* nicht mehr aus dem Kopf gegangen. Es war immer noch da.

Am Samstagabend, nachdem sie von der Geschenkparty zurück gewesen waren und ihr Dad sich auf den Weg zu Wes gemacht hatte, um dort zu übernachten, hatte Jocie in ihr Tagebuch geschrieben:

> *Wahrscheinlich hatte ich nie eine Mom. Jedenfalls nicht DeeDee. Sie war vielleicht meine Mutter, aber nie meine Mom. Und auf einmal sehe ich Leigh an und denke: Mom. Das ist bestimmt das Seltsamste, was in diesem Jahr passiert ist. Dass ich Leigh Mom nennen will, wenn ein Zimmer weiter meine tatsächliche Mutter steht, die jahrelang weg war. Bei beidem hätte ich nie gedacht, dass es jemals passieren würde.*
> *Also habe ich jetzt einen Opa, den ich Wes nenne, und eine Mom, die ich Leigh nenne. Vielleicht werde ich es Leigh nach der Hochzeit sagen. Wenn DeeDee wieder abgereist ist. Wenn die ganze Aufregung sich ein bisschen gesetzt hat. Ich will Leigh keinen Schrecken einjagen. Ich glaube zwar, dass sie gerne ein eigenes Kind hätte, aber ich bin mir ziemlich sicher, dass sie dabei ein süßes kleines Baby wie Stephen Lee im Sinn hat und nicht so ein hässliches Entlein wie mich, das bald fünfzehn wird. Mom ist vielleicht das letzte Wort, das sie von mir hören will.*

So war es bei DeeDee jedenfalls, dachte Jocie jetzt, als sie aufstand. Sie hatte weder Mom, Mama, Mutter noch irgendetwas anderes von Jocie hören wollen. Auf Zehenspitzen ging Jocie zur Loggiatür und öffnete sie vorsichtig, damit sie nicht quietschte, als sie Zeb hinausließ. Es war noch früh. Tante Love war noch nicht einmal auf. Aber Jocie war hellwach.

Sie schlief nicht sehr gut, seit DeeDee aufgetaucht war. Immer wieder fuhr sie aus dem Schlaf auf und lauschte. Sie war sich nicht sicher, worauf. Vielleicht wollte sie wissen, ob ihre Mutter mitten in der Nacht aufgestanden war und wegfuhr. Vielleicht wollte sie sichergehen, dass DeeDee nicht Stephen Lee einpackte und mit ihm verschwand. Sie schien von dem Baby ganz besessen zu sein.

Tabitha war der Meinung gewesen, dass Jocie ganz falsch lag, als sie ihr gesagt hatte, sie sollten ihre Mutter vielleicht im Auge behalten, damit sie Stephen Lee nicht entführte. „Das würde DeeDee niemals tun“, hatte Tabitha gesagt. „Sie wollte nie ein Baby. Sie mag Babys überhaupt nicht.“

„Sie mag vielleicht keine Babys, aber sie mag Stephen Lee. Und zwar sehr“, hatte Jocie eingewandt.

Dagegen hatte Tabitha nichts sagen können und Jocie hatte bemerkt, dass sie seitdem immer in der Nähe blieb, wenn DeeDee Stephen Lee bei sich hatte.

Aber Jocie wusste, dass Tabitha morgens lange schlief, solange Stephen Lee nicht zu laut war. Schon oft hatten Jocie oder Tante Love den Kleinen aus seinem Kinderbettchen geholt, ohne dass Tabitha ihre Anwesenheit im Zimmer auch nur gemerkt hätte. Deshalb war Jocie wach und lauschte. Sie war auf der Hut. Wer wusste, wozu DeeDee fähig war?

Sie sah aus, als hätte sie ein Geheimnis. Natürlich war Jocie alles, was mit DeeDee zusammenhing, ein Rätsel. Sie kannte ihre Mutter nicht. Früher hatte ihr das etwas ausgemacht. Sie hatte wissen wollen, wie ihre Mutter war. Was ihre Mutter mochte. Was ihre Mutter tat. Jetzt war es ihr egal.

Sie wusste allerdings, dass ihre Mutter krank war. Das hatte Jocie sogar schon gewusst, bevor Tante Love zu ihr gesagt hatte, sie solle nett zu DeeDee sein, weil sie sich von einer Krebsoperation erholte. Jocie konnte trotzdem in ihrem Herzen kein Mitgefühl für DeeDee aufbringen. Das war kaltherzig und gemein von ihr und ganz bestimmt nicht christlich. Sie schämte sich auch für ihre Gefühle, aber obwohl sie sogar deswegen betete, war es ihr nicht gelungen, auch nur das kleinste bisschen Mitgefühl zusammenzukratzen.

Und Krebs war schlimm. Das wusste Jocie. Die Leute in der Gemeinde beteten immer besonders für jemanden, der Krebs hatte. Vielleicht sollte Jocie Tante Love daran erinnern, dass sie am nächsten Sonntag ein besonderes Gebet für DeeDee sprechen ließ. Vielleicht würde es Jocies halbherzige Gebete wiedergutmachen, wenn die ganze Gemeinde für sie betete.

Am Sonntag würde Tabitha sie in die Kirche fahren müssen. Jocies Dad und Leigh würden irgendwo ihren ersten Tag als Mr und Mrs Brooke genießen. Allerdings hatte Tabitha gesagt, vielleicht könnte auch Robert sie fahren, da er anlässlich der Trauung herkommen wollte.

Irgendwie hatte Tabitha ihren Dad dazu überredet, Robert zu einem seiner Beistände zu machen. Er hatte zwei gebraucht, weil Leigh wollte, dass sowohl Tabitha als auch Jocie Brautjungfern waren, und die Anzahl von Brautjungfern und Freunden des Bräutigams, die offiziell eine Rolle spielten, musste übereinstimmen. Das war irgendeine Hochzeitsregel. Also hatte ihr Dad Robert gefragt. Schließlich konnte er keinen der Männer aus der Gemeinde fragen, weil die anderen sich dann alle zurückgesetzt gefühlt hätten.

Natürlich war Wes sein Trauzeuge. Jocie würde also nach der Trauung mit Wes hinausgehen und Tabitha mit Robert. Tabitha konnte es kaum erwarten. Vermutlich träumte sie davon, dass Robert sie fragen könnte, ob sie den Gang mit ihm nicht in die andere Richtung gehen wollte. Sie hatte darum gebetet, dass ein Mann wie Robert in ihr Leben treten möge, das hatte sie Jocie erzählt. Jemand, der ehrlich und anständig war. Jemand, der sie lieben und für Stephen Lee ein Vater sein konnte. Jemand, den sie lieben konnte.

Deshalb machte Jocie sich auch keine Sorgen darüber, dass Tabitha noch einmal mitten in der Nacht mit DeeDee abhauen könnte. Tabitha würde sich die Hochzeit niemals entgehen lassen. Sie konnte es kaum erwarten, ihr veilchenblaues Kleid anzuziehen und Robert in seinem schwarzen Anzug zu sehen.

Wes hatte sich für die Hochzeit erst einen passenden Anzug kaufen müssen. Er hatte gemurrt, aber er hatte den Anzug gekauft. Für ihren Dad und Leigh, hatte er gesagt. „Aber ich schmiere mir nichts von dem schleimigen Zeug in die Haare, damit sie anliegen. Nicht mal für Leigh. Wenn die Leute keine Jupiterhaare sehen wollen, müssen sie halt woanders hingucken."

Jocie hörte aus dem Wohnzimmer ein Geräusch und vergaß die Jupiterhaare. Es war nicht Tante Love. Tante Love ging immer sofort in die Küche, wenn sie aufstand. Sie vergaß vielleicht, die Brötchen aus dem Ofen zu holen, aber sie vergaß nie, sie hineinzutun. Hastig stand Jocie auf. Sie ging zur Tür, zog sie ein paar Zentimeter auf und spähte durch den Spalt.

DeeDee saß auf dem Sofa und hielt Stephen Lee im Arm. Der Kleine schlief. DeeDee rieb ihm den Rücken und flüsterte ihm etwas ins Ohr. Jocie konnte nicht hören, was sie sagte. Zu DeeDees Füßen stand ihr Koffer. Und daneben Stephen Lees Wickeltasche.

DeeDee war so in Stephen Lee vertieft, dass Jocie schon fast vor ihr stand, bevor sie sie bemerkte. „Du kannst ihn nicht mitnehmen", sagte Jocie.

DeeDee blickte auf und lächelte, aber ihre Augen waren traurig. „Arme Jocie. Du bist genauso schlimm wie dein Vater. Hast solche Angst, den Griff um Dinge zu lockern, die man nicht festhalten kann. Weißt du nicht, dass man jemanden nur wirklich halten kann, indem man die Hand öffnet und ihm die Freiheit gibt zu gehen?"

„Stephen Lee ist zu klein, um irgendwohin zu gehen. Er muss festgehalten werden. Und er bleibt hier."

„Ich weiß." DeeDee drückte einen Kuss auf den Kopf des Babys. Ihre Stimme war noch immer leise. „Ich wollte ihn nicht mitnehmen. Ich habe mich nur von ihm verabschiedet."

„Du gehst?"

„Ich wollte eigentlich schon weg sein, aber es hat sich so gut angefühlt, wie er an meiner Schulter schläft. Sein warmer Atem an meinem Hals. So voller Leben." DeeDee schloss die Augen und legte eine Wange auf seinen Kopf.

„Von mir hast du dich nicht verabschiedet."

DeeDee öffnete die Augen und sah Jocie an. „Ich bin ja auch noch nicht gegangen."

„Damals bist du gegangen. Du hättest dich verabschieden können."

„Aber das habe ich doch."

„Nein, das hast du nicht. Ich weiß noch, wie du gegangen bist. Ich hätte es gemerkt, wenn du dich verabschiedet hättest."

„Nicht da. Nicht, als ich Hollyhill verlassen habe. Ich habe mich von dir verabschiedet, als du drei Tage alt warst. Ich habe dich deinem Vater gegeben. Als ein Geschenk. Ein vollkommenes Geschenk."

„Warum hast du mich nicht geliebt?" Jocie spürte einen Schmerz, der bis in ihre Zehen fuhr. „War ich zu hässlich? Habe ich zu viel geweint?"

„Du warst nicht hässlich. Jedenfalls nicht hässlicher als alle Neugeborenen. Und alle Babys weinen." DeeDee strich mit der Hand über Stephen Lees Rücken.

„Was stimmte dann nicht mit mir? Weshalb konntest du mich nicht lieben?"

„Dein Vater hat dich geliebt. War das nicht genug?" DeeDee wartete nicht auf eine Antwort. „Liebe ist nichts, was ein Mensch produzieren kann. Entweder man empfindet sie oder nicht. Ich wollte dich nicht bekommen, Jocie. Ich wollte keine Mutter sein. Ich kann dir auch jetzt nichts geben, was daran etwas ändert. Ich kann dir nur die Wahrheit sagen."

„Ich wollte immer die Wahrheit wissen."

DeeDee starrte sie an. „Du bist mir ähnlicher, als wir beide jemals werden zugeben wollen."

„Ich will nicht so sein wie du."

DeeDee lächelte ein wenig. „Ob du es willst oder nicht, du bist es. Du bist zäh. Du weißt, was du willst, und arbeitest darauf hin. Und irgendwann wirst du diesen Ort hinter dir lassen, so wie ich es getan habe."

„Nein", begann Jocie.

DeeDee nahm die Hand von Stephen Lees Rücken und hob sie, um Jocie zu unterbrechen. „Nur die Zeit wird zeigen, wer von uns beiden recht hat, nehme ich an. Aber keine Angst, ich werde nicht da sein, um ‚Siehste' zu sagen. Ich sterbe nämlich, weißt du."

„Nicht jeder, der Krebs hat, stirbt."

„Nein, nicht jeder, aber in meinem Innern wütet das Ungeheuer unaufhaltsam weiter. Es ist nur eine Frage der Zeit." Sie sagte es ganz nüchtern. Dann lächelte sie wieder ein bisschen. „Ich habe David versprochen, dass ich es Tabitha nicht sage, aber er hat nicht gesagt, dass ich es dir nicht sagen darf."

„Wie lange …?"

„Wahrscheinlich weiß niemand genau, wie lange er hat. Menschen sterben jeden Tag, ohne dass es jemand erwartet hätte. Herzinfarkte, Flugzeugabstürze … Beim Krebs hast du nur mehr Zeit, um darüber nachzudenken." Stephen Lee wurde ein wenig unruhig und DeeDee rieb ihm wieder den Rücken. „Und Zeit, ein Kind auf dem Arm zu halten, das man liebt. Er hat meine Augen, hast du das bemerkt?"

Jocie runzelte die Stirn und schüttelte den Kopf, als sie in das Gesicht ihrer Mutter starrte. „Deine Augen sind grün. Die von Stephen Lee sind braun. Wie die seines Vaters, sagt Tabitha."

„Das stimmt, aber trotzdem sind sie auch wie meine. Das habe ich auf dem ersten Bild gesehen, das Tabitha mir geschickt hat."

„Und deshalb liebst du ihn?" Der Schmerz in ihrem Inneren verebbte. Jetzt war Jocie nur noch neugierig.

„Ich weiß es nicht, Jocie. Die Liebe ist ein merkwürdiges Tier. Man kann sie nicht zähmen oder dazu bringen, dass sie tut, was man will. Jahrelang dachte ich, ich könnte das. Ich dachte, ich könnte die Liebe so benutzen, wie ich Lippenstift und Parfüm benutzt habe. Nur um zu bekommen, was ich wollte. Aber wahre Liebe ist anders. Wahre Liebe schubst dich herum und lässt dich Dinge tun, von denen du nie gedacht hättest, dass du sie tun würdest." DeeDee blickte sich im Zimmer um. „Zum Beispiel wieder hier in diesem Haus zu sitzen."

„Es tut mir leid, dass du stirbst." Überrascht stellte Jocie fest, dass sie das nicht nur sagte, um höflich zu sein.

„Ja, mir auch. Mir auch." DeeDee drückte Stephen Lee noch einmal kurz an sich. Dann stand sie auf und gab den Kleinen Jocie. „Hier, Jocie. Pass gut für mich auf ihn auf."

Das Baby rührte sich nur ein wenig, legte dann den Kopf an Jocies Schulter und schlief weiter. „Das mache ich, aber nicht für dich. Ich habe ihn selbst lieb."

„Du bist mir wirklich sehr ähnlich." DeeDee lächelte und schüttelte den Kopf. „Diesmal bekommst du deine Verabschiedung. Eine letzte Verabschiedung." Sie nahm ihren Koffer. Dann sah sie Jocie direkt in die Augen. „Leb wohl, Jocelyn."

Jocie erwiderte nichts, sondern sah nur zu, wie DeeDee sich umdrehte und durch die Haustür auf die Veranda trat. Jocie wollte, dass sie ging, dass sie fort war, aber gleichzeitig wollte sie sie am liebsten zurückrufen. Ihr sagen, dass sie versuchen könnte, sie zu lieben, und wenn es ihr gelänge, könnte DeeDee ihre Liebe vielleicht erwidern. Jocie sah sich um, als erwartete sie, ihren Vater hinter sich zu sehen, der ihr sagen konnte, was sie tun sollte. Aber er war natürlich nicht da.

Aber Tante Love war da. Sie stand in der Küchentür und beobachtete Jocie. Dann streckte sie die Arme aus, um ihr Stephen Lee abzunehmen. „Geh, mein Kind. Lauf ihr nach und sag ihr, dass Gott sie liebt. Das ist das Mindeste, was wir für sie tun können."

Jocie rannte zur Tür hinaus und die Treppe hinunter. DeeDees Auto rollte schon die Einfahrt hinunter, aber Jocie schrie ihr nach, sie solle anhalten. DeeDee bremste und wartete.

Jocie ließ sich keine Zeit zu überlegen, was sie sagen sollte. Sie lief einfach zu DeeDees Fenster und sagte: „Gott liebt dich."

DeeDee lächelte traurig. „Wirklich? Woher weißt du das?"

„In der Bibel steht, dass Gott alle Menschen liebt. Und du kannst ihn immer noch lieben."

„Und was ist mit dir, Jocie? Kannst du mich auch noch lieben? Steht in der Bibel nicht auch, dass wir alle Menschen lieben sollen?"

„Das stimmt. Und das tue ich ja auch, Mutter. Ich hasse dich, aber gleichzeitig liebe ich dich."

„Siehst du, du bist genau wie ich." Wieder lächelte DeeDee traurig, dann nahm sie den Fuß von der Bremse. „Du sagst immer die Wahrheit, auch wenn es dich zerreißt."

Jocie sah zu, wie ihre Mutter davonfuhr. Sie drehte sich nicht um. Nicht ein einziges Mal.

39

Es war eine anstrengende Fahrt bis nach Florida gewesen, aber am Schwersten war es Adrienne gefallen, Holly County zu verlassen, ohne wieder umzukehren. Sie hatte Stephen nicht zurücklassen wollen. Am liebsten hätte sie dort auf dem Sofa oder der Hollywoodschaukel auf der Veranda gesessen und ihn im Arm gehalten, bis sie starb.

Aber andererseits hatte sie manchmal das Gefühl, als wäre die echte Adrienne Mason bereits vor Monaten gestorben und nur die erbärmliche Hülle einer Frau zurückgeblieben, die eine Zeit lang ihren Platz einnahm. Es spielte eigentlich keine große Rolle, wo dieser Platz war. David, der schon mit einem Monopol auf edel, hilfreich und gut geboren worden war, hätte ihr mit Sicherheit geholfen, eine Wohnung in Hollyhill zu finden. Er hätte ihr erlaubt, Stephen weiterhin zu sehen, obwohl sie wahrhaftig nichts getan hatte, um sich dieses Vorrecht zu verdienen. Nichts, außer Stephens Mutter auf die Welt zu bringen. Vielleicht war das ja genug.

Dieses dumme Mädchen, Leigh, oder wie auch immer es hieß, schien gut zu David zu passen. Sie war ganz anders als Adrienne. Das Mädchen hätte David wahrscheinlich sogar geholfen, sich um Adrienne zu kümmern, wenn sie geblieben wäre. Es wäre ihre Eintrittskarte für die Heiligsprechung gewesen. Ihre gute Tat des Jahrhunderts.

Aber Adrienne wollte keine gute Tat sein. Sie hatte es immer alleine geschafft, zu ihren eigenen Bedingungen. So würde sie es auch zu Ende führen. So oder so. Sie hatte die Erinnerung an Stephens weiche Locken an ihrer Wange und an den Duft seines Babykörpers, um sie durch die nächste Zeit zu bringen. Für später, wenn das nicht mehr reichte, hatte der Arzt ihr ein Rezept gegeben. Mit den Tabletten würde sie die letzte Wegstrecke bewältigen können, wenn die Schmerzen kamen, von denen Dr. Mike gesagt hatte, dass sie brutal sein könnten. Dr. Mike hatte auch gesagt, sie solle sich keine Sorgen darüber machen, dass die Tabletten abhängig machten. Dafür war keine Zeit mehr. Und selbst wenn, würde sie nicht lange abhängig sein.

Die Sonne in Florida war nicht viel anders als die in Kalifornien. Vielleicht heißer. Aber das machte Adrienne nichts aus. Sie mochte es heiß. Doch sie vermisste das kalifornische Gefühl von Jugendlichkeit und unbegrenzten Möglichkeiten. Florida fühlte sich alt an, weil die Leute dorthin gingen, wenn sie fertig waren, anders als Kalifornien, wohin die Leute gingen, um reich und berühmt zu werden, um anzufangen.

Die Vorhänge im Mobilheim ihrer Mutter hatten tatsächlich Rüschen, aber sie waren nicht rosa. Sie waren gelb und der Teppich war glatt und braun. Ihre Mutter sagte, er sei einfacher zu saugen und die Eidechsen könnten sich nicht in dem Flor verstecken.

Adrienne erkannte ihre Mutter kaum wieder. Anstatt grauhaarig war sie jetzt blond. Sie trug kurze Hosen in leuchtenden Farben und ärmellose T-Shirts. Außerdem war sie Teil einer Freundesgruppe, die alles gemeinsam machte. Ungefähr so wie damals in der Highschool, sagte ihre Mutter. Und noch spaßiger, weil niemand sich mehr darum stritt, wer am hübschesten war. Sie spielten nur zusammen. Dienstags und donnerstags spielte ihre Mutter Shuffleboard, montags und samstags Bingo. Am Freitag spielten sie zusammen Karten. Ihre Mutter ging jeden Tag zum Essen aus. Sie hatte ein großes Dreirad, mit dem sie um den Block fuhr, um sich fit zu halten, und einen Freund, der sie dabei begleitete.

Sie hatte erleichtert ausgesehen, als Adrienne ihr gesagt hatte, keins dieser Spiele interessiere sie wirklich und sie habe vor, einfach am Strand zu sitzen und aufs Meer hinauszuschauen. Also saß Adrienne nun meistens in der Sonne und sah zu, wie die Wellen kamen und gingen. Manchmal stellte sie den Liegestuhl so nah ans Wasser, dass die Wellen ihre Füße umspülten und den Sand unter ihrem Stuhl glätteten, bis er wie neu aussah.

Sie umgab sich mit Sonnenlicht wie mit einer Decke und ließ ihre Gedanken wandern, wohin sie wollten. Adrienne gefiel die Vorstellung, Stephen säße neben ihr am Ufer und lachte, wenn die Wellen seine Zehen berührten. Sein Babylachen hallte in ihrer Erinnerung wieder, und dann lächelte sie. An anderen Tagen wünschte sie sich, Francine wäre da und würde um sie weinen. Und manchmal dachte sie daran, wie Jocie hinter ihr hergelaufen war, um ihr zu sagen, dass Gott sie liebte.

40

Am Samstagmorgen war Leigh noch vor Sonnenaufgang wach. Sie wollte keine Minute des 5. Juni 1965 verpassen – des Tages, an dem sie Mrs David Brooke werden würde. Es war ein strahlend schöner Tag. Noch bevor die Sonne im Osten über den Horizont kroch, über die Bäume auf der anderen Straßenseite kletterte und in Leighs Schlafzimmerfenster schien, wusste sie, dass es ein schöner Tag werden würde.

Der Himmel hätte bewölkt sein und der Regen kübelweise fallen können, es wäre trotzdem ein schöner Tag gewesen. Aber es regnete nicht. Der Himmel war wolkenlos blau. Er hatte beinahe den gleichen Farbton wie die Kleider, die Tabitha und Jocie an diesem Nachmittag bei der Hochzeit tragen würden. Laut Wettervorhersage konnten sie mit einer niedrigen Luftfeuchtigkeit, einer angenehmen Brise und höchstens 26 Grad rechnen. Beinahe wünschte Leigh, sie hätten beschlossen, draußen im Park zu heiraten.

Aber in der Baptistenkirche würde es auch schön sein. Es gab jede Menge Plätze und Zella kümmerte sich um die Dekoration. Sie hatte für Rosen plädiert, aber Leigh hatte ihr erklärt, dass sie sich so viele Rosen nicht leisten konnte. Sie würde etwas Billigeres nehmen müssen, zum Beispiel Margeriten.

„Margeriten?", hatte Zella beinahe gekreischt. „Vielleicht möchtest du auch noch, dass ich aufs Feld rausgehe und sie selbst pflücke. Also ehrlich, Leigh, das ist wirklich nicht der richtige Zeitpunkt, um knauserig zu sein. Du heiratest schließlich nur einmal."

„Ich mag Margeriten. Und Sonnenblumen. Sonnenblumen sehen doch so aus, als würden sie vor Freude jubeln, findest du nicht? So wie sie sich nach der Sonne ausstrecken." Leigh hatte die Arme über den Kopf gehoben, um zu demonstrieren, was sie meinte, und gelächelt.

Doch Zella hatte ihr Lächeln nicht erwidert. „Sie machen furchtbaren Dreck. Überall lassen sie ihren Pollen fallen. Rosen sind besser. Außerdem blühen die Sonnenblumen noch nicht."

„Irgendwo blühen sie bestimmt schon. Blanche im Blumenladen

kann sie mit Sicherheit organisieren. Ich möchte Margeriten und Sonnenblumen der Freude", hatte Leigh gesagt. „Große Sträuße davon."

„Das würde zu Mt. Pleasant vielleicht besser passen als zur First Baptist", hatte Zella spitz erwidert.

„Dann sollten wir die Hochzeit vielleicht besser nach Mt. Pleasant zurückverlegen."

„Du willst wohl, dass die Leute draußen stehen und sich die Nase am Fenster plattdrücken, wenn die Bänke voll sind."

„Wenn sie wollen", hatte Leigh gesagt. Es war ihr eigentlich gleichgültig gewesen. Sie hatte nur daran gedacht, wie sie in ihrem perfekten Brautkleid aussehen würde und wie David gucken würde, wenn er vorne in der Kirche stand und sah, wie sie zum Altar schritt. Welcher Altar auch immer das war.

Zella hatte die Lippen zusammengepresst und dann gesagt: „Also gut. Margeriten und Sonnenblumen. Mit einem Rosenstrauß auf dem Tisch im Gemeindesaal, wo die Hochzeitstorte stehen wird. Du willst schließlich keinen Pollen auf deiner Torte und im Punsch, oder?" Zella hatte die Antwort nicht abgewartet. „Diese Rosen pflücke ich in meinem eigenen Garten. Und in Lovellas. Sie hat gelbe. Das wird dich also gar nichts kosten."

„Danke, Zella. Für alles. Ohne dich würden wir vielleicht gar nicht über Rosen oder Sonnenblumen reden", hatte Leigh gesagt und Zella umarmt.

„Wohl wahr. Manchmal muss man die Leute zu ihrem Schicksal schubsen."

Schicksal. Eine Hochzeit, die in den Sternen geschrieben stand. Eine Ehe, die im Himmel geschlossen wurde. Ein gesegnetes Ereignis. Ein Grund zum Feiern. Und Leigh feierte, während an ihrem Hochzeitstag die Sonne aufging.

Sie sang ein paar Hallelujas, während sie durch ihr Schlafzimmer tanzte, dann durchs Wohnzimmer und in ihre Küche. Es war ihr sogar egal, dass Mrs Simpson mit dem Besenstiel unter Leighs Füßen an die Decke klopfte. Ab heute waren die zu empfindlichen Ohren von Mrs Simpsons nicht mehr ihr Problem.

Beinahe alles, was Leigh gehörte, war in Kisten verpackt und fertig für den Umzug. Sie war sich noch nicht ganz sicher, wo sie die

Sachen in Davids Haus unterbringen sollte. Sein Haus war schon voller Dinge und Menschen. David überlegte, noch ein paar Zimmer anzubauen. Einige Männer aus der Gemeinde hatten angeboten zu helfen. Zum Glück mussten sie nicht für Adrienne anbauen. Sie war abgereist.

David hatte sie nicht dazu aufgefordert und Leigh hatte ihn auch nicht darum gebeten. Trotzdem war sie erleichtert, dass Adrienne beschlossen hatte, vor der Hochzeit zu fahren. Sie tat Leigh leid. Nicht nur wegen ihrer Krankheit, sondern weil ihr nie bewusst gewesen war, was für ein Segen ihre Familie war. Ein Segen, der jetzt Leighs Segen war.

Leigh füllte den Wasserkessel und stellte ihn auf den Herd. Sie hatte so viele Schmetterlinge im Bauch, dass sie sich nicht sicher war, ob sie überhaupt etwas würde essen können. Dennoch steckte sie zwei Scheiben Toast in den Toaster. Vielleicht hatten die Schmetterlinge ja Hunger und beruhigten sich, wenn sie etwas zu essen bekamen.

Sie griff nach dem Pappteller, der auf dem Tisch lag und auf dem sich bunte Bänder kringelten. Jessica Sanderson hatte alle Bänder von der Geschenkparty sorgfältig durch einen Schlitz in dem Pappteller gezogen, damit Leigh sie bei der Probe als Blumenstrauß hatte verwenden können. Leigh spielte mit den langen Bändern. Sie hatten die Zeremonie am Abend zuvor in Mt. Pleasant geprobt. Zella hatte ihnen zwar erklärt, das sei unmöglich, aber David hatte Zella erklärt, es sei nicht nur möglich, sondern eine Tatsache.

„Eine Kirche ist wie die andere“, hatte er gesagt und die Hände gehoben, um ihre Einwände abzuwehren. „Gut, die First Baptist Church hat einen längeren Mittelgang, aber das bedeutet nur, dass wir ein paar Schritte mehr gehen müssen. Das Gehen brauchen wir nicht zu üben. Und ob unmöglich oder nicht, die Probe findet in Mt. Pleasant statt, weil die Gemeindemitglieder seit Monaten planen, das anschließende Abendessen für uns im Untergeschoss der Kirche auszurichten. Und das werden wir genießen.“

Genießen. David und sie hatten sich das Wort immer wieder zugeflüstert bei dem, was bestimmt als die verrückteste Hochzeitsprobe der Geschichte in die Annalen eingehen würde. Tabitha und Robert Wesley hatten einander schöne Augen gemacht und waren in ihrer eigenen kleinen Welt gewesen. Stephen Lee war unter den Bänken herumgekrabbelt, verfolgt von Myra Hearndons Zwillingen, die sich aus dem Staub gemacht hatten, während Myra das Vaterunser sang. Jocie hatte ihren Platz neben Tabitha und Leigh am Altar verlassen müssen, um sie wieder einzufangen und sie neben Miss Sally auf die Bank zu setzen, die zum Glück einen Beutel Kräcker aus ihrer Handtasche gezogen und die Kleinen ein paar Minuten abgelenkt hatte. Der Ringträger und das Blumenmädchen, die Kinder von Leighs Cousine, hatten sich abwechselnd gegenseitig das Ringkissen um die Ohren geschlagen, trotz des Schimpfens ihrer Mutter.

Und als wäre das alles noch nicht genug gewesen, hatte Onkel Howie plötzlich verkündet, er sei sich nicht sicher, ob er die Pastorenfassung der Hochzeit durchführen könne. Als Richter hatte er bisher immer eine zivilrechtliche Zeremonie abgehalten, um Paare zu trauen. Zella hatte sich ihn vorgeknöpft und ihm unmissverständlich erklärt, er werde die Zeremonie so halten, wie sie es ihm gesagt hatten, da gebe es nichts zu diskutieren. Als Zella ihre Rede hatte unterbrechen müssen, um Luft zu holen, hatte Wes angeboten, die Trauung in der Jupiterfassung durchzuführen. Zella hatte nicht gelacht. Ebenso wenig wie Leighs Eltern, die mit düsteren Mienen in der zweiten Reihe gesessen und den Wahnsinn beobachtet hatten.

Aber als die Probe vorbeigewesen war und sie sich zum Essen ins Untergeschoss begeben hatten, hatte sich die Stimmung gedreht. Miss Sally hatte Leighs Mutter bei der Hand genommen und sie noch vor ihrem ersten Glas Eistee dazu gebracht, zu lächeln und zu lachen. Matt McDermott hatte bei ihrem Vater gesessen und mit ihm über Traktoren geredet. Leigh hatte nicht gewusst, dass ihr Vater überhaupt etwas von Traktoren verstand, aber es hatte nicht lange gedauert, bis die beiden Männer sich einig gewesen waren, welches Modell sich am besten zum Heumachen eignete.

Zella hatte Leigh abgefangen, bevor sie auch nur die Chance gehabt hatte, sich etwas zu essen auf den Teller zu tun. „Eine verpatzte Generalprobe bedeutet, dass bei der Hochzeit selbst alles wie am Schnürchen läuft. Wenn die Hochzeit so gut wird, wie die Probe katastrophal war, sollte alles wunderbar werden." Zella hatte ihre

Locken befühlt, die aufgrund der Hitze in dem überfüllten Raum etwas schlapp herunterhingen, und sich mit einem Pappteller Luft zugefächelt. Offenbar hatte die ganze Gemeinde beschlossen, dass sie nahestehende Familienmitglieder waren, die beim Essen dabei sein sollten.

„Es ist mir egal, Zella. Hauptsache, am Ende bin ich verheiratet. Mit David."

Zella hatte nur die Augen verdreht und Leigh hatte ein Kichern unterdrückt. Kichern war wahrscheinlich auch etwas, das eine angehende Braut in ihrem Alter nicht tun sollte. Aber dann war David neben sie getreten und hatte ihr ins Ohr geflüstert: „Genieß es!"

Also hatte Leigh gelacht und genau das getan. Es genossen. Und den heutigen Tag würde sie auch genießen. Sie würde sich freuen und genießen. Und dankbar sein für all den Segen. Erstens für David. Zweitens für David. Drittens für David. Fünfhundertundsechstens für David.

Sie hatte gerade das heiße Wasser über den Teebeutel gegossen und sich mit ihrem Toast an den Tisch gesetzt, als sie etwas auf ihrem Treppenabsatz hörte. Sie blieb ganz still sitzen, ohne ein Geräusch zu machen, und hoffte, es wäre David, der vorbeigekommen war, um ihr guten Morgen zu sagen, bevor er ein paar Stunden an der nächsten Ausgabe des *Banner* arbeitete. Aber natürlich war er es nicht. Sie wusste, wer es war, noch bevor sie das weiße Papier in ihrem Schlüsselloch sah.

Der Mann ließ sie einfach nicht in Ruhe. Selbst nachdem sie letzte Woche praktisch über seine Füße gefahren war, um vor ihm zu fliehen. Selbst nachdem David ihn angerufen und ihm gesagt hatte, er solle sich von Leigh fernhalten. Selbst nachdem er keine Anstellung oder einen anderen Grund mehr hatte, in Hollyhill zu sein. Selbst nachdem David und sie zusammen zu Polizeichef Randy Simmons gegangen waren und ihm erklärt hatten, dass der Mann Leigh belästigte.

„Er ist ein komischer Vogel", hatte Chief Simmons ihnen beigepflichtet. „Aber nichts von dem, was ihr mir erzählt habt, verstößt gegen das Gesetz. Er ruft dich an. Du siehst ihn in der Nähe deiner Wohnung auf der Straße. Deswegen kann ich ihn nicht festnehmen. Ich brauche Beweise dafür, dass er etwas Verbotenes getan hat."

„Was ist mit den Zetteln in meiner Tür? Das ist ein Beweis dafür, dass er da war", hatte Leigh gesagt. „Obwohl ich nicht wollte, dass er kommt."

„Ich verstehe dich, Leigh. Wirklich. Aber hat er etwas Illegales getan? Daran muss ich als Hüter des Gesetzes immer denken. Er ist vor deiner Tür, aber er bricht nicht ein." Der Polizeichef hatte sie über seinen Schreibtisch hinweg mitleidig angesehen.

„Gott bewahre", hatte David gesagt und Leighs Hand ergriffen.

„Seht ihr, das meine ich", hatte der Beamte gesagt. „Er ist vielleicht lästig und eine Nervensäge, aber er ist nicht gefährlich. Er versucht nur, deine Aufmerksamkeit zu erlangen, Leigh. Damit du deine Meinung änderst, David zu heiraten."

„Aber ich habe ihn gebeten, mich in Ruhe zu lassen. Immer wieder."

„Bedroht er dich auf irgendeine Weise? Sagt er obszöne Dinge?" Der Polizist hatte nach einem Bleistift und einem kleinen Notizbuch gegriffen und darauf gewartet, dass er etwas aufschreiben konnte.

„Nein", hatte Leigh zugeben müssen.

„Dann glaube ich nicht, dass ich etwas tun kann. Außer vielleicht ihm eine Standpauke zu halten, wenn er dich wieder belästigt. Ihm zu sagen, dass er das lassen soll. Aber ich kann ihn nicht dafür verhaften, dass er versucht, dich auf ihn aufmerksam zu machen." Chief Simmons hatte das Notizbuch wieder weggelegt. „Wie gesagt, der Mann ist ein komischer Kauz. Er war letzte Woche hier auf dem Revier."

„Weswegen denn?", hatte David wissen wollen.

„Recherchen, hat er gesagt. Für diesen tollen amerikanischen Roman, den er schreibt. Hat mich gefragt, ob ich im Rahmen meiner Tätigkeit schon einmal jemanden erschossen hätte. Dann hat er gelacht und hinzugefügt: ‚Oder nicht im Rahmen der Tätigkeit'. Und als ich sagte, ich hätte es nie für nötig gehalten, hat er mich gefragt, ob ich der Meinung sei, ich könnte es, wenn es nötig wäre. Ob ich überhaupt wüsste, wie ich die Waffe aus dem Holster ziehen muss."

„Hast du ihm erzählt, dass du während des Krieges in Frankreich an der Front warst, Randy?", hatte David gefragt.

„Ich fand nicht, dass er das wissen muss. Aber so wie er aussieht, könnte er selbst das richtige Alter für den Kriegsdienst haben. Da er unverheiratet ist, wundert es mich, dass er noch nicht eingezogen wurde. Vielleicht muss er noch in Vietnam Dienst tun, wenn die Lage sich dort nicht bald beruhigt. Darum beneide ich den Mann nicht."

Sie waren so verblieben, dass Leigh versprochen hatte, den Polizeichef anzurufen, wenn Edwin Hammond wieder auf ihrem Grundstück oder ihrer Treppe auftauchte, und David versprochen hatte, die Angelegenheit der Polizei zu überlassen, wenn das geschah.

Chief Simmons hatte sie zur Tür seines Büros begleitet. „Und sonst? Keine Woche mehr, bis ihr zwei heiratet. Wenn ihr erst mal verheiratet seid; rechtlich und überhaupt, wird dieser Hammond aufgeben und wieder in den Norden zurückkehren, wo er herkommt. Eins steht fest: Niemand in Hollyhill wird ihm eine Träne nachweinen."

Jetzt sah Leigh zum Telefon hinüber, das auf der anderen Seite des Tisches an der Wand hing. Es war so weit weg, dass sie hätte aufstehen müssen, um daranzukommen. Doch sie wollte sich nicht bewegen oder irgendein Geräusch machen, dem Edwin Hammond entnehmen konnte, dass sie wach war und ihn draußen hörte. Sie hatte ein dickes Badetuch über das Fenster in der Tür gehängt, sodass er nicht hereinsehen konnte, auch wenn er ihr einzureden versuchte, er könnte es.

Als der Türknauf sich drehte und es an der Tür rüttelte, hielt Leigh die Luft an. Still dankte sie Gott dafür, dass sie am Abend zuvor noch einmal aufgestanden war und nachgesehen hatte, ob die Tür auch wirklich abgeschlossen war.

„Ich weiß, dass du da bist, Leigh. Ich weiß, dass du wach bist. Ich weiß, dass du mich hörst."

Er rief nicht, aber seine Stimme drang mühelos durch die Ritzen zwischen Tür und Rahmen. Am liebsten hätte sie sich die Ohren zugehalten und geschrien, bis er wegging. Stattdessen biss sie sich auf die Lippe und saß ganz still da. Vielleicht hatte der Polizeichef recht. Vielleicht würde Edwin Hammond nach dem heutigen Tag, wenn sie endlich offiziell Mrs David Brooke war, aufgeben und verschwinden. Aber sie wollte, dass er auf der Stelle verschwand. Sie wollte nicht, dass er ihr den schönsten Tag ihres Lebens verdarb.

Jetzt sprach er etwas lauter. Leigh sah beinahe vor sich, wie Mrs Simpson unten aus ihrem Küchenfenster lugte, um nachzusehen, was los war. Wenigstens hätte Leigh so eine Zeugin, wenn Edwin die Grenze zwischen dem gesetzestreuen Wahnsinn und einem Verhalten überschreiten sollte, das Chief Simmons als illegal bezeichnen würde.

„Du kannst immer noch eine bessere Entscheidung treffen. Du kannst mich immer noch lieben. Ich werde dich von hier fortbringen. Mit mir wirst du zum Himmel aufsteigen."

Komisch, dachte Leigh. Der Mann hatte noch nie etwas davon gesagt, dass er sie liebte. Es ging immer nur darum, dass sie ihn lieben sollte.

„Lass mich rein", sagte er und rüttelte an der Tür. „Ich werde dich zu meiner Frau machen."

Jetzt saß Leigh nicht länger da wie eines der sieben Geißlein, während der Wolf die Tür einzutreten versuchte. Sie stand auf und griff nach dem Hörer, doch sie wusste die Nummer der Polizei nicht. In Grundy hatte ihre Mutter die Telefonnummer der Polizeiwache auf ihr Telefon geklebt. Der Papierstreifen war mit den Jahren ganz braun geworden und das Klebeband kräuselte sich an den Rändern. Nicht ein einziges Mal hatte ihre Mutter Grund gehabt, die Nummer zu wählen.

Diese Nummer kannte Leigh auswendig, schließlich hatte sie sie tausendmal gesehen. Aber das nützte ihr jetzt natürlich nichts. Die Polizei in Grundy würde nicht kommen, um Edwin Hammond zu verscheuchen. Hektisch suchte sie unter dem Stapel Zeitungen, mit denen sie ihr Geschirr eingepackt hatte, nach ihrem Telefonbuch. Paranoia hatte doch etwas für sich. Wenigstens wüsste sie dann die Nummer der Polizei von Hollyhill.

„Hast du Angst, mit mir zu reden, Leigh Jacobson? Versteckst du dich wie eine kleine Maus in einem Loch? Das macht das Leben hier mit dir. Du bist ein Tiger, keine Maus."

Leigh ließ den Stapel Papier fallen. Sie kannte die Nummer des Verwaltungsbeamten! Die wählte sie nun und bat Judy, Chief Simmons anzurufen. Dann ging sie zur Tür und zog das Badetuch von der Gardinenstange. Durch das Fenster starrte sie Edwin Hammond an, der anfing zu lächeln.

Sie verzog keine Miene. „Gehen Sie."

„Die Tür ist alt. Ich könnte sie kaputt machen." Sein Lächeln wurde breiter. „Ein kleiner Stoß, mehr wäre gar nicht nötig."

„Verschwinden Sie."

„Du willst eigentlich gar nicht, dass ich gehe. Wenn du ehrlich bist. Deine Zukunft steht auf dem Spiel. Meine Zukunft steht auf dem Spiel."

„Gehen Sie. Sofort." Ein paar Straßen weiter hörte Leigh eine Sirene. In Hollyhill eher ein ungewohntes Geräusch. Die halbe Stadt rannte jetzt sicher zur Tür, um nachzusehen, ob es ein Krankenwagen war oder die Polizei, die einen Raser stellte. Niemand würde auf den Gedanken kommen, dass ein psychisch labiler Mann vor ihrer Tür stand.

„Niemals", sagte Edwin. „Ich bin hier, um dich zu retten."

Die Sirene kam näher. Leigh sagte nichts mehr, sondern hängte ganz bewusst das Handtuch wieder vor das Türfenster. Dann ging sie in die Küche zurück und setzte sich, um ihren Tee zu trinken. Nichts, nicht einmal Edwin Hammond, würde ihr diesen Tag verderben.

Draußen konnte sie Chief Simmons hören, der mit dem Mann redete, aber sie versuchte nicht zu verstehen, was die beiden sagten. Sie griff nach einem Blatt Papier und fing an, eine Liste von Dingen zu erstellen, die sie mit zur Kirche nehmen musste. Ihren fertig gepackten Koffer für das Wochenende in Cumberland Falls. Ihr Kleid und ihren Schleier. Miss Sallys Taschentuch, das sie als geborgten Gegenstand bei der Hochzeit bei sich tragen würde. Das Stumpfband, das Zella ihr geschenkt hatte, als blauen Gegenstand. Das Goldmedaillon ihrer Großmutter als etwas Altes. Ihre weißen Schuhe als etwas Neues.

Etwas Altes, etwas Neues, etwas Geborgtes, etwas Blaues – all das sollte Glück bringen. Aber sie und David brauchten sich nicht auf Glücksbringer zu verlassen. Gott hatte sie gesegnet, indem er ihnen die Liebe geschenkt hatte. Sie würde sich einfach darauf verlassen, dass Gott für sie sorgen und sie weiter segnen würde.

Es klopfte an der Tür. „Ist alles in Ordnung, Leigh?", rief Chief Simmons.

„Mir geht es gut." Leigh ging zur Tür und öffnete sie. Sie blickte sich nicht einmal um, um zu sehen, ob Edwin Hammond verschwunden war. „Mir geht es sogar besser als gut."

Der Polizeichef lächelte sie an. „Das kann ich mir vorstellen. Und du brauchst dir über diesen Witzbold keine Gedanken mehr zu machen. Ich habe ihn verjagt. Genieß du den Tag."

„Oh ja, das mache ich." Einer der Verse, die Tante Love immer zitierte, stieg in Leigh auf und sie sprach ihn einfach laut aus. „‚Dies ist der Tag, den der Herr macht; lasst uns freuen und fröhlich an ihm sein.'"

„Du klingst schon wie eine richtige Pastorengattin." Der Polizeichef lachte und wandte sich zum Gehen. Dann warf er noch einen Blick über seine Schulter und sagte: „Wir sehen uns heute Nachmittag. Meine Frau und ich freuen uns schon auf das große Ereignis. Wenn du vorher noch mal Hilfe brauchst, ruf einfach an."

41

Jocie war froh darüber, dass es nicht zu heiß war, als sie ihr Brautjungfernkleid in die Kirche trug. Sie wollte das schöne Kleid nicht durch Schweißflecke unter den Armen ruinieren. In der Kirche gab es eine Klimaanlage, sodass die Temperatur draußen keine große Rolle spielte. Trotzdem war es schön, dass das Wetter nahezu perfekt war. Als würde Gott auf sie herablächeln und den Tag mit ihnen feiern. Dabei hatte sie kein einziges Gutes-Hochzeitswetter-Gebet gesprochen, aber ihr Vater sagte, dass Gott manchmal sogar Gebete erhörte, die man ganz vergessen hatte zu sagen.

Natürlich war sie nicht die einzige Person, die für gutes Wetter an diesem großen Tag hätte beten können. Die Mitglieder von Mt. Pleasant hatten die Hochzeit schon vor Monaten auf ihre Gebetsliste gesetzt. Sie waren eine betende Gemeinde. Das sagte Jocies Vater manchmal. Er sagte, er könne spüren, wenn die Menschen für ihn beteten. Dass es erhebend für ihn sei. Wenn, dann musste er heute förmlich schweben.

Wahrscheinlich schwebte er sowieso. So glücklich, wie er war. Und Jocie freute sich für ihn. Und für sich selbst. Es würde bestimmt schön, wenn Leigh bei ihnen wohnte. Ein bisschen enger, aber trotzdem schön. Jocie hatte nie eine Mom gehabt, aber sie wollte, dass Leigh es war. Ihre Mom.

Bei dem Gedanken an die letzten Worte, die sie zu DeeDee gesagt hatte, wand Jocie sich innerlich immer noch. Sie hätte ihr einfach sagen sollen, dass sie sie liebte, und das mit dem Hassen weglassen sollen. Schließlich musste sie ja nicht immer die ganze Wahrheit aussprechen. Sie könnte auch einfach mal den Mund halten und manches für sich behalten. In ihrem Inneren krabbelten Spinnen herum, wann immer sie daran dachte. Und wann immer sie daran dachte, dass ihre Mutter gesagt hatte, Jocie sei wie sie, krabbelten die furchtbaren Spinnen nicht nur in ihrem Bauch herum, sondern sie fingen sogar an, sie zu beißen. Jocie wollte nicht wie DeeDee sein. Sie wollte wie ihr Vater sein. Oder wie Leigh. Sie wollte jemand sein, dem andere Menschen wichtig waren und nicht nur sie selbst.

Ihr Vater hatte ihr versichert, dass sie so jemand war, als Jocie ihm erzählt hatte, was DeeDee zu ihr gesagt hatte. „Sie sagte, ich sei wie sie. Zu sehr wie sie."

„Sie ist deine Mutter", hatte ihr Vater zu bedenken gegeben.

„Aber ich will mir eine neue Mutter aussuchen. Ich möchte, dass Leigh jetzt meine Mutter ist."

Ihr Vater hatte gelächelt. „Das wird Leigh sehr freuen. Und mich freut es auch. Aber Adrienne ist nicht nur schlecht und sie war es auch nie. Sie hat einen starken Charakter. Sie wusste immer, was sie wollte, und hat es zielstrebig verfolgt. Außerdem hat sie immer ihre eigenen Antworten gesucht. Das sind gute Eigenschaften. Und die hast du ganz eindeutig auch."

„Aber sie hat dabei Menschen verletzt. Ich will niemanden verletzen."

Ihr Vater hatte sie in den Arm genommen. „Nur weil du in mancher Hinsicht deiner Mutter ähnlich bist, heißt das nicht, dass du ihr in allem gleichst. Wir alle treffen Entscheidungen und ein großer Unterschied zwischen dir und deiner Mutter ist, dass sie nie die Entscheidung getroffen hat, Gottes Liebe für sich anzunehmen. Du hast das getan. Du weißt, dass Gott bei dir ist und dir aus Schwierigkeiten helfen kann. Du hast ihm dein Leben anvertraut. Aber deine Mutter hatte immer Angst, sie müsste zu viel aufgeben, wenn sie diese Entscheidung treffen würde. Sie weigerte sich zu glauben, dass ein Mensch frei wird, wenn er sein Leben Gott übergibt."

„Bevor sie gefahren ist, habe ich ihr gesagt, dass Gott sie liebt. Das tut er doch, oder?", hatte Jocie gefragt, während sie den Kopf von der Brust ihres Vaters genommen und zu ihm aufgeblickt hatte.

„In der Bibel steht, dass Gott uns alle liebt. ‚Gott ist die Liebe'. ‚Denn so sehr hat Gott die Welt geliebt ...' Und die Welt umfasst so ziemlich jeden, oder?"

Jocie hatte genickt und ihr Vater hatte sie an sich gedrückt. „Ich bin wirklich stolz auf dich, Jocie. Und richtig froh, dass du meine Tochter bist."

Jocie war auch richtig froh darüber. Und sie war froh, dass ihr Vater Leigh heiratete. Aber über die Sache mit der Hochzeit an sich war sie nicht ganz so froh. Die Leute machten aus jeder Kleinigkeit ein Drama, wenn sie vom Hochzeitsfieber erfasst wurden. Ein

Fieber, das Zella sich offensichtlich schon vor Wochen eingefangen hatte. Als Jocie jetzt die Kirche betrat, ließ Zella den Strauß Sonnenblumen fallen, den sie im Arm hielt, und rannte förmlich den Mittelgang hinunter, um sie zur Rede zu stellen.

„Du liebe Zeit, Jocelyn. Deine Haare! Sie sehen so aus wie immer. Ich dachte, Pamela wollte dich frisieren."

„Das hat sie ja auch. Ganz früh heute Morgen." Pamela vom Schönheitssalon hatte sich den ganzen Vormittag dafür freigehalten, alle Frisuren für die Hochzeit zu machen. Sie hatte sogar angeboten, Tante Love zu frisieren, aber Tante Love hatte gesagt, ihr üblicher Dutt sei gut genug. Sie hatte nur eine zusätzliche Blume an ihren Hut gesteckt.

„Meine Güte, sie hätte Haarspray benutzen sollen." Zella berührte ihre eigenen Locken, die wie immer festzementiert waren.

„Das hat sie auch. Wirklich. Ich bin an den Dämpfen fast erstickt. Aber in meinen Haaren halten Locken einfach nicht. Tabitha hat gesagt, sie kann mir oben am Kopf kleine Zöpfe machen und Bänder mit einflechten. Sie hat Bänder gefunden, die genauso blau sind wie unsere Kleider. Dann sehen meine Haare ein bisschen hübscher aus."

„Das muss dann wohl genügen", sagte Zella mit einem tiefen Seufzer. „Aber sieh zu, dass du heute nichts durcheinanderbringst."

Jocie widerstand dem Drang, die Augen zu verdrehen, bevor sie Zella den Rücken zugekehrt hatte. Sie hatte ihrem Vater versprochen, alles zu akzeptieren, was Zella sagte, weil dies wahrscheinlich seit Ewigkeiten der größte Tag in ihrem Leben war.

„Aber sie gehört nicht mal zur Familie", hatte Jocie protestiert.

„Aber so gut wie", hatte Jocies Vater gesagt. „Außerdem ist Zella der festen Überzeugung, dass diese Hochzeit, beziehungsweise die Tatsache, dass Leigh und ich uns gefunden haben, in gewisser Weise ein Geschenk ist, das sie uns gemacht hat. Und um ehrlich zu sein, hätte ich Leigh ohne Zellas Winks mit dem Zaunpfahl vielleicht wirklich nicht bemerkt und dann hätte Leigh möglicherweise aufgegeben."

„Ich glaube, Gott hatte mehr damit zu tun als Zella", hatte Jocie gemurmelt.

„Das kann sein, aber dass wir Zella bei der Hochzeit so viel machen lassen, ist gewissermaßen unser Geschenk an sie. Und du musst mir versprechen, ihr den Spaß nicht zu verderben."

Also biss Jocie sich jetzt auf die Zunge und ging in den Sonntagsschulraum, in dem Leigh in Unterwäsche und Strümpfen auf einem der Klappstühle saß und sich Luft zufächelte, während Pamela an ihren Haaren zugange war. „Du wirst wunderschön aussehen, Schätzchen", sagte die Friseurin, während sie mit dem spitzen Ende ihres Kamms eine Locke aus der Frisur zog.

Leigh sah eigentlich schon jetzt wunderschön aus. Ihre Wangen waren rosig und ihre Augen funkelten. Sie strahlte einfach. Das sagte Jocie ihr auch. „Du siehst toll aus, Leigh."

„Und ich trage noch nicht mal mein Kleid. Und geschminkt bin ich auch noch nicht."

„Das brauchst du auch gar nicht. Das Make-up, meine ich. Das Kleid solltest du wohl besser anziehen. Wir wollen schließlich im nächsten *Banner* nicht die Schlagzeile drucken: ‚Braut vergisst Kleid'."

„Ich bin so gespannt und nervös, dass ich wahrscheinlich irgendwas vergessen habe." Leigh schlug sich mit der Hand vor die Stirn. „Oh nein! Ich habe tatsächlich etwas vergessen!"

„Was hast du vergessen? Deine Schuhe? Deinen Schleier?", fragte Jocie. „Ich kann zu deiner Wohnung laufen und sie für dich holen. Tabitha ist sowieso noch nicht hier, um mir die Haare zu machen. Sie macht mir hinten ein paar Zöpfe."

Pamela blickte von Leighs Haaren auf. „Es tut mir wirklich leid, Jocie. Ich habe getan, was ich konnte, damit die Locken halten." Sie streckte die Hand aus und berührte Jocies Haare. „Du hast schöne Haare, aber sie sind einfach wild entschlossen, glatt zu bleiben."

„Es sieht toll aus, wie es ist, Jocie. Du siehst toll aus, wie du bist. Mach dir keine Sorgen deswegen", sagte Leigh. „Und ich will nicht, dass du zu meiner Wohnung zurücklaufen musst. Ich benutze es einfach nicht."

„Was denn?", fragte Jocie.

„Das Strumpfband, das Zella mir gekauft hat, damit ich etwas Blaues trage. Ich hatte es auf die Kommode gelegt, aber als ich dann losgegangen bin, habe ich ganz vergessen, es mitzunehmen. Miss

Sallys Taschentuch ist etwas Geborgtes, Grandma Wilsons Medaillon ist alt und meine Schuhe sind neu."

„Also wirklich, Schätzchen, du brauchst aber etwas Blaues", sagte Pamela.

„Und Zella wird völlig beleidigt sein, wenn sie es für dich gekauft hat und du es nicht bei der Hochzeit trägst. Sie will, dass alles perfekt ist." Jocie legte ihr Kleid über die Rückenlehne eines Stuhls und ging zur Tür. „Ich hole es. Wahrscheinlich kann ich hin- und zurücklaufen, bevor Tabitha überhaupt hier auftaucht. Robert ist gerade erst losgefahren, um sie und Tante Love zu holen."

„Renn lieber nicht, sonst bist du hinterher ganz verschwitzt", rief Leigh hinter ihr her.

Also ging Jocie langsam. Sie wünschte, sie hätte ihr Fahrrad dabei, aber das war zu Hause. Es war jedoch gar nicht so weit und der Tag war wirklich strahlend schön, so wie Leigh. Es tat gut, in der Sonne zu sein. Und es war irgendwie schön, dass alle, denen sie auf der Straße begegnete, lächelten und sagten, sie würden sie ja später bei der Hochzeit sehen. Alle in Hollyhill schienen sich genauso zu freuen wie ihr Vater und Leigh. Das war beinahe Grund genug für Jocie, ihr Vorhaben zu überdenken, im Jupiterstil durchzubrennen, falls sie jemals verrückt genug sein sollte, selbst ans Heiraten zu denken.

Als sie bei Leighs Wohnung ankam, steckte sie den Schlüssel wieder in ihre Tasche. Sie würde ihn nicht brauchen. Leighs Tür stand einen Spaltbreit offen. Während sie den Hof überquerte, lächelte Jocie bei dem Gedanken, dass Leigh wirklich in Eile gewesen sein musste, als sie zur Kirche aufgebrochen war. Dass sie die Tür aufgelassen hatte …

Bevor sie die Treppe hinaufging, blickte Jocie zu Mrs Simpsons Küchenfenster hinüber, um ihr zu winken, aber Mrs Simpson spähte nicht wie sonst hinter den Gardinen hervor. Wahrscheinlich machte sie sich gerade für die Hochzeit fertig oder sie war vielleicht schon in der Kirche, um den besten Platz zu ergattern. Schließlich würde sie alles und jeden genau sehen wollen.

In Leighs Wohnung war es nach dem hellen Sonnenlicht draußen richtig dunkel. Aus irgendeinem Grund hatte Leigh alle Jalousien heruntergelassen. Jocie runzelte die Stirn. Sie konnte sich nicht vorstellen, dass Leigh die Fenster verdunkelt und den Sonnenschein ausgesperrt hatte. Nicht an diesem Morgen. Eigentlich an keinem Morgen. Leigh mochte es, wenn die Sonne durch die Fenster schien. Sie hatte die Vorhänge stets zurückgebunden, um so viel Licht wie möglich hereinzulassen. Aber vielleicht hatte sie einen Schlussstrich unter ihr altes Leben ziehen wollen, bevor sie ein neues begann. Und das Licht hatte sie sozusagen mitgenommen. Oder vielleicht war Mrs Simpson hier oben gewesen, um die Fenster zu verdunkeln, weil Leigh auszog.

Es spielte eigentlich keine Rolle. Jocie war schließlich nur hier, um das blaue Strumpfband zu holen, das Zella für Leigh gekauft hatte. Tabitha war inzwischen bestimmt schon in der Kirche und wartete darauf, Jocies Haare zu flechten. Leigh hatte gesagt, sie hätte das Strumpfband auf ihrer Kommode liegen lassen. Jocie hoffte, dass es immer noch dort war, denn wenn nicht, würde sie es in all den Kartons, die herumstanden, niemals finden.

Jocie stieß die Schlafzimmertür auf. Das Licht dort war sogar noch schummriger als im Wohnzimmer. Sie zögerte. Aus irgendeinem Grund schlug ihr Herz ein wenig schneller und sie fühlte sich so, wie sie es manchmal tat, wenn sie für Tante Love ein Glas Bohnen oder Tomaten aus dem Keller holen sollte. Als würden gleich Spinnen auf ihrem Kopf landen oder sich Schlangen um ihre Beine winden. Am liebsten hätte Jocie sich umgedreht und wäre weggerannt, um das, was auch immer ihr Angst machte, hinter sich zu lassen, aber dann entdeckte sie das Strumpfband auf der Kommode.

Sie konnte nicht ohne das Band gehen. Was sollte sie Leigh erzählen? Dass sie zu viel Angst gehabt hatte, in ihr Schlafzimmer zu gehen und das Strumpfband zu nehmen? Dann würde jemand anders es holen müssen und sie würden Jocie noch ewig damit aufziehen.

Sie hatte keine Angst vor Gespenstern. Sie glaubte nicht an Gespenster. Sie glaubte an Gott. Er würde mit ihr durch den Raum gehen. Er würde sogar mit ihr durch den Raum rennen, sodass sie das Strumpfband nehmen und das Zimmer verlassen konnte, bevor die Spinnen sie kriegten. Außerdem hatte Jocie in Leighs Wohnung noch nie eine Spinne gesehen.

Als sie nach dem Strumpfband griff, bemerkte Jocie plötzlich, dass ein Gesicht sie aus dem Spiegel anstarrte. Jetzt schlug ihr das

Herz bis zum Hals und sie fuhr herum. Lehrer Widerlich saß in dem Sessel neben Leighs Bett. Er lächelte sie an. Es war kein gutes Lächeln.

„So, so", sagte er. „Sieh mal einer an, wen wir hier haben."

Sie schluckte und fand ihre Stimme wieder. „Mr Hammond!"

„In der Tat. Mr Hammond höchstpersönlich."

Der Klang seiner Stimme sorgte dafür, dass Jocie ein Schauer über den Rücken lief. „Was machen Sie hier?" Sie gab sich Mühe, damit ihre Stimme nicht zitterte, aber es gelang ihr nicht.

„Eine interessante Frage. Aber andererseits hast du ja immer so viele interessante Fragen, nicht wahr, Jocie Brooke?"

Es war ihr egal, ob er ihr antwortete oder nicht. Sie wollte nur raus aus diesem Zimmer und weg von ihm. Darüber, warum er in Leighs Schlafzimmer war, konnte sie sich später Gedanken machen. Wenn sie wieder in der Kirche war. Sie umklammerte das Strumpfband. „Ich bin nur gekommen, um etwas für Leigh zu holen. Jetzt gehe ich wieder."

„Das glaube ich nicht." Mr Hammond nahm die Hand vom Schoß und Jocie sah, dass er darin eine Pistole hielt. Eine Pistole, die er genau auf sie richtete.

42

Jocie konnte sich nicht rühren. Selbst ihr Atem gefror, als sie auf die Waffe starrte. Es war eine kleine Pistole. Sie war schwarz und nicht neu. Das Ende des Laufs hatte Macken. Aber es bestand kein Zweifel daran, dass die Waffe, die Mr Hammond in der Hand hielt und deren Abzug er mit einem Finger liebkoste, echt war. Draußen sang ein Vogel. Ein Auto fuhr auf der Straße vorbei. Im Zimmer summte eine Fliege und die Uhr neben dem Bett tickte weiter. Aber für Jocie schien die Zeit stehen geblieben zu sein.

„Du tust gerade so, als hättest du noch nie eine Pistole gesehen." Mr Hammond lachte. Es war ein schreckliches Geräusch. „Wahrscheinlich hat dein Pastorenvater so was nicht. Eine Waffe. Bestimmt würde er nicht mal eine Schlange erschießen. Ein bisschen anders als mein eigener verstorbener Vater, der mit der Waffe lebte und durch die Waffe starb. Man sagt, die Pistole, die ihn ins Jenseits befördert hat, sei dieser hier sehr ähnlich gewesen."

Jocie hatte geglaubt, sie wüsste, wie es war, Angst zu haben. Während des Tornados hatte sie Angst gehabt, und noch mehr anschließend, als sie Wes unter dem riesigen Ast begraben gefunden hatte. Sie hatte Angst gehabt, als Miss Sallys Haus gebrannt hatte und sie durch das Fenster im Obergeschoss hatten hinauskriechen müssen. Ja, damals hatte sie Angst gehabt, aber in diesen Situationen hatte es immer etwas zu tun gegeben. Etwas, das sie unternehmen konnte. Einen Ausweg aus der Gefahr. Gott hatte ihr damals geholfen. Jetzt sandte sie ein wortloses Flehen gen Himmel. *Zeig mir einen Ausweg, Herr.*

Sie hielt den Blick unverwandt auf die Waffe gerichtet, während sie einen Fuß nach hinten schob. Ihr Herz schlug so heftig, dass sie es kaum hörte, als der Mann etwas sagte, aber sie sah, dass sein Finger sich fester um den Abzug legte. „Bleib, wo du bist. Ich bin noch nicht so weit, dich gehen zu lassen."

„Aber ich bin so weit, gehen zu wollen", brachte Jocie heraus.

„Das wette ich." Wieder dieses Lachen. „Ich wette, du machst dir gleich in die Hose. Aber erst werden wir uns unterhalten."

„Worüber denn?" Jocie sog langsam Luft ein und versuchte nicht daran zu denken, dass dies ihr letzter Atemzug sein könnte. Sie riss den Blick von dem Lauf der Waffe los, der auf sie gerichtet war, und starrte dem Mann ins Gesicht.

„Über das große Glück, dass du gerade jetzt hier aufgetaucht bist. Glaubst du, dass manche Dinge sein sollen? Vorherbestimmt sind? Prädestiniert?“ Er schwenkte die Pistole hin und her. „Aber natürlich glaubst du das. Du glaubst doch an die Bibel.“

„Warum soll es so sein, dass ich hier bin?“, fragte Jocie, während sie innerlich inständig betete. *Herr, hilf mir, die richtigen Fragen zu stellen. Mach, dass jemand in der Kirche mich vermisst und mich suchen kommt. Mach, dass Mrs Simpson uns unten hört und die Polizei ruft.*

„Dein Vater hat mir etwas weggenommen. Jetzt habe ich die Gelegenheit, ihm etwas wegzunehmen.“

„Mein Vater hat Ihnen nichts weggenommen. Sie hatten Leigh doch nie.“

„Aber wer weiß, wie alles gekommen wäre, wenn dein Vater nicht wäre! Dein Vater!“ Mr Hammond spie die Worte förmlich aus. „Alle finden ihn so toll. Praktisch die Wiederkunft Christi hier in Hollyhill.“ Er wedelte mit der Pistole vor ihrer Nase herum.

Jocie hielt die Luft an. Es löste sich kein Schuss. Aber dann fragte sie sich, ob es nicht besser gewesen wäre, wenn ein Schuss gefallen wäre. Dann hätte Mrs Simpson ihn gehört und Hilfe geholt. Vielleicht würde jedes andere Geräusch dasselbe bewirken. Jocie könnte auf den Boden stampfen oder etwas umwerfen. Ohne den Kopf zu bewegen, blickte sie zur Seite, wo ein paar Kisten gestapelt waren. Sie müsste nur stolpern und gegen den Stapel fallen. So gut wie möglich gab sie vor, das Gleichgewicht zu verlieren. Die oberste Kiste fiel mit einem dumpfen Aufprall zu Boden.

„Du denkst immerzu, nicht wahr, Jocie Brooke?“, sagte Mr Hammond und richtete die Waffe wieder auf sie. „Aber du hörst nie zu.“

„Ich höre zu.“ In diesem Moment hörte sie wirklich zu. Bestimmt hatte Mrs Simpson sie gehört. Sie würde wissen, dass niemand in der Wohnung über ihr sein sollte.

„Du meinst, Lärm würde dir helfen? Also gut, wie wäre es mit ein bisschen Extralärm?“ Er riss die Pistole hoch und schoss über Jocies Kopf hinweg.

Jocies Herz versuchte, aus ihrer Brust zu springen, als sie sich die Ohren zuhielt und aufschrie.

Mr Hammond ließ die Waffe sinken, sodass sie wieder auf Jocie zeigte. „Also, das ist zu laut. Aber was ich damit sagen will: Um die alte Dame unten habe ich mich gekümmert. Kein Lärm der Welt wird dazu führen, dass du von ihr Hilfe erwarten kannst."

„Um sie gekümmert?" Jocie wunderte sich darüber, dass sie überhaupt sprechen konnte. Ebenso wunderte sie sich darüber, dass sie noch aufrecht stand, obwohl ihre Beine sich wie Pudding anfühlten. Sie hätte zur Tür hinauslaufen sollen, als Mr Hammond den Schuss abgefeuert hatte. Vielleicht könnte sie sogar jetzt noch zur Tür rennen. Wenn sie sich auf ihre Beine hätte verlassen können, wäre das vielleicht eine gute Idee gewesen.

„Jetzt guck nicht so entsetzt. Ich habe sie nicht erschossen. Nur an ihrem Küchenstuhl festgebunden, damit sie eine Zeit lang nicht am Fenster spionieren kann. Bis du hier aufgetaucht bist, hatte ich eigentlich gar nicht vor, jemanden außer mich selbst zu erschießen."

Erleichterung durchfuhr Jocie. Wenigstens hatte er noch niemanden erschossen. Nicht einmal sich selbst. Er hätte Zeit dazu gehabt, bevor sie gekommen war. Vielleicht hatte er es sich ja anders überlegt. „Ich finde nicht, dass Sie sich erschießen sollten."

„Ach ja? Du meinst also, ich sollte nur dich erschießen, ja?" Er sah sie mit hochgezogenen Augenbrauen an.

„Nein. Wenn Sie mich erschießen, kommen Sie ins Gefängnis. Da würde es Ihnen nicht gefallen."

„Woher willst du das wissen? Aber so bist du nun mal, nicht wahr? Ein wahrer Quell des Wissens." Sein Mund verzog sich angewidert, als er sie ansah.

„Niemand mag Gefängnisse", sagte Jocie mit mickriger Stimme.

„Es ist vielleicht besser als Vietnam. Ich habe meinen Einberufungsbefehl bekommen." Er deutete mit der Waffe auf einen Umschlag, der auf dem Tisch neben ihm lag. „Sie haben mich sogar hier in Niemandsstadt gefunden. Vor Onkel Sam kann man sich nicht verstecken. Offenbar will er mich, aber ich gehe nicht nach Vietnam. Egal, was ich tun muss." Jetzt war die Pistole wieder auf sie gerichtet.

„Vielleicht müssen Sie ja gar nicht nach Vietnam."

„Oh, da bin ich mir jetzt ziemlich sicher. Nicht, nachdem ich Mrs Tratschtante unten gefesselt und dir einen Heidenschrecken eingejagt habe. Andererseits ist da die Kleinigkeit mit dem Gefängnis." Er schnitt eine Grimasse. „Denk dran – selbst du hast gesagt, es würde mir dort nicht gefallen."

„Sie haben doch noch nichts Schlimmes getan. Vielleicht kommen Sie mit einer Bewährungsstrafe davon."

„Vielleicht. Das ist das entscheidende Wort hier."

Jocie überlegte krampfhaft, was sie noch sagen könnte, aber ihr fiel nichts ein. Stattdessen betete sie im Stillen.

Mr Hammond schien mühelos Worte zu finden. „Weißt du, ich habe nie auch nur ein Wort von mir in gedruckter Form gesehen. Nicht ein einziges Wort. Eine Ablehnung nach der anderen. *Es tut uns leid, aber Ihr Gedicht ist für unsere Veröffentlichung nicht ganz das Richtige. Es tut uns leid, aber Ihre Geschichte ist nicht das, was wir in diesem Monat suchen. Es tut uns leid, aber wir akzeptieren keine unverlangt eingesandten Manuskripte. Es tut uns leid, aber was Sie schreiben, ist Mist.* Dein hochnäsiger Vater hat noch nicht einmal meine Leserbriefe abgedruckt."

„Sie haben etwas an den *Banner* geschickt?" Jocie war überrascht.

„Das habe ich. Stellungnahmen, die euer Käseblatt aus seiner Mittelmäßigkeit gehoben hätten."

Jocie runzelte die Stirn. „Ich kann mich gar nicht daran erinnern, etwas von Ihnen unter den eingeschickten Beiträgen gesehen zu haben."

„Nein, das konntest du auch nicht. Ich habe ja nicht mit meinem Namen unterschrieben. Meinungen drückt man manchmal am besten anonym aus."

„Dad druckt nie Briefe oder irgendwelche anderen Sachen ab, die nicht unterschrieben sind. Das ist eine Grundsatzentscheidung." Komisch, dachte Jocie, dass sie jetzt, wo sie über den *Banner* sprachen, nicht mehr solch panische Angst hatte. Vielleicht konnte ein Mensch nur eine Zeit lang völlig panisch sein.

„Du willst also damit sagen, dass dein Vater meine Briefe vielleicht abgedruckt hätte, wenn ich meinen Namen daruntergesetzt hätte?" Mr Hammond sah sie ungläubig an. „Das bezweifle ich aber. Ich habe das deutliche Gefühl, dass dein Vater mich nicht mag. Ich bezweifle sogar, dass er für mich beten würde."

„Das ist nicht wahr. Ich weiß ganz sicher, dass er für Sie gebetet hat, und er hat gesagt, ich soll auch für Sie beten."

„Und, hast du Gebete für mich zu deinem Gott hinaufgeschickt, Jocie Brooke?" Mr Hammond ließ die Hand auf sein Knie sinken, aber die Waffe war immer noch auf Jocie gerichtet. Er sah belustigt aus, als er weiterfragte: „Betest du jetzt gerade für mich oder für dich selbst?"

„Beides."

„Was betest du denn?" Sein Lächeln wurde breiter.

„Ich will nicht sterben", sagte Jocie.

„Dasselbe hätte ich letzte Woche auch noch gesagt. Aber die Dinge ändern sich." Sein Lächeln schwand und er begann, mit der freien Hand über den Lauf der Pistole zu streichen.

„Aber nicht so sehr. Was ist, wenn Sie sich heute erschießen und in einer Woche wieder gerne weitergelebt hätten? Dann wäre es zu spät."

„Zu spät. Was für traurige Worte. Dein Vater vermisst dich inzwischen vielleicht schon. Es könnte sein, dass er hierher läuft, obwohl er gar nicht weiß, in welcher Gefahr du bist. Er weiß nicht, dass er vielleicht rechtzeitig gekommen wäre, wenn er ein bisschen schneller gelaufen wäre. Aber jetzt muss er sich sein Leben lang vorwerfen, dass er zu spät gekommen ist." Mr Hammond hob die Waffe wieder.

Und siehe, ich bin bei euch alle Tage bis an der Welt Ende. Die Worte kamen Jocie einfach so in den Sinn und mit ihnen kam ein Gefühl der Ruhe. Ihr Herz klopfte nicht mehr ganz so heftig und ihre Gedanken waren mit einem Mal ganz klar. Sie würde nicht am Hochzeitstag ihres Vaters sterben. Jedenfalls nicht, ohne den Versuch zu unternehmen zu leben.

43

„Wenn du nicht stillstehst, werde ich diesen Knoten nie richtig hinkriegen, Wes“, sagte David, der sich der Krawatte seines Trauzeugen widmete.

Wes trat ständig von einem Fuß auf den anderen und reckte das Kinn in die Höhe, damit es David beim Binden der Krawatte nicht im Weg war. „Ich glaube, ich habe keinen Schlips mehr getragen, seit ich damals mit dem Motorradfahren angefangen habe. In der Zwischenzeit habe ich ganz vergessen, wie das funktioniert.“

„Ich hätte dir den Schlips binden können, Wes“, sagte Robert Wesley. Robert sah in seinem schwarzen Anzug mit der himmelblauen Krawatte, die zu den Kleidern der Brautjungfern passte, sehr gut aus. David hoffte, dass Tabitha nicht in Ohnmacht fallen würde, wenn sie ihn sah.

„Ist schon gut, Junior. Lassen wir den Bräutigam die Arbeit machen. Wenn er beschäftigt ist, merkt er vielleicht nicht, wie nervös er ist“, grinste Wes.

David lächelte und zog die Krawatte ein bisschen fester als nötig. „Ich bin überhaupt nicht nervös.“

„Keine Ahnung, warum nicht“, sagte Robert Wesley. „Ich bin ja schon nervös und ich heirate gar nicht.“

„Noch nicht“, warf Wes ein.

Das Gesicht des Jungen wurde ganz rot, als er sagte: „Ich hoffe natürlich schon, dass ich irgendwann heiraten werde.“

„Gut. Ich kann es nur empfehlen“, sagte Wes. „Euch beiden. Ich hebe den Anzug für den Anlass auf. Besser ein Hochzeitsanzug als ein Beerdigungsanzug. Wenn ich es recht bedenke – falls ich ein vorzeitiges Ende nehmen sollte, sorgt dafür, dass sie mich nicht darin begraben, nur weil es praktisch ist. Ich will im Jenseits nicht so angezogen erscheinen. Sonst erkennt Gott mich vielleicht nicht.“

David band die Krawatte fertig und reichte Wes die goldene Krawattenklammer, die er für ihn gekauft hatte. „An meinem Hochzeitstag wird nicht über Beerdigungen geredet.“

„Angeblich soll es Männer geben, für die das ein und dasselbe ist", sagte Wes grinsend.

„Aber nicht für mich", erwiderte David. „Ich bin der glücklichste Mann der Welt."

„Leigh ist wirklich ein Hauptgewinn. Das steht fest", gab Wes ihm recht.

Es klopfte an der Tür. „Ist es schon Zeit?", fragte David.

Robert Wesley sah auf seine Uhr. „Noch nicht. Nach Miss Curtsingers Plan sollen wir erst in fünfzehn Minuten rauskommen."

Es klopfte wieder und dann öffnete die Tür sich einen Spaltbreit. Tabitha flüsterte durch die Öffnung: „Dad, wir haben ein Problem."

„Ist in Ordnung, Tabitha, du kannst reinkommen. Wir sind alle fertig angezogen", sagte David.

Tabitha kam in ihrem blauen Brautjungfernkleid herein. Mit den zurückgebundenen Haaren und den Bändern, die zwischen den langen Strähnen über ihre Schultern fielen, sah sie bildhübsch aus. Erst als Tabitha Robert Wesley kaum eines Blickes würdigte, fing David an, sich wegen des erwähnten Problems Sorgen zu machen. „Was ist los?", wollte er wissen. „Ist Leigh krank?"

„Nein, nein. Nur ein bisschen aufgeregt. Jocie ist nicht da."

David runzelte die Stirn. „Was meinst du mit ‚Jocie ist nicht da'? Ich habe sie doch vor mehr als einer Stunde selbst hergebracht. Sie sagte, du würdest ihr die Haare machen, weil das, was Pamela gemacht hat, nicht von Erfolg gekrönt war."

„Ja, sie war auch hier. Aber Leigh hat das blaue Strumpfband vergessen, das Zella ihr geschenkt hat, und deshalb ist Jocie zu ihrer Wohnung gegangen, um es zu holen. Bisher ist sie aber nicht zurückgekommen. Ich weiß nicht, wo sie sein könnte." Tabitha sah beunruhigt aus. „Du glaubst doch nicht, dass sie noch mal beschlossen hat wegzulaufen? Sie wirkte eigentlich nicht aufgebracht darüber, dass du heute heiratest, oder?"

„Kein bisschen. Jocie freut sich darauf, eine Stiefmutter zu haben. Und sie ist definitiv nicht weggelaufen. Sie hat mir versprochen, dass sie das nie wieder tun wird." David spürte ein Gefühl der Beklemmung in der Brust. Irgendetwas stimmte hier nicht.

Wes musste das gleiche Gefühl haben, denn von seinem Lächeln war nichts mehr zu sehen, als er Tabitha fragte: „Wie lange ist sie schon weg?“

„Leigh weiß es nicht ganz genau, aber sie ist losgegangen, bevor ich gekommen bin, und ich bin schon eine ganze Weile hier.“

„Ich gehe sie suchen“, sagte Wes. „Vielleicht hat sie die Zeit aus dem Blick verloren und trödelt herum.“

„Ich komme mit“, sagte David.

„Du musst hierbleiben. Dann könnt ihr mit der Trauung anfangen“, widersprach ihm Wes.

„Es soll in fünfzehn Minuten losgehen.“ Robert Wesley sah auf seine Uhr. „Jetzt noch vierzehn.“

„Leigh sagt, sie heiratet nicht ohne Jocie. Sie hat zu Zella gesagt, es sei ihr egal, ob die Kirche voller Könige und Königinnen sei, sie würde sich nicht aus dem Zimmer bewegen, bis Jocie da ist und Zeit hatte, ihr Kleid anzuziehen. Die Leute könnten einfach nach Hause gehen, wenn sie nicht warten wollten.“ Tabitha hatte Tränen in den Augen. „Irgendwas stimmt da nicht. Jocie würde dir und Leigh das nicht antun, wenn alles in Ordnung wäre.“

„Komm schon, Süße“, sagte David. „Was soll denn nicht in Ordnung sein?“

„Weiß man das bei Jocie? Tornados! Brände! Irgendetwas stößt ihr doch immer zu“, sagte Tabitha. Robert Wesley ging zu ihr und legte den Arm um sie und sie lehnte sich an ihn.

„Am Himmel ist keine einzige Wolke zu sehen. Und Rauch auch nicht. Wahrscheinlich sucht sie nur das Strumpfband, ohne dass ihr bewusst ist, wie spät es ist“, sagte David. Er wünschte, er könnte das selbst glauben. „Sag bitte Leigh, wir sind gleich wieder da.“

Wes und er stürmten los. „Ich habe meinen Autoschlüssel nicht dabei“, sagte David.

„Der hätte dir auch nichts genützt, dein Wagen ist zugeparkt.“ Wes zeigte auf den überfüllten Parkplatz. „Mein Motorrad steht da drüben auf dem Rasen. Damit können wir zu Leighs Wohnung fahren. Wenn wir Jo gefunden haben, fahre ich sie zur Kirche und hole dann dich ab.“

„Und was, wenn sie nicht in Leighs Wohnung ist?“

„Darüber brauchen wir uns erst Gedanken zu machen, wenn wir

dort sind“, sagte Wes und stieg auf sein Motorrad. „Ich meine, was soll einem Mädchen in Hollyhill schon zustoßen?“

„Ich weiß nicht.“ David setzte sich hinter ihn. „Aber ich habe ein mulmiges Gefühl.“

„Ich auch. Vielleicht sollten wir beten. Halt dich fest.“ Wes ließ den Motor an. Einige Spätankömmlinge starrten sie an.

David betete inständig, während sie über den Bürgersteig und die Bordsteinkante auf die Straße holperten. *Lieber Gott, pass auf mein Kind auf. Sei bei Jocie und beschütze sie. Und hilf mir, sie nicht anzuschreien, wenn eigentlich gar nichts passiert ist. Bitte, lieber Gott, mach, dass nichts passiert ist.* Aber in ihm schien es zu flüstern: „Beeil dich!“

Die Straßen waren unnatürlich still. Niemand mähte den Rasen. Auf den Gehwegen lief kein einziges Kind Rollschuh. Es konnte doch nicht sein, dass alle Bewohner von Hollyhill zu seiner Hochzeit in die Kirche gekommen waren. Andererseits war der Parkplatz randvoll gewesen. Vielleicht hatte Jocie irgendeinen Unfall gehabt und es war niemand da gewesen, um ihr zu helfen. Aber was für einen Unfall konnte man haben, wenn man nur drei oder vier Häuserblocks entlang zu Leighs Wohnung ging?

Während des letzten Jahres war Jocie von einem Problem ins nächste gestolpert. War sie ausgerechnet heute irgendeinem neuen Problem über den Weg gelaufen? David befahl sich, mit den Spekulationen aufzuhören und stattdessen zu beten. Falls etwas passiert war, waren Gebete sinnvoller als Ratereien.

Schon von Weitem konnten sie sehen, dass die Tür zu Leighs Wohnung offen stand. Wes fuhr mit dem Motorrad den Gehweg hinauf und über den Hof bis zum Fuß der Treppe. David war überzeugt davon, dass er direkt bis in die Wohnung gefahren wäre, wenn sein Motorrad Treppen hätte hinauffahren können. Als Wes den Motor ausschaltete, war die Stille ohrenbetäubend. David warf einen schnellen Blick zu Mrs Simpsons Küchenfenster hinüber, aber natürlich lugte die alte Dame nicht hinter den Gardinen hervor. Sie war sicher in der Kirche und wartete darauf, dass der Hochzeitsmarsch begann.

Irgendetwas knallte wie ein Auto mit einer Fehlzündung oder ein Feuerwerkskörper am 4. Juli. Das Geräusch kam aus der Wohnung über ihren Köpfen.

Ohne sich zu David umzuwenden, stürmte Wes los. Er nahm immer zwei Stufen auf einmal. „Das klang wie eine Pistole."

Oben auf dem Treppenabsatz schob David sich an Wes vorbei und stürmte zuerst in die Wohnung. „Jocie!"

44

Jocie hörte das Motorrad kommen, aber leider hörte Edwin Hammond es auch. „Du glaubst, dein komischer alter Freund kommt rein und rettet dich. Aber denk daran, was ich gesagt habe: Es wird zu spät sein."

„Sie wollen das nicht tun." Jocies Gedanken überschlugen sich so schnell, dass sie kaum mitkam. Mr Hammond hatte recht. Wes war noch zu weit weg, aber es musste doch irgendetwas geben, was sie tun konnte, irgendeinen anderen Ausweg. Sie machte einen Schritt zurück und stieß gegen die Kiste, gegen die sie vor einigen Minuten gestolpert war. So unauffällig wie möglich schob sie eine Hand hinter sich, um in die Kiste zu greifen. Decken und Kissen. Nichts Hartes, das sie als Waffe benutzen konnte.

„Warum nicht?" Seine Stimme klang ruhig, beinahe gelangweilt, als würde er über nichts Wichtigeres reden als über Zeitformen von Verben. „Denk mal an die Schlagzeile: Mann erschießt Schülerin am Hochzeitstag ihres Vaters. Ich wäre auf einen Schlag berühmt."

„Im Gefängnis macht es bestimmt nicht viel Spaß, berühmt zu sein."

„Wieso Gefängnis? Erst du. Dann ich. Zwei Schüsse und wir sind fertig. Alles erledigt. Wir werden beide berühmt." Mr Hammonds Stimme veränderte sich. Jetzt klang sie dramatischer und die Hand, in der er nicht die Pistole hielt, unterstrich seine Worte mit nachdrücklichen Gesten. „Die ganze Stadt wird bei deiner Beerdigung jammern und klagen. Was für eine Tragödie! Es wäre eine fantastische Story. Der *New Yorker* würde sofort darüber berichten." Er seufzte und fuhr fort. „Aber leider läuft uns die Zeit davon. Der Retter naht."

„Sind Sie denn bereit zu sterben?" Jocie war erstaunt darüber, dass sie immer noch reden, immer noch denken konnte. Das musste Gott sein, der ihr half. Sie musste nur auf seine Macht vertrauen, so wie David in der Bibel auf Gottes Macht vertraut hatte, als er Goliat gegenübergetreten war. Aber wenigstens hatte David eine Schleuder gehabt und jede Menge Übung damit. Was hatte sie? Decken und die Sofakissen, die Leigh vor ein paar Monaten genäht hatte, um ihr Bett damit zu schmücken. Jocie hatte ihr geholfen, die Kissenhüllen mit alten Strümpfen auszustopfen.

„Bist du es denn?" Mr Hammond sah sie mit hochgezogenen Augenbrauen an.

„Nein." Sie starrte ihn an und überlegte krampfhaft, wie sie ihn so lange in ein Gespräch verwickeln könnte, bis Wes da war. Das Motorrad kam näher. „Aber wenn ich sterbe, weiß ich, dass Gott auf mich wartet, damit er mich in den Himmel holen kann."

„Wie kindisch und süß. Ich wette, du glaubst nicht, dass er auch auf mich wartet."

„Das könnte er. Er liebt Sie genauso wie mich." Draußen fuhr das Motorrad über den Hof. Einen Augenblick lang war Jocie sich sicher, Wes würde damit die Treppe heraufgefahren kommen, aber dann verstummte der Motor.

„Na, dann wollen wir doch mal sehen, ob das stimmt." Mr Hammond streckte den Am aus und zielte mit der Waffe auf ihren Kopf.

Jocie packte eines der Kissen. Dann ließ sie sich auf den Boden fallen und schleuderte das Kissen im gleichen Atemzug in seine Richtung. Das Kissen traf ihn am Arm, als der Schuss sich löste. Die Kugel zerschmetterte den Spiegel über Leighs Kommode.

Jocie griff nach dem nächsten Kissen und warf es, so kräftig sie konnte. Er duckte sich zur Seite und folgte ihr, als sie versuchte, auf allen vieren zur Schlafzimmertür zu gelangen. Ihre Hand berührte eine Dose Haarspray, die aus der Kiste gefallen war, die sie zuvor umgestoßen hatte. Sie nahm das Spray, sprang auf und richtete es genau auf Mr Hammonds Augen. Er schrie auf und schoss in die Luft.

Dann waren Wes und ihr Vater da und packten Mr Hammond. Sie stießen ihn aufs Bett und schlugen die Pistole aus seiner Hand. Jocie rutschte in die Zimmerecke, zog die Knie an und brach in Tränen aus.

David wollte den Mann umbringen. Mit bloßen Händen. Noch nie hatte er eine solche Wut verspürt. Sie verzehrte ihn förmlich, während er Edwin Hammond auf das Bett stieß und die Hände um seine Kehle legte.

Hammond wehrte sich nicht. Er lächelte David nur an und sagte: „Es ist ihre Schuld. Sie ist hergekommen, weil sie sterben wollte."

Hinter David stieß Wes einen knurrenden Laut aus. „Überlass ihn mir, David."

Davids Hände schlossen sich fester um Hammonds Kehle. Der Mann lächelte weiter. Seine Stimme klang merkwürdig, als er sagte: „Nur zu, töte mich ruhig, wenn du den Mut dazu hast."

„Daddy, nicht."

Jocies Stimme drang durch den Nebel der Wut zu David durch. Er holte tief Luft und nahm die Hände vom Hals des Mannes.

Hammond fasste sich an die Kehle und schnappte keuchend nach Luft. Dann verwandelte sich sein Keuchen in Lachen und er sagte: „Wie ich es mir dachte. Kein Mut."

David sagte nichts, sondern zog ihn nur in eine sitzende Position. Wes riss dem Mann die Arme nach hinten und zog ihn vom Bett. „Was machen wir jetzt mit ihm?"

„Nicht das, was er will", sagte David. Er sah sich um. Jocie kauerte in der Ecke und sah ihn mit großen Augen an, aber er konnte den Mann nicht loslassen, um zu ihr zu gehen. Wes war allein vielleicht nicht stark genug, um ihn festzuhalten. „Hol die Schnur von den Gardinen. Wir fesseln ihn."

„Musst du nicht zu einer Hochzeit?" Hammond drehte sich, bis sein Gesicht das von David fast berührte. Die Brille des Mannes saß schief auf seiner Nase und so sah er noch verrückter aus, als er lächelte und sagte: „Wir sind bestimmt schon spät dran, oder?"

„Nicht zu spät", sagte David und stieß ihn von sich.

„Er hat gesagt, genau das würdest du sein", sagte Jocie mit zittriger Stimme. „Zu spät."

„Und das wäre er auch gewesen, wenn der Schuss nicht danebengegangen wäre. Mein Vater wäre enttäuscht von mir. Er war immer ein hervorragender Schütze." Hammonds Lachen klang wie das Kratzen von Fingernägeln auf einer Schultafel.

„Halt den Mund, sonst müssen wir ihn dir stopfen", sagte Wes, während er die Hände des Mannes fesselte.

„Er hat Mrs Simpson gefesselt“, sagte Jocie. „Unten.“

„Alte Damen und kleine Mädchen angreifen – was für ein Mann.“ Wes zurrte die Schnur um Hammonds Handgelenke fester.

Hammond ignorierte Wes und sprach weiter mit David. „Das verdirbt doch ein bisschen die Hochzeit, oder? Die Braut am Altar stehen zu lassen ...“

David hörte dem Mann nicht mehr zu. Hammond war für ihn nur noch ein Problem, das er aus dem Weg schaffen musste, damit er zu Jocie gehen und sie trösten konnte. Sein Blick fiel auf die geöffnete Tür des Wandschranks. Leigh hatte die Sachen daraus alle schon in Kisten gepackt. „Steck ihn da rein, bis wir den Polizeichef geholt haben“, sagte David zu Wes.

Hammonds Lächeln erstarb, als er zum Wandschrank sah, und er fing an, sich gegen Wes und David zu wehren. „Das könnt ihr nicht machen. Ich mag keine dunklen Orte.“

„Zu dumm“, sagte Wes, als sie den Mann in den Schrank stießen und die Kommode vor die Schranktür schoben. Hammond warf sich gegen die Tür und begann zu schreien. Wes sah David an und sagte: „Das hält vielleicht nicht. Wir sollten das Bett besser auch noch davorschieben.“

Nachdem sie das schwere Eichenbett quer durchs Zimmer und vor die Kommode gezerrt hatten, hob David Jocie wie ein Baby hoch und trug sie aus dem Zimmer. Hammond schrie noch immer. Jocie schlang die Arme um Davids Hals und klammerte sich ganz fest an ihn. Sie weinte wieder.

„Bist du in Ordnung, Liebling? Hat er dir wehgetan?“ David zog den Kopf ein wenig zurück, damit er ihr ins Gesicht sehen konnte.

„Mir geht es gut, aber es tut mir leid, Daddy. Ich wollte dir nicht deinen Hochzeitstag verderben.“

„Darüber mache ich mir überhaupt keine Gedanken. Ich bin einfach nur froh und sehr dankbar.“ David drückte sie fest an sich und küsste ihre Haare.

„Dazu sage ich Amen!“ Wes nickte zustimmend, während er versuchte, Jocie ebenfalls zu umarmen. „Aber von jetzt an lassen wir dich nicht mehr aus den Augen. Nie wieder. Nicht mal, wenn du aufs Klo musst.“ Als Jocie den Kopf drehte, um Wes anzusehen, wischte er einige ihrer Tränen mit seiner Krawatte fort.

Trotz der Tränen musste Jocie kichern. „Du ruinierst dir den Schlips."

„Auf dem Jupiter trägt man sowieso keine Schlipse. Wenn man sich da schick machen will, malt man sich einfach blaue Punkte auf die Stirn."

„Ja, aber denk dran, dass du geerdet bist", sagte Jocie.

„Wem sagst du das. Deshalb trage ich das dusselige Ding ja überhaupt." Wes lächelte und legte eine Hand auf ihren Kopf.

Jocie blickte zu David auf. „Ich habe gebetet, Daddy, und Gott hat mir geholfen, einen Ausweg zu finden. Ich bin so froh. Ich wollte nicht an deinem Hochzeitstag sterben."

David zog sie wieder an sich. Er wollte sie nie wieder loslassen.

„Dad, ich kann nicht atmen!"

Widerstrebend lockerte David seinen Griff. Jocie drückte ihn von sich weg. „Mir geht es wirklich gut, Dad. Ehrlich. Können wir jetzt zur Kirche zurückgehen und die Hochzeit feiern? Bitte! Nachdem wir die arme Mrs Simpson losgemacht haben."

„Stimmt. Mrs Simpson."

Sobald David den Knebel aus Mrs Simpsons Mund entfernt hatte, begann sie ohne Punkt und Komma zu reden. „Was ist mit dem Mann? Wo ist er? Ist er es, der oben so einen Lärm macht?" Ihre grauen Haare standen in alle Himmelsrichtungen ab und sie hatte die Augen so weit aufgerissen, dass es aussah, als würden sie gleich herausspringen. Ihre Handgelenke und Fußknöchel waren rot und geschwollen, wo die Schnur, mit der Hammond sie an einen ihrer Küchenstühle gefesselt hatte, in ihre Haut eingeschnitten hatte.

„Ich rufe den Krankenwagen, damit er Sie ins Krankenhaus bringt", sagte David. „Sie haben eine Menge mitgemacht."

„Das kann man wohl sagen, aber Sie können niemanden anrufen. Nicht mal die Polizei. Der Mann hat die Kabel durchgeschnitten. Ich habe ihn gesehen."

„Wes kann nach nebenan gehen und von dort aus telefonieren", sagte David.

„Das glaube ich kaum. Da ist bestimmt niemand zu Hause. Und ich werde jetzt auch keinesfalls ins Krankenhaus gehen. Ich muss zu einer Hochzeit." Sie runzelte die Stirn, als würde ihr erst in diesem

Moment richtig bewusst, wer er war. „Was um alles in der Welt machen Sie überhaupt hier? Sie sollten doch in der Kirche sein!"

„Ohne Jocie konnten wir nicht heiraten." David streckte die Hand aus, um Jocie zu berühren, die so nah wie nur möglich neben Wes stand.

„Was hat Jocie denn mit all dem zu tun?" Die Falten auf Mrs Simpsons Stirn wurden tiefer, als sie zu Jocie hinüberblickte.

„Das ist eine lange Geschichte", sagte Jocie.

„Dann heb sie dir auf. Ich lese sie dann nächste Woche in der Zeitung. Jetzt müssen wir zu einer Hochzeit." Die alte Dame sah David an. „Nicht wahr?"

„Das ist wahr", nickte David.

Mrs Simpsons Miene hellte sich auf. „Gut. Dann werde ich doch noch dabei sein, wenn die Braut zum Altar schreitet! Auch wenn natürlich längst alle guten Plätze besetzt sind. Und natürlich kann ich mich nicht selbst zur Kirche fahren. Nicht nach allem, was ich durchgemacht habe." Sie bohrte einen Finger in Davids Brustkorb. „Deshalb müssen Sie warten, bis ich fertig bin. Dann können Sie mich fahren."

„Ja, Ma'am. Eins steht fest: Ohne mich werden sie auf keinen Fall anfangen."

Über ihren Köpfen hämmerte Edwin Hammond immer noch gegen die Schranktür. Mrs Simpson runzelte wieder die Stirn. „Nicht so laut da oben", rief sie und nahm ihren Besenstiel, um damit an die Decke zu klopfen. „Um Himmels willen, und ich dachte, Leigh wäre laut. Ich muss mich bei dem Mädchen entschuldigen."

45

Als Wes und Jocie bei der Kirche ankamen, war es schon mehr als eine halbe Stunde später, als die Trauung eigentlich hatte beginnen sollen. Ihr Vater wartete immer noch darauf, dass Mrs Simpson fertig wurde.

„Ach, du meine Güte“, sagte Zella, als Wes Jocie durch die Hintertür hineinschob. „Wo um alles in der Welt warst du nur, Jocelyn?“

„Kein Wort!“, warnte Wes Zella. „Kein einziges! Jetzt ist sie hier und wir warten, bis sie so weit ist.“

Zella starrte ihn einen Moment lang an, bevor sie fragte: „Ich weiß ja nicht, ob ich es wirklich wissen will, aber wo ist David?“

„Er kommt“, sagte Wes.

„Das ist tröstlich“, sagte Zella. „Bald, hoffe ich.“

„Sobald er kann“, antwortete Wes.

„Tut mir leid, Zella“, sagte Jocie. „Ich wollte wirklich nicht alles durcheinanderbringen. Und ich hoffe, du bist nicht böse, wenn Leigh das Strumpfband, das du für sie gekauft hast, nicht als etwas Blaues trägt. Ich hatte es, aber ich habe es fallen lassen und vergessen aufzuheben, bevor wir da raus sind.“

„Das Strumpfband? Du liebe Zeit, darum ging es also?“

„Deshalb bin ich gegangen, aber dann sind Dinge passiert“, erwiderte Jocie.

„Das tun sie doch immer, wenn du in der Nähe bist. Aber ich habe jetzt keine Zeit für deine Geschichten. Geh, wasch dir das Gesicht und zieh dich an. Ich sage dem Richter, dass er noch einen Augenblick warten soll. Nicht zum ersten Mal. Vielleicht kann Myra Hearndon noch ein Lied singen.“ Zella wandte sich mit leicht zusammengekniffenen Augen an Wes. „Und was ist mit deiner Krawatte passiert, Wes? Geh und lass sie dir von deinem Enkel richten, damit du fertig bist, wenn David endlich kommt. Und du bist dir sicher, dass er auf dem Weg ist?“

„Er kommt gleich. Aber in der Zwischenzeit musst du Chief Simmons holen“, sagte Wes.

Zella wurde blass. „Wir können den Polizeichef jetzt nicht da rausholen. Die ganze Kirche tuschelt schon darüber, was los ist. Wenn die Leute sehen, dass Randy aufsteht, werden sie es mit der Angst zu tun bekommen und die Flucht ergreifen." Zella schüttelte den Kopf. „Das geht nicht, Wesley. Das geht einfach nicht. Ganz egal, was passiert ist."

„Diesmal könntest du recht haben, Zella. Dann müssen wir wohl bis nach der Trauung warten."

Jocie hatte keine Bänder im Haar, als sie mit ihrem Strauß aus Sonnenblumen und Margeriten den Gang hinunterging, aber sie feierte jeden Schritt. Noch nie hatte sie sich so lebendig und geliebt gefühlt. Als Wes sie zu dem Raum gebracht hatte, in dem Leigh wartete, war Leigh auf den Flur gestürmt gekommen und hatte riskiert, dass jemand sie im Brautkleid sah, um Jocie in den Arm zu nehmen. Dann waren sie zusammen wieder hineingegangen.

Jocie hatte Leigh und Tabitha so kurz wie möglich erzählt, was geschehen war. „Mr Hammond war in deiner Wohnung. Er hatte eine Pistole. Er hat auf mich geschossen, aber nicht getroffen. Dann sind Dad und Wes gekommen. Sie haben ihn in den Wandschrank gesperrt. Dad geht es gut. Aber ich habe das Strumpfband vergessen. Tut mir leid."

„Ach, mein liebes Kind", hatte Leigh gesagt und Jocie genauso fest umarmt, wie ihr Dad es vorhin getan hatte. „Mir tut es leid. Sollen wir die Hochzeit verschieben?"

„Auf keinen Fall. Ich will, dass du meine Mom wirst. Je eher, desto besser. Und nimm einfach Tabitha und mich in unseren Kleidern als etwas Blaues."

„Das klingt so, als wäre dies mein Glückstag – oder besser gesagt mein Segenstag", hatte Leigh erwidert.

Jetzt standen Leigh und Jocies Dad vor der überfüllten Kirche und versprachen, einander für immer zu lieben. „Bis dass der Tod uns scheidet."

Dann steckten sie sich gegenseitig die Eheringe an. Richter Wilson lächelte und sagte zu Jocies Dad: „Sie können die Braut jetzt küssen."

Jocies Dad hob Leighs Brautschleier hoch und küsste sie. Leigh weinte. Aber es waren ihre Freudentränen. Am liebsten hätte Jocie laut gejauchzt, so glücklich war sie. Ihr Vater und Leigh waren endlich vereint. Leigh war jetzt ihre Mutter. Und sie würde niemals auch nur eine einzige weitere Unterrichtsstunde bei Mr Hammond überstehen müssen. Zu guter Letzt war er doch noch gekommen, der lang ersehnte Sommer des Glücks.

Richter Wilson sah zu den Gästen in den Kirchenbänken hinüber und sagte: „Darf ich vorstellen? Mr und Mrs David Brooke."

Noch bevor Jessica Sanderson die ersten Takte der Auszugsmusik spielen konnte, sprang Zella von ihrem Platz in der ersten Reihe auf und begann zu klatschen. Jocie lachte laut. Dann standen auch alle anderen auf und stimmten in den Applaus mit ein. Braut und Bräutigam strahlten, als sie an ihnen vorbei den Gang hinunterliefen.

Wes sorgte dafür, dass Jocie sich bei ihm unterhakte, während sie dem Brautpaar nach draußen folgten. Jocie lehnte sich ein wenig zu ihm hinüber und sagte: „Vielleicht lasse ich das mit der Jupiterhochzeit und heirate doch auf der Erde. Falls ich überhaupt jemals heirate."

„Ich werde da sein, Jo. Mit blauen Punkten auf der Stirn."

Wie alles begann ...

Ann H. Gabhart
Der Duft von Flieder
ISBN 978-3-86827-599-5
336 Seiten, Paperback

Kentucky 1964.

Es ist ein bunter Haufen, der da im beschaulichen Hollyhill zusammenwohnt. Vater David ist der Herausgeber der örtlichen Zeitung, träumt aber von einer Anstellung als Pastor. Seine 13-jährige Tochter Jocie wünscht sich nichts sehnlicher als einen Hund und dass ihre Schwester, die sie seit sieben Jahren nicht mehr gesehen hat, in den Schoß der Familie zurückkehrt. Die exzentrische Tante Love wird mit ihren 78 Jahren zunehmend vergesslicher, wirft permanent mit Bibelversen um sich und hütet ein dunkles Geheimnis.

Als Jocies Gebete erhört werden und ihnen nicht nur ein Hund zuläuft, sondern auch ihre Schwester Tabitha plötzlich vor der Tür steht, überschlagen sich die Ereignisse.

Ann H. Gabhart
Ein Garten der Hoffnung
ISBN 978-3-86827-630-5
383 Seiten, Paperback

Kentucky 1964.

Im beschaulichen Hollyhill weht nach dem Tornado ein anderer Wind. Wes ist schwer verletzt, Jocie hat mit Schuldgefühlen zu kämpfen und David weiß vor lauter Herausforderungen nicht mehr, wo ihm der Kopf steht. Ausgerechnet jetzt wird ihm endlich klar, was er für Leigh empfindet. Doch ihm bleibt einfach keine Zeit, ihr den Hof zu machen.

Noch mehr zu tun gibt es für Pastor David, als eine schwarze Familie in die Gegend zieht. Dass die Hearndons eine eigene Farm bewirtschaften und als Zeichen der Hoffnung Apfelbäume anpflanzen wollen, erhitzt die Gemüter. Sind die Menschen in Hollyhill etwa nicht so tolerant, wie David immer dachte?